Eva-Marie Liffner **Imago**

Eva-Marie Liffner

Imago

Roman

Aus dem Schwedischen
übersetzt
von Gisela Kosubek

RECLAM
LEIPZIG

Die Arbeit an dieser Übersetzung wurde durch den Deutschen Übersetzerfonds e. V. sowie vom Svenska Institutet Stockholm gefördert.

Originaltitel: Imago
Originalverlag: Bokförlaget Natur och Kultur, Stockholm

Besuchen Sie uns im Internet:
www.reclam.de

1. Auflage, 2004
Umschlaggestaltung: Simin Bazargani
Autorenfoto Umschlagklappe: © Ingela Hildestedt
Gesetzt aus Rotis serif
Satz: Reclam Verlag Leipzig
Druck und Bindung: Ebner & Spiegel, Ulm
Printed in Germany
ISBN 3-379-00811-7

Düppel, 1) dän. *Dybbøl* ['dybøl], Dorf auf der Halbinsel Sundeved, Südjütland (Nordschleswig), Dänemark, 400 Ew. - Auf der **Düppeler Höhe (Dybbøl Banke)** steht die mehrfach zerstörte, stets wieder aufgebaute Windmühle **Dybbøl Mølle**, das nat. Symbol des dän. Widerstands. - Zur Verteidigung des Sundes legten die Dänen in Fortführung des Danewerks die **Düppeler Schanzen** (3 km langes Festungswerk; heute Nationalpark) an, die in den Dt.-Dän. Kriegen von 1848–50 und 1864 umkämpft waren. Am 18. 4. 1864 wurden sie von preuß. Truppen nach vierstündigem erbittertem Kampf und wirksamer Artillerieunterstützung erstürmt (etwa 6000 Tote); nach der kriegsentscheidenden Niederlage kam D. im Wiener Frieden vom 30. 10. an Dtl. (1864–1920; zu Preußen).

Imago [lat. ›Bild‹] *die, Mz.* **Imagines,** 1) *Biologie:* das geschlechtsreife Vollinsekt (→ Insekten).
2) *Kunst:* Bild, Bildnis, Porträt sowohl der Plastik als auch der Malerei; in der Frühzeit vor allem Gesichtsmasken aus Wachs. Die *imagines maiorum,* die Ahnenbildnisse der Römer, wurden im Atrium des Hauses in Schreinen aufbewahrt und bei Bestattungsfeiern (pompa) in Erinnerung an ihre um den Staat verdienten Vorfahren mitgetragen; die Ahnen nahmen also gleichsam den Verstorbenen in ihren Kreis auf.
3) *Psychoanalyse:* das in den Tiefenschichten der Seele eingeprägte Bild einer anderen Person (z. B. Vater oder Mutter), das in früher Jugend durch → Identifikation aufgenommen wurde und als Leitbild auch später Erleben und Handeln beeinflussen kann, z. B. bei der Gattenwahl.

aus: Brockhaus: Konversationslexikon

Mittwoch, den 30. August 1938
im Moor von Frøslev

Wenn ein alter Knochen zerbricht, entsteht ein ganz eigenes Geräusch. Nicht dumpf oder kraftvoll wie der markige Ton bei einem frischen Schweineschenkel oder Schafbein, sondern trocken und scharf, knallend, wie wenn man im Wald auf einen trockenen Zweig tritt.

Als es geschah, befand sich der Mann mitten im Moor. Über ihm die blaue Weite des Spätsommerhimmels, hier und da durchbrochen von dünnen weißen Wolkenstreifen, die an den Rändern ausgefranst waren wie verschlissenes Segeltuch. Zuweilen glitten sie vor die Sonne und ließen das Licht gelblich werden. Nur Vögel, Brachvogel und Weihe, waren zu hören, sie flogen tief über dem Sumpfland dahin, beinahe lautlos jetzt, wo der August zu Ende ging. Hin und wieder spürte er den Schatten eines Flügelpaares zwischen sich und der Sonne. Der Mann hatte methodisch gegraben und sich ab und an ein Weilchen auf dem Spaten ausgeruht. Vom jahrelangen Gebrauch war der Griff weich und glatt wie Haut. Ihm blieb vielleicht noch eine Stunde Arbeit bis zur Mittagspause, das spürte er an seinem Körper.

Der platte Torfspaten war durch das, was einst ein Schienbein gewesen war, widerstandslos hindurchgegangen, doch ähnelte der Knochen, dessen Gewebe so viel vom Saft des Moors, seinem humusreichen schlammigen Wasser, aufgesogen hatte, jetzt vornehmlich einem dünnen Ast. Der Mann wollte Torf für den Gutshof in Viberød stechen und hatte bereits gut zwei Quadratmeter in fette schwarze Vierecke zerlegt und sorgfältig auf dem Karren gestapelt. Er legte den Spaten beiseite und beugte sich tief in die Grube. In der Erde lagen noch mehr Überreste, das konnte er erkennen. An dem Knochenstück klebte etwas, das wie grober Stoff aussah, die andere Hälfte führte in die Torfschicht hinein. Der Mann kniete sich auf den Boden. Die Düfte des Moors stiegen ihm in die Nase. Zeit, Wasser, Fäulnis, Vergessen. Gerüche, die einen Geschmack, eine sinnliche Wahrnehmung auf der Zunge hinterließen. Die Vegetation an der Oberfläche des Sumpfes duftete nach Heide, Sonnenwärme und satt nach Spätsommer. Der Mann in der Grube schloss die Augen, benommen von der klebrigen Wärme und den intensiven Gerüchen. Wasser drang aus dem Loch, rieselte und sprudelte wie aus einer unterirdischen Quelle. Der Boden überzog sich mit einem glänzenden öligen Film, in dem sich der Sommerhimmel spiegelte, als befänden sich Wolken und Himmel hier unten in der Erde, wenn auch in anderen, dumpferen Farbtönen. Der Mann öffnete die Augen wieder und blickte aufmerksam umher. Die Landschaft war unverändert. Ein Raubvogel stieß auf seine Beute hinunter, so blitzschnell, dass es schien, als falle er durch die Luft. Das war alles. Vorsichtig begann der Mann den Körper freizulegen. Anfangs nahm er den Spaten zu Hilfe, doch bald sah er sich gezwungen, das Werkzeug beiseite zu legen und mit bloßen Händen zu graben. Er nahm sich Zeit und ging mit einer Behutsamkeit vor, die er selbst nicht recht verstand. Die Erde unter seinen Fingern war kalt und schwer. Unnachgiebig. Schweiß lief ihm in die Augen. Es strengte an, gebeugt in der Grube zu stehen, und er spürte, wie ihm das Hemd am Körper festklebte. Sein Atem ging schwer und keuchend, als sei er gerannt. Eine Fliege kroch über die Schweißspuren in seinem Gesicht, und irritiert scheuchte er sie weg. Doch die Fliege kam zurück, suchte beharrlich nach einer neuen Stelle, um sich niederzulassen, und fand das Sonderbare, das aus dem Torfboden zu Tage getreten war. Ein zweites Gesicht, dunkelbraun, zu Leder gegerbt von den vielen sinnreich zusammengesetzten Wassern des Moors.

Die Gestalt lag zusammengekrümmt, die Beine ans Kinn gezogen wie im Schlaf. Ein Unterschenkel hatte sich aus seinem Halt gelöst und ragte in spitzem Winkel vom Körper weg. Der Mann in der Grube bewegte sich vorsichtig und vermied es tunlichst, Haut, Knochen oder Leder zu berühren. Der Körper war nun fast gänzlich freigelegt. Bislang schien es, als sei er vollständig, er hatte Rumpf, Arme, Beine und Kopf. An der Haut des Schädels hafteten rötliche Locken. Wie seltsam schön diese Haare doch waren. Geradezu leuchtend. Wie durch ein Wunder hatte die Gestalt die ganze Zeit hier gelegen, unangefochten von der Torfdränage, dem Frühjahrshochwasser und den Gängen der Kleintiere unter der Erde. Etwas, das wie ein Ränzel oder ein Tornister aussah, mit Lederbesätzen an den Ecken, lag neben dem Körper. Ob das Behältnis selbst aus Stoff oder Leder bestand, ließ sich unmöglich feststellen, es war von Erde und Wasser durchtränkt. Über die Gestalt streckte sich ein halb vermodertes Stück Tuch. Ein Mantel? Der halb verrottete Stoff hatte sich Rumpf und Beinen wie eine zweite Haut angepasst, vermutlich hatte ihn das Gewicht der Erde geformt. Von Schuhen oder Stiefeln war nichts zu entdecken, denn die Füße fehlten. Beide Unterschenkel waren mit einem sauberen Hieb durchtrennt, als hätte ein Metzger die Axt geführt. Um den schmalen Hals lag eine enge Schlinge, wie sie der Mann benutzte, wenn er Hasen an der Wand des Kalthauses befestigte – Wild, das dort einige Tage abhängen musste, bevor es in den Kochtopf kam. Es verblüffte ihn, wie bekannt ihm der Knoten vorkam und wie viel Elastizität das Strickende noch immer zu besitzen schien. Der Strang war etwa einen Dezimeter vom Hals entfernt abgeschlagen. Vorsichtig befühlte der Mann das Seilende. Diese Tat hier war vor langer Zeit geschehen, das begriff er. Der Körper roch wie das Moor selbst, nach Erde und Wasser, der Mann spürte keinen Unterschied, als er sich ihm bis auf geringen Abstand näherte. Sein Schatten fiel auf das dunkelfarbige Gesicht, und einen Augenblick lang schien es, als verändere der Tote die Miene. Er wirkte müder, leidender, als habe man seine Ruhe gestört, als müsse er sich erneut im Tageslicht quälen. Ein Brachvogel ließ seinen schrillen Klageruf über dem Sumpfland ertönen, gellend schrie er über der von schmalen Stegen durchzogenen Einöde. Der Torfstecher hatte genug. Etwas vom nicht greifbaren Schrecken des Kindes vor Dunkelheit und Nacht packte ihn, obgleich doch lichter Tag war. Er stemmte sich aus der Grube und kroch so rasch wie es seine Kräfte zuließen über den glitschigen Rand. Angst lag plötzlich in der Luft, als hätte der Tote etwas von seinem letzten bewussten Moment an ihn weitergegeben. Mit fahrigen Händen griff der Mann nach dem Spaten und rannte los, als sei der Teufel hinter ihm her. Um ihn herum lag die Moorlandschaft still und reglos wie zuvor.

Das Moor von Frøslev befindet sich in unmittelbarer Nähe der kleinen Stadt Graensebyen ganz im Süden Jütlands, direkt an der deutschen Grenze. Schaut man auf die Karte, bleibt zwischen Graensebyen in Dänemark und Flensburg in Deutschland kaum Platz, um mit dem Fingernagel entlangzufahren, so dicht liegen die beiden Orte nebeneinander.
Am Nachmittag des 30. August ging eine Meldung bei der Polizeiwache in Graensebyen ein, ein Anruf vom Hof Viberød über einen Leichenfund draußen im Torffeld. Die Stimme am Telefon klang erregt und atemlos, eine Frau, die für ihren Mann anrief. Er hatte sich direkt nach dem Mittagessen aufs Ohr gelegt, nachdem er eine unzusammenhängende Geschichte von sich gegeben hatte. Der Frau fiel es schwer, beim Thema zu bleiben, immer wieder kam sie lang und breit darauf zurück, wie verändert der Mann bei der Heimkehr gewesen sei, und Wachtmeister Jens Madsen in Graensebyen erhielt deshalb nur unklare Auskünfte über die geografische Lage der Leiche. Es handele sich um das Torffeld draußen im Moor, »wo wir im vorigen Frühjahr mit

dem Gräbenziehen angefangen haben« – exakt so beschrieb die Frau die Sache, als seien die Angelegenheiten des Viberøder Hofs allen und jedem bekannt. Obwohl Madsen ein bedächtiger Mann war, geriet er ein wenig aus der Fassung. Er versuchte sie zu überreden, ihn direkt mit ihrem Gatten sprechen zu lassen, doch die Frau blieb unnachgiebig. Sie riefe übrigens vom Torhäuschen aus an, ein Stück von zu Hause entfernt. Und der Mann hätte ein Gläschen genommen, dann noch eins, hätte darauf die Wolldecke über die Ohren gezogen und wäre mit dem Gesicht zur Wand eingeschlafen. Sie dächte gar nicht daran, ihn zu wecken.

In der Gegend waren schon früher so genannte Moorleichen gefunden worden, und Wachtmeister Madsens Gedanken gingen deshalb ganz und gar nicht in Richtung irgendeiner weitläufigen Mordtheorie. Er hatte ordentlich zu Mittag gespeist, Bier, Wurst und Sauerkrautsalat, und der Entschluss des Torfstechers, ein Schläfchen zu machen, erschien ihm durchaus vernünftig. Nichtsdestotrotz musste die Sache gemeldet werden. Polizeichef Rav war ein Mann, der es mit den Formalitäten sehr genau nahm. Madsen begann seinen Bericht niederzuschreiben. Sorgfältig brachte er die Buchstaben zu Papier. *Ort: Graensebyen. Datum des Tages: 30. August 1938. Uhrzeit: Drei Uhr nachmittags.* Der Füllfederhalter verspritzte einen Klecks. Ärgerlich. Eine fette Schmeißfliege stieß unter wütendem Gebrumm gegen die Mattglasscheibe, und das Geräusch machte Madsen schläfrig. Nachmittägliche Stille hatte sich über die kleine dänische Stadt gesenkt, und Jens Madsen sehnte sich nach etwas Süßem, vielleicht einem Plunderstreifen oder einem Stück Nougatkonfekt aus der Schachtel daheim auf dem Wohnzimmertisch, die vom vierzigsten Geburtstag seiner Frau übrig geblieben war. Madsen hatte eine Schwäche für Süßes. Die Polizeiwache lag nur etwa hundert Meter von seinem Haus entfernt. Er schwitzte in der dicken Uniform. Doch Tomas Rav würde sicher später vorbeischauen, und da hatte er ihm Bericht zu erstatten. Dann mussten alle Fakten notiert sein, egal wie dürftig sie auch ausfielen. Madsen knöpfte den Kragen auf und setzte sich vor dem Protokoll zurecht. Erneut kratzte die Feder über das Papier. *Meldung eines Leichenfunds …*

Kopenhagen, Februar 2000

Es gibt natürlich verschiedene Wege, um *die große Entdeckung* zu machen. Ich rede nicht davon, den Kern der Quarks zu spalten oder die Bestandteile jener Droge zu finden, die ewiges Leben oder Vergessen schenkt. (Vielleicht ist das eine ja die Voraussetzung für das andere.) Nein, nichts dergleichen ist gemeint. Wovon ich träume, ist lediglich, das kleine Stück Papier oder Buch zu finden, auf das noch niemand aufmerksam geworden ist. Oder irgendwelche Karten, eine verschwundene Urkunde. Versteht mich recht, ich bin Historikerin. Ich suche die Vergangenheit. Nichts anderes bedeutet mir wirklich etwas. Allein die Jagd ist wichtig – nicht jene, die durch Wälder oder in atemberaubender Hetze über Hecken und offene Felder führt, sondern die Suche in trocken duftenden Bibliotheken, in schwer zugänglichen privaten Sammlungen und in geheimen Korrespondenzen, das Stöbern nach Papieren, die in unseren Tagen noch niemand behutsam und mit Andacht entfaltet hat. Das ist meine Beute. Nennt mich Esmé.

Mein Name ist ungewöhnlich in diesem Land. Mein Vater Kai – er ist vor drei Jahren gestorben – bewunderte den amerikanischen Autor J. D. Salinger und schickte ihm jedes Jahr einen Geburtstagsbrief. (Kai war am 19. Dezember 1919

geboren und hatte beschlossen, dass Salinger sich den Tag mit ihm teilte. In diesem speziellen Fall war Kai nicht eben das, was man einen seriösen Forscher und Historiker nennt.) Jerome David Salinger aber drüben in Amerika war menschenscheu und öffnete niemals die Tür seines Hauses.
Ich sehe vor mir, wie der Briefträger sich müde dem Eingang nähert und an die zugefrorene Scheibe klopft. Vielleicht versucht er, an der heruntergezogenen fleckigen Stoffjalousie vorbeizuspähen, obwohl er weiß, dass es zwecklos ist. Aus dem Haus ist kein Laut zu hören. In Cornish, New Hampshire, hat bereits der Winter Einzug gehalten und es ist sehr kalt. Dünner weißer Rauch steigt senkrecht von den Schornsteinen auf, und irgendwo bellt ein heiserer Dorfköter, er scheint überhaupt nicht wieder aufhören zu wollen. Es gibt niemanden, der ihn anbrüllen würde, er möge endlich die Schnauze halten. Die Landschaft scheint den Atem anzuhalten. Doch der Briefträger lässt lediglich, wie verabredet, eine neue Flasche Bourbon auf der Türschwelle zurück und wendet sich zum Gehen. Auch an diesem Morgen.
Die Briefe – zwanzig an der Zahl – kamen alle ungeöffnet zurück, und sie wurden die Objekte meiner ersten Sammlung. »Für Esmé« hatte Kai auf das Bündel geschrieben, eine braune Schnur darum gebunden und es mir zur Erinnerung an sich geschenkt – neben einer Armbanduhr der Marke *Parsifal*, eine Uhr mit Wasserschaden, die seit einem gedankenlosen Bad in den sechziger Jahren nicht mehr ging. Bisher habe ich noch keinen der Briefe geöffnet. Kai hatte große Pläne, denen er nie gerecht wurde, und auch sie hat er an mich vererbt. Vermutlich habe ich Angst davor, enttäuscht zu werden. Kais größtes Interesse neben dem Eremiten Salinger – das vergaß ich zu erwähnen – galt der amerikanischen Kriegsgeschichte. Dem Bürgerkrieg.
Ich wohne im Herzen der Stadt, gleich hinter dem Universitätsgelände. Den Straßenstummel, eine dunkle, blinddarmähnliche Abschnürung, nenne ich Lille Novicegade, das ist

ein Name, den ich auf einer alten Karte gefunden habe. Wie die Straße tatsächlich heißt, spielt keine Rolle. Früher einmal haben Mönche und Gelehrte hier gehaust. Vielleicht haben sie in der dänischen Winternacht mit lauter Stimme, ein wenig falsch, aber voll gläubiger Inbrunst ihre Lieder gesungen, haben Löcher in das Eis auf der Wassertonne geschlagen und vergeblich von den akademischen Lehranstalten in Paris oder der milden Wärme in Bologna geträumt. Einige von ihnen liegen vermutlich noch heute unter den Fundamenten der Häuser, für immer in Dunkelheit und Kälte gefangen. In meinem Torweg befand sich ein Stück ihres Gartens, mit schmalen, gewundenen Gängen und duftenden Kräuterbeeten. Parzellen, angeordnet wie die Kügelchen eines Rosenkranzes. (Dazu kam früher vermutlich noch der eine oder andere Schweinekoben und Rübenacker.)

Meine Wohnung ist klein und unmodern, sie besteht aus einem Zimmer und einer Kammer mit Gasherd, hat grüne Zwischentüren und eine Toilette mit lauter Spülung und dunkler Holzbrille. Aus dem Spülkasten ist ständig ein schwaches Rieseln zu hören, wie von einer Quelle oder einem winzigen Wasserfall. Über dem Waschbecken hängt mein einziger Spiegel, ein wenig zu hoch für die hundertzweiundfünfzig Zentimeter, die ich messe, doch ich kann darin jedenfalls mein glattes braunes Haar und die kräftigen Brauen über den blauen Augen betrachten. (Wenn ich auf den Toilettendeckel steigen würde, könnte ich auch den Rest meines Körpers sehen, doch das tue ich nie.)
Spät am Abend, eigentlich schon nachts, gehe ich zur Universität hinüber, schließe die Tür des Historischen Instituts auf, und dann benötige ich genau zwei Stunden, um das Putzen hinter mich zu bringen – Staub zu saugen, die Papierkörbe zu leeren und danach gründlich all das Material durchzugehen, genauso gewissenhaft wie ein Archäologe sein Sieb durchforstet. Das meiste ist uninteressant, doch es

kommt auch vor, dass ich Entdeckungen mache. Schließlich steht mir hier aller möglicher Krempel zur Verfügung, und ich habe einzigartige Möglichkeiten, zu vergleichen – das Mittelalter mit der Renaissance, die Aufklärung mit der Romantik, dieses und jenes. Dinge, mit denen sich andere Wissenschaftler nicht beschäftigen, aus Furcht, für verrückt gehalten zu werden. Was ich betreibe, ist fachübergreifendes wissenschaftliches Arbeiten in seiner edelsten Form. Sobald ich mit dem Putzen fertig bin, fange ich an zu lesen.

Normalerweise sitze ich in Professor Rosens Zimmer, weil es am geräumigsten ist und in der Nähe der großen Bibliothek liegt. Außerdem gehen die Fenster auf den Frue Plads hinaus, so dass ich die Kirchturmuhr von Vor Frue schlagen hören kann. Das Geräusch wird durch das Glas gedämpft und klingt, als käme es aus weiter Ferne. Vielleicht hat das mit der Form des Zimmers oder der Stärke der alten Scheiben zu tun. Das Fensterglas scheint mit der Zeit ungleichmäßig geworden zu sein, es verzerrt die Außenwelt, wenn man nach draußen schaut, und vielleicht trifft dasselbe auch auf Töne zu. Der Glockenklang verändert sich, während er über die Fläche wandert, er gleitet auf und ab, eine Zeichennadel auf sandigem Grund.

Wenn ich nach intensiven nächtlichen Studien in der Dämmerung nach Hause gehe, liegt zuweilen ein leichter Duft von Gewürzen in der Luft, von Nelken, Zimt, Anis oder Muskat – jenem starken Stoff, den man im Mittelalter leicht verdorbenen Topfgerichten beimischte. Die Düfte kommen und verschwinden dann wieder ins Nichts. Solche Dinge wird man nie begreifen. Die Dämmerung ist jedenfalls die beste Zeit des Tages.

Im Winter ist es in Rosens Zimmer kalt. Die Universität hat ihr Budget für Heizkosten in den siebziger Jahren der Ölkrise angepasst und später keinen Grund gesehen, ihre Richtlinien zu ändern. Es knackt in der Heizung, und von all dem Frost

vor den Scheiben, der zu mir herein will, knistert es auch in den Fenstern. Wenn man stillsitzt, kriecht einem langsam die Kälte in den Körper. Ich habe stets eine Thermoskanne mit starkem heißen Kaffee dabei, außerdem ziehe ich den Mantel über. Es ist ein Ulster aus dickem, doppelt gewebtem Wollgarn, Fünfziger-Jahre-Qualität. Ich habe ihn an einem meiner freien Sonntage auf einem Flohmarkt gefunden. Darunter trage ich einen Norwegerpullover, in dem noch das Schafsfett zu spüren ist. Über die Hände streife ich Wollhandschuhe, von denen ich die Finger abgeschnitten habe. Dennoch dringt die Kälte bis ins Mark.
Ich habe ein besonderes Interesse für Dänemark und speziell für die sechziger und siebziger Jahre des 19. Jahrhunderts entwickelt, jene Periode, deren Stil *Klunke* genannt wird, er gleicht dem des wilhelminischen Zeitalters. Leider hat Rosens Bibliothek zu diesem Thema nicht viel zu bieten: drei unentbehrliche Standardwerke und ein paar Aufsätze, die ich heimlich kopiert habe. (Keiner von ihnen ist als herausragend zu bezeichnen.) »Klunke« bedeutet eigentlich Quaste oder Troddel, benannt nach den genierlichen Möbeln der Mode jener Zeit, den Gardinen und Überhängen, die bis zum Boden reichten. Doch der Klang des Wortes erinnert an Wasser, das auf dem Siebenmeilenweg durch die Bleirohre von Altkopenhagen fließt, an das Gluckern in den runden kupferroten Bierbottichen der Brauerei Ny Carlberg oder an das sanfte Wellengeplätscher am Kai von Sortedams Sø. Genau daran.

Vor etwa drei Wochen hockte ich wie üblich in Rosens Zimmer und kämpfte mit der Müdigkeit. Ich war spät in Gang gekommen, da das erste Seminar am Abend nach dem Unterricht noch lange zusammengesessen hatte. Im Zimmer standen halb leere Weinflaschen, Plastikbecher mit verschmiertem Lippenstift und angebissene Käsecracker mit den Abdrücken kleiner Rattenzähne, die ich unfehlbar als die von Fräulein Ulrike Langers identifizierte, einer Doktorandin aus Berlin, Rosens derzeitiger Auserkorener. (Rosen ist zwar verheiratet und hat fünf pickelige halbwüchsige Kinder, lässt aber nichts anbrennen.) In einer Ecke hatte jemand Weingläser und Camembert direkt auf den Teppichnoppen arrangiert - ein intimes Picknick. Ich hatte mich noch nicht aufraffen können, die Beseitigung des Elends in Angriff zu nehmen. Im Zimmer hing ein muffiger Geruch von Knoblauch, Zigarillos und verbrauchter Luft, und ich musste das Fenster trotz der Kälte einen Spalt offen lassen. Ich fror nicht, dafür hatte mich dieses unbefugte Eindringen in mein Milieu zu sehr aufgeregt. Ja, ich weiß, zuweilen ist es unvermeidlich, dass man Feiern ausrichtet, dass zwischen den Büchern gegessen und getrunken wird, doch mir gefällt das ganz und gar nicht. Jetzt aber herrschte in den Korridoren wieder absolute Stille, und ich fühlte, wie meine Gemütsruhe zurückkehrte. Das Leselicht hatte ich wie immer mit einem Tuch gegen neugierige Augen abgeschirmt, und die Lampe verbreitete nun einen sanften grünlichen Schein. Es war, als säße man in einem Nest. In ein paar Minuten würde die Uhr von Vor Frue zwei dröhnende Schläge ertönen lassen, und dann könnte ich vorsichtig das Fenster schließen - der Klang würde jedes andere Geräusch verschlucken.

Aber es gab noch etwas anderes, was in dieser Nacht meinen Frieden störte. Rosen ist, trotz seines Faibles für billigen Rotwein und junge Doktorandinnen mit Pferdeschwanz, ein gründlicher und innovativer Forscher. Außerdem liegt ihm daran, sich im akademischen Wettrennen (im Institut als »Trampelpfad« bezeichnet) weit vorn zu halten, und deshalb ist er ständig auf der Jagd nach neuen, Ruhm verheißenden Forschungsobjekten. Rosens Vorgänger war eine Legende gewesen, ein Mann, dessen Namen nie erwähnt wurde, ein *Professor emeritus*, der seinem Titel alle Ehre machte, da er wie vom Erdboden verschwunden schien. Es war mir nie gelungen, seinen Namen ausfindig zu machen, aber offensichtlich war es der ständige Vergleich mit der verflossenen Ära, der Rosens Appetit auf akademische Ehren ins Unermessliche hatte wachsen lassen. Dieses Mal hatte er sich höchst ungewöhnliches Material aus Berlin bestellt, Dokumente, die zuvor als Geheimsache im Staatlichen Archiv des ehemaligen Ostsektors der Stadt archiviert gewesen und der Welt erst jetzt zugänglich gemacht worden waren. Die Papiere lagen in einem hässlichen braunen Karton, der halb im Dunkeln stand. (Jemand hatte einen Stoß Mappen darauf gepackt und Anschrift und Betreff geschickt vor neugierigen Augen verborgen, aber mir war er sofort aufgefallen.) Rosen – oder wohl eher seine dürre Sekretärin Dorthe W. (im Unterschied zur jungen Dorthe N., die beim Mittelalter tätig war) – hatte die dicke Versiegelung aus zähem dunkelbraunen Packklebeband bislang nicht angerührt. Die Schatten im Zimmer ließen das Paket größer erscheinen als es in Wahrheit war. Tatsache ist, dass es mein gesamtes Blickfeld ausfüllte.

Der Karton war anonym gekommen, ein zirka fünfzig Zentimeter hoher Würfel, versehen mit Rosens Namen in Druckbuchstaben. Nichts, das auf einen wertvollen oder eventuell persönlichen Inhalt schließen ließ. Rosen erhielt Pakete der unterschiedlichsten Art, das wusste ich von den voll gestopften Säcken im Abfallraum. Heutzutage ist auch die Werbung fein säuberlich adressiert, aber die dürre Dorthe W. ließ sich meist nicht täuschen, sondern trennte mit scharfem Blick die Spreu vom Weizen. Dieser Karton hier indessen war spät am Nachmittag vorbeigebracht worden – ich war dem Boten, einem verschwitzten jungen Mann, unten am Eingang begegnet, als ich zur Bibliothek ging –, also hatten vermutlich weder Dorthe noch Rosen dieses neue und höchst interessante *objet d'histoire* bislang näher in Augenschein nehmen können.

Vorsichtig näherte ich mich dem Paket, das Gehör aufs Äußerste geschärft. Ich glaubte, den schwachen Duft von alten

Dokumenten und von Archivpappe wahrzunehmen, ein leicht muffiger Dunst, der aber ganz und gar nicht unangenehm war. Merkwürdigerweise sog ich noch einen anderen Geruch ein, etwas wie feinste Spuren von einem erloschenen Feuer, aber der Augenblick war vorüber, bevor ich darüber nachdenken konnte. Das Klebeband hatte sich zu einer Kordel zusammengerollt, die wie dafür gemacht schien, daran zu ziehen. Genug geredet, der Karton übte einen unwiderstehlichen Reiz auf mich aus – und ich gab nach.

Zuoberst lag ein Packzettel. Anforderung vom Zentralen Staatsarchiv in Berlin blablabla ... Rasch überflog ich die Liste. Vor Frue schickte zwei eherne Schläge herüber. Rosen hatte Akten aus den späten dreißiger Jahren des 20. Jahrhunderts bestellt, einer Zeitperiode, die im Institut zunehmend auf ein nervöses Interesse stieß. Der Geheimhaltungsstatus für Dokumente aus der Kriegszeit war aufgehoben worden, und damit erhielten auch Papiere aus den späten dreißiger Jahren eine neue Bedeutung: Oftmals konnte mit ihrer Hilfe das letzte Puzzleteil oder Kettenglied eingepasst werden, und endlich wurden Strukturen erkennbar – etwas, was wir Historiker lieben. Obendrein waren die Personen, die etwas hätten übel vermerken können, meist tot oder zu alt, um sich noch um die Sache kümmern zu wollen. Allerdings bestand die Gefahr, dass unerfreuliche Neuigkeiten den Zufluss von staatlichen Mitteln oder von Stipendien der großen Unternehmen stoppten. Doch Professor Rosen schwang sich wie üblich zum Vorreiter auf. Ich vermutete, dass er die notwendigen Kontakte auf der letzten Konferenz in Berlin geknüpft hatte. Spezielle Dokumente aus dem Staatsarchiv zu erhalten, durfte etwa so schwierig sein, wie im Kurilengraben Krabben zu fischen – Rosen musste einen schmackhaften Köder ausgeworfen haben. Als Erstes war auf der Liste die Kopie eines dänischen Polizeiprotokolls vom August 1938 vermerkt, das später von den Deutschen archiviert worden war. Das Datum war in dem diffusen Licht nicht genau zu erkennen: Hatten sie es während der Besatzungszeit in die Hände bekommen? Ich legte den Packzettel beiseite und konzentrierte mich auf den Inhalt des Kartons. Der Protokollant hatte eine saubere Handschrift besessen: *Meldung eines Leichenfunds.* Im selben Augenblick wurde der Raum von Licht überflutet, jemand hatte die Leuchtstoffröhren eingeschaltet.

Rosens Zimmer ist wie ein großes L geformt. Wenn man in der Türöffnung steht, kann man nur einen Teil des Raums einsehen – ein Fakt, den Rosen donnerstags bei seinen individuellen Betreuungen auszunutzen pflegt. (Fragt mich nicht, woher ich das weiß …) Der Nachtwächter entdeckte mich also nicht sofort. Normalerweise knipse ich das Licht aus und sitze still wie eine Kellermaus, wenn er jede volle Stunde seine Runde macht, aber jetzt hatte ich ihn ganz einfach vergessen. Ein klarer Fall von Ursache und Wirkung. *Causa sui* oder die Entdeckung hatte ihre eigene Ursache, wie Baruch Spinoza gesagt hätte. Ich war sträflich unvorsichtig gewesen.

Ich hatte nie zuvor etwas gestohlen – außer an einsamen Spätsommerabenden in Kongens Have die ein oder andere Rose –, aber die Situation war prekär. Ich entschloss mich, einem von Salingers praktischeren Ratschlägen zu folgen, der Devise »desperate means calls for desperate measures« und stopfte den Polizeibericht und so viele Dokumente, wie ich nur zu fassen bekam, unter meinen Norwegerpullover, klappte den Karton wieder zu und griff nach einer Weinflasche – alles innerhalb weniger Sekunden.

Der chaotische Zustand des Zimmers rettete mich. Mogensen, der Nachtwächter, war normalerweise ziemlich langsam. Auch diesmal ließ er sich Zeit. Er atmete schwer durch die kurze fleischige Nase, sein rotbrauner Bart zitterte – vermutlich hatte er genauso viel Angst wie ich. Nervös schlug er den Schlüsselbund gegen den fetten Schenkel. Mogensen brachte einen schweren Bierdunst mit ins Zimmer, der sich

rasch zu den anderen Aromen gesellte, eine unappetitliche Mischung. Professor Rosens Zimmer roch wie spät nachts die Bartheke in der *Blauen Traube*. Endlich kam Mogensen um die Ecke, blieb schwankend stehen und starrte mich töricht an.
»Esmé«, blökte er mit belegter Stimme, »verdammt, du hättest mich fast zu Tode erschreckt.«
Er wiegte sich auf den Fersen, um die Balance wieder zu finden.
»Mädel. Was tust du um diese Zeit hier drinnen, wa?« Sein Blick glitt an meinem weiten Wollpullover hinunter.
»Frierst du? Soll ich dich wärmen?« Mein neuer Freund machte einen unsicheren Schritt ins Zimmer hinein und stieß eine der Rotweinflaschen um. Der Wein wurde von dem beigefarbenen Teppichboden zu einem großen nierenförmigen Fleck aufgesogen, ein paar Spritzer landeten auf dem Karton.
»Nein, danke«, sagte ich, während ich die leere Flasche geräuschvoll in den Papierkorb fallen ließ. Mogensen trat nervös von einem Bein aufs andere. Rosen gestattet es nicht jedem, sein Zimmer zu betreten, ihm missfällt jeder fremde Blick in seine Forschungsprojekte – falls es sich bei den Eindringlingen nicht um junge, unerfahrene Doktoranden (so genannte Brotjobber) handelt, die gleich täppischen Arbeitsbienen fleißig Informationen heranschleppen. Mogensens Aufgabe ist es, kurz hereinzuschauen, anzurühren aber hatte er nichts. Matt lächelte er mir zu. Ich war eine Augenzeugin. Er beugte sich hinunter, wischte mit einem schmierigen Taschentuch nervös über Karton und Teppich und murmelte etwas von »Prachtmädel« und »unserem Geheimnis«.
Es war fast fünf Uhr morgens, als ich die Türen zum Institut abschloss. Rosens Zimmer war aufgeräumt und gelüftet und somit nicht schmuddeliger als sonst. Mogensen war in sein Kellerloch neben der Garage verschwunden, nachdem er mir beim Staubsaugen geholfen hatte. Wir würden beide den

Mund halten. Die Dokumente hatte ich in den Rucksack gestopft. *Tace lingua, dabo panem* (Schweige meine Zunge, dann gebe ich dir Brot), wie der Römer Petronius angeblich gesagt haben soll, er hatte mit Hochmut und Kleinkönigen einige Erfahrung. Den Karton hatte ich unter einen Tisch geschoben, hinter ein paar Haufen verwitterndes Kopierpapier. Mit einem wärmenden Gefühl der Erwartung im Bauch ging ich nach Hause in die Lille Novicegade und legte mich schlafen.

Ich erwachte erst am Nachmittag. Es war bestimmt schon nach zwei, denn die Sonne stand tief und durch die schmalen Fenster fielen die letzten langen Strahlen. Ich verfolgte ihren Weg über die alte Kopenhagenkarte an der Wand. Das Licht schien die Straßen hoch und runter zu wandern und streifte das königliche Schloss und die Reste der Verteidigungswälle. Die bekannteren Gebäude waren reliefartig herausgehoben und mit einem Vergrößerungsglas konnte man in der Kartenstadt geradezu umherspazieren. Das Licht glitt weiter über Rosenborg Have. Es brach sich in dem Glasklöppel, der an einer Schnur in einem der Fenster hing, dem letzten Überbleibsel eines alten Kronleuchters. (Er soll früher einem Fräulein Jensen, einer gefeierten Schauspielerin am alten Königlichen Theater, gehört haben, jenem Gebäude, das 1874 abgerissen worden war. Andersen erwähnt Jensen in einem seiner Briefe.) Langsam bewegte sich das Farbspektrum über das Kartenbild und beleuchtete mal diese, mal jene Gegend im Kopenhagen von 1860. Ein gutes Omen. Auch ich selbst würde bald Gelegenheit haben, einen kleinen Ausschnitt der Vergangenheit näher zu betrachten.
Der Pullover hing über einer Stuhllehne, die Dokumente hatte ich vorsichtig auf dem Schreibtisch abgelegt. Ich achte darauf, stets ausgeruht zu sein, wenn ich ein neues Problem in Angriff nehme, und starker schwarzer Kaffee sorgt für Konzentration und schärft die Beobachtungsgabe. Ich über-

wand die Versuchung, mich sofort am Tisch niederzulassen, und ging stattdessen in die Küche und setzte den Kessel auf. Zeit hatte ich zur Genüge.

An der Rückseite des Hauses befindet sich ein Innenhof. Die Wohnblöcke, die ihn umgeben, unterscheiden sich kaum: Hohe Gebäude mit schmutzigen rotschwarzen Backsteinmauern, deren Enden eine ungleichmäßige gebrochene Linie bilden. Tief unten im Schacht läuft kreischend der Ventilator des Lokals *Blaue Traube*, in dem beinahe ausschließlich Bier und irgendwelche unappetitlichen Würstchen serviert werden. Manchmal bleiben die Ventilatorflügel stehen, weil ein Tierchen in die Maschinerie geraten ist, irgendeine arme Maus oder ein Vogeljunges, das vom Dach gefallen ist und zu Hackfleisch zermahlen wird. Dann muss das Gerät auseinander genommen und gesäubert werden. Außerdem gibt es da unten eine Reihe vergammelter Mülltonnen und ein Stück Garten. Die Pflanzen sind längst aus Lichtmangel eingegangen, nur dem blassgrünen Strunk irgendeines Nadelgewächses gelingt es wie durch ein Wunder Jahr für Jahr zu überleben. Meine Nachbarin, eine neugierige ältere Dame, der ich meist aus dem Weg gehe, sagt, es sei eine sibirische Lärche. Vielleicht sitzt dem Strunk die Erinnerung an die Dunkelheit ja noch irgendwo unter der trockenen Borke.

Mein Küchenfenster gewährt jedenfalls freie Sicht auf die ganze Pracht. Während ich die Kaffeebohnen mahlte, schaute ich auf den Hof hinunter. Ich hatte den Pullover übergezogen und die Wolle dünstete die Gerüche der vergangenen Nacht aus, vor allem kalten Rauch. Wäsche waschen ist keine Sache, der ich Vorrang einräume. In das gemeinsame Waschhaus, den Treffpunkt aller Übereifrigen hier im Hause, setze ich keinen Fuß. Lieber trage ich meinen Wäschebeutel zu einem anonymen Waschsalon. Ich überlegte, wie Mogensen wohl riechen mochte, schob den Gedanken aber rasch beiseite. Der Wachmann war feig, er würde nichts verraten, da war ich mir sicher. Und Rosen

würde ohne den Packzettel nicht mitbekommen, dass etwas fehlte. Die Einzige, die vollständig über die Sache Bescheid wusste, war ich, und Wissen ist Macht, wie Sir Francis Bacon es ausgedrückt hätte.
Mit der heißen Kaffeetasse in der Hand ließ ich mich am Schreibtisch nieder. Inzwischen war es drei Uhr, aber in der Nacht zum Sonntag musste ich nicht putzen, also hatte ich keine Eile. Vorsichtig entfaltete ich das oberste Dokument, den Polizeibericht, und begann mit der Lektüre.
Ort: Graensebyen. Datum des Tages: 30. August 1938. Uhrzeit: Drei Uhr nachmittags.

Donnerstag, der 31. August 1938

Bei Tagesanbruch stehen drei Männer bereit, um aufs Moor hinauszugehen. Der Morgen ist feucht und neblig, eine milchig weiße, stille Welt, in der die Schritte gedämpft klingen und das Blickfeld auf wenige Meter schrumpft. Die drei sind sehr verschieden. Doktor Franz Aloysius Nadler ist aus Flensburg über die Grenze gekommen, doch eigentlich ist sein Platz in Berlin. Er arbeitet als Assistent im archäologischen Museum an der Spree. Nadler ist ein beleibter, ein wenig untersetzter Mann mit feistem Nacken, er wirkt wie die Karikatur eines Kriegsgewinnlers oder Börsenspekulanten aus den zwanziger Jahren. Seine Kollegen nennen ihn FA, gesprochen als kurzer peitschender Laut.
Polizeichef Tomas Rav ist ein Mann des Protokolls, aber was seine eigene Person anbelangt, verhält er sich nachlässig, ja beinahe schlampig. Sein langer, bräunlicher Mantel und der von der Autofahrt eingedrückte Filzhut geben ihm das Aussehen eines mageren Spürhunds, so lang und dünn wie er

nun mal ist. Ravs kräftiges Gebiss umschließt eine stinkende Pfeife. Niemand nennt ihn je anders als Herr Polizeichef – jedenfalls nicht, wenn er in Hörweite ist.
Ein Stück von den anderen entfernt steht der junge Gabriel Mayer, der stundenweise als Schreiber für Aronius, den uralten Pastor von Graensebyen, arbeitet. Mayer kümmert sich um die Vermerke im Einwohnerregister der Stadt. Jeder Todesfall muss eingetragen werden – selbst wenn er ein paar Jahre her ist. Die Feuchtigkeit ist durch Mayers dünnes, wenn auch ehemals elegantes Jackett gedrungen, und er zittert vor Kälte.

Die drei sind in Ravs Wagen gekommen, einem schwarz lackierten Ford A von 1927 – ein gutes altes Stück ohne Federung und mit einem Leck in der Ölleitung, aus dem es beharrlich tropft. FA Nadler ist gereizt. Rav hat darauf bestanden, in dem ausgekühlten Auto Pfeife zu rauchen. Der Weg, der durch die Plantage zum Moor hinausführt, ist kaum mehr als ein schlecht unterhaltener, sandiger Pfad voller Holperstellen und Löcher und die Männer sind auf der Fahrt hin und her geschleudert worden. Jetzt befinden sie sich direkt am Rand des Moors, auf einer beinahe runden sandigen Fläche. Das Heidekraut versucht, an Boden zu gewinnen und hat zähe Ausläufer über den Schotter ausgesandt. Im Nordosten hat man vor langer Zeit einen Fichtenwald angepflanzt. Die Bäume stehen äußerst dicht und in straffer Ordnung, als hielten sie zwischen ihren kurzen spitzen Zweigen die Dunkelheit in einem feinmaschigen Netz gefangen – ein Wald, der undurchdringlich erscheint und doch von Menschenhand geschaffen worden ist. Beabsichtigt war, durch die Bäume die Moorgegend abzugrenzen, doch im Süden dünnt die Schonung in einzelne Pflanzen aus. Die ungleichmäßige Abschirmung verleiht dem Ort ein irgendwie ernstes Aussehen, zeugt von Wachsamkeit oder Konzentration.

Nadler geht ein paar Schritte zur Seite und versucht vorsichtig, seinen geräderten Körper zu lockern. Er zieht einen Feldstecher heraus und richtet ihn auf das Sumpfland. Der Nebel hat sich vorübergehend gelichtet und enthüllt ... das pure Nichts, eine flache trostlose Landschaft, in der ab und an Holzstege in unbekannte eintönige Weiten führen. Von hier aus müssen sie zu Fuß gehen, vorsichtig den schmalen Pfad entlang balancieren, der sie selbst und die Taschen mit den Untersuchungsgeräten über dem Sumpf halten soll. Polizeichef Rav hat außerdem eine Feldtrage bei sich, die aus schmalen Stangen und Segeltuch besteht. Er ignoriert die Blicke des Doktors und schließt den Ford sorgfältig ab, als könne jemand auf die Idee kommen, die alte Kiste zu stehlen. Nadler gluckst vor sich hin. Er trägt hohe lederne Beinschienen über seinen sandfarbenen Reithosen – ein Sportsmann. Das Leder knarrt beim Gehen, obgleich er es am Abend zuvor gründlich mit englischem Sattelfett eingerieben hat.

Sie machen sich auf den Weg. Im Gänsemarsch geht es hinaus in die rotbraune Sumpflandschaft. Nadler scheint sich erholt zu haben und berichtet von ähnlichen Funden auf der deutschen Seite der Grenze. Von *Moorleichen.* Er hat eine hohe, schrille Stimme, die auf die anderen beiden affektiert wirkt und sie ermüdet. Doktor Nadlers hartes Dänisch ist mit deutschen Ausdrücken gespickt, als wolle er damit der Sprache mehr Autorität und Gewicht verleihen. Er stutzt die weichen dänischen Worte, so dass sie sich dem abgehackten Rhythmus der deutschen Sätze anpassen, es klingt, als hätte er sie annektiert. Rav beißt wütend auf das Pfeifenrohr. Der junge Mayer schweigt, wahrscheinlich hört er nicht zu. Er lässt sich auf dem unebenen Pfad ein Stück zurückfallen. Streckenweise führen Stege über das schwarze Wasser, und das fahle rissige Holz biegt sich knirschend unter dem Gewicht der drei Männer. Starres Riedgras ragt zwischen den

Planken auf, die Halme sind scharf wie Messer, wenn man unvorsichtig darüber streicht.
Sie sind jetzt seit fast einer Stunde unterwegs. In der Ferne ist bereits der Torfkarren des Arbeiters zu sehen. Der Nebel hat sich verzogen, blitzschnell, es ist beinahe, als hätte ihn die Erde aufgesogen. Aus dem Moor dringt ein schwerer dumpfer Geruch. Die Sonne ist höher gestiegen, hat die Erdschichten erwärmt und bringt die Spätblüher im Sumpf, den Gagel und die blassrote feingliedrige Glockenheide mit ihren winzigen länglichen Blütenkapseln zum Duften. Als sie sich der offenen Grube nähern, verstummt Nadler endlich. Die Grassode an der Oberfläche ist in Wunden aufgerissen. Ein Schwarm Krähen fliegt auf, sie flattern torkelnd ein Stück weg und lassen sich in unregelmäßigen Reihen auf einer hohen dünnen Birke direkt am Rand des Grabfeldes nieder, wie um die drei Männer im Blick behalten zu können. Die Vögel zeigen keinerlei Scheu, nur freche Neugier – sie sind dreist wie Straßenjungen.
Vom Sumpfland führen mehrere Pfade zurück in die Schonung, sie laufen in alle Richtungen wie die Speichen eines Rads, und Gabriel Mayer wird plötzlich unsicher, welchen Weg sie gekommen sind. Die Landschaft ist von verwirrender Einförmigkeit, und vielleicht finden sie nie wieder aus dem Sumpf hinaus. Er schiebt den Gedanken rasch beiseite. Natürlich wird der alles berechnende Nadler mit seinem Feldstecher und seinem Kompass den Rückweg finden – ebenso wie Rav, der das Moor kennt wie seine Westentasche. Die Krähen schnarren und klappern mit den Schnäbeln, krächzen dumpf in einer geheimen Sprache über Dinge, von denen niemand weiß außer ihnen selbst. Mayer wäre es lieber, sie würden endlich Ruhe geben.

Der Tote liegt unberührt in der Grube, zusammengekauert wie ein Schlafender. Das braune Gesicht wirkt in der Morgensonne glatt und zeitlos. Es dauert einen Moment, bevor

Mayer einfällt, woran es ihn erinnert. Das Gesicht gleicht dem Antlitz eines alten Mannes aus einem der Märchenbücher seiner Kindheit, ein Alter, der aus einem Bild gestiegen und außerhalb der Zeit gelandet war. Das Märchen handelte von den vergeblichen Versuchen des Mannes, in seine Welt zurückzufinden, denn außerhalb des Bildes war er dazu verdammt, im Lauf der Zeit unsichtbar zu werden. Mayer erinnert sich nur schwach an die Geschichte, aber die Zeichnung hat er nach wie vor deutlich vor Augen – blasse, dünne Farben, die mit schwarzer Tusche umrandet waren. Er weiß auch noch, dass die Buchseite säuerlich roch und von Feuchtigkeit durchzogen war. Im nächsten Moment verschwindet die Erinnerung ebenso unvermutet, wie sie sich eingefunden hat.

Über dem Ort liegt tiefe Ruhe, nichts regt sich. Die Männer zögern zunächst, die Stille zu stören. Rav löscht umständlich seine Pfeife und klopft am Schuhabsatz die Glut heraus. Er wartet einen Augenblick, bis sich der Rauch verzogen hat und zieht dann schnuppernd die Luft ein. Er ist in diesem Moment einem Hund nicht unähnlich, und seine große kräftige Nase, deren Spitze leicht aufwärts gebogen ist, verstärkt diesen Eindruck noch. Nein, er kann keinen Leichengeruch wahrnehmen. Nun, es schien sich ja auch um ein Verbrechen zu handeln, das vor langer Zeit begangen worden war. Das wird Madsen in seinem abschließenden Bericht erwähnen müssen. Was ihn anbelangt, kann der Fall zu den Akten gelegt werden. Aber der Deutsche soll natürlich tun, was er nicht lassen kann … Der Polizeichef tritt an den Rand der Grube und schaut neugierig hinunter. Ein paar Erdklumpen rollen hinab, und Nadler schnalzt irritiert.
Die Arme des Toten sind, genau wie der Torfstecher schließlich widerstrebend berichtet hat, über der Brust gekreuzt, die schmalen Handgelenke aneinander gepresst. Das linke Schienbein ist beinahe vollständig durchtrennt und steht an

der Stelle, wo der Spaten den Knochen gespalten hat, in spitzem Winkel vom Körper ab. Die Hautreste sind dunkelbraun und wirken wie gegerbte Lederstreifen. Am Schädel haften dunkle, dann wieder kupferrote Haarlocken, die vermutlich durch die oxidierenden Stoffe des Moors gefärbt und erhalten worden sind. Gabriel Mayer spürt den Geschmack von Galle und säuerlichem Kaffee im Mund und wendet sich abrupt ab. Nadler hingegen zögert nicht lange und springt plumpsend in das Loch hinunter. Als er, leise vor sich hin brummelnd, den Feldrucksack abstreift, sehen die beiden Dänen, dass sein Hemd von Schweiß durchtränkt ist. Das Gesicht des Deutschen ist feucht und hat sich gerötet, dennoch strahlt F. A. Nadler kühle Energie und Zielstrebigkeit aus. Als er sich neben den Toten hockt, fliegen ein paar Krähen vom Baum auf, flattern tief über dem Moor heran und lassen sich in unmittelbarer Nähe nieder. Tomas Rav steht noch immer am Rand der Grube, balanciert mit überraschender Geschmeidigkeit auf dem weichen Untergrund, während er eine Kamera aus dem Rucksack zieht und mit langsamen Bewegungen das Magnesiumblitzlicht in die Halterung schiebt. Zeit, Belichtung, Schärfe. Dann ist der Apparat bereit. Ein trockenes scharfes Klicken – als sich der Mechanismus öffnet, scheint die Zeit stillzustehen.

»Hm«, macht Nadler unbeholfen. Er hockt noch immer neben dem Körper. »Der Tod gleicht wahrhaftig dem Schlaf.« Er stülpt die dicken Lippen vor und schaut umher, befühlt die Wände der Grube, lässt den Blick über den Toten wandern, nimmt die gesamte Szenerie in Augenschein. Dann beugt er sich vor und fingert behutsam an den losen Beinknochen. »Hm«, wiederholt er noch einmal, »die *Tibia* ist fast völlig abgetrennt. Ein frischer Bruch. Den hat sicher unser Freund, der Torfstecher, zu Stande gebracht.« Irritiert schüttelt er den runden Kopf. Vorsichtig stapft er um den Körper herum, betrachtet ihn aus verschiedenen Winkeln und notiert hin und wieder etwas in einem kleinen schwarzen englischen Notizbuch. Der nasse Boden gibt weiche Laute von sich, die Seufzern gleichen, die irgendwoher aus der Tiefe kommen. Ein Weilchen später greift der Deutsche nach seinem Rucksack und fängt an, in dessen Innerem zu wühlen, ohne den Blick auch nur eine Sekunde von dem Moormenschen zu lösen. Rav steigt in die Grube und hockt sich neben den Deutschen. Nadler hat endlich gefunden, was er sucht, ein Klappmesser mit dünnem schmalem Blatt. Das Metall wirft einen kalten Glanz zurück. Vorsichtig gräbt sich Nadler damit in den dunklen Belag, der den Körper bedeckt. Unendlich behutsam stochert er in den schwarzen, teerähnlichen Schichten, und während er arbeitet, fährt er sich mit der Zunge unablässig über die weichen Lippen. Das rosafarbene Gesicht glänzt vor Schweiß, es erinnert an die barocken Züge der Cherubim unter der Orgelempore in der Kirche von Graensebyen. Rav begnügt sich damit zuzusehen, er tastet einen Augenblick nach seiner Pfeife, doch der Blick des Deutschen lässt ihn die Suche aufgeben. Plötzlich hält Nadler inne und sinkt auf die Fersen zurück. Mit leisem Wimmern steigen Bläschen um seine Füße auf. Aus seinem Gesicht ist der Eifer gewichen und hat Nachdenklichkeit Platz gemacht. Er schiebt die Unterlippe vor wie ein unzufriedenes Kind. Dann steht er auf.

»Nicht so alt, wie ich gedacht habe. Eine Enttäuschung.« Sorgfältig wischt er das Messer am Taschentuch ab und klappt es zusammen. Der Mechanismus verursacht ein scharfes Klicken in der Stille.

»Was wir hier vor uns haben, ist ein Soldat. Der Körper hat sich sechzig, vielleicht siebzig Jahre in der Erde befunden, was weiß ich. Die Sache fällt nicht in meinen Zuständigkeitsbereich. Möglicherweise ein Bauernjunge aus der Gegend. Armer Teufel. Seht ihr, das da ist eine Uniformjacke.« Er tippt mit der Stiefelspitze an den Rand des dunklen Belags. »Und das da ist ein Biss. Er hat wohl erst woanders ge-

legen.« Nadler weist auf den Kopf des Soldaten, von dem Ohr des Toten ist lediglich ein dünner lederartiger Ring um den Gehörgang übrig geblieben.
Der Deutsche lehnt sich an den Rand der Grube, angelt eine Zigarette aus einem glänzenden Etui und zündet sie an, nicht ohne sie vorher sorgfältig glatt geklopft zu haben. Rav bringt endlich seine Pfeife zum Brennen, und eine Weile stehen die beiden paffend nebeneinander, der hoch gewachsene, magere Däne und der beleibte, blasierte Berliner. Gabriel Mayer ist der Letzte, der in die Grube hinuntersteigt, jetzt wo die beiden anderen das Interesse verloren zu haben scheinen. Es ist seine Aufgabe, für den Vermerk im Kirchenbuch die Fakten zu notieren, da es sich ja offenbar weder um einen Mord noch einen archäologischen Fund handelt, sondern um eine unbekannte Leiche, die in ungeweihter Erde liegt. Vermutlich wird Pastor Aronius eine Andacht halten und den Toten bestatten wollen. Der in die Jahre gekommene Aronius sieht seine Verstorbenen gern auf dem Friedhof in Graensebyen um sich versammelt, als könnten sie über sein eigenes Leben wachen. Das ist auch der Grund, weshalb er wie all die anderen Alten der Stadt eingehend die Todesannoncen studiert, die in der *Avisen* publiziert werden – als wären es Namen, die in einer altertümlichen Dokumentenrolle aufgelistet sind.
Mayer stolpert und wäre beinahe auf den Moormenschen gestürzt, in letzter Minute gelingt es ihm, sich aufzurichten. Er hat den Körper ein Stück verschoben, doch als er zu Nadler schaut, zuckt der Deutsche nur mit den Schultern und zieht den Zigarettenrauch tief in die Lunge ein, der Tabak glüht auf. Er wirft Mayer einen gleichgültigen Blick zu, der zugleich träges Interesse verrät. Auch Mayer beugt sich nun über den Körper, getrieben von einer Neugier, die er nicht erklären kann. Zunächst bemerkt er die Bewegung in dem modernden Stoff nicht, doch dann bleibt sein Blick an einer Stelle hängen, wo sich einmal eine Rockfalte befunden hat.

Eine längliche farbenprächtige Raupe bewegt sich zögernd über den Stoff, hält in regelmäßigen Abständen inne und wittert in der Luft, als könne sie Gabriel Mayers Anwesenheit in dieser unwegsamen Landschaft voller Hügel und Täler spüren. Der gestreifte Leib ist mit kurzen feinen Borsten bedeckt und schiebt sich in weichen Wellenbewegungen vorwärts. Unter der dünnen Haut pulsiert ungeschützt das Leben, eine bleiche Flüssigkeit in einem zerbrechlichen Gefäß. Rav tritt näher und beugt sich über die Gestalt, um das kleine Tierchen zu betrachten.

»Mich laust der Affe«, sagt er, »ein Ringelspinner. Wie kommt denn der hierher?«

Doch ist das eine Frage, auf die keiner der beiden anderen eine Antwort weiß.

Kopenhagen, Februar 2000

Malacosoma neustria. Ringelspinner. Ein unansehnliches Insekt aus dem Obstgarten. Ein gelbbrauner, haariger kleiner Falter, der in alten Apfelbäumen und im Weißdorn feine Netze spinnt, ringförmige Kokons, die bei der Wirtspflanze zuweilen Fäulnis hervorrufen. Bei bestimmten Lichtverhältnissen wirkt der ausgewachsene Falter wie mit Gold überpudert. Das Tier auf der Moorleiche war jedoch noch eine Larve gewesen. Madsen hatte den lateinischen Namen mit Bleistift am Rand des Berichts vermerkt. Vermutlich hatte er ihn nachgeschlagen oder jemanden danach gefragt. Tomas Rav und Gabriel Mayer hatten ihre Rapporte am Morgen des ersten September abgegeben. Diese Aufzeichnungen fehlten. Der Archäologe Nadler war zu diesem Zeitpunkt bereits über Hamburg-Altona unterwegs nach Berlin gewesen, die beiden anderen hatten ihn am Tag zuvor zum Zug begleitet. Aus irgendeinem Grund hatten sie die Station bei Fårhus gewählt, wo der Zug nur hält, wenn er mittels Signal dazu aufgefordert wird.

Jens Madsens runde kindliche Handschrift ist sehr gut lesbar. Er hat ins Reine geschrieben, was die beiden anderen berichtet haben. Auf diese Weise sind alle Ungereimtheiten und Fragezeichen aus der Geschichte verschwunden, sie hat sich in Wachtmeister Madsens weiche saubere Federführung verwandelt. »Die Leiche wurde mit einiger Mühe nach Graensebyen transportiert, und befindet sich nun in dem alten Leichenhaus hinter der Kirche. Sie wurde auf mit Stroh bedecktes Eis gelegt, selbst wenn das nicht nötig war, und die Bekleidung – die man losbekommen konnte – in der Polizeigarage zum Trocknen ausgelegt. Es gibt keinerlei Hinweis, dass es sich um das Opfer eines Verbrechens handelt, denn der Mann ist allem Anschein nach vor langer Zeit zu Tode gekommen. Wahrscheinlich ist er im Krieg gefallen. Die Stadt Graensebyen und Pastor Aronius bereiten eine kleine Zeremonie zur Bestattung des Aufgefundenen vor, doch zunächst müssen seine Nationalität und sein Alter festgestellt werden.«

In Kopenhagen läuteten die Kirchenglocken, doch mir war, als befände ich mich in der kleinen dänischen Grenzstadt. Wir schreiben die dreißiger Jahre, die späte Augusthitze lässt die Milch in den Kannen sauer werden, Staub wirbelt von den spärlich gepflasterten Straßen auf, und die Bewohner des Ortes, die lange geblümte Kleider aus dickem Baumwollstoff oder hellgraue Cheviotanzüge und Baskenmützen tragen, schwitzen in der Wärme. Es ist die Zeit der Ballonreifen und knarrenden Ledersättel, ein Jahr vor dem Krieg.
In Dänemark hatte man bereits 1938 die Auswirkungen von Hitlers Judengesetzen zu spüren bekommen – der Strom der

Flüchtlinge schien kein Ende nehmen zu wollen. Viele der Emigranten hatten Pässe auf die Namen »Sara« oder »Israel«, die Einheitsnamen der Nazis für die Juden. Es sind Menschen, die eine große Angst in sich tragen. Der Verlust des eigenen Namens ist wie ein Vergessen vor dem endgültigen Vergessen.

Zugleich liegt die Ackerkrume nährstoffreich und fett wie immer auf den dänischen Feldern, die Sonne brennt, in der Stadt lauscht man den Quizsendungen im Radio und streicht die Zäune entlang der Hauptstraße. In der Kirche beginnt das Großreinemachen: Mit Schmierseife und Wurzelbürste soll dem nahezu hundert Jahre alten Schmutz zu Leibe gerückt werden, die Bänke erhalten eine neue Schicht grauer Farbe, das Gold auf dem Altarbild und die Holzschnitzereien werden abgestaubt, der Fußboden erst gekehrt und danach auf den Knien liegend gescheuert. Jemand findet einen alten schmiedeeisernen Schlüssel, der in kein Schloss mehr passt. Die alte Kirchentür ist längst irgendwo vermodert. Der Kirchendiener stellt eine lange Leiter gegen die Wand und reißt endlich das Storchennest herunter, das ihn seit Jahren ärgert. Dicht neben den Turm haben es die Vögel gebaut, ein Gestrüpp aus Zweigen, Flaum und altem erstarrten Vogelkot, das den Dachstuhl mit Fäulnis bedroht und Vergänglichkeit erahnen lässt.

Vielleicht ist nichts von alledem geschehen. Vielleicht verhielt es sich aber auch genau so. In dieser Zeit jedenfalls entschließt sich Pastor Aronius in seinem achtzigsten Lebensjahr, dem toten Soldaten einen Namen und ein Viereck geweihter Erde zu geben. Er stellt Nachforschungen an. Der junge Gabriel Mayer wird ihm Auge und Ohr.

Mayer hatte seine Notizen in ein dünnes blaues Büchlein eingetragen. Ich zählte zwanzig Seiten voll kleiner, mit scharfen Spinnwebenstrichen geschriebener Buchstaben. Es schien, als habe er Papier sparen wollen, und ich musste die Schreibtischlampe einschalten, um seine Schrift lesen zu können. Hier und da war die Spitze des Füllfederhalters an dem schlechten Papier hängen geblieben, und die Tinte war zerlaufen. Die Nachforschungen hatten Mayer weit in die Vergangenheit zurückgeführt, zu dem unglücklichen Krieg mit Preußen in den sechziger Jahren des 19. Jahrhunderts.

Damals waren die Herzogtümer Schleswig und Holstein, wie schon so viele Male zuvor, zum Zankapfel geworden. In den dänischen Hügeln steckten noch immer die Reste des Danewerks, eines nationalen Kleinods. Das Danewerk war eine Befestigung, die von dänischen Wikingern zum Schutz gegen die Südvölker erbaut worden war. Der Erdwall war im Lauf der Jahrhunderte nach und nach zusammengefallen, aber angesichts der Kriegsdrohungen und der preußischen Kanonen begann man ihn wieder herzurichten. Dänemark wollte Schleswig durch eine neue Verfassung fester an sich binden und Bismarck und die Preußen sahen ihren Weg in das Gebiet nördlich von Kiel gefährdet, wo man die deutsche Ostseeflotte zu stationieren gedachte. Das Herzogtum war nötig, um die Lage des Hafens abzusichern. Angefeuert von Gassenhauern, Schnaps und gefühlsträchtigem, aber wenig fundiertem Nationalismus, zogen die Armeen der beiden Staaten in den Krieg, das erste Mal 1848 – und dann erneut 1864. Die Auseinandersetzungen endeten im Frühjahr desselben Jahres mit der blutigen dänischen Niederlage bei Düppel und Alsen. Vielleicht hat Nordeuropa schon damals – und nicht erst 1914 – seine Unschuld verloren, was den modernen Krieg betrifft. Jedenfalls waren die dänisch-preußischen Kriege die Ouvertüre.

Mayer hatte alles an Fakten vermerkt, was er für relevant hielt, vor allem Jahreszahlen und Orte. Vermutlich war Pastor Aronius in solchen Dingen sehr genau gewesen. Unter Mayers Dokumenten befand sich auch eine Karte von 1917, die im Bibliographischen Institut in Leipzig gedruckt worden war. Sie zeigt die Eroberungen des Deutschen Reiches im Jahr 1864, als die Grenze am Kongeå, mitten zwischen Heljs und Fjelstrup verlief. Das änderte sich erst 1918, als Deutschland so vieles, und in erster Linie vielleicht seine Anständigkeit verlor. Die Karte war offenbar häufig benutzt worden, denn sie war stark lädiert. Die Faltstellen waren aufgeplatzt und hier und da schimmerte die darunter liegende Leinwand durch. Die Oberfläche löste sich langsam ab und feine Risse liefen über sie hin wie bei altem Porzellan. Die Farben – dänisches Rot neben deutschem Grün – waren verblasst, als sei die Zeit dabei, alles aufzulösen: Grenzen, Küstenschraffierungen, Landmarken ... Doch halt, jetzt eile ich den Ereignissen voraus, denn Gabriel Mayer hatte die Geschichte zum Leben erweckt.

Methode

Meine Bibliothek ist nicht sonderlich umfangreich. Der Grund ist offensichtlich: Ich habe in der Lille Novicegade nicht viel Platz. Was ich an Büchern besitze, befindet sich in einer kleinen Kleiderkammer, eigentlich eher einem Wandschrank, den ich mit Regalen und einer Leiter mit breiten polierten Stufen ausgerüstet habe. Dort drinnen findet sich alles, was ich brauche. Selbstverständlich besitze ich die Standardwerke, also Gyldendals Lexikon und Paulsens »Geschichte der Dänischen Kriege« in zwei Bänden, dazu eine ganze Reihe vollständiger oder fragmentarischer Tagebücher, die von Heimatvereinen und Kleinverlagen publiziert wurden, sowie Schriften der intellektuellen Narren, die sich über Jahre hinweg mit einer einzigen Sache beschäftigen, zum Beispiel der Frage, ob Harald Blauzahn ermordet worden ist oder Søren Kirkegaard seine Verlobung selbst gelöst hat oder nicht. Obendrein habe ich eine ständig wachsende Kartothek mit Fragestellungen, die von den Wissenschaftlern des historischen Instituts verworfen worden sind – Notizzettel, Auszüge, Ideenskizzen –, alles nach Themen geordnet und in Weinkartons aus der *Blauen Traube* verstaut. Worüber ich mich nur allzu oft ärgere, ist die hartnäckige Weigerung der traditionellen Forschung, sich hinaus aufs Feld zu begeben. Man fürchtet sich davor, dass schweißnasse Hemd am Rücken kleben zu spüren und ist ängstlich darauf bedacht, keine dreckigen Schuhe zu bekommen. Meine eigene Definition der Geschichtsforschung lautet, dass es die Aufgabe des Historikers sei, *ausgehend von dem vorhandenen Material die Vergangenheit zu rekonstruieren.* Feldarbeit zu leisten, dabei bei der Gegenwart anzufangen, Farbe, Bodenbeschaffenheit, Temperatur, Licht und Wasser zu untersuchen, und erst später zu den schriftlichen Quellen überzugehen. Die Genealogie eines Huhns zu erstellen, um etwas über die Zusammensetzung der Eierschale herauszufinden. Immer wieder aufs Neue zurückzukehren und das gesamte Objekt zu verschiedenen Jahreszeiten und bei jedem Wetter zu studieren. Auf diese Weise entdeckt man sofort jede Dissonanz im Text, jeden falschen Ton, bemerkt, wenn die *Stimmung* des Ortes nicht korrekt wiedergegeben wurde.

Man nehme beispielsweise das Schlachtfeld von Düppel in einem Spätsommer unserer Tage. Grüne Hügel mit saftigem Gras, die Kühe käuen wieder und betrachten dich mit glasigen Augen, die Touristen sitzen mit ihren gelangweilten, brüllenden Kindern beim Picknick, der Himmel ist blau, der Sund nur ein diesiger Schleier sich verflüchtigender Kälte – kurz gesagt, ein Idyll, ebenso vollkommen wie auf dem Gemälde eines Genremalers. Die Gegenwart bringt dich geradewegs zur Düsseldorfer Schule und wieder zurück. Der

Krieg scheint so unkompliziert zu sein, wie glänzende Zinnfiguren auf einem Brett hin und her zu schieben.
Komm jedoch an einem kalten, nassen Frühlingstag dort vorbei, einem jener Tage, wenn sich der Winter entschlossen hat, noch einmal seine Macht zu demonstrieren. Ist das derselbe Ort? Ja, eindeutig, aber dennoch sehen die Voraussetzungen für einen Spaziergang über die Hügel völlig anders aus. Der Wind verschlägt dir den Atem, die Nase läuft und die Augen tränen. Unten am Wasser, hinter den grasüberwachsenen Schanzen, lässt der Sturm die Wellen schäumen und es scheint völlig ausgeschlossen, dass die Schiffe der Preußen sich durch die aufgewühlte graue See bis hierher vorkämpfen konnten. Aber genau das ist geschehen. Wie will man diese Erfahrung am Schreibtisch heraufbeschwören? Die Vergangenheit muss, kurz ausgedrückt, so behandelt werden, als untersuche man den Schauplatz eines Verbrechens: Ein hohes Maß an Aufmerksamkeit und Gründlichkeit ist vonnöten. Der Forscher hat den historischen Augenblick so genau wie möglich zu rekonstruieren, aus Statistiken und Tabellen die Geschwindigkeit und Richtung des Windes und die Temperatur zu ermitteln, in Tagebüchern nachzulesen, um Uhrzeit und Lichtverhältnisse zu bestimmen, wenn machbar auch Kleidung und Nahrungsaufnahme nachzustellen und schließlich auf den magischen Zeitpunkt zu warten, an dem alle Parameter zusammenspielen. *Damals wird zu heute*. Dennoch ist das nur der Anfang, um den historischen Augenblick verstehen zu können. Denn dann muss die Erfahrung durch Berichte über Grenzen, alte Traktate, die zeitgenössischen Herausforderungen, über Sprache und Nationalismus ausgekleidet werden. Starke Gefühle, an die sich niemand mehr erinnert, die jedoch möglicherweise in einem alten Märchen oder einem Roman bewahrt worden sind. Vielleicht eine unmögliche Aufgabe, aber man muss es versuchen. Wenn alles übereinstimmt, kann man möglicherweise ein Stück Geschichte erleben – so

als lege man einen dünnen, einem Körper entnommenen Gewebeschnitt unter ein Mikroskop. Doch all die Unsicherheiten, Zufälle, Wissenslücken bringen auch einen anderen Gedanken hervor – einen, der vielleicht von allen der interessanteste ist: Hätten die Dinge unter den gegebenen Voraussetzungen nicht auch einen anderen Verlauf nehmen können? Lässt sich die Geschichte – und sei es nur in der Theorie – verändern? Das ist es, was ich wissen will.

Düppeler Schanzen, Spätwinter 1863/64

Erst spät und nur zögernd verabschiedet sich der Winter. Die Sonne hängt rotgelb und kränklich über den höckerigen Hügeln. Manchmal zieht sich der Himmel zu, Wolkenfetzen sperren das Licht aus, lassen die feuchte Luft eisig werden, und auf den wollenen grünen Uniformröcken setzen sich winzige Wassertropfen ab, sie erinnern an die Glasperlen auf dem Kleid der Ballerina im Königlichen Theater zu Kopenhagen. Es ist, als wäre man unter einer matt geschliffenen Glasglocke eingeschlossen. Vieles geschieht wie in Zeitlupe, anderes bleibt ganz aus. Doch die Uhr tickt unverdrossen, lässt an raschen Herzschlag denken, an andere Räume, warme, hell erleuchtete Zimmer aus einer anderen Zeit. Die Landschaft an der Flensburger Förde allerdings verändert sich nicht. Das Meer in der Bucht ist grau und höckerig, bedeckt von kurzen kantigen Wellen. Die Schleppkähne der Preußen liegen ein Stück weiter draußen, das Wasser erreicht fast den geteerten Rand. Sie gleichen Krokodilen in einem träge fließenden Strom – fett und prall, mit vollen Bäuchen und im Bewusstsein ihrer Macht. An Land haben sich die jütländischen Straßen in tiefe Lehmgräben verwandelt, aufgewühlt durch die schweren Wagen im Tross der Armee. Die Bauern mit ihren Karren voller halb verfaulter Kartoffeln und Rüben aus dem Vorjahr, haben sich längst andere Wege gesucht. Jemand sagt, sie würden lieber an die Preußen verkaufen, die bieten einen besseren Preis und zahlen mit dem kaiserlichen Gold ihrer Verbündeten, der Österreicher.

Seit Anfang Februar, seit mehr als zwei Monaten, liegen sie jetzt in die Sanddünen eingegraben, und seit Mitte des Monats schließt sie ein enger Feuerring ein. Die Vorräte sind aufgebraucht. Dicke graue Läuse und braune Ratten laufen über die Männer, von den aufgequollenen Leichen vor den Wällen zu den Lebenden hin und zurück, und bringen Typhus und Fieber mit sich. Die Ratten sind so fett und träge, dass sie kaum beiseite gehen, wenn die Männer voller Ekel Steine und leere Patronenhülsen nach ihnen werfen. Hin und wieder gelingt ein Volltreffer, worauf die anderen Ratten sofort an dem Leichnam ziehen und nagen. Sie quieken schrill und aufgeregt, bis jemand zu singen beginnt, um das teuflische Theater zu übertönen – und vielleicht auch, um ein wenig an Menschlichkeit zu retten. Das Ganze endet stets damit, dass die feindlichen Batterien aufs Neue anfangen zu schießen, so als wollten sie Ruhe und Ordnung wiederherstellen. Das Feuer trifft die Wälle, meißelt Stück für Stück aus den Schanzenwänden und verwandelt Lehm und Mörtel zurück in Sand. All das wiederholt sich ständig und hat mittlerweile tatsächlich so etwas wie einen Anschein von Normalität erhalten.

Die drei, Moritz, Christian und schließlich Gad Friis, der hierfür eigentlich noch nicht einmal alt genug war, haben sich gleichzeitig anwerben lassen. Alle drei kommen sie aus den Vorstädten Kopenhagens, aus den Arbeitervierteln an der Nørrebro. Innerhalb weniger Stunden haben sie fast alle

Kasernen gesehen, sind von einer zur andern gegangen, von rußigem rotem Backstein zu ockergelbem Putz. Der Geruch nach Latrine, Pisse und ungewaschenen Körpern war im Großen und Ganzen überall derselbe. Immerhin ist einem bei der Armee die Fleischration sicher, das zumindest wollen sie glauben. Bei der Garnison unten am Østerport hat man sie mit Röcken und Hosen ausgestattet, Hemden und Stiefel allerdings gab es nicht, die sind den Freiwilligen aus Kopenhagens Bürgergarde vorbehalten. Der Rock ist tiefblau und mit Messingknöpfen versehen, die Hose hat die Farbe des Himmels. Die groben, mit Holzsohlen versehenen Botten wollen dazu nicht recht passen, aber wie man ihnen sagt, spielt das keine Rolle, da sie bei nächster Gelegenheit, sobald der Wind umschlägt und so günstig steht, dass man die Schaluppen zu den Schiffen im Sund rudern kann, direkt vom Hafen aus verschifft werden. Nur die freiwillige Bürgergarde soll durch die Stadt und am Königlichen Schloss in der Amaliengade vorbeimarschieren. Leute, die rechts und links unterscheiden können und mit einem blank polierten Gewehr bereits auf Armeeart umzugehen wissen. Die meisten der Bürger kehren im Anschluss nach Hause zurück, packen Uniform, Stiefel und Gewehr in den Schrank und verspeisen beim Schein sorgfältig beschnittener Kerzen in aller Ruhe ihr Abendessen.

Anfang Dezember 1863 gibt es plötzlich eine längere Periode mit mildem Wetter und die Truppen setzen sich in Bewegung. Die Boote werden mit Männern und grüngesichtigen Jungen in bunten Uniformen beladen – Truppen die sich nur durch eine trübe Linse und aus einiger Entfernung als solche ausnehmen. Mit vor Kälte knarrender Takelage und kochend heißen Dampfkesseln fährt man in drei von König Christians Kriegsschiffen aufs Kattegatt hinaus. Friis ist von den beiden anderen getrennt worden und liegt speiend unter Deck, bis man ihm eine Pütz eiskaltes Meerwasser über

den Kopf schüttet und einen heftigen Tritt in den Hintern verpasst. Da packt ihn die Angst und er kriecht zurück nach oben. Die Schiffe dampfen durch eine Welt aus Eis.
Vor der Sandbank von Seeland beginnt das Meer wieder zu gefrieren, zähflüssig rollen lange saugende Wellenschläge heran. Das dünne Eis gibt einen spröden, raschelnden Laut von sich, wenn der eiserne Schiffskörper die Oberfläche durchschneidet. Das gefrorene Meer leuchtet bläulich und scheint am Horizont nahtlos in den bleichen Winterhimmel überzugehen. Wo das offene Meer beginnt, ist nicht zu erkennen. Mit roten Augen und angestrengt blinzelnd können die Männer in der Ferne Land ausmachen, schattenhafte Erhebungen, die in all dem Weißen wie dünne Tuschestriche wirken. Hier und da zeichnen Leuchtfeuer zu nächtlicher Stunde gezackte Spuren über das Eis, die denen von Wunderkerzen gleichen. Von Friis Schiff aus sind auch die Konturen der beiden anderen Schiffe zu erkennen, schwach gezeichnete Silhouetten in einer ansonsten leeren Welt, mit kleinen unförmigen Seemannsfiguren, die sich vorsichtig über Deck und Takelage bewegen und bei jedem Schritt kurz zögern, als wären sie mechanische Spielzeuge, die man vergessen hat aufzuziehen. Eines Nachts, als das Schiff unendlich langsam und unter heftigem Qualmen die Lichter von Kalundborg auf Seeland passiert, erstarrt selbst der Spiritus in der Kompassrose, so dass die Nadel störrisch nach Süden zeigt. Selbst die Ältesten an Bord haben so etwas noch nicht erlebt.

Am 13. Januar wirft der Steuermann im Sund vor Alsen den Anker aus. Nach knapp fünf Wochen auf See schaukelt der hart gefrorene Sand schlimmer als das Meer. Fünfhundert frierende Männer gehen an den Stränden von Mommark an Land.

Kopenhagen, Februar 2000

Ich schlug Mayers Büchlein zu. Es kommt vor, dass mir meine Fantasie einen Streich spielt, aber ich hatte Fakten, an die ich mich halten konnte. Der Dänisch-Preußische Krieg war eines von Kais Interessengebieten gewesen, und natürlich hatten wir uns auch die Düppeler Schanzen angesehen – grüne Grashügel, von denen man eine schöne Aussicht auf die blaudiesige Bucht bei Sønderborg und jenseits des Wassers auf Deutschland hatte. Hier und da stehen Gedenksteine für die Gefallenen im fetten Gras, die von gemächlich schaukelnden Kühen umrundet werden. Ob man darin Mangel an Respekt oder notwendige Lebenswärme sieht, hängt davon ab, wie man Geschichte generell betrachtet – als etwas Abgeschlossenes, ein Monument aus Granit oder als einen ständig fortlaufenden Prozess.

Mayer hatte sich kurz gefasst, aber die Geschichte bringt sich immer irgendwie in Erinnerung. Du trittst in ein Loch oder stößt auf einen unbekannten Soldaten, der vor seiner verspäteten Bestattung auf einem Kleinstadtfriedhof plötzlich einen Namen bekommen muss. Der Soldat, den man im Moor gefunden hatte, wurde am 15. September 1938 in der Nähe des Bockmeister'schen Grabgewölbes feierlich beigesetzt, die Landwehr salutierte mit Platzpatronen. (Einige der Männer waren Veteranen des Ersten Weltkriegs, in dem sie für die Deutschen gekämpft hatten.) Pastor Aronius hatte den Küster veranlasst, während des Gottesdienstes die Uniform auf einem Tisch in der Kirche auszulegen, und ein älterer Mann aus der Gemeinde, der sich für Militärgeschichte interessierte, glaubte sie als dänische Soldatenuniform aus den sechziger Jahren des 19. Jahrhunderts identifizieren zu können. Das Regiment wusste er nicht zu bestimmen, da das Kleidungsstück schon arg mitgenommen war. Die trockene Luft in der Kirche ließ die Jacke obendrein schrumpfen, bis sie nicht einmal mehr einem Puppensoldaten aus Daells Wa-

renhaus in Kopenhagen gepasst hätte. Ein anderes Gemeindemitglied meinte, der alte Stoff gebe einen eigentümlichen, Ekel erregenden Geruch ab, und als jemand das Wort Blut erwähnte, wurde die Uniformjacke in einer Kiste in der Sakristei verstaut. Am Ende trug der Kirchendiener die Lumpen nach draußen und verbrannte sie zusammen mit anderem Krempel und dem Laubhaufen hinter dem Gotteshaus. Da war man bereits mitten im Oktober. An einem Dienstagmorgen erhielt Wachtmeister Madsen eine Suchmeldung von den deutschen Behörden. Bei dem Vermissten handelte es sich um Doktor F. A. Nadler. Der Archäologe war seit seiner Abreise Ende August nicht mehr in Berlin gesehen worden. Madsens Erkundigungen in der Angelegenheit ergaben, dass Doktor Nadlers Gepäck aus dem Eisenbahnhotel »Grenzstation« in Graensebyen verschwunden war, doch eigentlich konnte sich keiner erinnern, ihn losfahren gesehen zu haben, nicht einmal Karin Müller, die Inhaberin des Hotels. Lediglich eine Flasche Eau de Cologne stand in seinem Zimmer noch vergessen auf dem Waschbecken, und die Putzfrau hatte unter dem Bett ein paar deutsche Münzen gefunden. Rav hatte sich um die Hotelrechnung gekümmert – wie er sagte, ihm Auftrag von Nadler. Sowohl Tomas Rav als auch Gabriel Mayer hatten den Doktor früh um halb sieben in den Zug steigen sehen, der ihn über die Grenze bringen sollte. Außer ihnen hatte sich niemand auf dem ländlichen Bahnsteig in Fårhus befunden. Rav meinte, der Doktor habe außer seinem Rucksack auch einen braunen Lederkoffer bei sich gehabt. Irgendwo zwischen Graensebyen und Berlin war F. A. Nadler verschwunden, der Tote im Moor schien für ein weiteres Mysterium gesorgt zu haben.
Ich las die deutsche Suchmeldung, die mit einer rostigen Büroklammer an Madsens Bericht geheftet war. Nadlers Rucksack hatte man am Grenzübergang in einem Coupé gefunden. Über seinen Inhalt wurde genauestens Bericht erstattet, das Protokoll war am 11. Oktober 1938 in die Akten aufge-

nommen worden. Danach folgte eine kurze Beschreibung der gesamten Falls. In Berlin führte man eine klare Sprache. Nadler war Junggeselle, und zunächst war man davon ausgegangen, dass er sich ein paar zusätzliche Tage in Dänemark oder in Hamburg gegönnt hatte, wo er auf dem Hauptbahnhof umsteigen sollte. Deshalb hatte es ein wenig gedauert, bis Nachforschungen angestellt worden waren. Der Deutsche sah genauso aus, wie ich ihn mir vorgestellt hatte. Etwa 1,70 groß und untersetzt, ein wenig beleibt und von gesunder Gesichtsfarbe. Er war blond, oben auf dem Scheitel befand sich bereits eine kahle Stelle. Keine Tätowierungen oder andere besondere Kennzeichen. Franz Aloysius Nadler war 1904 in München geboren und wohnhaft in Berlin, im Stadtteil ... (Der Name war ausradiert worden.) Er arbeitete in der archäologischen Abteilung des Antikenmuseums in Berlin. Das war alles an Informationen, was es über ihn gab. Nirgends war davon die Rede, dass er jemals wieder aufgetaucht wäre – FA Nadler galt wohl noch immer als vermisst. Die Suchmeldung war das letzte Dokument in meinem Bündel.

Ich löschte die Lampe und reckte mich. Das Zimmer lag im Dämmerlicht, und durch die Fenster drang die Musik aus der *Traube* herein. Ein alter Song von Sting: »When the Angels fall«. Ich beherrschte ein Stück des Textes: »take your father's cross/gently from the wall.« Es war nach fünf. Bis sechs war Happyhour für die Einsamen und Unglücklichen, mit lauwarmem Bier und schwarz geräucherten, mumifizierten Bierwürsten. Vielleicht half es ja. Ich ging nur runter, um mich zu beschweren, wenn der Ventilator schlimmer als üblich kreischte. Die Musik klang aus. »Yet all the ragged souls/of all the ragged men/looking for their lost homes/shuffle to the ruins/from the levelled plain/to search among the tombstones.« Ich ging in den Flur hinaus, um das Telefonbuch zu holen. Peter Mogensen war als Wachmann aufgeführt, wie ich es erwartet hatte. Erstaunlicherweise wohnte er in einer Straße, in der sich einige der ehrgeizigeren Renovierungsprojekte der Stadt befanden. Mogensens Adresse war die Krokodillegade 7, sie lag in der Nähe des Kastells und der alten Wälle. Das Haus musste ursprünglich zum Kasernengelände gehört haben. Soviel ich von dem Viertel wusste, dominierten dort betont schlichte Fenster mit tropfenförmigen Öllampen und stilvoller finnischer Glaskunst, und ich versuchte mir Mogensens rot verquollenes Gesicht in dieser Umgebung vorzustellen, ohne dass es mir gelingen wollte. Nun, ich würde ihn später anrufen, um die Lage zu peilen. Jetzt nahm ich meinen detaillierten Atlas zur Hand, um mir zunächst Düppel anzusehen.

Wenn ich nicht arbeite, wandere ich oft durch die Stadt. Es gibt Gedanken, die man besser außer Haus denkt, so als würden Kälte und Sauerstoff die Erinnerungen trockener und leichter werden lassen – und weniger persönlich. Ich bin es gewöhnt, tagsüber zu schlafen, so dass die Dunkelheit mich wachhält. Es war jetzt fast neun, und der Mond hing wie eine polierte Münze vor den Fenstern, klar und kalt. Fräulein Jessens Glasklöppel war um diese Zeit ohne Leben, eine dunkle Scherbe an einer Schnur. Wie üblich zog ich mich warm und praktisch an: derbe Cordhosen, Schal, zwei Wollpullover und gefütterte Stiefel. Die Nachtluft war kalt und frisch, nur die Dünste aus der chinesischen Frittenbude in der Fiolstræde störten. Ich zog mir den Schal vor das Gesicht und machte mich auf den Weg.

Normalerweise gehe ich nachts an den Kais entlang. Ja, nicht am Hafen, sondern an den von Wällen umschlossenen Seen, jenen Bassins, die ehemals die alten Sumpfgebiete der Stadt waren: Jorgens Sø, Peblinge Sø, Sortedams Sø. Sie stammen aus dem 19. Jahrhundert und sind Teil der Stadtgeschichte. Ich verlasse die Altstadt über die Jernbanegade

und Vesterport, folge den militärisch geraden Kairändern entweder die Vestergade oder Svineryggen auf der anderen Seite des Wassers hinunter. Die Häuser beiderseits der Kais stehen stramm wie Zinnsoldaten auf ihrem Posten, die Fensterscheiben glänzen dunkel in der Nacht wie reglose Wasserflächen. Wenn man stundenlang stillgesessen hat, ist es ein gutes Gefühl, ordentlich auszuschreiten, und zuweilen höre ich die Stimmen, von denen ich gelesen habe, dunkle und helle, sehe die ängstlichen Gestalten zögernd aus den düsteren Straßen treten, zwischen den blendenden Lichtern und schrillen Geräuschen der modernen Stadt in die Irre gehen. Ich kann Søren Kierkegaard sehen, wie er gebeugt im karierten Rock und mit Schlapphut um die Ecke verschwindet. Manchmal ist er jung und rosig, unterwegs zu Regine, seiner Herzallerliebsten, doch ebenso oft ist er alt und zusammengefallen, ein Misanthrop, gelb vor Galle – vom Stillsitzen und von der Eifersucht. Ich kann die junge Jenny Lind sehen, ihre Figur erinnert an ein Stundenglas. Sie steigt in eine Droschke und fährt Straßen hinunter, die es längst nicht mehr gibt. Das Licht in den geschliffenen Lampen der Droschke zischt und flackert vom Windzug. Am häufigsten überquere ich die Seen bei Dronning Louises Bro, gehe durch das Gelände des Hospitals und in den Botanischen Garten hinein. Nachts ist es dort zwischen all den dichten Rhododendronbüschen, die ihre dunklen Blätter gegen die Kälte zurückgestrichen haben, dunkel wie im Dschungel. Ich schlüpfe durch einen schmalen Spalt im Gitterzaun, von dem niemand sonst weiß.
An diesem Abend wählte ich indessen einen anderen Weg, einen mir gut bekannten, auch wenn es lange her ist, dass ich mich zu jenem Ort begeben habe. Zuerst aber drehte ich eine Runde um Rosenborg Have, um etwas Abendluft zu schnappen. Ich ging nicht in den Garten hinein, weil man auf den schnurgeraden Wegen so leicht zu sehen ist. Die Beete mit den gestutzten historischen Rosen sind zu dieser

Zeit weiß bereift, und die Düfte des Sommers schlafen in schwarzen Samenkapseln, als seien sie mit einem Zeitzünder versehen. Ich weiß nicht einmal, ob es wirklich bewusst geschah, aber nach einer Weile befand ich mich auf einer ganz besonderen Straße vor einem ganz speziellen Haus. Die Straßen der Gegend sind schmal und schwarz, sie wirken wie der Kasten eines Setzers. Hier gibt es ölige Autowerkstätten und Rockerklubs, Billardhallen und kleine Hotels und eine ganze Reihe blasshäutiger Damen, die dort stundenweise Zimmer mieten. Kais Garage lag hinter einem erbsengrünen Holztor, in dessen einem Flügel die Glasscheibe durch eine Holzfaserplatte ersetzt war. Es erinnerte an einen einäugigen Piraten mit einem Stofffetzen über der leeren Augenhöhle. Nach einigem Fummeln bekam ich eine Türhälfte auf. Die Luft, die mir entgegenschlug, war kalt und dumpf, gesättigt von fettigem Staub und Schmieröl. Zangen, Kabel und Schraubenschlüssel hingen ordentlich an ihren Haken, als wäre die Zeit stehen geblieben. Ich hielt die Luft an, trat über die Schwelle und versuchte die Augen an das Dunkel zu gewöhnen. Drei Jahre war ich nicht hier gewesen, hatte nicht herkommen können. Die Miete hatte ich all die Zeit weiterbezahlt, obwohl ich es mir kaum leisten konnte.
Mitten auf dem öligen Zementboden lauerte das Auto unter seinen Tüchern gleich einer alten schlauen Fledermaus in ihrem Flügelsack. Das Erbgut. Ich zögerte einen Moment. (Daneben habe ich auch das Hasenherz meines Vaters geerbt.) Schließlich tastete ich mich tiefer in den Raum hinein, schaltete die Deckenlampe an und zerrte die Abdeckung vom Kühler. Der Staub brachte mich zum Niesen. Kai Olsens Chevrolet Impala sah genauso aus, wie ich ihn in Erinnerung hatte. Cremefarben und weich gerundet, glänzend von Wachs trotz des langen Wartens. Das Auto war Papas Augenstern gewesen. Vermutlich war es ein Vermögen wert, tot oder lebendig. Ich zog die restlichen Laken herunter, öffnete vorsichtig die Tür und glitt auf den Ledersitz. Er knirschte

leicht, er war gut eingesessen. Das dünne weiße Lenkrad aus Bakelit reichte mir ungefähr bis zum Kinn. Die Pedalbeine schlenkerten in der Luft. Nichts hatte sich verändert.

Das erste Mal fuhren wir im Sommer 1968 nach Südjütland, es war ein, zwei Monate nach Mamas und Bobby Kennedys Tod. Kennedy starb auf dem Bürgersteig vor dem Hilton in Los Angeles, Mama hier in Kopenhagen, in einem Pflegeheim. Ich las alles über Bobbys Tod und sammelte jeden Zeitungsausschnitt. Kai vertiefte sich in die Schlachten des amerikanischen Bürgerkriegs und zeichnete detaillierte Karten von Orten wie Bull Run und Antietam. Da wir kein Geld hatten, um nach Amerika zu reisen, erweiterte Kai seine Studien auf den Krieg zwischen Dänemark und Preußen, der im selben Zeitraum stattgefunden hatte. Er studierte Waffen und Kriegstaktiken – zum Beispiel, welchen Effekt die Ablösung des Vorderladers durch den Hinterlader für den Ausgang der beiden Kriege hatte. (Die Soldaten konnten jetzt im Liegen nachladen, das heißt dabei in Deckung bleiben. Preußen benutzte die neuen M/1841- und M/1862-Gewehre und gewann auf diese Weise in der Schlussphase des Kriegs auf Alsen die Oberhand.)
Ich war sechs Jahre alt und hatte mir gerade selbst das Lesen beigebracht. Aus der Zeit davor ist mir nicht viel in Erinnerung geblieben, ich weiß kaum noch, wie meine Mutter ausgesehen hat, nur dass sie an den Nachmittagen gern schlief, habe ich noch im Gedächtnis. Endlose Stunden ruhte sie in einer geschlossenen stickigen Stadtwohnung mit braunen Fensterläden, die den Straßenlärm abhielten und ihn irgendwie gefährlich erscheinen ließen. Sie lag völlig still im Dunkel des Zimmers, nur ihre dünnen Augenlider bewegten sich im Schlaf, flatterten wie Insektenflügel. Sie lebte in einer Welt, die außer ihr niemand sehen konnte. Es war, als sei sie in der Traumzeit gefangen, der Tod stellte für sie vermutlich keinen großen Unterschied dar. Ich berührte

sie nie, während sie schlief, denn wenn du die Flügel eines Insekts anfasst, kann es niemals wieder fliegen. Neben ihrem Bett standen staubige Gläser, die ich nicht anrühren durfte und die Vater später wegwarf. Von ihr habe ich die Fähigkeit geerbt, tagsüber zu schlafen, und auch meine schmächtige Figur –, ihre Nerven hingegen blieben mir erspart. Meine Haare und Augen sind von unbestimmbarer Farbe und ähneln weder denen meiner Mutter, noch denen meines Vaters, vermutlich sind es meine eigenen.

Im Sommer 1968, ungefähr einen Monat nach den Schüssen in Los Angeles, machten mein Vater und ich also eine lange Fahrt mit dem Chevi. Kai hatte vor, ein Ferienhäuschen in Südjütland zu kaufen, und er und ich wollten auf dem alten dänischen Heerweg dorthin fahren – jener Marschroute, die von den dänischen Truppen schon um 800, zur Zeit des unentschlossenen Königs Harald Klak, benutzt worden war. Unter der Straße liegen noch immer Feldsteine gleich viereckigen Münzen in den Hügeln, die einst dazu gedient hatten, den kleinen zottigen Wikingerpferden Halt zu geben. Wir wollten die alte Heerstraße zumindest zwischen Kolding und Åbenrå benutzen, dahinter führt sie weiter bis zur deutschen Grenze. Auf diese Weise würden wir südlich von Haderslev auch Teile der ursprünglichen Pflasterung zu Gesicht bekommen. An die Fahrt erinnere ich mich allerdings kaum noch. Das Ferienhaus hatte Kai über eine Annonce in *Politiken* gefunden. Er glaubte, die Sache könne ein gutes Geschäft sein. Es war eins seiner vielen Projekte, die nicht sonderlich glücklich ausfielen. Ich nahm meinen Teddy mit und das Heft mit den Ausschnitten über Bobby K. Kai vergaß, noch irgendetwas anderes einzupacken.

Es war ein warmer endloser Sommer – vielleicht der längste in meinem Leben. Die Zeit bewegte sich sachte in weißen Sommerwolken am blauen Himmel, segelte in der Luft hin und her wie Gänseflaum. Wir lebten von Weißbrot, Würstchen und *Aprikosenmarmelade*, die Kai unterwegs gekauft hatte. Er trank Pilsner aus grünen Flaschen, während ich Zitronenbrause bekam, bis es im Bauch brodelte und gärte. Im Autoradio gab es Berichte über Studentenunruhen in Paris, über die Wassertemperaturen und darüber, dass die Schwarzen in Amerika Krach schlugen, weil irgendwo weit weg ein King auf einem Balkon erschossen worden war. In meiner Vorstellung bekam unsere Wohnung französische Fenster, Zikaden zirpten, draußen ging über einem feuchtwarmen Dschungel die Sonne unter und irgendwo dort im Halbdunkel lauerte neben einem blanken schwarzen Gewehrlauf ein Scharfschütze. Der Sommer wurde auf einmal gefährlich, bis ich die Sache wieder vergaß. Man schaltete das Radio aus, und die Welt verschwand in einem *Blaupunkt.*

Bei Åbenrå bogen wir zur Küste ab. Die Luft wurde feuchter und schien vom warmen Sonnendunst und dem dampfenden Meer goldfarben zu schimmern. Der Belt war ein blauer Streifen. Mein Kleid war bepinkelt und schmutzig, also warfen wir es in eine Mülltonne, und Kai kaufte mir stattdessen hellblaue Shorts, eine rote Sonnenbrille und ein paar geringelte T-Shirts. Der Motor schnurrte unter der Kühlerhaube wie eine große schwarze Katze. Ich wünschte, wir würden niemals ankommen. Die geflickte, asphaltheiße Landstraße schlängelte sich durch die sonnenverbrannte Landschaft als führe man über einen Drachenrücken. Die Zeit verlor jegliche Bedeutung. An den Abenden mieteten wir *Zimmer für Reisende* mit braunem klebrigem Linoleumboden oder kleine Badehäuschen mit Maulwurfshügeln aus feinem weißem Strandsand in den Ecken, der von anderen Feriengästen zurückgelassen worden war. Auf den grünen Düppeler Hügeln und den alten Schlachtfeldern fotografierte Kai und fertigte mit verschiedenfarbigen Stiften genaue Skizzen an – viel Grün und Rot und Preußischblau für das Meer in der Bucht. Er hatte Bücher über die Schleswigschen Kriege mitgenommen, aus denen er mir abends beim Einschlafen laut vorlas:

Über die Flucht hinüber nach Alsen unter dem verheerenden Kanonenfeuer der Preußen und darüber, wie der »Monitor« der Dänen, das kanonenbestückte Panzerschiff *Rolf Kranke*, aufgrund eines falschen Befehls unglücklicherweise aus der Bucht hinaussteuerte, die rotweiße Fahne in dem rußigen Wind wie eine trichterförmige Tüte nach achtern ausgerichtet, während sich die Preußen auf allem, was schwimmen konnte, der Küste näherten. Während der Kohlenrauch der *Kranke* allmählich am Horizont verschwand, wateten sie an Land, die Gewehre hoch über die flachen Matrosenmützen erhoben. Ein seltsamer Anblick für alle Beteiligten.
Wir hatten Zeit. Es dauerte über eine Woche, bis wir bei dem Häuschen ankamen. Kai hatte einen Schlüssel erhalten, auf dem merkwürdigerweise Nr. 4 stand, obwohl die Hütte meiner Erinnerung nach völlig einsam auf einer Wiese mit messerscharfem Riedgras lag – einsam und im Begriff zu versinken. Der Sand verschwand langsam in einer unterirdischen Rinne, feinkörnig rieselnd gleich der Zeit in einer Sanduhr. Damals stand das Meerwasser so sonderbar niedrig, dass die Krabbentümpel am Austrocknen waren, und es roch bis in unsere drei Zimmer hinein dumpf nach Meeresgrund, ein säuerlicher Geruch, der allem anhaftete, den Matratzen, den Kissen und den Tapeten. Im Nachhinein erscheint es merkwürdig, dass wir nie über Mama sprachen, doch die Erinnerung ändert sich ständig, besonders, wenn du der Einzige bist, der über sie verfügt. Wenn du ihr *Verwalter* geworden bist. Genauso kann es sein.

Ich rutschte aus dem Auto und schmiss die Tür hinter mir zu. Das Blech schepperte und die Scheiben klirrten. Kai hätte das nicht gefallen, aber das scherte mich wenig. Ich fragte mich plötzlich, ob Mogensen eine Fahrerlaubnis und die richtige Gemütslage für einen Impala 58 besaß. Ich würde ihn fragen müssen.

Ich kam spät nach Hause und steckte den Schlüssel ins Schloss. Ich spürte, dass die Nachbarin mit dem Lärchenbaum mich durch die Mattglasscheibe in der Tür beobachtete. Sie konnte sich nicht entscheiden, welcher Berufsgruppe sie mich zuordnen sollte, und das war für sie wahrscheinlich eine bittersüße Qual. Ein *taxonomisches Vakuum.* Auch ich selber empfand es als solches. Ich fummelte umständlich mit dem Schlüssel herum, damit sie ein bisschen mehr Stoff zum Grübeln hatte, und ging dann zu mir hinein. Die Musik aus der *Traube* war verstummt und durch das trockene Rattern des Ventilators ersetzt worden. An diesem Abend hatte keines der kleinen Wesen dran glauben müssen. Ich setzte mich ins Dunkle und dachte nach.

Vermutlich hatten wir damals das Moor von Frøslev besucht, obwohl ich mich nicht daran erinnern konnte. Feuchtgebiete, Sumpflandschaften – solche Orte waren einander ähnlich, die Bilder von Opferplätzen, Pferden und Urzeitmenschen, die sie hervorriefen, von moorigem Boden, der alles verschlang und bewahrte, vermittelten Zeitlosigkeit. Schwerter, Knochenstücke, aufgeblähte Tierbäuche. Mir fiel ein, dass ich eine Geschichte über dieses Gebiet gelesen hatte, und ich schaltete die Leselampe an, um die Regale zu durchforsten. Eine Stunde später sank ich staubig und verschwitzt zurück auf den Stuhl. Da war er, ein staubtrockener Band von 1957 vom Format eines Feldsteines aus einer Kirchenwand. *Vier Illusionen.* Ich schnappte nach Luft, als ich den Namen des Autors las: Gabriel Mayer, Doktor der Philosophie an der Universität Århus. Ich schlug das Buch an der Stelle auf, an der es sich wie von selbst öffnete.

Er muss daran denken, dass es Geschichten über ein altes Dorf beziehungsweise eine Siedlung gibt, die früher einmal im Moor gelegen haben soll, an dessen Stelle sich damals noch ein See befand. Bevor man den Boden irgendwann um 1870 versuchsweise trockenlegte. Landvermesser trafen ein, prüften und notierten, flogen im Warmluftballon über das Gebiet. Sogar das. Deutsche Beamte hoch über ihrem neu gewonnenen Territorium, der Wind pfiff in den Seilen, das Moor als feuchter Dunst weit unter ihnen. Die Welt plötzlich verwandelt in eine Karte, eine Projektion. Sanft meliert wie eine erdfarbene Wolldecke. Aber das Moor enthielt zu viel alte Nässe, um guter Ackerboden zu werden, das Wasser stieg unablässig nach oben, und am Ende gaben sogar die gewissenhaften Deutschen auf.

Niemand erinnert sich mehr, wo genau das alte Dorf lag, doch es lebt scheinbar gleich einem noch bewohnten Ort im Bewusstsein der Schleswiger fort: Die Römer, die durch Germania heraufgezogen kamen, am Danewerk vorbei, mit fremden Gesichtern, einer anderen Sprache. Der Lehm, der um die Beine aufspritzt und dann die atemberaubend kalten Nächte, in denen man nervös auf jeden Laut aus der Dunkelheit lauscht. Wie dann jemand – ein klein gewachsener, untersetzter Bergbewohner aus Etrurien – einen Blick zur Seite wirft, in der Nachmittagssonne die Augen schärft und plötzlich das Hügelwerk bemerkt, das draußen in einiger Entfernung im braunen Wasser liegt: mit Lehm beschichtete Wälle, von denen der Geruch von Fellen und dünner weißer Rauch herüberweht. Kein Mensch ist zu sehen, verstecken sich die Bewohner? Die Truppen bewegen sich an dem sonderbar schlafenden Dorf vorbei, schwere in Eisen gekleidete Gestalten am Uferrand, die so unwirklich anmuten, als handele es sich um ein Trugbild. Traumgewebe.
Kamen sie so weit nach Norden? Er versucht sich zu erinnern. Mitten in dem heulenden Sturm schlägt er in der friedvollen Erinnerung ein Buch auf, *Tacitus*, eine abgewetzte dunkelgrüne Volksschulausgabe, und lässt den Blick ruhig über die Seite gleiten. Aber er findet die Stelle nicht – den Bericht, wie die Leute draußen auf der künstlichen, gezimmerten Insel die römischen Soldaten vorbeimarschieren sa-

hen: blutrote Wolle und Leder, scheppernde Eisenplatten und kurze Schwerter, die rhythmisch gegen die Hüften schwingen. In Umhänge gekleidete Kohorten, über die unwegsame, frostige Landschaft verteilt – auf dem Weg nach Norden, vielleicht nach Britannia. Genau das ist ihr Ziel – nordwärts zu ziehen. Schwere waffenbeschwerte Schritte über die weichen saugenden Heideböden, und hoch oben gleich einer graublauen dicht schließenden Glocke der Himmel. Truppen auf dem Marsch, sichtbar nur durch einen schmalen Spalt in der Balkenwand, damals und weit später. Er überlegt, ob jene Laute, ob die Bilder vielleicht noch irgendwo vorhanden sind, bewahrt im Menschheitsgedächtnis wie in einer Zeitschleife. Er fährt fort, in seiner Fantasie zu blättern, feuchtet den Finger an und glättet die Seite, fragt sich, ob die Ballonfahrer hoch oben in den Wolken vielleicht im selben Raum existieren wie die römische Armee unten auf der Erde, voneinander getrennt nur durch den Zeitbegriff des Menschen, einer dünnen Schicht menschlichen Einvernehmens. Die Zeit. Getrennt durch die vielen mechanischen Uhren, deren Zeiger sich tickend vorwärts bewegen. Was für eine gigantische Einbildung. Der Mann lehnt sich an die kalte Erdwand zurück, ihn schwindelt und der Magen dreht sich ihm um. Sein Kopf schmerzt und seine Stirn ist heiß wie von Fieber, ja, höchstwahrscheinlich ist er im Begriff krank zu werden. Draußen im Moor liegen noch die Reste des alten Toten, sie haben es nicht geschafft, ihn ordentlich zuzudecken. Und der Regen fällt und fällt und erschafft langsam den alten See zurück, direkt vor ihnen – als hätte auch die Natur Zugang zu einer Karte.

Ich hielt inne. Die Erzählung hatte mich erneut ins Moor hinausgeführt. Mayers dickes kleines Buch hatte keinen Untertitel, es gab keinen Anhaltspunkt, ob es sich um eine wissenschaftliche Arbeit, einen Essay oder einen Roman handelte, eine Sache, die den Bibliothekar des Historischen

Instituts vermutlich in ohnmächtigen Zorn versetzt hätte. Ich konnte mich nicht erinnern, das Buch erstanden zu haben, aber seltsamerweise hatte es sich dennoch in meinem Bewusstsein befunden. Manchmal kaufe ich im Antiquariat ganze Kisten voller Bücher, nur weil ich in dem jeweiligen Karton einen einzigen wertvollen Titel entdeckt habe. Das lasse ich den Verkäufer allerdings nie wissen, sondern nehme lieber wie zufällig den ganzen Stapel – zu einem besseren Preis. Vielleicht hatte ich Mayers Buch bei einem solchen blinden Einkauf erstanden. Der Text war in einer knickrigen Petitschrift auf derbes gräuliches Papier gesetzt, das die Fingerspitzen zum Jucken brachte. An einigen Stellen war der Band noch nicht aufgeschnitten und die Seiten hingen in den alten Druckbogen zusammen. Hier und da lagen lose Blätter aus äußerst dünnem Papier dazwischen, die mit klein gekritzelten Notizen voll geschrieben waren. Der Titel des Buches blieb kryptisch.
Die zweite »Illusion« der Sammlung schien eine Geschichte über das Moor zu sein, eine Erzählung von etwa zwanzig eng beschriebenen Seiten, die offenbar noch niemand gelesen hatte. Ich überlegte einen Augenblick, ob ich mir ein Messer holen sollte, aber dann gewann die Müdigkeit die Oberhand und ich verschob die Sache auf später.

Ich schlief erneut bis weit in den Nachmittag hinein und wachte mit einem Kopfschmerz auf, der wie ein kleines wütendes scharfzähniges Tier hinter den Augen hockte. In meiner Erinnerung hafteten Fragmente beunruhigender Träume, doch wie üblich glitten sie davon, als ich sie direkt ansah, wie glatte Seetiere vor einer Aallampe davonschlüpfen. Ich schlich in die Küche, setzte Kaffee auf und schnitt eine Scheibe trockenes Brot dazu ab. Das Marmeladenglas stand wie immer wohl gefüllt im Schrank. Nach einem Schluck brühheißer Flüssigkeit und ein paar Bissen fühlte ich mich besser.

Dieses Mal nahm ich mir den Anfang des Buches vor. Merkwürdigerweise war es in Hamburg gedruckt worden, in einem kleinen Verlag, von dem ich nie gehört hatte: *Cerberus Buchdruckerei.* Irgendetwas an seiner Ausstattung, der kunstlose biegsame weiße Einband vielleicht, ließ mich zweifeln, ob das Buch tatsächlich erschienen war, möglicherweise war das hier ja ein Korrekturexemplar oder eine Einzelanfertigung für den Autor. Das Logo des Verlags zeigte einen Hund mit drei wütend geifernden Köpfen, der Cerberus der Sage. Die Geschichten schienen nach einer eigensinnigen Chronologie angeordnet zu sein, die Vorgriffe und Rückblenden erlaubte. Zum einen gab es beispielsweise eine Anzahl *Novella*, die sich bei einem raschen Blick als kuriose Episoden aus der Zeit um 1860 herausstellten, zum anderen kleine, wohl formulierte Reflexionen über den Krieg und die menschliche Existenz. Ein Essay handelte von dem romantischen Autor Hugo von Hoffroder (1809–1865) und enthielt eine Analyse einer seiner Erzählungen. Gabriel Mayer schien sich selbst außerordentlich ernst genommen zu haben. Vermutlich hatte er sich vor mehr als vierzig Jahren in der akademischen Rangordnung der Fakultät in Århus an einem aussichtsreichen Platz befunden. Vielleicht lehrte er noch immer an der dortigen Universität. Das akademische Leben zehrt nur unwesentlich an Herz und Muskeln, und jene, die sich darauf einlassen, werden meist recht alt.

Mayers Buch reizte mich sehr, doch zunächst hatte ich einige praktische Dinge zu klären. *Nihil sine labore*, ohne Arbeit wird nichts, wie Horaz geschrieben hatte, obgleich er später am liebsten die Wege in seinem Weinberg entlanggetrottet war. Ich griff erneut nach dem Telefonbuch und suchte Mogensens Nummer heraus. Nach dem zweiten Klingeln hob er ab. Die Stimme am anderen Ende der Leitung hörte sich schwach an. Ich sorgte dafür, dass meine so barsch wie möglich klang.

»Ist dort Peter Mogensen? Hier spricht Dorthe Wilhelmsen, Professor Rosens Sekretärin.«
Ich legte eine Pause ein und konnte hören, wie sich Mogensen bewegte, vermutlich setzte er sich. Ich meinte, das Knacken von Bettfedern zu hören.
»Professor Rosen hat ein paar Fragen zum gestrigen Tag«, fuhr ich fort, die Silben abgehackt, genau wie Dorthe. (Ihr geheimer Codename im Institut ist *Bullet*, die englische Bezeichnung für ein Hochgeschwindigkeitsgeschoss.) Mogensen antwortete mit einem erstickten Gurgeln. Fast tat er mir Leid.
»Es geht um Akten, die aus dem Zimmer des Professors abhanden gekommen sind, Herr Mogensen, Material aus dem Staatlichen Archiv in Berlin. Und dem Professor liegt eine Menge daran, diese Akten zurückzubekommen. Soweit ich sehen kann, hatten Sie heute Nacht Dienst?«
Mogensen antwortete mit einem weiteren Kehllaut. Mit Dorthe W. war nicht zu spaßen.
»Professor Rosen möchte mit Ihnen gern über diese Akten reden.«
Mogensen schwieg, aber ich konnte geradezu hören, wie er nachdachte – tick, tack –, es klang wie ein altertümliches Chronometer.
»Morgen um zehn Uhr Herr Mogensen. Der Herr Professor rechnet mit Ihnen.«
Ich wartete das letzte Brummen nicht ab, sondern legte auf.

Die Krokodillegade wird auf einer Seite von einem lang gestreckten ockerfarbenen Haus begrenzt. Zunächst von einfacher Ausführung, war es nach und nach aufpoliert worden – ein armer Provinzler, der sich plötzlich Wand an Wand mit parfümierten Herren in blank gewienerten Stulpenstiefeln und mit Spitzenkrause wieder fand. Im Nyboder Viertel gab es einst nur elende feuchte Wohnungen für die Besatzungen der Kriegsschiffe. Es lag damals am Rand der Stadt, ein

Stück hinter den Wällen und dem alten, im 17. Jahrhundert abgerissenen Østerport, weiter weg als eine Kanonenkugel rollen konnte und geschützt vor den schneidenden Winden des Sunds, Böen, die zuweilen den fetten Schornsteinrauch in die gusseisernen Pfannen der Schiffszimmerleute, Bootsmänner und Matrosenwitwen hinunterdrückte. Die Straßennamen hingegen erinnerten an die tropischen Breitengrade, in denen die Besatzungen seit dem 17. Jahrhundert Krokodile, Löwen und Delfine von sonnengetränkten Fregattendecks, Schaluppen und Barkassen aus erblickt hatten. Klein sind die Wohnungen hier noch immer, aber längst von anderer Ausstattung.

Es war ein eisig kalter Nachmittag mit einer Luft scharf wie Glas. Ich konnte es bei jedem Atemzug in den Lungenspitzen klirren hören. Unter der Wollmütze brannte mein Kopf. Allerdings schien wärmere Luft im Anzug zu sein, denn vom Sund her drang feuchter Nebel herein und legte sich über die Stadt, vielleicht kroch er irgendwo in der Nähe des alten Dampfschiffkais an Land, wo die beiden Stadtseiten die Wasserfläche zusammenpressen. Bald würden vom Wasser her Nebelhörner erklingen. Die Tür von Krokodillegade Nummer sieben war von einer dicken Schicht dunkelroter Ölfarbe bedeckt. Im Fenster stand eine chinesische Fayence-Skulptur, die einen hässlichen Dorfköter darstellte. Früher hatten die Seeleute solche Keramik in ihren Schiffskisten mit nach Hause gebracht. Um den dicken Hals des Hundes hing etwas, das wie ein Bierkrug aussah, aber vermutlich war es ein Kännchen Reisbranntwein. P. MOGENSEN stand auf einem handgeschriebenen Zettel, der nachlässig an den Briefkasten geklebt war. Als ich an dem Papier zupfte, kamen ein G und ein Punkt zum Vorschein. Weiter unten in der Straße tauchte der Briefträger auf und ich ließ rasch die Hände sinken. Die elektrische Klingel funktionierte nicht, deshalb schlug ich in alter Weise den Messingtürklopfer an die glatte Fläche. Der Laut rollte die Straße hinunter wie ein

Kanonenschuss. Es dauerte eine Weile, bis Mogensen öffnete.
»Esmé Olsen«, sagte er krächzend. Seine Stimme trug nur schlecht. Der Wachmann war nicht in Form, doch er trat artig zur Seite, um mich einzulassen. Ich fragte mich, warum. Ich konnte gerade noch sehen, dass Mogensens kleine Augen stark gerötet waren, dann senkte er den Blick und trottete wie ein großer brauner Bär in dicken wulstigen Wollsocken vor mir her durch den schmalen Flur. Ich folgte ihm – wie die kleine Goldlocke im Märchen.
Wir kamen in ein kleines quadratisches Zimmer, dessen Decke nicht höher war als die einer Schiffskajüte. Schwarze Balken bogen sich unter dem 350-jährigen Gewicht des Hauses. Die Eichen hatten ihre kräftigen Wurzelsysteme und Zweige in den Staatswäldern von König Christian IV. ausgeschickt und waren auf Siebenmannshöhe emporgewachsen, auf dunklen Waldlichtungen, wo Fliegengetier und allerhand Nachtfalter sich heimisch fühlten, ein Dunkel, das im Holz bewahrt worden war. Es herrschte ein satter Geruch hier drinnen, nach uralten Baumstämmen und bejahrten undichten Abwasserleitungen. Die Mischung war nicht leicht zu ertragen. Es war, als nehme man mit jedem Atemzug Geschichte in sich auf, und die Vergangenheit wurde ein Stück greifbarer. Eine starke Mixtur. Irgendwo ließ eine Uhr fünf feine Schläge ertönen. Mogensen sank auf eine Bank, und das Holz der Sprossenlehne wimmerte ängstlich. Das Zimmer machte ihn zu einem Riesen.
»Verdammt, Esmé. Ich habe ein bisschen was getrunken, verstehste.« Mogensen richtete seine rot geäderten Augen auf mich, und ich spürte Mitleid. Mit zitternder Hand goss er eine Flasche Mineralwasser in ein Bierglas und kippte den Inhalt mit einem Mal hinunter. Ein paar Tropfen rannen an der Seite vorbei und brachten den rötlichen Bart zum Hängen. Mogensen sah aus wie der Leibhaftige selbst. Er hatte Sachen an, die so etwas wie sein Hausdress vorstellen muss-

ten, weiche Kuschelhosen mit fusseligem Hängehintern und ein rotweiß kariertes Flanellhemd, das ihn ein paar unkleidsame Zentimeter breiter erscheinen ließ. Auf der Brust befand sich ein Fleck, von dem ich hoffte, dass es Wasser sei. Mogensen rülpste unglücklich.

»Wo hast du die Küche?«, fragte ich. Der Wachmann blickte mit Leidensmiene in Richtung Flur, voller Angst, den Kopf bewegen zu müssen. Ich ging auf Jagd nach der Kaffeekanne.

An der Wand der kleinen, aber überraschend ordentlichen Küche hing ein alter Kupferstich, ein Bild der Schlacht bei den Düppeler Schanzen. Deutlich war eine Palisade aus angespitzten Stämmen zu erkennen, die an Afrika denken ließ, an die Illustrationen zu den Berichten über die Entdeckungsreisen von Stanley, Burton, Speke und all den anderen Tollköpfen des 19. Jahrhunderts, die weder in ihrem Heimatland noch anderswo auf der Erde je zur Ruhe kamen. Auf dem Bild hingen dicke Wolken Pulverdampf über den dänischen Linien auf dem Hügel. Die Preußen näherten sich, wimmelten den Hang hinauf wie Ameisen zu ihrem Bau, und es war nicht schwer zu verstehen, dass Düppel verloren war. Das grob behauene Holz würde sie nicht zurückhalten können. Eine merkwürdige Zeit, dieses 19. Jahrhundert, mit Menschen, die sich ständig neue Spielsachen ausdachten.

Ich fand den Kaffee und bereitete ein pulverreiches Gebräu zu. Hier befand sich jedes Ding auf seinem Platz und die Ordnung verwirrte mich. Peter Mogensen musste ein seltsamer Mensch sein. Ein pedantischer Troll. Ich stellte die Kanne und zwei Kaffeetöpfe auf ein Metalltablett und trug es ins Zimmer. Mogensen hatte sich nicht vom Fleck gerührt, er hielt den zottigen Kopf umfasst wie ein Torwart den Ball. Während ich ungeduldig durch das Zimmer stiefelte, nahm er kleine fräuleinhafte Schlückchen von dem Kaffee. Die breiten dunklen Deckenbalken lagen gut einen Dezimeter über meinem Kopf, es war eine Kammer, die meinen

Maßen bestens entsprach. Sobald sich Mogensen jedoch bewegte, schien der Raum seine Form zu verändern, als würde er sich wie die menschliche Haut seiner Größe anpassen. Alles war wohl geordnet. An den Wänden hingen Bilder von Schiffen und Seeschlachten und ein Kupferstich mit den beiden Schiffen von Sir John Franklin, *Erebus* und *Terror*, und in den Regalen standen Bände über Polarexpeditionen und einiges an historischer Literatur. Ein recht gutes Gemisch. Durch die halb offene Tür konnte ich in das Schlafzimmer des Wachmanns hineinsehen. Das Bett war sorgfältig gemacht, die Ecken militärisch straff gezogen. Der Mann war wahrhaftig ein Mysterium. Mogensen hatte seinen Kaffeetopf weggestellt und sah mich fragend an. Es war an der Zeit, zum Geschäft zu kommen.

»Ja«, sagte ich und zögerte die Sache etwas hinaus. Mogensen wartete geduldig. »Wohnst du allein hier?«

Mogensen dachte einen Moment über die Frage nach. Offenbar ließ sie sich nicht einfach mit ja oder nein beantworten.

»Ich kümmere mich um die Wohnung«, sagte er schließlich. »Für jemand anderen.« Es war offensichtlich, dass er nichts weiter dazu sagen würde. Ein Seefahrer und sein Name ist Niemand, dachte ich. Mogensen war überraschend diskret. Ich beschloss, lieber meine eigenen Angelegenheiten voranzutreiben. Mit wem Mogensen verkehrte, war schließlich allein seine Sache. Der Wachmann fuhr sich mit der Hand durch das krause rotbraune Haar, das mich stets an Schafswolle erinnerte. Da war etwas, das ihn bekümmerte.

»Verdammt, Esmé, ich sitze in der Scheiße. Hast du neulich abends jemand gesehen, ich meine, war da noch jemand bei Rosen oben zur gleichen Zeit wie wir?«

Ich zuckte unschlüssig die Schultern. Mogensen sah aus, als befände er sich ohne Führer im untersten Kreis der Hölle. Ich registrierte auch, dass er mich, die Putzfrau, keinen Moment verdächtigte. Vermutlich konnte er sich nicht vorstellen, dass ich des Lesens mächtig war. Der Gedanke gab mir die Kraft, ihm den Arm noch ein bisschen weiter umzudrehen. Vielleicht war ich ja dieser »Jemand« und obendrein äußerst durchtrieben.

»Wieso«, fragte ich, »hast du was verloren?« Ich verkniff mir die Frage, ob es ein Bierkasten oder ein benutzter Priem sei. Mogensen war schon durcheinander genug. Von all dem Angstschweiß wirkten seine Haare nass.

»Ach, du meinst den Karton«, sagte ich. »Ich dachte, dass du ihn geöffnet hattest, als ich unten war, um den Müllsack auszuleeren. Da lagen ein paar alte Papiere, die Weinflecken abbekommen hatten ...« Ich machte eine kurze Pause. Mogensen schwitzte. Ich rieb mir die Nase.

»Wie war das nun gleich? Habe ich die weggeworfen ... Nein, war nur ein Scherz. Sie liegen in Rosens Regal. Warum fragst du?«

Mogensen lächelte angestrengt. Professor Rosen hat einige wirklich unangenehme Seiten, plus einen pingeligen Paragrafenreiter von Schwager, der für die Kopenhagener Kommune arbeitete, im Personalbüro. Rosens Schwager hatte die Macht, jeden Beliebigen zur Unperson in der Verwaltung werden zu lassen. Zum fliegenden Holländer der Dienstlisten. Es gab Leute, die jahrelang als Aushilfen geführt wurden, nachdem sie der falschen Person widersprochen hatten. Aus den *Annalen* der Stadtverwaltung wird man erst gelöscht, wenn man stirbt.

»Esmé«, fing Mogensen mit ermüdender Beharrlichkeit wieder an, »könntest du mir einen Gefallen tun?« Er erhob sich mit einiger Mühe und schwappte einen letzten Kaffeeschluck in meine Tasse. Die Verhandlungen waren in Gang.

»Könntest du Dorthe Wilhelmsen anrufen und die Angelegenheit klären? Ihr sagen, wo diese Dokumente da sind und so ...« Er sah mich aus kleinen roten Augen an. Sein Blick hätte selbst ein Herz aus Stein erweicht.

»Zu einem bestimmten Preis«, sagte ich.

»Was willst du«, fragte Mogensen, die runden Augen wirkten plötzlich schlau. Er kratzte sich die Nase.
»Einen flotten Chauffeur«, sagte ich. »Könnte dich ein Chevi Impala interessieren?«

Düppeler Schanzen, Spätwinter 1863/64

Das letzte Stück müssen sie an Land waten. Die Beine werden in der halbmetertiefen See sofort taub. Der Meeresgrund ist hart und uneben, mit Sandbänken voller Höcker und tiefer Löcher, eine unsichtbare Landschaft unter Wasser. Die schaukelnden Schiffe draußen in der Bucht liegen bereits unter Dampf, die dreizüngigen Kriegsflaggen stehen steif gefroren im Wind und die Taue klimpern gleich den Saiten eines schlecht gestimmten Klaviers. Das Meer ist eiskalt und seine Bewegungen sind langsam und träge. Ein paar Meter unter der Oberfläche befindet sich das alte Nass, Meerwasser, das in einem anderen Tempo fließt. Es sind alte Stürme, die jetzt allmählich zu Boden sinken. Oben fegt der Wind die Küste entlang, fährt mit durchdringendem Geheul durch die Dünen und formt aus hart gefrorenem Sand und Schnee scharfe Wellenmuster.
Gad watet dicht hinter den Rockschößen zweier graubärtiger Männer an Land, Veteranen des vorigen Kriegs. Die zwei waren schon 1850 dabei. Sie haben bei Isted gegen die Schleswiger gekämpft und reden ständig davon, was sie damals erlebt haben. Harte Erfahrungen, die nicht zu übertreffen sind. Nein, nichts kann schlimmer sein, sagen sie und fallen sich bei ihren Berichten häufig gegenseitig ins Wort. Doch im Augenblick sind sie still. Am Strand angelangt, formieren sich die Männer zu einer leidlichen Kolonne, drehen

dem Wind jedoch den Rücken zu. Das Eis knistert in den Uniformen und lässt die Bewegungen steif und irgendwie feierlich wirken, als liege hinter all dem ein tieferer Gedanke.
Zwei Tage lang werden Munition und Vorräte, getrocknetes Fleisch und Dörrfisch aus Island, in dem Biwak aus Brettern und behauenen Balken verstaut, der oben auf der Höhe in den Boden gegraben ist. Die zehn Schanzen liegen als Schutzwall davor. Von der Bucht aus sind sie als Kette unregelmäßiger stoppliger Hügel auszumachen. Auch die schwarzen, kreuz und quer laufenden Spuren und die schneefreien Stellen um die Kochgruben verraten sie. Es sind dunkle Erdhöhlen, jede mit einem Durchmesser von, grob gerechnet, zwölf langen Schritten, mit feuchtem Lehmboden und eisiger Kälte in den Wänden.
Sie werden zu Tieren der Dunkelheit. Tagsüber lassen die Schießscharten graue Streifen Tageslicht herein. Jeder von ihnen muss an den Scharten Dienst tun, stundenlang auf den weißen Sand und das Wasser hinausstarren. Unterdessen kriecht die Kälte in die Kleider, frisst sich durch die derbe Wolle und den fadenscheinigen Stoff und setzt sich an der Haut fest wie Salz oder feinkörniger Sand. Nach der Wache sind die Augen rot und blind gegenüber dem Dunkel, und sie müssen sich zu den Schlafpritschen zurücktasten. Es riecht nach ranzigem Schmierfett und Rübenöl und im Moment haben sie nichts anderes zu tun als in eisiger Kälte zu warten, denn noch sind die Deutschen nicht zu sehen. In sternklaren Nächten dringt scharfes Mondlicht durch die Schlitze, ein Licht, das der Welt die Farbe raubt.
Gad Friis teilt sich die Wache mit Paul Natal, einem Alten von mindestens fünfzig Jahren. Der Wachdienst wird durch die gedämpften Schläge einer kleinen Bronzeglocke oben auf dem Wall gemessen. Zusammen sitzen sie auf gebundenen Holztonnen, kauen Tabak und lauschen, ob die Zeit vergeht. Paul ist Däne, jedoch in Indien geboren, in Madras, der

früheren dänischen Kolonie Tranquebar oder Tarangambadi, wie ihr tamilischer Name lautet. Seine Haut ist dunkel wie eine Haselnuss und faltig, dennoch wirkt er zeitlos. Paul erzählt mit leiser Stimme und fremdartiger weicher Betonung von dem braunen, windungsreichen Fluss Kaveris und den Tieren, die dort zu sehen sind. Wildtiere, deren Augen in den Nächten leuchten, Krokodile und bleiche Flussfische, dick wie Männerschenkel. Er berichtet, dass man mit List ganze Arme voll von diesen lichtblinden Wesen im Netz fangen kann und dann rasch ihr zartes schwabbeliges Fleisch aufschneidet, um ihre Herzen in der Hand schlagen zu spüren. Und Paul Natal legt seine Taschenuhr in Gads Hand, so dass er ihre Schläge fühlen kann.
Sie sitzen in Dunkelheit und Kälte am Alsener Sund, und der junge Gad riecht fremdartige Gewürze und Moschus und atmet den Dunst von duftenden Feuern ein. Er sieht den Nebel, der in der frühen Morgendämmerung vom Fluss aufsteigt. Er hört die Geräusche aus dem Dschungel, der die Stadt umgibt. Die Worte strahlen eine Hitze aus, an der man sich wärmen kann. Koromandel, Tanjore, Tranquebar.

Anfang Februar, mitten in einem wirbelnden Schneesturm, trifft der Rest der dänischen Armee ein – über achttausend Mann auf dem überstürzten Rückzug vom Danewerk. Und mit ihnen kommen die Preußen. Jeder erhält eine Extraration Rum. Zunächst wirken die neuen dänischen Truppen wie ein Versprechen und Wärme, Leben und Hoffnung kehren zurück. Achttausend Mann. Stiefel donnern über die Holztreppen. Die Erdhöhlen füllen sich mit Tabakrauch und heiseren Stimmen, Geschichten über endlose Kriege und Frauen, die lange ohne Mann waren. Was hat man nicht alles erlebt, gespürt, geschmeckt. Die kalte Meeresluft ist erfüllt von Stimmengewirr, doch wie sehr man auch drängt und schiebt, es passen nicht alle in die Bastionen. Sowohl junge Burschen als auch alte Männer müssen den regulären

Truppen Platz machen. Man baut dichte Palisaden aus Stammholz, das von Süden herangeflößt worden ist, neben der zurückweichenden dänischen Armee her. Zwischen den Stämmen hallen Axtschläge wider, es klingt wie im Wald. Trotz des strengen Frosts dringen gelbe Klumpen aus den Kerben und es duftet stark nach Harz. Der neu eingetroffene Leutnant Kobb liest Ingenieur Vernes fantastischen Roman *Fünf Wochen im Ballon* und dirigiert die Arbeit, inspiriert von der detaillierten Beschreibung des Franzosen. Als die Wehrringe fertig gestellt sind, gleichen sie Eingeborenendörfern aus Indien und Afrika, wie man sie von Kupferstichen kennt, allerdings ist das Holz hier am Sund überzogen von einer Haut aus Salz und Reif.
Gad Friis und Paul Natal müssen sich zusammen mit hunderten anderer Soldaten neue Biwaks in den gefrorenen Sand graben. Sie arbeiten mit Hacken, Brechstangen und scharfkantigen Spaten, hauen und sägen sich in den Boden wie Grönlandfahrer durch das Polareis. Der Sand ist hart und scharf und reißt die Haut auf. Zuweilen können sie die Stimmen der Preußen hören, das Rasseln der Pferdegeschirre und das dumpfe Rumpeln von Geschützwagen auf dem gefrorenen, fest gepackten Sand. Einzelne Worte fliegen wie vom Wind abgerissene Blätter über das Eis zu ihnen herüber. Mit der Zeit wächst bei den dänischen Truppen Angst – eine Angst, die bestimmt wird von *Imponderabilien*, wie Preußens Bismarck gesagt hat, flüchtigen Dingen, die weder gewogen noch gemessen werden können. Die Laute, die mit großer Geschwindigkeit über das Eis und die starren Felder dringen, klingen viel näher als sie tatsächlich sind. Was die Dänen wahrnehmen, ist der Schatten, das vergrößerte Echo des preußischen Heeres, nicht das Geräusch der wirklichen Truppen. Nicht Fleisch und Blut, sondern Geist. Vielleicht hallt in ihren Ohren auch das Echo anderer Armeen wider, die längst von den europäischen Schlachtfeldern verschwunden sind – von der *Grande Armée* Napoleons oder

von Kämpfen, die in der menschlichen Erinnerung noch weiter zurückliegen, von der Furcht der eisengepanzerten Männer des Varius, die in den nebelverhangenen Wäldern weiter im Süden, in *Germanias* Teutoburger Wald, in die Irre gingen. All das ist hier und schwingt durch die Zeit – wie das dumpfe Brüllen der Bronzehörner in weiter Ferne.

Große Krähenschwärme haben sich versammelt und die heimischen weißen Möwen verdrängt. Die Aasvögel kreisen über den Truppen, angezogen von der Wärme und dem Abfall, den die vielen Männer und Pferde zurücklassen – Berge, die abtransportiert und vergraben werden müssen. Der Kot dampft, wenn er draußen im Schnee landet, und die weißen Wolken, die von der gärenden Masse aufsteigen, schränken die Sicht an den Hängen ein. Die Vögel lassen sich nieder und schwelgen in brüderlichem Schweigen in den Haufen. Seltsamerweise streiten sie sich niemals um die Beute.
Auch Frauen sind mit dem Tross gekommen, breite stämmige Matronen in fleckigen Röcken, die zuoberst auf den letzten Wagen thronen, ähnlich König Nebukadnezars Kebsen, auf dem Weg in eine babylonische Finsternis. Frauenzimmer mit Mondgesichtern, rauhen Stimmen und muskulösen Armen. Sie kümmern sich um die Marketenderei, rühren in der wässerigen Suppe und schöpfen sie aus großen dampfenden Eisenkesseln in die Schüsseln. An der Oberfläche schwimmen gleich verlorenen Eisschollen in einer trüben See einzelne fette Speckstücke. Das Gemisch riecht unbeschreiblich, ranzig und Übelkeit erregend, doch die Männer verspeisen es gehorsam. Die Köchinnen drohen den aufdringlichen Vögeln, spucken und schreien, nennen sie die Augen des Teufels und verkünden, dass die großen Krähenschwärme ein schlechtes Vorzeichen seien. Einige beherrschen Sprüche auf Deutsch oder Latein, seltsame Worte, die sie ständig vor sich hin murmeln, während sie die Suppe aus dem Bottich schöpfen. Die Worte sollen angeblich

Zauberwirkung haben, selbst wenn man ihren Inhalt nicht recht versteht. Die Frauen falten kleine bunte Stoffstücke zu Dreiecken, die sie mit Nadeln an ihren Blusen feststecken und dann heimlich jenen Soldaten übergeben, die sie schützen wollen. Auf den Fetzen stehen Zeichen und plump geschriebene Buchstaben, die einen Menschen hart gegen Eisen und Stahl machen und den Tod abwehren oder ihn zumindest in die Irre leiten können. Paul Natal nennt sie *tilsamân*, magische Zeichen, und erzählt, dass auch die Leute auf den großen Handelsstraßen in Persien und Indien solche Talismane mit sich führen, wenngleich sie eher Leder als Stoff dafür benutzen. Doch die Günstlinge der Frauen sind alle unter den Männern vom Danewerk zu finden, nie bei den jungen Burschen und steif gefrorenen Alten, die an den Stränden zurückgeblieben sind.
In den ersten Märztagen setzt unvermutet Tauwetter ein. Schon bald beginnt das Eis zu wimmern und zu knacken. Dichter nasser Nebel legt sich über Land und Meer, und die Sicht verringert sich auf wenige Meter. Plötzlich wird es unwirklich still. Der Nebel dämpft die Geräusche, und außer dem Läuten der Glockenboje, die vor der Landzunge von Kengnæs Richtung Osten auf den Wellen schaukelt, ist nichts zu hören. Die Wachposten oben auf den Schanzen gehen ängstlich ihre lange Runde, ohne etwas zu sehen. Sie meinen vom Wasser her Hilferufe zu hören, Lachen, lockende Frauenstimmen, aber es ist das brechende Eis, das gespenstische Laute in allen Tonarten hervorbringt. Manchmal scheint es, als würden zwischen den Wellen Köpfe auftauchen, die sich im Wasser drehen wie die Häupter von Ertrunkenen, doch es sind Seehunde, die mit der Kälte nach Süden gekommen sind und vom Hunger und der Neugier in die Bucht hineingelockt werden. Jemand hat ihre Schwanzflossen schlagen sehen. Leutnant Kobb besitzt einen dicken Band *Naturalia*, in dem er nachschlägt. Er meint, verschiedene Arten auszumachen: *Phoca vitulina* und *Phoca hispida. Ergo:* Gemeiner Seehund

und Ringelrobbe. Doch die Männer in den Freiwachen rauchen und plaudern, um die Laute und die schaurigen Erscheinungen von sich fern zu halten.
Als sich der Nebel endlich lichtet, ist das Eis verschwunden, die Bucht liegt offen vor ihnen, leuchtend blau wie die Röcke der Dragoner. Mit einem Mal wird sichtbar, dass die Preußen ein ganzes Stück näher gerückt sind. Mit dem Feldstecher kann man Uniformen, Gesichter und Waffen ausmachen. Ein paar Stunden später kommt der erste Angriff, ein teuflisches Bombardement, das vier lange Stunden andauert.

Kopenhagen, März 2000

Das Wetter wurde tatsächlich milder. Zwei Tage nach meinem Besuch in der Krokodillegade lag ein falscher Frühling in der Luft. Unten im Hafen schrien gellend die Möwen. Die Fliegen, die zwischen meinen Fenstern auf dem Rücken gelegen hatten, wurden munter und suchten nach einem Ausweg. Das Hoch hielt mehrere Tage an. Vielleicht hatte der Wind warmen Kohlenrauch aus Polen oder von der alten Ruhr herübergetragen: Luft mit Geschichte.
Im Historischen Institut war ich seit jener Nacht nicht mehr gewesen, ich wollte kein Risiko eingehen. Soweit man dort wusste, war ich krank, und Dorthe Wilhelmsen würde kaum mit einer Tasse Bouillon angerannt kommen. Obendrein hatte ich noch fast drei Wochen Urlaub. Ich benutzte die Zeit, um zu packen. Und um nachzudenken.

Kai hatte für das Strandhäuschen einen unbefristeten Mietvertrag abgeschlossen. Das war ein Kompromiss, da er keinen Kredit erhielt. Ich vermute, er wollte weg aus der Wohnung und aus Kopenhagen, und ich musste mit, ganz einfach, weil es keine andere Lösung des Problems gab. Des Problems, was er mit dem Kind machen sollte. (Ich bin nicht einmal sicher, dass er mich überhaupt bemerkte. Wie auch immer, es war uns beiden ziemlich recht so.) Also zogen wir in eine kleine Wohnung auf Amager, eine gemietete Zweiraumwohnung in Tårnby, umgeben von Nachbarn mit schrillen Stimmen und mit Wänden dünn wie Luftpostpapier, und lebten von da ab während der Sommer in Südjütland. Von Jahr zu Jahr fuhren wir zeitiger dorthin. Kai brachte die Strecke ohne jeden Aufenthalt hinter sich. Er packte den Chevi mit Konserven und Büchern voll, als seien wir zu einem Ort unterwegs, an dem eine Belagerung zu erwarten war. Kai hatte von Salingers Interesse am indischen Mystizismus gelesen und schleppte Wälzer über indische Magis mit, Männer, die sich mithilfe des Gedankens im Raum bewegen konnten. Im Strandhaus schloss er sich stundenlang ein, sog an kleinen speichelfeuchten Stummeln – er hielt die Zigarette stets zwischen Daumen und Zeigefinger, die Glut gleich einer Feuerfliege im Inneren der Hand gefangen – und wanderte einen schmalen Pfad auf dem Fußboden entlang. Ich dachte, dass J. D. Salinger in Cornish, New Hampshire, vielleicht dasselbe tat. Mir gefiel die Vorstellung, dass auch er auf das Meer hinausblickte, auf Ostküstenstrände, an denen früher einmal pechschwarze Walfänger in Lee gingen, mühsam die salzstarrenden Segel reffend. Heute weiß ich, dass Cornish in einer Waldlandschaft liegt. Das Meer ist von dort aus überhaupt nicht zu sehen.

Ich kam allein zurecht. Kai hatte eine Liste mit Dingen aufgestellt, die ich zu vermeiden hatte. NICHT WEITER ALS BIS ZU DEN ÄUSSERSTEN STRANDSTEINEN GEHEN. DEN LÖCHERN UND SCHMALEN GATTS SORGFÄLTIG AUSWEICHEN, DIE AN DEM SCHMALEN STEINGEBIET

ÖSTLICH VOM HÄUSCHEN VERMUTLICH INS BODENLOSE FÜHREN. NICHT MIT FREMDEN REDEN. Es war eine Übereinkunft, die wir beide respektierten. Wir waren beide ständig auf der Hut, um Dinge abzuwehren, die nicht geschehen durften. Shit happens, aber wir gedachten uns nicht überraschen zu lassen. Kais Vorrat an Konserven ermöglichte es uns, im Großen und Ganzen allein zu bleiben. Doch nicht einmal das war ohne Risiko. Kai hatte Schilderungen über die Vergiftung gelesen, den Wahnsinn, der Sir John Franklin und die Besatzungen der *Erebus* und der *Terror* gepackt hatte, als die beiden Schiffe den endlosen Winter 1846 über im Polareis festsaßen. Die Männer hatten nicht viel mehr zu tun, als Eis zu hacken, die dreitausend Bände der Schiffsbibliothek zu lesen und sich an den Delikatessen gütlich zu tun, die sie von daheim mitgebracht hatten. Während der Lärm der Gelage durch die Polarnacht hallte, drang das Blei von der Lötung der Büchsen langsam in Blutbahn und Nervensystem und ließ die Männer auf beunruhigende Gedanken kommen. Manche meinen, die beiden Schiffe befänden sich noch immer dort oben im Norden, vollständig erhalten samt Takelage, Mann und Maus und in einem durchsichtigen Eisberg eingeschlossen.
Vater achtete sehr genau darauf, dass die Konserven nicht die geringste Schramme oder Beule aufwiesen, obwohl Blei und Lötung zu den Verpackungsmethoden gehören, die man seit langem verworfen hat. Das englische Wort für derlei Schäden ist *dented*, es klang, als würden kleine spitze Zähne an dem Blech nagen, und genauso hatte ich mir den Wahnsinn der Seeleute stets vorgestellt. Vielleicht schliefen sie dort oben in der Polarnacht nur ungewöhnlich tief, eingebettet in ihre grauen Hängematten und in den Schlaf gelullt.

Neben der Miete für die Garage hatte ich auch jene für das Häuschen weiterbezahlt – eine symbolische Summe von 100

Kronen, da Vater Lara P., die Vermieterin, näher kennen gelernt hatte, eine rothaarige Frau mit dunkler Stimme und einem scharfen, an Moschusduft erinnernden Körpergeruch. Sie hatte keine Gelegenheit ausgelassen, uns unter irgendeinem Vorwand zu besuchen. Entweder ließ sich ihr Herd nicht anzünden, oder sie wagte oder schaffte es nicht, etwas auf den Boden oder in den Keller zu tragen, obgleich sie ungewöhnlich kräftig gebaut und hoch gewachsen war, sie war sogar größer als Kai. Es kam vor, dass er in ihrem Haus übernachtete, einer feuchten, von Lebensbäumen überschatteten Villa am Ende eines dunklen Kiesweges. Das Haus war als Nebengebäude oder Jagdschloss eines größeren Gutes erbaut worden, und früher hatten dort oft Jagdessen, Punschfeste und irgendwelche nächtlichen Umtrünke stattgefunden. Als ich Lara fragte, warum unser einsames Häuschen die Nummer vier erhalten habe, lachte sie und fuhr mir mit ihrer großen feuchtwarmen Hand durch das Haar, das sie völlig zerzauste. Kai sagte, ihr verstorbener Mann habe mit den Seegrundstücken Geld machen wollen, das Projekt sei aber an mangelnder Liquidität gescheitert. Die Zahl Vier habe für die Zukunft, für kühne Pläne gestanden, auch wenn die anderen drei Häuser nur in der Fantasie, als Luftschlösser existiert hätten. Die Moschusdame Lara P. musste jetzt weit über sechzig sein, wenn sie überhaupt noch lebte. Die letzten zehn Jahre hatte ich die Miete auf ein anonymes Bankkonto überwiesen. Erstaunlicherweise hatte sich die Summe nicht erhöht.

Viberød ist ein altes Gut. Das Gebiet, das es umfasst, hat häufig den Besitzer gewechselt, mal war es dänisch, dann wieder deutsch, Viberød aber gehörte immer dem schleswigschen Adelsgeschlecht der Bockmeister. Zumindest so weit die Erinnerung reicht. Dass man Viberød auf so alltägliche Weise als »Hof« bezeichnet, geht auf die Zeit zurück, als eine barsche Hausfrau hier mit einem schweren Bund schmiedeeiserner Schlüssel klapperte, während der Herr des Hofes auf

Heerfahrt im Osten war. Bereits seit dem 17. Jahrhundert hat Viberød eigentlich als Schloss zu gelten, seit langem ist es für seinen Obstanbau bekannt. In den achtziger Jahren des 18. Jahrhunderts wurde Julius Bockmeisters großer roter Weihnachtsapfel nach dem Gutsherren getauft. Außerdem gibt es Viberøds Gute Graue oder Grisbirne. Auf den Namen Viberød war ich in den Polizeiprotokollen von 1937 gestoßen: Der nervöse Mann vom Torffeld hatte auf dem Viberøder Gut gearbeitet. Das war der Grund, warum ich nach Viberød wollte – und Mogensen würde mich fahren.
Ich packte warme Kleidung ein, dazu Stiefel, Messer, Taschenlampe, Karten, trockene Streichhölzer und einen Petroleumkanister, falls es im Haus Probleme mit dem Strom geben sollte. Proviant mussten wir uns unterwegs beschaffen. Zum Schluss steckte ich Rosens Dokumente und Mayers *Vier Illusionen* in den Rucksack, dazu ein Vergrößerungsglas. Ich hatte weitere Seiten des Buches aufgeschnitten und Illustrationen entdeckt, Kupferstiche, die so bemerkenswert detailliert waren, dass ich sie mir sobald wie möglich in Ruhe ansehen wollte. Sie waren allesamt mit J. H. K. signiert, was mir irgendwie bekannt vorkam. Ich zog die Riemen des Rucksacks zu, der so rund war wie ein Weihnachtsferkel und löschte die Leselampe auf meinem Schreibtisch. Ich war bereit, mich auf den Weg zu machen. Nun kam es auf Peter Mogensen an, der versuchen musste, Kais Auto in Gang zu bringen. Bestimmt würde er auch das schaffen.

Düppeler Schanzen, Spätwinter 1863/64

Die Preußen haben sich bei Avnbjerg verschanzt. Von der Anhöhe können sie auf die Stellungen der Dänen hinuntersehen, können beobachten, wie die Gegner hin und her rennen - wie Ameisen in einem Bau. Die Dänen wirken planlos, von straffer Organisation keine Spur. Jenseits der Bucht liegen der Vemmingbund und die Batterien von Gratelund. Pferde und träge jütländische Ochsen haben die Kanonen hinaufgeschleppt, die Bauern der Gegend waren gegen ein bescheidenes Entgelt behilflich. Ihr Dialekt gleicht dem Plattdeutschen, also verstehen sie ohne große Probleme, was man von ihnen will. Die Wege tragen tiefe Furchen davon, aber das lässt sich wieder ausbessern, jetzt, wo der Frost gewichen ist, können sie das Erdreich bearbeiten. Zuweilen stoßen sie beim Graben auf Reste alter Straßen, gepflasterte Römerwege, die bei den Offizieren interessierte Diskussionen hervorrufen. Man bewundert die Technik und den Unternehmungsgeist einer vergangenen Zeit und verewigt die alten Routen auf Skizzen und Karten. An einem der Abende hält ein Leutnant - ein junger Mann, der vor dem Krieg Altertumswissenschaft in Jena studiert hat - einen Vortrag über die Göttin *Nerthus*, die man in diesen Gegenden verehrt haben soll. Es handelt sich um eine geheimnisvolle Sage von einer germanischen Erd- und Fruchtbarkeitsgöttin, die Menschen in das Moor hinabzog und sie dort unten bei sich behielt - eine verführerische Erdjungfrau ähnlich der *Persephone* der Griechen. Ihre Opfer sind in der Gegend gefunden worden, Moorleichen, die auch nach über tausend Jahren noch überraschend gut erhalten waren.

Tagsüber hallt die Luft vom Lärm der Kanonen, Mörser und Gewehre wider. Die Kanoniere sind schwarz vor Ruß und Schmutz. Den stechenden Pulverdampf spült man mit dünnem Bier hinunter. Die neuen Hinterladergeschütze erweisen sich als sehr effektiv. Die neuen M/Gewehre haben eine hohe

Reichweite. Es ist, als stünde man auf dem Schießplatz und würde ständig ins Schwarze treffen, wie bei einer Partie *Preference.* Man schließt Wetten ab über die beste Schussserie und setzt französischen Kognak, Gänseleber und Zigarren als Prämien aus. Mit einem Bleistiftstummel wird Buch geführt. Die Mühle oben auf der Anhöhe bringt nur wenige Punkte, etwas mehr gibt es für die Schanzen, und dänische Männer schließlich sind eine sichere Bank. Offiziere zu treffen, vermeidet man tunlichst. Sie sind den Dänen jetzt so nahe, dass sie ihre Ziele auswählen können. Nachmittags in den Offizierszelten bezeichnen sie die Feinde ganz unverhohlen als *Stockenten.* Die Stimmung ist bestens, man ist dabei, deutsches Vaterland zurückzugewinnen. Einladend liegt die fette Erde vor ihnen in der Frühlingssonne.

Um den 17. April beginnt man hinter den Linien allen Ernstes mit den Vorbereitungen für das Siegesfest. Seit einer Woche ist aus Lübeck ein vierspänniger Planwagen unterwegs, der alles geladen hat, was die Kaufleute der Stadt an Leckerbissen zu bieten hatten: Austern in Gelee und glasierte Wachteln, verschiedene Arten Sülze, Braten und Rosinenpudding dazu Kognak, Champagner und Jahrgangsweine, sorgfältig zwischen Holzwolle und Decken gebettet. Obendrein Kerzen und Kandelaber, gemangelte Leinentücher und steife Servietten mit dem preußischen Reichswappen darauf. Im Wagen sitzen auch ein paar leichtlebige Mädchen aus Hamburg, sie sollen den Offizieren beim Feiern Gesellschaft leisten.

Die Straßen sind schlecht und der Wagen muss äußerst langsam fahren, damit die wertvolle Kost keinen Schaden nimmt. Das Essen der Mädchen ist einfach – Brot, Käse und ein Klecks Butter. Weiter nördlich werden die sandigen Straßen zu gewundenen Viehwegen mit tiefen lehmigen Gräben zu beiden Seiten und der Kutscher klammert sich am Bock fest. Der Weg ist voller Buckel und tiefer Löcher. Im Inneren

des Wagens harren die Frauen zwischen Körben und Schatullen aus. Ein überwältigender Duft von Speisen umgibt sie, es riecht nach gut abgehangenem Wild und würzigem Eingelegten. Der Wagen schlingert über Grashöcker und Lehmgräben und gleicht einem allzu schwer beladenen Schiff auf offener See.
Als zwei Drittel des Weges zurückgelegt sind, bleiben sie im Jardelunder Moor stecken. Die Räder haben sich bis zum Nabenzapfen eingegraben. Die Uhr zeigt ungefähr zwölf. Mittagszeit. Man versammelt sich vor dem Wagen. Die Mädchen sind missvergnügt und haben Angst vor der kommenden Nacht. Sie sind es nicht gewöhnt, sich so lange im Freien aufzuhalten. Die delikaten Düfte sind verführerisch, aber die geladenen Speisen dürfen natürlich nicht angerührt werden. Der Kutscher meint, so etwas könne vors Kriegsgericht führen. Er hat sich ermattet auf den feuchten Boden fallen lassen, sein Gesicht ist von der schaukelnden Fahrt noch immer gelbgrün. Den vier Armeepferden steht Schaum vor dem Maul, ihr Fell ist grau vor Schmutz. Sie spitzen die Ohren und schnauben, erschöpft vom morastigen Weg. Eines lässt geräuschvoll einen Wind ab.
Fünf Menschen stehen verlassen mitten im Jardelunder Moor. Die Landschaft um sie herum ist öde und menschenleer, nur ein paar Kilometer entfernt drängen sich einige magere Kühe unter einem einsamen Baum zusammen. Sie sind nur undeutlich zu sehen, aber ihr Geruch weht herüber. Der Kutscher wandert los, um Hilfe zu holen, irgendeinen Bauern, der sie aus dem Schlamm ziehen soll.
Die Zeit vergeht. Niemand ist zu sehen. Die Kühe ziehen ein Stück weiter. Und der Weg ist noch immer leer. Um sechs Uhr abends am 17. April 1864 haben die vier Frauen genug. Sie gehen zu Tisch.

Die Geschichte kursierte noch Jahre später unter den jütländischen Bauern. Vier unglaublich schöne Frauen, die drau-

ßen auf dem Jardelunder Moor um einen weiß gedeckten Tisch sitzen und Mahlzeit halten. Der Abend ist unbegreiflich ruhig und mild. Das Einzige, was man hört, ist Kanonengrollen, dumpfe puffende Laute in der Ferne. Und das Knallen schwellender Champagnerkorken, die in die Nacht aufsteigen. Dazu die vielen unbekannten Nachtgeräusche aus dem Moor. Das Kerzenlicht flackert ab und an von einem leichten Windhauch. Der Wein wärmt und die Haut schimmert. Der Rauch teurer Zigarren steigt zum Himmel auf. (Eine Reihe von Kilometern weiter wird der letzte Sturmangriff auf die Düppeler Schanzen vorbereitet. Am 18. April werden viertausendachthundert Dänen fallen. Und eine unbekannte Anzahl Preußen. Tausend? Es fällt sehr schwer, sich so viele Körper vorzustellen. Die Fantasie reicht für die Wirklichkeit nicht aus.)
Vom Ende der Geschichte gibt es verschiedene Versionen. Manche meinen, dass der Kutscher gegen Morgen mit einem Bauern und einem Ochsen zurückkehrte und es gelang, den Wagen aus dem Dreckloch herauszuholen (erleichtert um seine schwere Last, wie er jetzt war). Dass man die Frauen nach Hamburg zurückschaffte, doch nie ein Verfahren angestrengt wurde. Die preußischen Behörden befanden sich im Siegestaumel und standen allem und jedem wohlwollend gegenüber – selbst vier diebischen Huren. Die Frauen durften zu ihrem Gewerbe zurückkehren, was ihnen vielleicht Strafe genug war.
Einige jedoch erzählen die Sache anders. Ihre Geschichte ist so fantastisch, dass wir kaum unseren Ohren trauen …
Bis zum Morgengrauen haben die Frauen Körbe und Flaschen bis auf den Boden geleert. Über dem Moor liegt ein leichter Nebel, feucht, aber nicht unbehaglich. Sie hüllen sich in die Weindecken und dösen im Wagen vor sich hin, wo es nunmehr recht geräumig ist. Eine der Frauen schnarcht laut. Die Pferde haben sie an den Wagenrädern festgebunden. Der Kutscher ist nicht zurückgekehrt – und wird es auch

nie tun. Er ist in der Dunkelheit in die preußischen Stellungen geraten, und ein nervöser Wachposten hat ihm versehentlich den Kopf weggeschossen.
Kurz bevor die Sonne aufgeht, werden die Pferde unruhig, zerren an den Zügeln und bringen den Wagen zum Schaukeln, so dass die vier Frauen jäh erwachen. Der Gewährsmann hat das Geschehen aus weiter Ferne beobachtet. Er ist eine einfache Person mit all der kindlichen Fantasie eines ungebildeten Menschen. Es wird erzählt, er sei unterwegs gewesen, um die entlaufenen Kühe einzufangen, als er ihn plötzlich zu Gesicht bekam – den Wagen draußen auf dem Weg und die sich aufbäumenden Pferde. Er tauchte ab ins Heidekraut, um die Sache aus der Deckung zu betrachten. Die vier Frauen schlugen die Plane zurück und stiegen aus dem Wagen, ganz langsam, als würden sie noch immer schlafen. »Meine Schwester wandelt im Schlaf, also weiß ich, wie so was ist. Es waren Weibsbilder aus der Stadt, das war deutlich zu erkennen, sie hatten dünne Kleider an mit Spitze und Tand, so was, was hier im Umkreis kaum einer je gesehen hat.« Die vier Frauen begaben sich zu den Pferden, machten routiniert die Zügel los und schwangen sich auf – geradeso, als hätten sie nie etwas anderes getan. Darauf ritten sie im Männersitz, ohne Sattel und nur mit ihren dünnen Hemden bekleidet, direkt in den Nebel hinein. In gerader Linie, als würden sie einem Weg oder einer Richtung folgen. Als wäre da jemand, dem sie sich anschlössen. Der Gewährsmann rannte ihnen nach, wagte es jedoch nicht, allzu weit ins Sumpfland hinauszulaufen. Nicht solange der Nebel noch so dicht hing. Weiß und geradezu milchig war er geworden. Die vier Frauen sind seitdem nie wieder gesehen worden. Die Leute aus der Gegend nennen sie *Nerthus'* Reiterinnen.

Vermutlich ist an der Geschichte nichts dran. Urteilt selbst.

Unterwegs

Seit über einer Stunde bastelten wir in Kais Garage an dem Wagen herum. Richtiger gesagt, Mogensen bastelte, den Oberkörper im Inneren des Motorraums und den Hintern in die Höhe gereckt, während ich auf einem Hocker daneben saß und las. Ich war mit dem Buch ein ganzes Stück vorangekommen. Der Bericht über die Fahrt des Delikatessenwagens fand sich als längere Fußnote in der dritten »Illusion«. Der Text war ärgerlich klein gesetzt, und beim Lesen schienen die Buchstaben immer mehr zusammenzuschrumpfen – aber das war ja nicht möglich. Die Augen wurden von der strapaziösen Schrift getäuscht. Irritierenderweise ging aus dem Text nicht hervor, ob es sich bei der Geschichte nur um eine von Mayers Erfindungen handelte.
Schließlich richtete sich der Wachmann auf, lehnte sich schwer atmend gegen den Arbeitstisch und steckte sich eine zerdrückte Zigarette zwischen die dicken roten Lippen. Aus seiner karierten Brusttasche ragte ein glänzender Schraubenschlüssel. Mogensens große Hände waren schwarz von Schmieröl, was ihm eine Vertrauen erweckende Wirkung verlieh. Zwischen kurzen atemlosen Zügen erklärte er mir die Lage.
»Die Batterie ist fast leer und muss geladen werden … aber wir können das Auto natürlich auch anschieben.« Freundschaftlich klopfte er auf das cremefarbene Blech. Es schepperte hohl. Mogensens Hand hinterließ einen schmierigen Abdruck. »Das Lenkrad hat zu viel Spiel, das Getriebe klingt komisch und die Kabel sind morsch und können jederzeit brechen … Vielleicht halten sie ja auch durch, aber garantieren kann ich nichts.«
Nein, das wusste ich. Meine gesamte bisherige Existenz war ein Leben ohne Garantien gewesen. Ich sagte nichts, nickte lediglich und versuchte ein Gesicht zu machen, als würde ich über die Sache nachdenken. Zu Motoren kann ich nichts

sagen. »Aber man kann mit dem Auto fahren?«, fragte ich schließlich.
»Klar«, sagte Mogensen. »Ich weiß nur nicht, wo wir landen werden – im Straßengraben oder auf einem Feld, verstehste.« Er nahm einen tiefen Zug, und als er den Rauch wieder ausstieß, bildeten sich um seinen Lockenkopf graue Wirbel. Hitze schien von ihm auszugehen. Er ließ die Zigarette fallen und stellte den Fuß darauf. Er machte den Eindruck, als sei er hier in Kais Garage in seinem Element. Als wir beide da so standen, fühlte ich mich ihm auf merkwürdige Weise verbunden. Es gefällt mir, mit Menschen zu reden, die ich kaum kenne oder die mich nicht viel angehen. Mogensen schien das ähnlich zu empfinden.
»Ich kriege das Auto hin«, sagte er zufrieden und zerrieb die Kippe auf dem Boden zu Krümeln. »Wann fahren wir?«
»In einer Stunde«, erwiderte ich, »wir fahren in einer Stunde.«
Mogensen nickte. Wir unterließen es, den Beschluss mit Handschlag zu bekräftigen.

Es kostete uns etwas mehr als eine Stunde, Öl nachzufüllen, Benzin in den unersättlichen Tank des Chevis gluckern zu lassen, den schweren Wagen aus der Garage auf die Straße zu bugsieren und ihn anzuschieben. (Das Wort Tonnengewicht bekam für mich plötzlich eine ganz neue Bedeutung.) Ich lag halb hinter dem Steuer, um an das Gaspedal zu kommen, während Mogensen hinter dem Wagen herkeuchte, die Pranken auf dem *derriere*. Einige der leicht bekleideten Mädels aus der Straße traten vors Haus und sahen uns interessiert zu, einem behaarten Riesen und einer blassen Zwergin mit einem altmodischen cremefarbenen Auto, das nicht anspringen wollte. So weit ich sehen konnte, war der Wagen das Einzige im Viertel, das nicht auf Touren war. Ich ahnte, dass sich hinter den ungeputzten Scheiben so mancher grämte, weil er nicht gewusst hatte, dass in der Garage ein amerikanischer Vintage Oldie versteckt gewesen

war. Ein Chevrolet Impala von 1958 ist schließlich eine Unmenge Stoff wert.
Kurz bevor wir das Ende der Straße erreichten, sprang der Motor an, und ich bremste, so gut es eben ging. Der Hebel klemmte, als säße er im steifen Griff eines Toten. Der Chevi knatterte im Leerlauf und Mogensen kletterte hinter das Steuer. Sein Gesicht war knallrot und er roch nach Öl und Schweiß. Er hatte einen schlabberigen Pullover übergezogen. Auf dem Rücksitz lag sein einziges Gepäckstück, eine schwarze Plastiktüte, auf der in leuchtend roten Buchstaben EXTRAANGEBOT stand. Soviel ich sehen konnte, enthielt sie einen weiteren schlabberigen Pullover, ein kariertes Hemd und etwas, von dem ich annahm, es seien Unterhosen. Ich vermied es, genauer hinzusehen. Mogensen hatte die nächste zerdrückte Zigarette im Mundwinkel, und ich ahnte, dass die Lulle für ihn mindestens genauso wichtig war wie der Schaltknüppel. Einen Augenblick lang verlor ich den Mut. Doch Mogensen legte den zweiten Gang ein, und dann waren wir unterwegs.
Wenn man aus einer großen Stadt hinausfährt, ist es wichtig, alle Abkürzungen und Spurwechsel und sämtliche aktuellen Baustellen zu kennen. (Zwischen den städtischen Abwasserleitungsgräbern und den Verkehrsteilnehmern herrscht Krieg. Meist haben erstere die Nase vorn: Eine undichte Stelle kann an die fünf, sechs übelriechende Gruben erfordern, die nach der Devise »Wer sucht, der findet« durch den granitharten Frostboden gebohrt werden. An diesen Gruben ist nicht vorbeizukommen, nicht einmal zu Fuß, und sie werden täglich verlagert. Die Arbeiter markieren ihre Eroberungen durch Erdhaufen, blinkende rote Leuchten und hinderliche Holzzäune.)
Mogensen erwies sich als Musterbeispiel eines gewieften Fahrers. Er trickste uns in Nullkommanichts aus Kopenhagen hinaus und ich kehrte beruhigt zu meiner Lektüre zurück. Unter der Kühlerhaube blubberte der Motor und die

Reifen zischten und pfiffen auf dem nassen Asphalt. Kopenhagens Vorstädte sausten vorbei wie die Ackerflächen beim Besenritt im Märchen – Eigenheimsiedlungen in rotem Backstein und schnurgerade Reihen grauer Mietshäuser. Die Gegend wirkte verlassen, als hätte eine Epidemie die Vorstadtbewohner in der Blüte ihres Lebens dahingerafft. Vermutlich hatten sie die Türen verriegelt und warteten auf den Frühling. Jeden Winter starben praktischerweise eine ganze Anzahl Obdachloser und Outcasts weg. Ich nehme an, dass Armut, Alkohol und Drogen auch eine Art Pest sind – ein bleicher magerer Tod, der sein Opfer zudem ausreichend verändert, so dass wir nicht in Gefahr kommen, plötzlich auf einer Parkbank unser Spiegelbild sitzen zu sehen. Alles scheint auf äußerst vernünftige Weise geregelt zu sein.

Der Autositz wies noch immer die Abdrücke meines Körpers auf. Die Erinnerung an frühere Fahrten erfüllte mich mit gemischten Gefühlen, die ich nicht näher untersuchen wollte. Nach einer Weile war ich mir nicht mehr sicher, in welche Zeit diese Reise gehörte. In seinem Bericht versucht Gabriel Mayer, Zeit und Dasein in einem neuen Licht erscheinen zu lassen, indem er sich der Vergangenheit zuwendet. Als ich umblätterte, drohte ein weiteres handgeschriebenes Blatt davon zu flattern, aber ich fing es in letzter Sekunde ein.

Donnerstag, den 31. August 1938

Mayer und Rav heben um den Körper einen flachen Graben aus. Die Spaten dringen rasch in die Erde ein, stecken dann aber fest und lassen sich nur mühsam wieder herausdrehen. Die Krähen sind näher herangerückt, sie schwatzen ein wenig, schnarren und knacken dicht neben der Grube mit ihren scharfen Schnäbeln. Sie haben runde Knopfaugen, bewegen sich flink und wirken erstaunlich furchtlos. Der Deutsche, dem die Enttäuschung über das Alter der Leiche noch immer anzumerken ist, wartet oben auf festem Boden. Als er einen Erdklumpen aufnimmt und ihn in den Schwarm schleudert, fliegen die Vögel auf, und der trockene Laut der Flügelschläge und das Schaben Hunderter Federn gegeneinander sind für eine Weile die einzigen Geräusche, die man vernehmen kann. FA Nadler hat all seine Wörter verbraucht, sowohl die dänischen als auch die deutschen. Mit eckigen Bewegungen holt er erneut das flache Zigarettenetui aus der Tasche und raucht mit kurzen, hastigen Zügen, als ginge ihm sonst die Luft aus.

Auch Mayer und Rav schweigen, während sie ihre Arbeit verrichten. Nach ein paar Minuten ziehen sie die Mäntel aus und graben in Hemdsärmeln weiter. Mücken und Fliegen umkreisen sie beharrlich, angelockt von der Wärme und dem Schweiß der Männerkörper. Bis auf das Summen der Insekten und die Arbeitsgeräusche ist es merkwürdig still. Die Sonne ist verschwunden und hat eine stickige Düsternis hinterlassen, so als befände man sich auf dem Boden eines Brunnens. Draußen auf dem Hochland des Moors wächst dichtes Gestrüpp aus Heidegagel und wildem Ginster, die Pflanzen verbreiten einen scharfen aromatischen Geruch, der die Männer schläfrig macht. Sie graben langsam und vorsichtig. Das Sumpfwasser rieselt rasch nach und bildet einen schmalen Wallgraben um den Toten, wird zu einer Grenze, die man nicht überschreiten soll. Rav hält inne, legt den Spaten beiseite und wischt sich die kräftigen Hände sorgfältig an einem großen weißen, rot gerandeten Baumwolltaschentuch ab. Dann faltet er das Tuch wieder akkurat zu einem Dreieck zusammen und schiebt es zurück in die Hosentasche – neben die Blechschachtel, in der sich die Ringelspinnerlarve befindet. Franz Nadler beobachtet ihn irritiert. Der junge Mayer stützt sich auf seinen Spaten und ruht sich aus, dankbar für die Unterbrechung. Rav gedenkt noch ein paar Aufnahmen zu machen. Er zieht einen eiförmigen Belichtungsmesser hervor, den er eine Weile auf Armlänge vor sich halten muss, ehe das Gerät die richtige Blende anzeigt. Seine kräftige Nase glänzt vor Schweiß, es sieht aus, als würde er das Licht wittern. Den Hut hat er in den Nacken geschoben, so dass die Krempe fast den vergilbten Hemdkragen berührt. Seine Hand hat auf dem Filz feuchte Flecken hinterlassen. Bevor Rav den Auslöser betätigt, legt er dünne weiße Messstäbe um den Toten aus, die mit einfachen selbst gezeichneten Skalen für Länge und Breite versehen sind, um den Umfang des Körpers zu dokumentieren. Der ist nicht eben groß, da ihn das Moor zusammengepresst hat als sei er ein Gewächs in einer Pflanzenpresse. Rav schaut nach der Himmelsrichtung und kommt zu dem Schluss, dass der Kopf des Toten nach Süden weist und die Beine, beziehungsweise das, was von ihnen übrig ist, Richtung Norden zeigen. Das frische Holz der Stäbe leuchtet auf dem dunklen Moorlager. Gabriel Mayer geht hinter dem Polizeichef her und trägt sämtliche Maße in das Protokoll ein, eine Art Sterbeurkunde für Krone und Amt, die insbesondere bei unerwarteten Todesfällen benutzt wird – aber vielleicht gilt das ja für jeden Tod. Der junge Mayer ertappt sich bei der Überlegung, ob hinter den starren, braun gefärbten Lippen vielleicht noch Zähne und Zunge vorhanden sind, und er fragt sich plötzlich, wie die Stimme des Toten wohl geklungen hat. Sprach er Dänisch oder Deutsch, laut oder flüsternd, mit dunklen oder hellen Lauten? Sie befanden sich im Grenzland und der

Tote konnte in der eigenen Erde mittlerweile ein Fremder sein, da die Grenze ständig hin und her gewandert war. Vermutlich war die Zunge des Toten verwest, ehe das Moor den Körper konserviert hatte. Ein Ekel erregender Gedanke, den Mayer sofort beiseite schiebt. Vielleicht wird der Distriktsarzt, nach dem Aronius und Rav vermutlich schicken werden, die Sache untersuchen. Ja, wenn es ihnen gelingt, den Körper in einem Stück nach Hause zu transportieren, wird es sicher eine Untersuchung geben, obwohl das hier eigentlich nicht Sache der dänischen Polizei ist – genau wie der Fall der Frau, die zu Beginn des Frühjahrs Selbstmord begangen hatte.

Auch damals hatte er Madsen und Rav begleitet – als Zeuge und Schreibgehilfe. Der Frost wich langsam aus dem Boden, und die Äcker, die sie in dem eisigen Wind überquerten, fühlten sich weich und schwankend an. Der Lehm blieb in starren, grünlichen Klumpen an den Stiefeln haften – alter Meeresboden, der sich nach oben gearbeitet hatte. Die tote Frau war in einem Schuppen gefunden worden, einer zugigen Bretterbude, die ein ziemliches Stück vom nächsten Hof entfernt lag. Der Bauer bewahrte dort ausgediente Geräte auf. Sie hatten damals dieselbe Trage bei sich gehabt, und der Rückweg war zu einer anstrengenden Wanderung über die Felder geworden.

Unablässig quillt Wasser um den Toten auf. Mayer fühlt, wie die Feuchtigkeit durch das dünne Leder seiner Schuhe dringt und geht ein Stück zurück, zu einem höher gelegenen Absatz, wo die Erde trockener ist. Rav hat das Segeltuch ausgerollt, auf dem sich noch immer eingetrocknete Lehmflecken befinden. Die Trage ist seit dem Frühjahr nicht mehr benutzt worden: In Graensebyen sterben die Leute in ihren Betten – nach einem arbeitsamen und gottesfürchtigen Leben. Rav winkt Mayer zu, er möchte näher herankommen, die Aufzeichnungen weglegen und stattdessen mithelfen, den Toten anzuheben. Sie müssen die Spaten unter den Körper schieben und dabei alte Wurzelfäden und dicht gepackten Torf durchtrennen. Ein schwieriges Manöver, ein Balanceakt, bei dem auch der Deutsche zugreifen muss, denn die Erdscholle kann auseinander fallen – und die Leiche mit ihr. Keiner will dieses Unding mit den Händen berühren, also geht die Arbeit nur langsam voran. Beim dritten Versuch gelingt es ihnen, den Körper auf die Trage zu heben. Rav bedeckt ihn mit feinem Baumwolltuch, zwei weiße Streifen liegen gekreuzt über der Brust wie ein schmutziges Flügelpaar. Mayer sieht plötzlich die Weihnachtsfeier in der Kirche vor sich, die mit Heftfäden zusammengehaltenen Kostüme der Engel in der Bank hinter dem Chor. Die Männer heben probeweise die Trage an. Der Körper wiegt so gut wie nichts.

Unterwegs nach Südjütland

Einige Kilometer hinter Slagelse soff der Motor mit einem Husten ab. Sein letzter Atemzug schob uns an den matschigen Straßenrand. Dann war die Fahrt zu Ende. Die anderen Wagen donnerten vorbei wie eine lärmende Wildtierherde, einer der Fahrer blinkte ausdauernd, anscheinend um uns darauf hinzuweisen, dass wir liegen geblieben waren. Mogensen fluchte und hievte sich brummend aus dem Wagen. Ich lächelte ihm durch die Windschutzscheibe aufmunternd zu. Der Wind, der über die Autobahn pfiff, war eiskalt und das Rot seines Gesichts vertiefte sich – Richtung Schlaganfallfärbung. Ich beugte mich vor und bekam einen Hebel zu fassen, den ich von früher noch gut in Erinnerung hatte. Die Motorhaube fuhr im Wind hoch wie der Deckel der Büchse der Pandora. Mogensen würde für eine Weile beschäftigt sein.

Bei Rosens Dokumenten befand sich ein Schriftstück von Pastor Aronius, genauer gesagt, ein Brief aus dem Herbst 1939, den ich mir nun, da ich Mayers Bericht kannte, näher ansehen wollte. Irgendetwas über eine Leichenschau. Der Adressat des Briefes war der Distriktsarzt der Region, Doktor Munch.

Der alte Aronius war ein bisschen konfus und brachte in seinem Schreiben offenbar zwei Ereignisse durcheinander. Das erste Geschehnis, von dem er berichtet, ist die Entdeckung einer unbekannten Toten. Der Pastor beginnt mit allgemeinem Gerede – wer erkrankt und wer gestorben ist, dass im verflossenen Winter im Garten des Pfarrhauses durch den Frost mehrere Obstbäume zerstört worden sind und die Kälte in Gliedern und Knochen schwere Schmerzen verursacht hat. Erst dann kommt er auf sein eigentliches Anliegen zu sprechen. Ende Februar 1938 – also ungefähr zur gleichen Jahreszeit, in der ich jetzt die alten Dokumente las – war in der Nähe der kleinen Stadt eine makabre Entdeckung gemacht worden. Am 18. Februar war ein Bauer der Gegend, Bue Hatt, in einem der Feldschuppen, die zum Hof gehörten, auf die Leiche einer jungen Frau gestoßen: »Da es ein bitterkalter Winter gewesen war, einer von jenen, in denen Vögel tot von den Ästen fallen und uralte Weiden erfrieren, war auch der Körper zu Eis gefroren, und es war unmöglich festzustellen, wie lange sie sich schon dort befunden hatte.« Was den gottesfürchtigen alten Aronius am meisten beschäftigte, war die Tatsache, dass die Frau außer einem dünnen bestickten Leinenhemd nichts auf dem Leib gehabt hatte. Die Tote war wohlgenährt, ja, beinahe üppig gewesen, und ihr weißhäutiger Körper hatte keinerlei Verletzung gezeigt, ihre nackten Füße allerdings waren mit Erde behaftet gewesen und hatten eine Reihe von Wunden und Frostschäden aufgewiesen, als wäre sie weit gelaufen. An den Fußsohlen hatten sich Schnitte befunden, die man der scharfen Eiskruste zuschrieb, mit der die Äcker bedeckt gewesen waren. Für die tiefe Kerbe allerdings, die quer über die beiden Fußgewölbe lief, hatte man keine Erklärung gefunden. Die Wunde war älteren Datums. (Hier faselte der Pastor etwas von altdänischen Mythen, die in dieser Gegend kursierten, und verlor für eine Weile den Faden. Aronius interessierte sich für die Historie und war Mitglied der Nordischen Altertumsgesellschaft Südjütlands, einer Gelehrten-Vereinigung, die 1865 von dem Archäologen Jacob Asmussen Worsaae gegründet worden war.)

Die Frau hatte schönes, leuchtend rotes Haar und regelmäßige Züge gehabt. Sie war nicht gefesselt, der Schuppen selbst weder von innen noch von außen verschließbar und die Bretterwände sind in so schlechtem Zustand gewesen, dass man selbst durch diese leicht nach draußen hätte gelangen können. Die einzige Erklärung, auf die man in Graensebyen kam, war, dass die Frau den Schuppen tatsächlich in der vollen Absicht aufgesucht hatte, dort zu erfrieren. *De mortuis nihil nisi bene* (Über die Toten soll man nur Gutes reden), fügte der Pastor allerdings ängstlich hinzu. Nach einer ersten oberflächlichen Untersuchung wurde die Frau im Totenhaus auf einen mit Stroh bedeckten Block Eis gelegt. Doktor Munch sollte sie obduzieren. (Den Schlüssel zum Totenhaus hatte Aronius selbst in Verwahrung.) Wie aus Aronius' Brief herauszulesen war, ließ Munch jedoch auf sich warten: In Tønder war eine schwere Grippeepidemie ausgebrochen.

Dann wendet sich Aronius der zweiten unbekannten Leiche des Jahres 1938 zu, dem Soldaten von Frøslev. Seine diesbezüglichen Ausführungen sind verworren, und er hat offensichtlich Schwierigkeiten, die Fakten auseinander zu halten. Klar wird, dass Munch zwar den Soldaten, aber nicht die unbekannte Frau obduziert hat, und der Pastor kann nicht recht erklären, was der Grund dafür war. Die Rothaarige war im Totenhaus in eine verschlossene Kammer gebracht worden, weil der Friedhofswärter in dem Gebäude in der Regel seine Geräte unterstellte. (Da die Verstorbenen hier nie länger als ein paar Tage verblieben und schon im Sarg lagen, war man der Meinung, dass diese Sitte die Toten nicht schändete. Schließlich handelte es sich beim Handwerkszeug des Gärtners um zünftige dänische Landarbeitsgeräte wie Gießkannen, Spaten und Rechen. Der Körper der Unbekannten allerdings hätte durch das viele Gerenne hier zu früh auftauen können.)

Als man an einem der ersten Märztage die Tür zu ihrer Kammer aufschloss, war die Tote spurlos verschwunden. Nur nasses Stroh und ein Stück Eis waren zurückgeblieben. Die Entdeckung veranlasste Aronius, an diesem Abend eine zusätzliche Andacht abzuhalten, während Wachtmeister Madsen den Friedhof nach Fußspuren durchkämmte, ohne etwas Ungewöhnliches finden zu können. Das Ganze endete damit, dass Munch eine Woche später den Totenschein ohne Leiche ausschreiben musste, mit Rav und Aronius als Zeugen.

Was den Soldaten anbelangte, so gab es nur eine kurze Untersuchung, da der Körper mit beunruhigender Geschwindigkeit schimmelte und zerfiel – nicht viel anders als die Vorjahresäpfel, die in der Speisekammer unter die Arbeitsplatte rollen und auf dem Steinfußboden verfaulen, so zumindest hatte es Aronius ausgedrückt. Munch entnahm das Herz, das halb vermoderte Lungengewebe und den Magen und konservierte die Organe in Formalin. (In Gläsern, die Aronius' Haushälterin nur widerstrebend aus ihrem Vorrat an Einweckgefäßen herausgerückt hatte.) Er schnitt zwei Locken von dem roten Haar des Toten ab und legte sie zusammen mit dessen Nägeln in ein Kuvert, das versiegelt wurde. Obendrein unternahm man den Versuch, die Fingerabdrücke des Soldaten zu sichern, aber das Moor hatte die haarfeinen Windungen der Fingerspitzen längst aufgelöst. Auf dem Papier blieb nur ein verwischter Schmutzring zurück, der einem eingetrockneten Wasserfleck glich. Die Ab-

drücke der Frau hatte man bereits an die Landespolizei in Kopenhagen geschickt. (Bislang war von dort keine Antwort gekommen.) Die Abdrücke ihrer gefrorenen Finger blieben der einzige physische Beweis dafür, dass sie sich jemals in Graensebyen befunden hatte. Wie Aronius anmerkte, waren ihre Hände klein und wohlgeformt.
Schließlich dankte der Pastor Doktor Munch für den Lorbeerkranz – *Pro Patria* –, den dieser zur Beisetzung des Soldaten auf dem Friedhof von Graensebyen geschickt hatte. Der Rest des Briefes handelte von Parasiten in den Obstgehölzen und der mageren Apfelernte und war für mich ohne Interesse.

Ich faltete den Brief des Pastors sorgfältig zusammen. Mogensen werkelte noch immer hinter der Haube, und ich beschloss, mir die Beine zu vertreten. Er sah nicht einmal auf, als ich mich aus dem quietschenden Auto schob und auf der Standspur loslief. Ich hatte weiter vorn die Ausfahrt zu einem Rastplatz entdeckt. Der Himmel hing über der Landschaft wie ein Blechdeckel und die Autos zischten an mir vorbei. Fünf Fernlaster aus Wrocław schwenkten wie eine bewegliche schmutzgraue Wand in die Überholspur. Sie fuhren Stoßstange an Stoßstange, und trieben die Autofahrer hinter sich in den Wahnsinn. Ich watete im Straßengraben vorwärts und atmete die mit Diesel geschwängerte Luft ein. Die Lastwagen ließen mich an Rosens Karton und die Dokumente denken – und an die Wirklichkeiten, die sie repräsentierten. Wrocław hatte früher Breslau geheißen und zum Deutschen Reich, zum alten Preußen, gehört – es war nach Berlin die größte preußische Stadt gewesen. 1945 wurde Breslau beim »Endkampf« gegen die Russen in eine von Hitlers Festungen verwandelt. Dann folgten beinahe vierzig Jahre hinter dem Eisernen Vorhang, all das auf Grund von Linien auf einer Karte, Zeilen in einem Friedensvertrag, der Leben, Sprache und Erinnerungen der Menschen veränderte.

(Und natürlich gab es gute Gründe, zu vergessen.) Zuweilen wirkt das Fiktive wirklicher als Gras, Sonnenwärme, Äcker, lehmbraune Flussarme und kühle Gehölze. All das kann unsichtbar gemacht werden. Die Übereinkunft, die getroffen wird, verändert unser Bild von der Vergangenheit – durch prägnante Formulierungen, Eigennutz, Schuld und Schweigen. Das sind Schachzüge, von denen man sagt, sie seien typisch menschlich. Die Wirklichkeit wird verändert, ihres Schreckens beraubt und unserem Lebensschema eingepasst – wie mit einer Zeichenschablone. Das Merkwürdige ist, dass es meistens funktioniert.

Der Rastplatz war nach dem üblichen Wohlfühlkonzept gestaltet worden: eine überquellende Mülltonne, zwei Toiletten mit eingetretenen Blechtüren, die ständig halb offen standen, und festgeschraubte Picknickmöbel aus graufarbenem Glasfibermaterial, falls jemand nach dem Klobesuch Hunger bekommen sollte. Der Ort öffnete sich zu einem weiten, vom Wind gepeitschten Acker hin. In den Furchen der Herbstpflügung lag noch immer graues Eis, als hielte die Erde den Winter in ihren Mantelfalten versteckt. Nichts außer kaltem Nebel, Lehm und Trostlosigkeit.

Am Rand des Feldes stand eine mächtige knorrige Eiche und unter der Eiche saß ein Hund. Es war der hässlichste Dorfköter, den ich je zu Gesicht bekommen hatte. Sein Kopf war groß und viereckig, seine Augen schmal und leicht schräg gestellt. Quer über die kräftige Schnauze verlief eine weiße Narbe von einem alten Kampf. Der Körper war im vorderen Teil muskulös wie der eines Boxers, endete jedoch in einem schmächtigen Hinterteil und einem dünnen rattenartigen Schwanz. Die Pfoten waren merkwürdig klein und hübsch, und das Fell schimmerte unter der dicken Schicht Ackerlehm schwarz. Um den Hals trug der Köter erstaunlicherweise ein breites Lederhalsband. Ein Besitzer war nicht in Sicht, überhaupt war weit und breit kein Mensch zu sehen. Vom Rastplatz aus konnte ich in der Ferne Mogensen ausmachen, er

beugte sich immer noch über den Motor, den Schraubenschlüssel wie eine Stimmgabel erhoben und blind und taub für alles andere. Der Hund betrachtete mich mit ruhiger Nachsicht. Ich hatte das Gefühl, er wolle sich ein Urteil über mich bilden. Seine runden Nasenlöcher weiteten sich rhythmisch, als er meinen Geruch einsog. Ich bewegte mich nicht. Mein Herz schlug einen taktsicheren Trommelwirbel. Der Köter erhob sich gemächlich. Er trippelte o-beinig auf mich zu und wedelte zu meiner Verwunderung lässig mit dem Schwanz.
Ich habe nichts gegen Hunde, im Gegenteil, sie scheinen mir netter zu sein als die meisten Menschen, die ich kenne, aber ich ziehe es vor, sie aus einer gewissen Distanz zu betrachten – von der anderen Straßenseite oder quer durch den Park. Doch der Dorfköter hier hatte mich auserwählt, daran bestand kein Zweifel. Aus der Nähe sah er, wenn das überhaupt möglich war, noch furchtbarer aus. Unter seiner Nase hingen erstarrte Rotzfäden und seine Augen schimmerten in einem eitrigen Gelb. Vielleicht war er erkältet, ich hatte mit Tierwehwehchen keine Erfahrung. Davon abgesehen schien die Dogge in guter Form zu sein. Ich streckte als formelle Begrüßung die Hand nach unten und der Hund schleckte sie wollüstig ab, quer über den Fausthandschuh. Es war direkt zum Weinen. Am Halsband war ein schmales Metallplättchen festgenietet. Der Dorfköter hieß Terror.
Er legte sich quer auf den Rücksitz. Der Chevi hatte einen hellen Lammfellbezug, war also gegenüber dem Acker sicher vergleichsweise bequem. Zu meiner Zufriedenheit kümmerte sich Terror einen Dreck um Mogensen, während er meinen Bewegungen mit feuchten Augen folgte. Rasch roch das Auto streng nach nassem Hund. Ich wühlte in meinem Rucksack und förderte aus meinem kleinen Survival-kit (Kekse, Rosinen, Nüsse, Bitterschokolade und ein Flachmann mit Kognak) eine Kekspackung zu Tage. Der Köter verschlang das Ganze in zwei Happen und rülpste

danach zufrieden. Ich hatte das Gefühl, dass er angekommen war.

Düppel, den 20. April 1864

Der Wagen schaukelt durch die nebelgraue Landschaft. Die Achsen quietschen und knarren, und das eintönige Lied, das vom Kutschbock her ertönt, verstummt nur, wenn der Mann vor einem besonders großen Loch die Zügel straffen muss. Die Kuhlen zu umrunden dauert seine Zeit. Oft ist er gezwungen, vom Sitz zu springen und das Pferd im Bogen durch den saugenden Lehm zu führen, so dass sich der Wagen neigt und umzukippen droht. Die Glasflaschen im dunklen Inneren gluckern und klirren bei jedem Loch und Stein. Gelegentlich hält der Mann an und schaut nach, ob die Korken noch fest sitzen. Der Weg ist arg zerpflügt, er gleicht einem lehmigen Graben, der sich zwischen den Hügeln entlangwindet. Weiß der Teufel, ob das überhaupt noch ein Weg ist, denkt Käsemann. Der Nebel hängt über den Böschungen wie ein feuchtes Tuch. Das Pferd wird ängstlich von all den merkwürdigen Gerüchen, die durch die Luft treiben. Es riecht beißend nach Pulver, Brand und etwas Anderem, Süßlichem, Verwestem. Die Dünste halten den Hunger fern, bei ihm und bei dem Pferd. Der Fotograf hat einen Flachmann mit französischem Kognak eingesteckt, aus dem er hin und wieder einen Schluck nimmt, um seine Sinne zu betäuben.
Der Wagen ist mit schwarz gestrichenem Ölstoff überdeckt, der wie eine Zeltplane über einen einfachen Holzrahmen gespannt ist. Die Vorrichtung schwankt und quietscht, zuweilen schaukelt er hin und her wie die Hüte der Damen auf der Kaipromenade von Ostende. Dorthin pflegte Käsemann in

früheren Jahren zu reisen, um im Nordseelicht zu malen. Der Wagen ist eine rollende Dunkelkammer, eine Kuriosität. Er hat ihn von einem Freund gemietet (und seine goldene Uhr als Pfand hinterlegt). Auf beide Seiten ist mit silbernen Buchstaben sorgfältig der Name des Ateliers gemalt, das seinem Freund gehört: IMAGO. Darunter steht die Adresse: F-Straße Nummer 10. Das Pferd, das sich vor dem Wagen schindet, ist eine magere graue Stute, die nicht einmal die Armee hat in Dienst nehmen wollen. Heinrich Käsemann kommt aus Berlin. Er ist Landschaftsmaler, stümpert jedoch auch in der Fotografie herum, der neuen Kunst. Das Ziel seiner unbequemen Reise ist das Schlachtfeld von Düppel. Es gilt, *Glanz und Gloria* des Siegers zu verewigen.
Käsemann ist ein gut gewachsener Mann, reichlich 1,70 groß, bis auf einen dünnen militärischen Schnurrbart unter der kräftigen Nase glatt rasiert, das weißblonde Haar *en brosse* geschnitten. Die eng stehenden Augen unter den kräftigen Brauen sind blau. Sie geben ihm ein nachdenkliches und konzentriertes Aussehen, obgleich er beides nur selten ist. Er trägt einen knielangen tabakfarbenen Baumwollrock, halbhohe elastische Zugstiefel, karierte Hosen und einen roten Schal, der auf Künstlerart mit einem lässigen Knoten versehen ist. Seinen Hut hat er neben sich auf den Kutschbock gelegt und die Krempe aus Vorsicht unter einen seiner kräftigen Schenkel geklemmt, damit das gute Stück nicht im Lehm landet. Heinrich Käsemann ist sehr um sein Äußeres besorgt: Bei Düppel wartet Prinz Friedrich Karl von Preußen. Falls sich ihm die Möglichkeit bietet, beabsichtigt der Fotograf, das Porträt des Prinzen aufzunehmen.

Als sich der Wagen dem Schlachtfeld nähert, wird der Gestank penetranter. Die Stute legt die Ohren an, zittert und zaudert, obgleich Käsemann ihr die Peitsche über den mageren Rücken zieht. Er schwitzt und legt trotz des nasskalten Nebels den Rock ab. Der Alkohol kreist in seinem Blut, er holt weit aus und muss sich an der Eisenlehne des schmalen Kutschbocks festhalten. Der Wagen knarrt und ächzt und Käsemanns Kopf schmerzt. Sein Freund Loser in Berlin liegt mit Typhus danieder, und er fragt sich, ob Losers Frau Clara im Fall des Falles bereit wäre, Kameras und Ausrüstung für eine passable Summe zu verkaufen. Käsemann lässt die Peitsche auf den Pferdehintern klatschen. Er denkt nach. Der Wagen holpert über das nächste Loch. Aber die Dunkelkammer kann sie behalten.

Bald beginnen die Schatten vor dem Wagen Gestalt anzunehmen, und Stimmen sind zu hören. Sie werden von der Feuchtigkeit gedämpft und scheinen einander zu gleichen. Der Weg füllt sich und Käsemann muss unausgesetzt ausweichen, um Karren mit Verwundeten vorbeizulassen. Sie liegen auf Bretterböden und jammern, schreien und fluchen, wenn die Wagenräder in die Weglöcher rutschen. Von anderen Karren ist kein Ton zu hören, sie sind mit grauen Planen bedeckt und auf dem Bock hockt steif ein einsamer Kutscher, ein Wachposten des Todes. Nur die qualmende Pfeife beeinträchtigt die Erhabenheit des Anblicks. Tabak nimmt den Geruch. Weiter vorn begegnet Käsemann Kolonnen zurückkehrender Soldaten mit grauen Gesichtern und stummen Mündern. Es ist schwer, in dieser kläglichen Schar erschöpfter Männer die Sieger der Schlacht zu erkennen. Der Nebel lässt das Ganze wie ein Bühnenschauspiel erscheinen, wie etwas Unwirkliches.

Für Heinrich Käsemann sind Tote nichts Unbekanntes, ganz im Gegenteil. Er hat für Berlins beste Familien Porträts von Verstorbenen angefertigt – hinter geschlossenen Gardinen, in dunklen stillen Wohnungen, in denen das Begräbniskonfekt auf spitzengeschmückten Tellern ausgelegt war. Oft hat er lange Zeit allein vor den Toten gesessen, im Schein von Wachslichtern und neben duftenden Weihrauchstäbchen, besonders im Sommer, wenn die Angehörigen es eilig hatten, die stickigen Räume wieder zu verlassen. Und mehr als

einmal hat er im Keller der Leichenhalle Selbstmörder fotografiert, bleiche, arme Teufel, die man aus dem dunklen Wasser der Spree gezogen hatte. Die Porträts wurden im Polizeiarchiv für eine mögliche spätere Identifizierung aufbewahrt, in erster Linie ging es jedoch um das Studium der Charaktere. Neuerdings legten an der Berliner Universität eifrige Forscher systematische Sammlungen von Nasen-, Augen- und Mundformen an. Ein Völkisches Archiv. Sie interessierte, wie die Züge miteinander korrespondierten, ob Unruhe im Aufbau des Gesichts zugleich auf eine rastlose Seele schließen ließ. All das, um zu ergründen, ob die Selbstmörder, die Depressiven, vielleicht einer eigenen Rasse angehörten. Auch die Idioten der Stadt wurden katalogisiert, doch die Irrenanstalten hatte Käsemann nie betreten. Nur die Leichenhalle. (Solcherart Aufträge sind natürlich vertraulich und müssen mit Diskretion und Takt erledigt werden.) Die Toten lagen auf Marmorbänken, noch immer in ihren durchtränkten Lumpen, und zuweilen ging ein entsetzlicher Gestank von ihnen aus. Manchmal war der aufgeweichte Stoff auch das Einzige, was an den Menschen erinnerte, als wäre dessen Persönlichkeit verschwunden und hätte nichts zurückgelassen als einen leuchtend roten Rock, ein Paar Stiefel mit schief gelaufenen Absätzen, eine Samtweste – einzelne Sachen, gleich vergessenem Gepäck auf der Bahnhofsablage. Meist waren die Leute sehr ärmlich gekleidet gewesen.
Die Bilder wurden gut, genau und scharf, da der Fotograf mit Licht und Zeit umgehen konnte, wie es ihm gefiel. Die Ertrunkenen klagten nie über Kälte oder Unlust. Einmal allerdings ging die Sache schief: Eine der Toten erwachte plötzlich wieder zum Leben, ein junges Mädchen mit so magerem Brustkorb, dass sich mit erschreckender Deutlichkeit die einzelnen Rippen abzeichneten. Käsemann konnte sich noch an den Atemzug erinnern. Als er sie auf die Seite drehte, hatte sie tief Luft geholt, es klang fast wie ein Seuf-

zer. Ihr bleiches Gesicht war vom kalten Fluss noch ganz blau gewesen. Er hätte um Haaresbreite das Stativ der Kamera umgestoßen, als er hinauseilte, um Hilfe zu holen. Das Mädchen geriet außer sich, als sie endlich begriff, wo sie sich befand. Sie war ein Besucher aus dem Totenreich. Die Aufnahme war völlig verwackelt, der Verschluss hatte gerade in dem Augenblick offen gestanden, als das Leben zurückkehrte. Ein paar Stunden später war das Mädchen, soweit Käsemann wusste, wieder draußen auf den Straßen Berlins. Auferstanden, nur um kurz darauf erneut in die Tiefe zurückzukehren.
Eine Treppe höher saßen die beiden Wachhabenden, Heinz und Fritz, in ihrem Büro, zwei untersetzte rotgesichtige Männer, einander ähnlich wie Zwillinge oder in der Sonne getrocknete Beeren. Sie rauchten oder spielten Karten, meist Whist mit niedrigem Einsatz, und wenn es hoch herging, konnte Käsemann bei seiner Arbeit ihre eifrigen Stimmen hören. Es klang, als führen rostige Sägen durch gesprungenes Holz. Einmal, als sich Käsemann, schon in Rock und Hut, an der Tür kurz umdrehte, um Adieu zu sagen, sah er, wie die beiden den Toten Kupfermünzen, ein paar abgegriffene Pfennige, als Obolus auf die Augen legten, um sie am Starren zu hindern, bis man sie in Holzkisten verfrachtet und die Deckel zugenagelt hätte. Die Männer waren Veteranen des ersten Schleswigschen Kriegs und an den Tod gewöhnt, doch das Starren konnten sie nicht ertragen. Die Bretter für die Särge bezog man von den umliegenden Handelsfirmen, deshalb war das Holz mit Frachtgutstempeln und den dicken schwarzen Buchstaben der Warennamen versehen. *Mayer & Co* oder *Weislinger Sekt – Prima Qualität* stand darauf, als hätten die Toten ein »alias« erhalten oder neue Stempel in ihren Reisepass, die sie für die Weiterfahrt unbedingt benötigen. (Käsemann stellt sie sich als eine Art Flüchtlinge vor). Häufig begleitete ihn das Geräusch hohl klingender Hammerschläge die breite Steintreppe hinauf.

Kurze Serien, die Trommelwirbeln glichen. Die Pfennigmünzen bewahrten die Wachmänner in einer Blechbüchse auf dem Schreibtisch auf. Die Habseligkeiten der Ertrunkenen, falls sie denn welche besessen hatten, verkaufte man an die Juden auf dem Alexanderplatz. Auf diese Weise bezahlten die Toten für ihre Beerdigung – mit Ringen, Halsketten, Haar. Dann folgte ein Armenbegräbnis in einem anonymen Grab, zwei, drei Särge in demselben Loch, wenn man sich nun schon mal die Zeit zum Graben genommen hatte.

Plötzlich bleibt die Stute stehen und weigert sich, auch nur einen Schritt weiterzugehen. Weder Peitschenhiebe noch freundliches Zureden oder Flüche können das störrische Pferd dazu bringen, seine Meinung zu ändern. Das einfältige Vieh ist von einer fixen Idee besessen, und am Ende muss der Fotograf vom Kutschbock springen. Um seine Stiefel spritzt Lehm auf. Zu spät erinnert er sich an den Hut, der mit seiner großen Krempe gleich einem geköpften Huhn zu Boden flattert und neben Käsemanns Fuß im Dreck landet – ein teures Stück aus echtem amerikanischem Bison, das er in Berlins bestem Warenhaus erworben hat. Der Fotograf flucht leise vor sich hin, schnappt ihn sich rasch und setzt ihn auf – sicher ist sicher.
Der Grund für die Unruhe der Stute ist leicht zu erraten. Geklapper und Gerassel ist zu hören, und in der Ferne lässt ein Licht in der feuchten Luft Metall aufleuchten, Sporen und Gold, Adler und Tressen. Eine Abteilung der Husaren des Prinzen kommt den schlammigen Weg entlanggeritten. Die Männer, die elastisch wie Stahlfedern im Sattel sitzen, hüpfen auf der erbärmlichen Wegbahn in unregelmäßigem Rhythmus auf und nieder. Die Pferde schnauben und lassen ängstlich einen Wind fahren, wenn die Hufe auf dem Boden keinen Halt finden. Ihre Augen sind von dem scharfen Ritt rot geädert. Die Truppenbewegung bedeutet vermutlich, dass sich der Prinz bereits auf dem Heimweg befindet. Das

heißt andrerseits, dass Heinrich Käsemann spät dran ist. Er sucht nach seiner Taschenuhr, bis er sich daran erinnert, dass er sie in Berlin gelassen hat, auf dem Nachttisch seines Freundes Loser.

Das erste Kontingent ist vorüber, noch immer hängt der Geruch von Pulver, Pferdeschweiß und Leder in der Luft. Den Husaren folgt ein arg mitgenommenes Fahrzeug, ein gedeckter Reisewagen. Die Jalousien hinter den geschliffenen Scheiben sind sorgfältig heruntergezogen. Mal poltert, mal rutscht das Gefährt über den zerfahrenen Weg vorwärts. Die Räder sind so dick mit starrem bläulichen Lehm bedeckt, dass die Speichen kaum noch zu erkennen sind, auch die Kutsche ist über und über bespritzt. An den Türen sind weder Wappen noch Namen zu sehen. Der fahlgesichtige Kerl im graugrünen Rock, der auf dem Bock sitzt, schwenkt schlaff die Zügel über zwei müden Wallachen, deren Flanken mit Schaum bedeckt sind. Wagen und Pferde sehen aus, als kämen sie vom Meeresgrund, als sei das hier Neptuns Wagen mit zwei Seepferden im Zuggeschirr. Jedenfalls ist es nicht die Karosse des Prinzen. Vielleicht zieht gerade dessen Geliebte vorbei? Oder Bismarcks, falls der denn eine solche hat? Oder eine Wagenladung voll Geld? Nein, eine so wertvolle Ladung ist nicht denkbar in einer elenden Postchaise, die ständig umzukippen droht. Neugierig starrt Käsemann zu der Equipage hinüber. Die Husaren hinter dem Gefährt verziehen keine Miene. Klick, klack, klick, klack ertönt es, als klopfe jemand an die Pforte des Meerkönigs. Selbst die sonst so furchtlosen Kavalleriepferde legen bei dem Geräusch die Ohren an. Erst geraume Zeit, nachdem der Trupp vorüber ist, gelingt es Käsemann, die eigensinnige Stute mit Sanftmut und gutem Zureden wieder in Bewegung zu setzen. Und dann zieht sie, als hätte sie den Teufel selbst hinter sich gelassen.

Nach Südjütland

Der Köter schlief bereits tief, als Mogensen endlich fertig war – einen unbekümmerten Schlummer, der trotz der Narben auf ein reines Gewissen hindeutete. Zusammen sorgten wir drei für einen intensiven Geruch im Wagen. Der Nachtwächter war ölverschmiert und trotz der Kälte rot verschwitzt und bevor er uns wieder auf die Fahrbahn brachte, in die Spur eines qualmenden deutschen Fernlasters, gab er einen langen inhaltsreichen Fluch von sich. Der Chevi hustete ein paar Mal, rollte aber vorwärts. Der Dreck hatte offenbar den Vergaser verlassen und sich woanders festgesetzt, vermutlich in der Zirbeldrüse.

Die Brücke über den Großen Belt wirkt wie eine endlose Landebahn ohne erlösendes Take-off. Die Reifen donnerten eintönig über Asphalt und Betonplatten, und ich blickte auf das Geländer hinaus, an dem Streifen von Möwendreck klebten. Der Himmel war noch immer einheitlich grau.

In meiner Kindheit hatten wir zuweilen in Christiansfeld übernachtet, der alten Stadt der Herrnhuter. Wir quartierten uns stets im Hotel der Brüdergemeinde in der Lindegade Nr. 25 ein. Dort verlief früher einmal die Grenze zwischen Dänemark und Preußen. Das Haus weist Wasserschäden auf und ist uralt. Es neigt sich nach innen, seiner eigenen Mitte zu, so als hielte es die Arme über einem kraftlosen Herzen gekreuzt. Das Dachgerüst biegt sich unter dem Gewicht der gewölbten Ziegel gleich einem durchgesessenen Dragonersattel. Ich erinnere mich gut. Auf der klapprigen Wetterfahne drängen sich lärmend Vögel. In der Diele herrscht ein Gemisch aus verschiedenen Gerüchen, kräftigen, irgendwie unzeitgemäßen Dünsten, als habe jemand den Deckel einer alten Apothekerkiste aufgeklappt. Am Fuß der Treppe steht eine alte Standuhr mit zögerndem, gleichsam holperndem Gang, einem Ticken das sich anhört wie Ruderschläge in Quecksilber. In einem Zimmer im zweiten Stock, gleich rechts von der Treppe, wird im Jahr 1864, in der Nacht zwischen dem 17. und 18. Juli, der Friede zwischen Dänemark und Preußen geschlossen. Oberst Kauffman und Oberst von Stiehle samt ihren Adjutanten stoßen mit rotem Jahrgangswein darauf an. Es herrscht eine schwüle Wärme, in der die Wachslichter der beiden Blechleuchter kerzengerade brennen. Nachtfalter kommen ins Zimmer geflattert und versengen sich am Feuer die Flügel, bis sie schließlich aufflammen und zu Staub zerkrümeln. Ihre Asche verbreitet einen unangenehmen, stechenden Geruch. Die beiden Männer stehen am Fenster, zwei Silhouetten vor dem hellen Himmel. Der Deutsche Gustav von Stiehle trägt einen sorgsam gestutzten Vollbart, er hat ein scharfes Profil. Um seinen Hals liegt das Band mit dem Eisernen Kreuz. Heinrich August Theodor Kauffman trägt die gleiche Frisur wie der deutschbritische Prinz Albert: ein weicher Seitenscheitel an einem hohen Haaransatz, ein gezwirbelter Schnurrbart und lange, sorgfältig gekämmte Kotteletten. In der Türöffnung steht ein Dienstmädchen mit einer staubigen, in ein Leinentuch gehüllten Flasche. Es ist Tanne, die fünfzehnjährige Tochter des Wirts, sofort bereit, Wein nachzuschenken, wenn es gewünscht wird. Den Wein, einen 1845er-Bourgogne, hat sie aus dem Keller des Gasthauses geholt, und sie hofft, nicht noch einmal hinabsteigen zu müssen, dort unten wurden mehrmals Geister und anderes Teufelszeug gesehen. Ihr Gesicht ist gerötet, denn im Raum ist es warm und drückend, so als läge ein Gewitter in der Luft. Aber die Herren trinken nur ein Glas zusammen, dann zieht sich jeder eilig auf sein Zimmer zurück. Die Räume liegen an den entgegengesetzten Enden des langen Korridors. Von der Uhr an der Wand ertönen zwei Schläge.

Noch immer stehen im Zimmer ein Tisch und vier Stühle und auch den viereckigen weißen und mit einem Blumenmedaillon aus Gips verzierten Kachelofen gibt es noch. Zwi-

schen den Blumen sitzt eine Dame, die lediglich mit einem dünnen weißen Hemd bekleidet ist und die gleichgültig lächelt. Das Medaillon muss aus einer anderen Epoche stammen, denn die Reize der Frau sind deutlich unter dem Stoff zu erkennen. Ihre kleinen wohlgeformten Füße in den hübschen Schuhen hängen aus dem Kranz heraus, als sei sie dabei, aus der Einfassung zu klettern und zu fliehen. Mir gefällt der Gedanke, dass sie dort nur sitzt, wenn wir sie betrachten. An der Wand daneben hängt eine Uhr, das Pendel steht still und ihre langbeinigen Zeiger sind im Spagat über der Zeit gekreuzt. An Sommerabenden liegt die Stadt wie ausgestorben da, auch sie wie in Gips gegossen, und ein staubiges gelbliches Licht fällt auf rissige Fassaden und glänzende Fensterscheiben. Kaum ein Mensch ist zu sehen, die Brüder und Schwestern, die auf dem Friedhof ruhen, wirken wie strenge, wortkarge Wächter über die Lebenden, und die Kirchspitze wehrt gleich einer züchtigenden Karbatsche allen sündigen Gedanken. In der Abenddämmerung duften die Gänge zwischen den Gräbern betäubend stark nach Lebensbäumen, die akkurat zu viereckigen Einfassungen geschnitten sind. Im Kirchgarten gibt es auch Gedenksteine für die Kriegsgefallenen, für die Soldatenjungen, die für Dänemark oder Deutschland gegeneinander kämpften – wegen Dingen, an die sich niemand mehr zu erinnern vermag.
Das Hotel liegt jedes Mal da, als warte es auf uns, still und geduldig. Die glatt geschliffene, steinerne Treppe führt zur Straße hinaus. Die unterste Stufe ist nicht mehr zu sehen, sie ist seit langem unter Pflastersteinen und Asphalt verschwunden, und die Tür zur Straße hin ist verriegelt. Um ins Haus zu gelangen, müssen wir auf der Rückseite den Markt überqueren, den offenen Platz, auf dem früher Postkutschen und Equipagen zu halten pflegten, und wo die müden Pferde in einer unregelmäßigen Reihe vor den Wassertrögen standen. Im Hotel gehen wir stets früh auf unser Zimmer. Unter

den Betten liegen jedes Mal vertrocknete kleine Tiere, tote Insekten, zusammengeschrumpft und die Beine dicht an den Körper gezogen. Kai liest noch eine Weile, das Buch an die knochigen Knie gelehnt. Er raucht pausenlos, und die Luft im Zimmer wird schwer und stickig. Ich schlafe schlecht in meinem Bett an der Wand, beunruhigt von unbekannten Lauten und von Schritten in der Nacht, einmal meine ich auch, das Geräusch von klirrendem Glas zu vernehmen.

Am nächsten Morgen, dem 18. Juli 1864, kehrte ein siegesgewisser von Stiehle nach Berlin zurück. Die Hähne krähten noch schlaftrunken, als er mit seinem Dokumentenportefeuille in den Wagen stieg und das blank gestriegelte Viergespann das Gefährt ins Rollen brachte.
In der Zeit nach dem Waffenstillstand herrschte Verwirrung. Die Befehle widersprachen einander und die Truppenverbände marschierten kreuz und quer über die sandigen Landwege. In den Nächten bildete sich um den Mond ein rötlicher Lichthof. Viele sahen darin ein Zeichen, dass erneut unruhige Zeiten bevorstünden. Andere, vor allem die wissenschaftlich interessierten Offiziere, meinten, die Tumulte hätten die Erdschichten aufgewühlt und Staub und Pulverdampf tanzten vor dem Mondlicht – wie vom Luftzug aufgewirbelte Partikel im Schein einer Stalllaterne.
Während die Truppen hin und her paradierten, brachten die jütländischen Bauern die Ernte ein. Im August lag der von Pferdehufen aufgewühlte Staub noch immer dicht wie Nebel über der heißen Sommerlandschaft und strich das Grün des Wegrandes weiß wie die Stallgebäude. Der Himmel war von einem hellem Blau, eine Farbe, die jener der dänischen Dragonerröcke glich, die Hundstage brachen an, und nichts schien sich zu ändern. Mit der Zeit jedoch zogen weniger und weniger Soldaten durch das Land, da viele der Männer beschlossen, dass die Erntearbeit daheim wichtiger sei als der Dienst im Heer, die Waffenröcke auszogen, in ihre Dör-

fer und auf ihre Höfe zurückkehrten und die Ärmel hochkrempelten. Allmählich fassten Gesetz, Sprache und Recht der neuen Herren Fuß und Südjütland wurde, zumindest dem Augenschein nach, für mehr als fünfzig Jahre preußisch.

Diesmal passierten wir Christiansfeld ohne anzuhalten. Die Autobahn rollte sich vor uns in der Landschaft aus und verwandelte die Vergangenheit in Schilder und Abfahrten, die leicht zu passieren waren. Das Viberøder Gut war noch weit entfernt, und von dort blieb bis zum Strandhaus ein gutes Stück Weg zu fahren. Ich weiß nicht, was Mogensen mit dem Chevi gemacht hatte, aber der Motor lief wie ein Uhrwerk. Der Köter auf dem Rücksitz pennte und pennte und allmählich beschlugen die Scheiben. Der Hund hatte einiges an Schlaf nachzuholen, keine Frage. Ab und zu, wenn er durch einen Traum jagte, gab er leise Töne von sich. Ich schloss die Augen und schlief ein.

Es war spätabends und dunkel, als wir in die letzte schmale Ausfahrt einbogen. Eine scharfe Mondsichel hing am Himmel und zeigte an, dass sich die Wolken endlich verzogen hatten. Die Straße war genauso, wie ich sie in Erinnerung hatte, voller Biegungen und Schatten auf ihrem Weg durch die niedrige Gebüschvegetation, in der einzelne vom Wind gekrümmte Kiefern standen. Das Haus lag nicht weit vom Meer – jener wallenden eiskalten Macht, die mich immer erschreckt, aber zugleich auch angezogen hatte. Ich konnte es schwach rauschen hören, als wolle es mir seine Künste zeigen, hielt sich aber noch zurück. Doch es war nicht nötig, mich zu erinnern.

Mogensen sang leise vor sich hin, irgendetwas von Pilsner und Weibern, vielleicht eine eigene Komposition. Terror war aufgewacht und saß mit erwartungsvoller Miene kerzengerade auf dem Rücksitz. Er hatte feuchte Ringe um

die Augen und winselte hin und wieder leise. Der Köter schien jedenfalls zu spüren, dass sich die Fahrt ihrem Ende näherte.
Das Haus liegt in völliger Abgeschiedenheit, ist aus bräunlichen Brettern zusammengezimmert und besitzt eine klapprige Veranda, die auf der falschen Seite liegt. An den Giebelseiten befindet sich je ein kunstloses Fensterpaar. Das Ganze gleicht ein wenig einem Do-it-yourself-Bausatz aus den sechziger Jahren. Kai hatte Platten aus Masonit vor die Scheiben gesetzt, und es sah aus, als würde die Hütte im Scheinwerferlicht ängstlich die Augen zusammenkneifen. Das Masonit war in der Meerluft aufgequollen, und die Platten wölbten sich im unteren Teil wie gedunsene Tränensäcke. Das Dach besteht aus schwarzer Teerpappe, aus der ein schmaler Blechschornstein aufragt, der wie ein Periskop ganz oben auf dem First sitzt. Das Haus erinnerte mich an Kai selbst: ziemlich heruntergekommen, aber dennoch zweckmäßig, was die Gegebenheiten betraf. Vor dem Meer liegt ein lichter Strandwald aus Kiefern, der ein wenig den Wind abhält, wenn auch nicht genug. An stürmischen Tagen flötet der Schornstein scharf und gellend bei jeder Bö, als hätten er und das Meer ihr eigenes Signalsystem. Durch den Wald führt ein schmaler Pfad zum Strand hinunter. Vermutlich gab es ihn schon, ehe die Hütte gebaut wurde. An manchen Stellen war er so tief ausgetreten, dass er wie ein Hohlweg wirkte. Auf der anderen Seite der Bucht liegt die nördliche Spitze von Alsen.
Wir parkten auf der Fläche vor dem Haus, die fast völlig von hartem Gras überwuchert war, was den Boden uneben machte, als hätten kleine wütende Männchen den Sandboden mit den Händen zusammengerafft und hielten ihn fest im Griff, misstrauisch und knauserig. Es knirschte trocken, als ich die Füße darauf setzte und es ließ sich nur schlecht darauf laufen. Terror fuhr aus dem Auto, sobald ich auf meiner Seite die Tür geöffnet hatte, und hob an der Hausecke

lange und genießerisch das Bein. Er sah nachdenklich aus, und ich verstand ihn. Ich hätte mich auch gefragt, was das für ein Ort sei. Mogensen hatte aufgehört zu singen, als die Hütte in Sichtweite gekommen war.
»Ziemlich primitiv, wa«, sagte er, als er sich endlich aus dem Chevi geschoben hatte. Er strich sich über die fleischige Nase, und suchte nach dem richtigen Wort. »Irgendwie basic, wa?«
Der Wachmann schaute sich ratlos um, als hätte er ein Restaurant oder wenigstens eine einfache Bierkneipe in der Nähe erwartet. Ich fragte mich, ob er daran gedacht hatte, ein paar Pilsner in den Einkaufsbeutel zu stopfen. Vermutlich nicht. Mogensen war ein Stadtkind und an die kleinen Bequemlichkeiten des urbanen Lebens gewöhnt. Entschlossen betrat ich die Veranda und suchte unter der Regenrinne nach dem Schlüssel. Er lag noch dort, leicht klebrig von der Feuchtigkeit des Meers. Die Bretter auf dem Vorplatz waren grün vor Schimmel und federten unter meinen Schritten, obwohl ich kaum etwas wog. Aber es gab keine Fallhöhe, falls Mogensen durchbrechen sollte. Die Hütte lag direkt zu ebener Erde und Sandflöhe und Strandameisen hatten hier ihr zweites Zuhause.
Wir hatten unterwegs einiges eingekauft: Kerzen, Marmelade, Pasta, Konserven und Mineralwasser, weil es in dem Brunnen, der nicht weit vom Haus entfernt lag, nur Brackwasser gab. Mogensen fing an, die Kartons aus dem Kofferraum zu laden. Ich steckte den Schlüssel ins Schloss und drehte ihn herum.

Die Strandhütte ist einfach konstruiert. Ein großes Zimmer, zwei kleinere Schlafräume und eine winzige Kochecke mit einem gemauerten Herd. Es war stockdunkel, aber ich wusste dennoch genau, wie es hier drinnen aussah. Eine Bettcouch und ein Tisch, der Esstisch mit zwei Stühlen neben dem Fenster zum Meer, ein Regal mit meiner Steinsammlung und einigen schimmelnden Büchern. Über der Couch hing eine Karte

der Küstenlandschaft von Åbenrå bis Flensburg. Dort, wo sich die Hütte befand, steckte eine Nadel mit einem roten Garnfaden im Papier. Kai hatte stets die Entfernung gemessen, bevor wir irgendwo hinfuhren. Bei trockenem Wetter war der Faden genau zwanzig Zentimeter lang.
In einem der Zimmer gab es ein Campingbett und eine Kommode. Neben der Pritsche stand ein Hocker, der ständig kippelte, und im Fenster ein Tonkrug mit einem vertrockneten Strauß Blumen. Mein Zimmer. Eiskalte muffige Luft schlug mir entgegen. Drinnen war es kälter als draußen, und der Köter, der hinter mir hergetrabt war, machte kehrt und setzte sich mit gleichgültiger Miene in die Türöffnung. Ich drehte am Lichtschalter, doch nichts geschah. Vermutlich hatten die Winterstürme die Stromleitung zerrissen. Mogensen kam mit einer rostigen Petroleumlampe hereingetrottet, die er offenbar in Kais Lagerspind auf der Rückseite des Hauses gefunden hatte. Beim vierten Versuch brachte er den feuchten Docht zum Brennen. Mit einem Scheppern stellte er die Lampe auf den Tisch. Das Licht lockte hohe Schatten hervor. Sie standen reglos an den Wänden, wie stumme Wächter des Hauses. Mogensen verschwand mit einem Hammer nach draußen, um Kais Fensterplatten abzunehmen. Auf seine Weise ein ordentlicher Mann.
Das Jagdschloss liegt zirka drei Kilometer vom Strand entfernt. Am schnellsten gelangt man über einen schmalen Pfad dorthin, der über Wiesen und alte Ackerflächen führt, die jetzt von Moos und Farn überwachsen sind, und durch feuchte Senken und Gehölze. Manchmal ist der Weg kaum mehr zu erkennen. Hier und da stößt man auf die Fundamente von Häusern, die halb unter dem Grün verborgen sind. Ich erinnere mich noch an das raue Klatschen, das die Farnzweige verursachten, wenn ich durch das Gestrüpp lief und die kleinen harten Kapseln an der Rückseite der Blätter gegen mein heißes Gesicht schlugen. Ich renne hindurch: Ich muss mithalten, denn Kai hat es eilig. Hin und wieder

sehe ich einen Schimmer von seinem weißen Nylonhemd im Dunkeln aufleuchten und die Taschenlampe zwischen den Bäumen hindurchblitzen. Die dünnen Stämme sehen aus wie ein Lattenzaun. Ich weiß, dass Kais Hemd einen dunklen Schweißfleck auf dem Rücken hat. Die Ärmel hat er wie immer hochgekrempelt – auf Männerart, wie er sagt. Ich versuche es mit meiner Bluse nachzumachen. Es ist mitten in der Nacht und nicht immer kann ich erkennen, wo ich meine Füße hinsetze, aber ich habe keine Angst, das weiß ich genau. Ich renne so schnell, dass es beim Luftholen wehtut. Kai ist stehen geblieben, um sich eine Zigarette anzuzünden, ich kann die Glut sehen.
Nimmt man die Landstraße, dann verlängert sich die Strecke zwischen Strand und Jagdschloss, weil man sich durch ein Gewirr von kleinen Wegen fitzen muss, die laut Karte alle im Nirgendwo enden.

Im Küchenschrank fand ich zwei weitere Petroleumlampen. Ich brachte sie zum Brennen und zog vorsichtig die staubigen Tüllgardinen vor, um den Mondschein der auf die Fensterbretter fiel, draußen zu halten. Terror folgte mir dicht auf den Fersen. Er schnüffelte und prüfte die Lage. Die Hütte machte ihn missmutig, das war offensichtlich, und seine Augen wirkten noch schräger als sonst. Ein richtiger China-Hund. Schließlich öffnete ich eine Dose konservierten Schinken und stülpte den Inhalt auf einen Teller, um ihn auf andere Gedanken zu bringen. Danach schlief er mit grummelndem Bauch auf dem Sofa ein. Ich hoffte, dass die Dogge stubenrein war. Gemeinsam mit Mogensen bemühte ich mich, im Herd Feuer zu machen. Mogensens rundes Gesicht lag in bekümmerten Falten. Die Stadt und *Die Traube* befanden sich weit weg. Wind war aufgekommen und schickte den Rauch in kleinen ärgerlichen Stößen durch den Schornstein zurück ins Zimmer. Der Köter auf dem Sofa schnaufte. Noch immer war es kalt genug, um mit dem Hin-

tern festzufrieren, wenn man sich auf die falsche Stelle setzte. Die Situation konnte weiß Gott besser sein.
»Du, Esmé ...«, sagte Mogensen schließlich und blinzelte mich durch das Grau an. Wir kämpften uns seit einer Ewigkeit mit Streichhölzern, feuchtem Zeitungspapier und Holzspänen ab und uns liefen beiden die Tränen über die Wangen. *Tempus fugit*, was man auch tut. Die Stimme des Wachmanns klang halberstickt und krächzend. »... Ist da was, was du mir nicht erzählt hast?«
Die Frage brachte mich zum Lächeln, und als ich unvorsichtigerweise den Mund öffnete, verschluckte ich eine Ladung stickigen Rauch. Es dauerte eine Weile, ehe ich wieder sprechen konnte. Mogensen trottete los, um eine Flasche Mineralwasser zu holen, und wir setzten uns an den Tisch, um die Tränen zu trocknen und miteinander zu reden, *man to man*, wie Kai gesagt hätte. Mit einiger Mühe öffnete ich das beschlagene Fenster, hakte es ein und sah den Rauch durch den Spalt hinaussickern. Er wurde in rasendem Tempo um den Giebel gefegt wie von einem gewaltigen Sturmbesen. Das Schornsteinrohr jammerte im westlichen Wind. Auch das Meer konnte ich hören, rasselnd fuhr es über die Steine am Strand. Hochheben, herumwirbeln und zurücklassen, wieder und wieder. Die Wellen waren dabei, ihre Ernte zu zählen – Steine, blank wie schwarzgrünes Glas. Es klang, als halte man das Ohr an eine gewaltige Muschel, in deren innerster Windung die See rauschte. Ich holte Luft, diesmal vorsichtiger.
»Eine ganze Menge ...«, sagte ich, und selbst das war untertrieben. Sorgfältig schnäuzte ich mich in das Papiertaschentuch, das mir Mogensen hilfsbereit hinhielt.
»Du, Mogensen, hast du jemals eine Erinnerung verloren? Etwas, das du eigentlich noch wissen müsstest, aber das in deinem Gedächtnis irgendwie am falschen Platz gelandet ist – ungefähr so, als wenn du es ordentlich in eine Schublade gepackt und dann vergessen hättest, in welche? Du erinnerst

dich an die Sache, aber du weißt nicht mehr genau, wie es sich damit verhalten hat.«
Mogensen runzelte bekümmert seine breite Stirn. Er legte die haarigen Hände gespreizt auf die Tischplatte und betrachtete sie eingehend. Die Nägel hatten vom Öl Trauerränder. Er zählte noch immer zehn Finger und schien erleichtert zu sein. Vorsichtig kratzte er sich mit dem rechten Ringfinger die Nase. Er war betreten. Was ich gesagt hatte, klang so verdammt dumm. Ich spürte es selbst. Und versuchte es noch einmal.
»Ich wollte herkommen, um zu sehen, ob ich mich erinnern kann. Ja, die Geschichte mit den alten Dokumenten hat auch mit diesem Ort hier zu tun. Ich weiß nur nicht richtig, auf welche Weise.«
Mogensen sah auf und begegnete meinem Blick. Die Petroleumlampe zischte und flackerte zwischen uns, der Docht war alt und voller Unebenheiten und die Flamme hatte sich bis dorthin vorgearbeitet.
»Ich habe nichts dagegen hier zu sein, verstehste.« Mogensen zog die Hände zurück und faltete sie ordentlich über dem Bauch. Er wirkte plötzlich ruhig, so als gehöre er in diese Hütte, und merkwürdigerweise schien das Haus nicht mehr so kalt zu sein wie zuvor. Ich zog das Fenster zu, da der meiste Rauch nach draußen verschwunden war. Ich wollte Mogensen für alles eine logische Erklärung geben. Er beugte sich zu mir vor, die Augen rot vom Herdqualm.
»Verdammt, Esmé, ich bin kein Psychologe, aber ich kann schließlich sehen, dass dich irgendwas deprimiert ... Wir machen diesen Trip hier zusammen, und dann kannst du mir ja für die Karre einen Freundschaftspreis machen, oder? Meinetwegen brauchste nichts mehr zu sagen. Wenn dir nicht danach ist.« Mogensen verstummte. »Und das mit Dorthe und den Papieren bringen wir später in Ordnung, hm?«, fügte er hinzu und sah zufrieden aus.
Ich nickte. Eigentlich war alles ziemlich einfach.

Kais Zimmer ist ein bisschen größer als meines. Die Einrichtung ist bescheiden. Ein Bett, das mal in einem Krankenhaus ausrangiert worden war, ein Arbeitstisch, ein Bücherregal, eine Kommode und ein Kleiderschrank, das ist alles, was sich darin befindet. Auf dem Fußboden liegt ein Flickenteppich, der so verdreckt ist, dass sich seine ursprüngliche Farbe nicht mehr bestimmen lässt. Über dem Schreibtisch, neben einem Kalender aus den frühen neunziger Jahren, ist mit einer Nadel eine Schwarz-Weiß-Fotografie befestigt, die J. D. Salinger zeigt, wie er im Februar 1964 in New York spazieren geht. Die Kamera hat ihn auf dem Bürgersteig an der Ecke 72nd Street und Central Park West eingefangen und Salinger hat den Fotografen just in diesem Moment entdeckt. Der Kragen seines Ulsters ist hochgeschlagen und sein Blick wirkt so nackt, dass es einem fast peinlich ist, das Bild zu betrachten. Salinger ist gerade aus seiner Ehe aufgebrochen. In der Presse kursieren seltsame Gerüchte über seine Brutalität, und der Autor fühlt sich verfolgt. Im Hintergrund ist als stachlige schwarze Silhouette das Dakotahaus zu erahnen, ein gezacktes Bergmassiv mitten in der Stadt. Früher einmal lag *The Dakota Building* einsam am Rand des Parks, dem Volksmund nach also genauso weit weg vom Zentrum der Stadt entfernt wie das nördliche Indianerterritorium – auf diese Weise kam das Gebäude zu seinem Namen. In den Jahren 1861 bis 1864 bekamen die Dakota- und Cheyenne-Indiander im nördlichen Territorium einige Jahre Ruhe, weil die weißen Einwanderer damit beschäftigt waren, sich im bis dahin blutigsten Krieg der Geschichte gegenseitig totzuschlagen, dem amerikanischen Bürgerkrieg. Bull Run, Gettysburg und Appomatox, lehmige Felder, zerschossene Gehölze – und über 600000 Tote. Man erfand oder verfeinerte eine ganze Reihe Waffen, die sofort nach Europa exportiert wurden und in dortigen Auseinandersetzungen zum Einsatz kamen. Das Repetiergewehr etwa und eine neue Sorte Patronen mit hoher Treffsicher-

heit. Der Krieg war, wie immer, für manche ein lohnendes Geschäft.
1964. Der Vietnamkrieg, eine Flut von Promemorien und Karten im Strategieraum des Weißen Hauses, die große Offensive der Bodentruppen hat noch nicht begonnen. Jerome David Salinger, Autor, ehemaliger Berufsoffizier und ungeliebter Sohn hat die Kamera des Fotografen einen Augenblick zu spät entdeckt, der schützend erhobene Arm schwebt in halber Höhe. Das blasse, ein wenig schwammige Gesicht, rund wie der Augustmond, verrät, dass Salinger kaum noch ausgeht, nicht weiter als bis zum Zaun des lehmigen Hinterhofs in Cornish. Von dort aus kann er die Berge sehen, nicht aber das Meer. Es sind die Verleger Grosset & Dunlap, die ihn dieses Mal gezwungen haben, nach New York zu kommen. Er spricht nicht mit Reportern. Salingers nur allzu bekannte Scheu, sein Wunsch, sich zurückzuziehen, hat ihn zu einem begehrten Jagdobjekt werden lassen.

Kais Bücherregal war fast leer. Ein paar Bände eines altmodischen Lexikons, ein Atlas, nichts von Interesse. Über das Bett war eine straff sitzende graue Decke gespannt, die Ecken militärisch eingeschlagen. Ich setzte mich darauf und zerknitterte das Tuch und sah dann kurz Kai vor mir, barfuß und in Unterhosen, an einem heißen Sommernachmittag. Er erklärt mir, dass er zum Strand hinunter will und dass ich in der Zwischenzeit im Haus bleiben soll. Im Zimmer ist es schwül. Das Fenster ist zugezogen und der Haken vorgelegt, trotz der sengenden Nachmittagssonne. Kai schwitzt, denn es ist wirklich ungewöhnlich warm an diesem Tag.
Das musste Ende Juli gewesen sein. Wenn ich die Augen schloss, konnte ich den Kalender über dem Schreibtisch sehen, aber das Datum des Tages ließ sich nicht erkennen. Auf dem Bett liegen, zu einem Haufen zusammengeknüllt, Kais Hemd und seine helle Hose. Ich finde, dass es merkwürdig riecht, aber der Geruch hat in meiner Erinnerung keinen Na-

men. Kai sucht etwas und hat den braunen Koffer vorgezogen, den er sonst unter dem Bett verwahrt …
Ich beugte mich hinunter und schaute in das staubige Dunkel. Nichts. Das Bild verschwand, und ich hörte Mogensen in der winzigen Küche wirtschaften. Er hatte den Spirituskocher auf der Arbeitsplatte aufgebaut. Der Büchsenöffner quietschte durch dünnes Blech und der Köter in der Sofaecke winselte. Wir könnten bald essen.

Montag, den 12. Dezember 1938

Madsen fror. Die Schachtel mit den Hustenbonbons war dummerweise leer, und seine Erkältung wollte nicht nachlassen. Es war später Nachmittag, und eine nach der anderen leuchteten die Straßenlaternen auf. Vor dem Fenster breitete sich der nasskalte dänische Spätherbst über Äcker und Wiesen, und ein eisiger Wind drang durch Ritzen und Löcher, die das Auge nicht zu entdecken vermochte. Es pfiff und heulte in jeder Ecke. Das Schild über der Tür des Kuchenbäckers auf der anderen Seite der Straße schaukelte quietschend im Wind. Das Schaufenster dagegen erstrahlte in warmem Schein und sah einladend aus. Madsen glaubte, den Duft von Vanille und Kompott zu riechen. Daheim wartete seine Frau mit einer dampfend heißen Ochsenschwanzsuppe, in der schwere fettstrotzende Fleischstücke schwammen, und danach gab es heißen Tee, gewürzt mit einem akzeptablen Schluck Kognak und mehreren Löffeln Zucker, genau wie Madsen es mochte. Er sah die himmelblaue Tasse vor sich und seufzte. Wenn er sich morgens an den Schreibtisch setzte, war der Stuhl eiskalt, obwohl noch kein Frost herrschte. Sein Bruch würde im Winter sicher schlimmer werden. Die Wache war schlecht geheizt, es gab nur einen Ofen, und der stand im inneren Zimmer, wo Polizeichef Rav saß, der stets die Tür hinter sich schloss. Madsen musste mit der Kälte fertig werden, so gut es ging. Rav hatte in letzter Zeit angefangen, sich in Handbücher zu vertiefen. Er beschäftigte sich mit der Etymologie der Schmetterlinge. Selbst ins Büro hatte er ein Lexikon mitgeschleppt. *Lepidopteren* nannte der Polizeichef die Falter und setzte eine wichtige Miene auf. Er hatte Madsen einen Vortrag über die Entwicklungsstadien der Schmetterlinge gehalten, deren Leben durch *vollständige Verwandlung* gekennzeichnet sei. Aber vielleicht hielt Ravs neues Hobby ihn hier in Graensebyen, und für seinen Untergebenen hatten die Überstunden ein Ende. Früher war Rav häufig nach Kopenhagen gefahren, um das eine oder andere herauszufinden. Wie die Leute erzählten, war er in der Hauptstadt auf Friedhöfen umhergestrichen. Weiß der Teufel, was er dort gesucht hatte. Ein Windstoß brachte die Scheibe zum Klirren. Das Fenster musste neu verkittet und auch sonst generalüberholt werden – wie alles andere hier. Wachtmeister Madsen schnäuzte sich geräuschvoll in sein Taschentuch und hoffte, Rav werde es hören.

Die Polizeibehörde in Berlin hatte sich erneut gemeldet: ein braunes Kuvert mit zwei maschinengeschriebenen Seiten. Ein neuer Name, den Jens Madsen nicht entziffern konnte, war als Signatur an den unteren Rand des Dokuments gekritzelt. »Rausch...«-irgendwas. Dort waren sie allesamt »Ober...«-dieses oder -jenes. Doktor F. A. Nadler hatte noch immer nichts von sich hören lassen, aber eine Vielzahl widersprüchlicher Zeugenaussagen hatte die Aufmerksamkeit der Berliner Polizei in eine andere Richtung gelenkt. Nadler war zu beiden Seiten der Grenze an mehreren Orten gesehen worden. Die Beobachtungen ergaben keinen vernünftigen Zusammenhang. Nach jeder Aussage musste der

Bericht neu verfasst werden. Madsen hatte den Eindruck, dass man lieber Papiere zwischen den Instanzen hin- und herschickte, als in das kleine Graensebyen zu fahren und die Sache gründlich zu untersuchen. Die Ermittlungen hatten sozusagen ein Eigenleben entwickelt – in Form einer säuberlich aufgezeichneten Reihe von Registernummern. Es wurde eine Menge getan, daran gab es nichts zu deuteln, schließlich existierte als Beweis dafür ein Stapel von Dokumenten. Dieses Mal war Doktor Nadler in Hamburg von einer Damenbekanntschaft mit dem Künstlernamen »Lola« gesichtet worden. Das erstaunte niemanden (höchstens Frau Müller im Eisenbahnhotel, die Doktor Nadler für »einen feinen Herrn« gehalten hatte). Alle schienen bereit, mit Schreiben Nr. 12 die Angelegenheit zu den Akten zu legen. Die Dokumente waren mit Siegeln und bösartig grinsenden Adlern versehen und machten einen offiziellen Eindruck. Madsen schnäuzte sich erneut. Dieser Nadler musste ein unangenehmer Kerl sein, niemand schien ihn ernstlich zu vermissen. Madsen legte den Bericht beiseite und richtete seinen Blick auf die Straße. Draußen kämpfte sich der junge Gabriel Mayer im Wind vorbei. Mayer war wie stets schlecht gekleidet, er trug ein zu klein gewordenes Jackett und eine viel zu dünne Hose. Madsen erschauerte. Mayer arbeitete stundenweise im Kirchenbüro, und jetzt war er vermutlich auf dem Heimweg zu seiner kranken Mutter. Nach allem, was Madsen gehört hatte, blieb ihr nicht mehr viel Zeit.

Die Mayers, Mutter und Sohn, wohnten in einer Gasse, die von der Hauptstraße der Stadt abbog. Madsen sah den jungen Mann um die Ecke verschwinden, ohne Hut und mit flatternden Rockschößen. Sie waren Juden und etwas eigen. Doch der verstorbene Familienvater war kein besonders tüchtiger Geschäftsmann gewesen, wie man es den Israeliten in der Regel nachsagte. Seine Wein- und Spirituosenfirma war im Mai 1932 in Konkurs gegangen. Man munkelte, der Bankrott des Unternehmens hänge mit dem Tod des schwedischen Geschäftsmannes Kreuger zusammen, der sich in Paris erschossen hatte. Einer von Kreugers Tochterbetrieben hatte auf Kredit erhebliche Mengen deutschen Weins importiert und als Sicherheit Kreuger-Aktien hinterlegt, die jedoch, wie sich zeigen sollte, wertlos waren. Das Geld war futsch, und jetzt hatten sich die Mayers für eine geringe Summe in eines ihrer früheren Lagerhäuser eingemietet. (Grethe Mayer war Dänin. Sie stammte aus Graensebyen und hatte noch Freunde in der Stadt.) Madsen spitzte den Mund, als er an die Geschichte dachte. Hochmut und Fall, es war immer dasselbe. Josef Mayer war angeblich bei der Hasenjagd auf dem Besitz der Bockmeisters an der Küste umgekommen. Wie es hieß, war auf einem einsam gelegenen Feld eine seiner eigenen Kugeln fehlgegangen. Zeugen gab es keine. Niemand hatte je zuvor gehört, dass Josef Mayer, ein dünner, schwächlicher Mann und ausgesprochener Stadtmensch, auf die Jagd gegangen wäre, aber die Untersuchung wurde eingestellt. Rav war der Ansicht gewesen, dass für weitere Nachforschungen zu wenig Anhaltspunkte vorlägen. Bockmeister hatte zu Mayers Kunden gehört, und man munkelte, dass auch er bei dem Juden noch eine ansehnliche Rechnung offen gehabt hatte.

An Gabriel Mayer allerdings war nichts auszusetzen, abgesehen davon, dass er ständig über seinen Büchern saß. Polizeichef Rav gefiel das, ein junger gelehriger Studiosus, der beim Verfassen der Berichte helfen konnte.

Madsen stand auf, um sich auf dem Spirituskocher einen Tee zu machen.

Außerdem war der Junge so vernünftig, den Mund zu halten und zu tun, was man ihm sagte.

Der Polizeibeamte bewegte sich äußerst vorsichtig, dennoch verspürte er ein heftiges Ziehen und stöhnte laut auf, obwohl er versuchte, die Zähne zusammenzubeißen. Er würde wohl

noch vor dem Frühling unterm Messer landen, wenn es mit der Kälte so weiterging.
Rav und Mayer hatten gemeinsam bezeugt, den Deutschen zum Zug begleitet und danach nicht mehr gesehen zu haben, und mehr war dazu nicht zu sagen. Madsen nahm die Teebüchse vom Bord und löffelte Blätter in die Kanne. Er nahm reichlich, um, wenn möglich, den Schnupfen zu verjagen. Nadlers Habe befand sich noch immer auf der Wache in Graensebyen, da Madsen bislang nicht mitgeteilt worden war, wo er die Sachen hinschicken sollte. Er goss das heiße Wasser in die Kanne und überdeckte sie zum Ziehen mit einem Küchenhandtuch. Fünf Minuten mindestens. Zum Glück gab es in der Dose noch ein paar Haferkekse, und Madsen legte vier davon auf einen Teller. Zerstreut leckte er sich die Krümel von den dicken Fingern. Er dachte nach. Dann lief er mit schnellen Schritten zu dem großen Archivschrank aus grauem Blech hinüber, schloss ihn auf und holte Nadlers Rucksack heraus. Er hielt einen Augenblick inne, um zu lauschen, was Rav machte, doch der Polizeichef war vermutlich in sein Schmetterlingsbuch vertieft. Jedenfalls war aus dem inneren Zimmer nichts zu vernehmen – nicht einmal ein Knacken oder das Kratzen der Stahlfeder. Der Polizeichef würde vor Dienstschluss sechs Uhr nicht hier draußen auftauchen, und bis dahin blieb noch eine Stunde.
Der Rucksack war mit einer Plombe verschlossen, aber die ließ sich wieder zulöten. Madsen hatte zusammen mit Rav den Inhalt schon einmal durchgesehen, aber jetzt war ihm etwas durch den Kopf gegangen – eine der seltenen Gedankenoperationen des bedächtigen Polizisten. Langsam und sorgfältig nahm er die Sachen aus dem Rucksack und reihte sie auf dem Schreibtisch auf. Es war nicht viel: ein schmuddeliges Taschentuch, ein Taschenmesser und ein Zigarettenetui, die Flasche Eau de Cologne aus dem Hotelzimmer, ein Notizbuch aus schwarzem Leder, ein dünner grauer Wollsweater, der einmal feucht gewesen und völlig zerknittert

war, und dann das, was sich in Madsens Erinnerung festgesetzt hatte: eine zerknüllte Eisenbahnfahrkarte. Er unterbrach die Begutachtung des Rucksackinhalts und goss sich von dem dampfenden schwarzen Tee ein. Die Tasse klirrte leicht auf dem Teller, als er sie absetzte. Er konnte das Datum auf der Karte ausmachen, ohne sie näher untersuchen zu müssen. Seine Erinnerung hatte ihn nicht getrogen. Nadler hätte am 3. September nach Berlin zurückreisen sollen. Er war allerdings schon am 31. August losgefahren, ohne dass der Schaffner seine Karte gelocht hatte. Das nannte Madsen eine seltsame Geschichte.

Gabriel Mayer sah, dass in der Polizeiwache noch immer Licht brannte. Er konnte die Konturen von Madsens kugelförmigem Kopf durch das Glas erkennen, das Ganze glich einer nachlässig belichteten Fotografie. Das runde rosafarbene Gesicht des Polizeibeamten drehte sich in seine Richtung. Er hütete sich, zu lange hinzuschauen, sonst käme Madsen eventuell auf die Idee, ihn zu sich hereinzuwinken. Gabriel bog in die Gasse ab und legte mit raschen Schritten das letzte Stück bis zur Haustür zurück. Das Gelände, auf dem das Haus stand, grenzte an das Kirchengrundstück. Der gewaltige Bau ließ das einfache Hinterhaus wie eine hübsche kleine Miniatur erscheinen, die langsam verfiel. Ein Puppenhaus, mit dem niemand mehr spielen mochte. Schräg davor, zwischen Kirche und Hinterhaus, stand auf dem, was nun zu einem verdreckten Gemeindeanger geworden war, das Totenhaus der Kirche. In dem trüben Licht wirkte es wie ein kompakter Klumpen Feldsteine, von einer Form, die eher die Materialien der Natur als Zeichenstift und Lineal bestimmt hatten. Das Totenhaus war älter als die Kirche und vermutlich hatte man es zunächst abreißen wollen, als man das neue Gotteshaus errichtete. Daneben befand sich ein uralter Brunnen, der schon lange nicht mehr benutzt wurde. Die Öffnung war mit einem Holzdeckel verschlossen, an dem ein Vorhängeschloss hing. An der einen Seite waren Reste der alten Friedhofsmauer erhalten, ein paar Steine und zwei abgebrochene Stufen der verfallenen Leichentreppe. Dort stellte der Friedhofswärter Jup im Herbst seine Schubkarre ab, wenn die großen Linden ihre Blätter abwarfen und den Friedhof in einen dicken federnden Teppich der Vergänglichkeit verwandelten. Jup konnte sich nicht aufraffen, das Gefährt jeden Tag ins Totenhaus zu rollen.

Gabriel zog die Tür auf und stand ein Weilchen lauschend in der ausgekühlten Diele. Alles war ruhig, die Mutter schlief wahrscheinlich schon. Vor der Tür zu dem kleinen Wohnzimmer lag ein zusammengerollter Läufer, damit es nicht zog. Gabriel schob ihn routiniert zur Seite, öffnete die Tür und trat ein. Wie immer verwunderte ihn die Stickigkeit und Enge des Raums. Er war mit schweren dunklen Möbeln aus dem Elternhaus zugestellt. Hohe deutsche Schränke, Tische und gedrechselte Kommoden, einst bestimmt für die geräumige Stadtwohnung in der Berliner Straße, standen nun dicht gedrängt nebeneinander wie Stiefel in einer engen Garderobe. Das Arrangement ließ eher an einen Lagerraum als an eine Wohnung denken. Und über dem Ganzen hing ein durchdringender säuerlicher und leicht muffiger Arzneigeruch. In ein paar Minuten würde er ihn nicht mehr spüren, jetzt aber nahm er ihn sehr deutlich war. Wie immer wollte er am liebsten sofort wieder umkehren, als wäre sein jetziges Leben ein Irrtum, der sich ohne größeres Aufheben berichtigen ließ. Doch stattdessen lief er weiter zum Schlafzimmer der Mutter, das kaum mehr als ein Verschlag war und nach der Kirche hinausging, ein Raum, der von einem Doppelbett im Biedermeierstil ausgefüllt wurde, es schien ins Zimmer geworfen wie ein Floß nach einem Schiffbruch. Auf dem kleinen Nachttisch stand eine Schüssel mit trübem Wasser, daneben lag ein zusammengefaltetes Handtuch. Die Tapete dahinter war von Spritzern verfärbt. Über dem Kopfende des Bettes hing ein Bild, das ihn stets mit Unbehagen erfüllte. Früher hatte es seinen Platz über der Anrichte im Esszimmer gehabt. Es zeigte einen leeren Sandweg, der sich durch eine flache Landschaft schlängelte, die einen unendlich trostlosen Eindruck machte. Die Farben waren dumpf, als sei alles von Nebel überzogen. Gabriel war sich nicht sicher, ob das die Absicht des Künstlers gewesen war oder ob sich die Farben mit der Zeit verändert hatten. Zuweilen schienen sich die verstreuten Farbkleckse im Hintergrund des Bildes in Figuren zu verwandeln, die man in weiter Ferne erkennen konnte, dann wieder legte Mayer die Pinselstriche als flache Waldpartien oder Nebelbänke aus. Manchmal meinte er auch das Dach eines Gebäudes zu erblicken, das hinter dem Wald oder irgendwo mitten im Dickicht aufragte, während er dieselben Schatten bei klarem Tageslicht als alten Ruß aus der Zeit der blakenden Petroleumlampen identifizierte. (Das war es auch, was die Mutter gesagt hatte, als er als Kind nicht schlafen konnte und der Gedanke an das düstere Bild über der Anrichte ihn verfolgte. Manchmal hatte es ihm Spaß gemacht, sich vorzustellen, dass Andersens Soldat, der mit dem Feuerzeug, den Weg auf dem Gemälde entlangmarschiert käme, den Tornister auf dem Rücken und an der Hüfte den rasselnden Säbel. Das nahm dem Bild etwas von seinem Schrecken. Und in dem Fall wusste er ja auch, wie die Sache ausgehen würde.) Das Gemälde war vor langer Zeit mit einem schwülstigen breiten Goldrahmen versehen worden, als handele es sich um ein großes Kunstwerk. Es stammte aus dem Elternhaus der Mutter und war um 1860 herum entstanden. Den Namen des Künstlers hatte er vergessen, obwohl es auf der Rückseite der Leinwand eine Notiz zur Entstehung des Bildes gab. (Die Landschaft war unsigniert, eine Ausnahme in der Gemäldesammlung seiner Eltern.)

Grethe Constance Mayer lag in der Mitte des Bettes, ihr Haar, das sein Rotbraun behalten hatte, war über das Kissen gebreitet (die Farbe ließ ihre Haut noch bleicher erscheinen).

Sie hatte ihre mageren Arme ausgestreckt, als wolle sie sich an der abgewetzten Zudecke festhalten. Sie atmete in kurzen, flachen Zügen – ein Wesen, das in einem Eisloch dicht über der Wasserfläche gierig nach Luft schnappt. Gabriel setzte sich auf die Bettkante und legte ihr die Hand auf die Stirn. Wie immer war ihre Haut von klebrig kaltem Schweiß bedeckt. Doch darunter fühlte er eine Wärme, die ihn beruhigte. Das Gesicht der Mutter wirkte auf dem Bettzeug wie eine weißgraue Gipsmaske. Nur auf ihren Wangen lag eine scharf begrenzte Röte, zwei Flecken, die der Bemalung einer billigen Stoffpuppe glichen. Die Krankheit trieb den Körper zu Höchstleistungen an, intensivierte den Herzschlag, die Atmung und führte zu heftigen Schweißausbrüchen – sie tat es mit einem Eifer, als wolle sie die gesunden Körperfunktionen nachahmen: Das Leben sollte mit aller Gründlichkeit ausgebrannt werden. Gabriel zog die Hand zurück, bevor seine Geste einer Liebkosung glich. Die Krankheit brachte ihn dazu, auf Abstand zu gehen, so als verliefe eine Trennlinie zwischen der Mutter und dem Übel. Als würde sie zurückbleiben, wenn die fremden Krankheitsgerüche sie endgültig verlassen hätten. Er stand auf und ging hinaus, ohne dass die Mutter sich im Schlaf bewegt hätte. Die Morphiumdosis war mittlerweile sehr hoch.

Gabriels Zimmer sah auf die Hauptstraße hinaus. Tagsüber hörte er den Verkehr, doch jetzt war alles ruhig. Die Kälte hatte die Leute in die Häuser getrieben, an Ofen und Herd. Die erleuchteten Fenster zeugten von Wärme und Behaglichkeit, als wären es viele kleine heiße Flammen auf einem erleuchteten Tisch mit Weihnachtsgerichten. Ohne sich um die Kälte zu kümmern, ließ er sich auf dem Bett nieder. Die Zudecke wirkte feucht und die darin gespeicherte Kälte kroch langsam durch die Kleider, als würde er im Freien auf der Erde liegen. Wie in den Herbstmonaten, als sie am Gymnasium Ferien gehabt und gezeltet hatten. Sie waren mit dem Zug den ganzen langen Weg durch Berlins verrußte Vorstädte gefahren. Ba-bels-berg, die Räder ratterten schaukelnd über die regennassen Schienen. Die Jungen trugen kurze Hosen, obwohl sich längst der Herbst angekündigt hatte. Er erinnerte sich daran, dass er Gänsehaut gehabt hatte und seine Beine vor Kälte blau gewesen waren. Abhärtung war gut für den Charakter, wie Herr Schiller, der Jugendleiter der Schule mit dem Stoppelhaarschnitt, regelmäßig wiederholte. Eine Welt, die er hinter sich gelassen hatte. Sie war intakt, solange er sich nicht umdrehte und in die Wirklichkeit zurückblickte. Es gefiel ihm, sich vorzustellen, dass seine Freunde noch immer in derselben Straße wohnten und mit der erstickenden Gemütlichkeit und wunderbaren Vorhersehbarkeit des Alltags dieselben Dinge taten. Morgens Tee oder Kaffee aus großen Tassen tranken, sich dann auf den Weg machten. Die großen Schulranzen schlenkerten auf ihren Rücken und sie wanderten durch die Straßen der erwachenden Stadt. In der von Kohlenrauch geschwängerten Luft Berlins war die Morgensonne ein unbestimmter gelber Dunst. Apfelsinenwolken. Und dann dieser Geruch nach scharf geröstetem Kaffee, Bier und Katzenpisse. Er kannte jeden Winkel und jede Biegung in dem dunklen, im Schachbrettmuster gehaltenen Treppenhaus, wusste, dass es vor der Tür des Hauswarts im Erdgeschoss widerlich nach Kohlsuppe roch, konnte die gedämpften Hammerschläge aus der Schuhmacherwerkstatt im Hof und das Geklimper der kleinen Schwester hören, die ihre Fingerübungen machte. Ein verstimmtes Piano und der wütende Anschlag der Schwester auf den Tasten. Fünf leichte Übungen für Klavier …

Von der Straße drang ein wenig Licht herein, aber sonst war es im Zimmer dunkel. Er konnte den Kleiderschrank erkennen, den Stuhl und den Tisch, das einfache Bord über dem Bett und die Schreibtischlampe aus Messing mit dem grünen Glasschirm, die dem Vater gehört hatte. Auf dem Regal standen zwei Bücher. Hans Christian Andersens *Märchen und Geschichten* in der Originalausgabe von 1862 – *Das Feuerzeug* und *Die Galoschen des Glücks.* Ein zerlesenes Märchenbuch, das aus dem Elternhaus der Mutter stammte. Daneben ein Roman von Jules Verne, der ihm selbst gehörte. Nur diese Dinge bargen Erinnerungen. Deshalb hielt er die Tür stets geschlossen und zog sogar den Schlüssel ab, wenn er das Haus verließ. Die Mutter hatte eine Hilfe, eine Frau aus Graensebyen, eine alte Schulfreundin, die jeden Tag bis vier Uhr bei ihr saß. Er hasste ihre gesunden runden Wangen, ihre Geschäftigkeit und die Art, wie sie sich kleidete, ihren untersetzten Körper in ein eng anliegendes Wollkostüm zwängte. Sie glich den Würsten, die auf den dänischen Weihnachtstischen lagen. Die Frau sah die Krankheit der Mutter als natürliche Folge der schicksalhaften Entscheidung, einen deutschen Juden zu heiraten (und wenn er dreimal assimiliert war) und nach Berlin zu ziehen. Das hatte Krebs hervorrufen müssen, so war die Natur geordnet. Früher oder später war der gerechte Ausgleich fällig – wie eine Obligation oder eine Leibrente. Grethe Constance Mayer war mit einem glänzenden Goldlöffel geboren worden, der ihr über kurz oder lang abgenommen und in den Erinnerungsschrank der kleinen Stadt gelegt werden würde, zur öffentlichen Ansicht. Gabriels rötliche Haut war sommersprossig, er glich im Aussehen der Mutter, und deshalb durfte er bleiben. Zumindest eine Zeit lang.

Mit einem Ruck setzte er sich auf. Wenn er sich nicht bewegte und sich auf das monotone Rippenmuster des Flickenteppichs konzentrierte, würden die Gedanken vielleicht verschwinden. Von der Straße her waren Laute zu vernehmen. Der Bäcker und seine Frau schlossen den Laden ab und gingen nach Hause. Der Kuchenbäcker hinkte aufgrund einer Schussverletzung aus dem Weltkrieg, und seine Holzpantinen klapperten wütend über die Pflastersteine. Seine

Frau schlich auf Kreppsohlen lautlos hinterher. Dann wurde es wieder still, nur der Wind war zu hören, wie er ein Stück die Straße hinauf hungrig an der vergoldeten Holzbrezel über dem Tor der Bäckerei zerrte und riss.
Den Koffer des Deutschen hatte er hinten im Kleiderschrank versteckt. Es war ein teurer Koffer aus dunkelbraunem Leder und auf der Oberseite waren Nadlers Initialen eingeprägt: FAN stand da in abgeschabter Goldschrift. Dass die Abkürzung auf Dänisch TEUFEL bedeuteten konnte, hatte der Deutsche sicher nicht gewusst. An einer Ecke war der Koffer aufgerissen, die Stelle klaffte dunkel wie eine Wunde. Gabriel hatte die Seite auf dem Schrankboden nach hinten gedreht. Er hat sich an die Instruktionen von Polizeichef Rav gehalten und den Koffer nicht geöffnet. Ohnehin war das Gepäckstück verschlossen – und einen Schlüssel hatte er nicht erhalten. Rav war am 31. August spät nachts vorbeigekommen. Der quietschende Ford war staubig und voller Spritzer gewesen, obwohl sie sich ein paar Stunden zuvor auf einer trockenen Landstraße getrennt hatten. Es war ein schwüler Abend gewesen und die Fenster zur verwilderten Rasenfläche hin hatten lange offen gestanden. Die Mutter, der es an dem Tag etwas besser gegangen war, hatte lange aufgesessen, ihr magerer Körper war fast in den schwellenden Kissen versunken. Sie fror ständig. Er hatte ihr gerade ins Bett geholfen und war dabei gewesen, die Fenster zu schließen. Langbeinige Fliegentiere und Schnaken, die sich in der schweren Spätsommerwärme besonders wohl fühlen, umschwärmten ihn, angelockt von der weiß gekalkten Wand und der Lampe, die im Zimmer der Mutter brannte. Tötete man ein solches Insekt, dann hinterließ es einen unangenehmen, säuerlichen Geruch auf der Haut, der lange haften blieb.
Rav war in die Gasse hereingefahren. Er hatte sich den Mantel über die Schulter geworfen und war auf ihn zugekommen. In der einen Hand hielt er seinen Hut, mit der anderen

trug er einen Koffer, einen hübschen eleganten Reise-Valise der Sorte, wie sie Gabriel von daheim kannte. Das Gesicht des Polizisten glänzte vor Schweiß und sein Haar war schmutziggrau und fiel ihm beständig in die Augen. Das ließ ihn weniger korrekt aussehen, so als ob er für einen Augenblick seine Beamtenrolle abgestreift und einen Menschen enthüllt hätte, jenen Jungen mit den Stirnfransen, der Rav einmal gewesen war. Kurz bevor er Gabriel erreicht hatte, setzte er sich hastig den Hut auf den Kopf, einfach aus alter Gewohnheit, und erhielt sofort etwas von seiner Autorität zurück. Gabriel konnte sehen, dass der klapprige Ford ein Stück weiter weg geparkt war, gleich neben der Giebelseite des alten Totenhauses.

Rav hatte die Scheinwerfer brennen lassen und kam mit müden Schritten auf die Tür zu. Eine Menge Kleingetier sammelte sich im Licht und tanzte in dem blendenden Kegel, als hätte es nur auf eine solche Gelegenheit gewartet, aber Rav schien davon nichts zu merken. Gabriel empfing den Polizeibeamten draußen auf der Treppe. Es widerstrebte ihm, das voll gestellte Zimmer vorzuführen, doch Rav zog ihn rasch mit sich hinein in das stickige, stille Dunkel des Raums. Einen Augenblick lang war es, als befänden sich die beiden unter der Wasseroberfläche, eingeschlossen in eine Tiefseeglocke, um die herum die dunklen Möbel ein Labyrinth unsichtbarer Riffe bildeten. Gabriel konnte den Geruch des anderen spüren, er war stechend und schwer, wie von Angst gesättigt.

»Ich möchte, dass du eine Sache für mich tust, Junge.« Ravs Stimme war heiser, und er schien außer Atem. Die Worte folgten dicht hintereinander, als seien sie auf einen Faden aufgezogen.

»Ja, du sollst mich nichts dazu fragen, aber ich möchte, dass du den hier für mich aufbewahrst. Nur für einige Zeit.«

Er machte eine unbestimmte Bewegung zu dem Koffer hin, den er auf dem Boden abgestellt hatte, Gabriel ahnte ihn mehr, als dass er ihn in dem finsteren Zimmer sah. Ein Viereck verdichteter Dunkelheit. Er hob ihn hoch, ohne die Frage auszusprechen, die zwischen ihm und Rav im Raum hing. Die Mayers lebten nur gnadenhalber in dem wohlhabenden Graensebyen, es stand ihm nicht zu, irgendwelche Bedenken zu äußern – schon gar nicht, wenn es um das Wort des Polizeichefs ging. Erst als er den Koffer in seinem Zimmer aufs Bett legte, entdeckte er die Initialen und begriff, wem er gehörte.

Rav verließ die Wohnung nicht sofort. Er ging noch einmal nach draußen, vermutlich schaltete er das Licht am Auto aus, und Gabriel meinte auch zu hören, dass eine Tür geschlossen wurde. Als Rav zurückkehrte, hatte er seine Fassung wiedererlangt, seine wahre Gestalt. Seit der Koffer aus dem Weg war, schien er sich entspannen zu können, er wurde ungewöhnlich redselig, und Gabriel musste zwei Flaschen Wein spendieren, dem Polizeichef einen süffigen, sinnlichen und würzig riechenden Mosel von 1921 aus dem ausgeplünderten Weinkeller des Vaters anbieten und einen Platz auf dem mit einem Laken überdeckten Sofa. Als dann im Messingleuchter auf dem Tisch drei Kerzen brannten, verwandelte sich das Zimmer erneut und wurde zu einer warmen schützenden Grotte, geeignet zum Austausch von Vertraulichkeiten und Geheimnissen. Ein Ort an der Grenze zwischen Wirklichkeit und Einbildung. Rav, dessen graue Wangen schon bald die Farbe des Weins annahmen, erzählte eine Geschichte. Er berichtete von einer Episode, die sich im vergangenen Frühjahr zugetragen hatte. Eine Geschichte, an die er wieder und wieder denken musste.

Es war im April, ungefähr zwei Monate, nachdem die unbekannte Frau in dem Schuppen auf dem Acker gefunden worden war. Rav und Madsen hatten beinahe jeden Nachmittag Aufsicht auf dem Bahnhof von Graensebyen. Gewöhnlich nahmen sie das Auto und fuhren den Sandweg durch den Wald hinunter, der auf einer Strecke von anderthalb Kilometern den Bahngleisen folgt. Madsen hatte reichlich Proviant dabei, und er pflegte das fettige Päckchen, das seine Frau zurechtgemacht und zur Mittagszeit vorbeigebracht hatte, während der Fahrt auf das Armaturenbrett zu legen. Diese Angewohnheit irritierte Rav, aber er zog es vor, nichts zu sagen. Madsen konnte für Stunden den Eingeschnappten spielen, und das war schlimmer als der Geruch von Zwiebelwurst und Salzgurke in dem geschlossenen Coupé. Dieser Nachmittag glich allen anderen, nur hatte ein dichter milchig weißer Nebel die Landschaft eingehüllt. Es war, als würde man sich durch Schlagsahne bewegen, und Madsen fuhr sehr langsam, ab und an fingerte er nach seinen Broten. Die Scheibenwischer schoben auf der Scheibe mühsam einen schmalen Sehschlitz frei, gleich der Sichtluke eines Panzers. Es hatte tagelang geregnet und der Weg war voller Kuhlen und Wasserlachen, in die der schwere klobige Ford unaufhörlich hineinplumpste. Nur das Knirschen der Reifen auf dem Kies zeigte, dass sie noch immer unterwegs waren. Plötzlich fuhren sie in etwas hinein, das keiner von ihnen sehen konnte. Der Stoß war ein Schock.

»Verdammt«, sagte Madsen, »ein Hase, glaube ich.« Er zog die Handbremse an und stieg umständlich aus dem Wagen. Die Karosse schaukelte wie ein Schiff im Sturm. Rav blieb sitzen und kämpfte mit seiner Übelkeit.

Es war kein Hase, sondern ein magerer Schwächling von Kerl, der den Wegrand nach einem Versteck absuchte. Er lief, so rasch er vermochte, aber Jens Madsen hatte ihn im Handumdrehen eingeholt. Der Mann schleppte einen voll gepackten Rucksack, und der behinderte ihn auf seiner Wanderung beträchtlich, aber er schien nicht verletzt zu sein. Rav rückte den Hut zurecht und stieg aus dem Auto. In letzter Zeit wollte der Strom jüdischer Flüchtlinge, die über die Grenze kamen, gar nicht mehr abreißen, aber die meisten waren besser gestellt als dieser Jämmerling. Anfang der dreißiger Jahre waren sie in Hubmobiles, Studebakers und anderen Luxus-

wagen über die Grenze gerollt, in Pelzen und umgeben von Wolken schweren Parfüms.
»Papiere«, sagte Madsen und fügte mit etwas sanfterer Stimme hinzu: »Ihren Ausweis, bitte.«
Rav glaubte, sich etwas bewegen zu sehen, und im nächsten Moment entdeckte er eine junge Frau, die ein Stück weiter vorn den Weg entlangrannte. Der Nebel riss stellenweise auf, und er konnte ihre bleichen nackten Beine und ihre zertretenen Pumps erkennen. Die Geräusche wurden durch den Nebel gedämpft und schienen aus weiter Ferne zu kommen. Die alten Schuhe gaben ein eigentümliches Schlappen von sich, so als würde sie am Strand durch knöcheltiefes Wasser waten. Sie hatte die Gleise erreicht, der Kies rasselte, und die Schienen klangen bei jedem Schritt, aber sie drehte sich unentwegt um, und zögerte, allein weiterzulaufen. Rav hob die Hand, um sie zu sich zu winken, aber Madsen war schon losgerannt, das runde Gesicht vor Anstrengung und Erregung knallrot. Rav steckte die Hände tief in die Manteltaschen und betrachtete den Mann, den er vor sich hatte. Er schätzte ihn auf etwa dreißig, eher ein, zwei Jahre darunter als darüber. Er war schmächtig gebaut und sein Rücken war leicht gekrümmt. Ein Buchhaltertyp. Der Anzug war ursprünglich von guter Qualität gewesen, aber jetzt so abgewetzt und ausgebeult, dass man den Kerl wohl nicht mal in das einfachste Lokal gelassen hätte. Den Rucksack hatte er auf dem Weg abgestellt, und aus der Öffnung guckten ein paar fleckige, schrumpelige Äpfel hervor. Rav musste an die Schrumpfköpfe denken, vor denen er im Ethnografischen Museum in Kopenhagen einmal gestanden hatte. Sie hatten genauso ausgesehen wie diese vertrockneten Griebse – kleine verschrumpelte Köpfe von derselben delligen, erdfarbenen Fleckigkeit. Er schob den Gedanken beiseite, da erneut Übelkeit in ihm aufstieg. Es waren Früchte, wie sie von den Bauern der Gegend bei der Herbsternte aussortiert wurden, wenn sie mit Bue Hatts Lastwagen herumfuhren und

die Metzen mit Äpfeln aus den Schuppen einsammelten. Vermutlich hatten die beiden Flüchtlinge in einer dieser einfachen Bretterbuden übernachtet. Das Gesicht des Mannes war hager und fahl, er hatte strähniges, schwarzes Haar, das über das eine Auge herabfiel. Sein Mund war rissig und so rot, das er wie eine Wunde aussah. Noch lange später erinnerte sich Rav deutlich an die geschwollenen aufgesprungenen Lippen. Jemand hatte dem Mann eins aufs Maul gegeben, und zwar gehörig. Der Anblick ließ ihn wegschauen. Madsen kehrte mit der Frau zurück. Er fasste sie nicht an, dennoch schreckte sie zurück, als wäre sie auf Schläge gefasst. Sie war blond und hatte das ungewaschene Haar zu einem Knoten aufgesteckt, aus dem sich einzelne Strähnen gelöst hatten, die ihr Gesicht umrahmten. Sie trug eine schmutziggraue Bluse und eine zerrissene Strickjacke. Es irritierte Rav, dass ein Knopf falsch zugeknöpft war, und er musste sich beherrschen, nicht die Hand auszustrecken und ihren Irrtum zu berichtigen. Er wusste nicht, woher dieses Gefühl kam. Als wolle er ein Kind zurechtweisen und es zugleich beschützen. Der Rock war dünn und aus feinem seidigen Material. Unpraktisch. Sie mussten in den Kleidern losgezogen sein, die sie gerade auf dem Leib gehabt hatten. (Vielleicht kam ihm die Idee in diesem Moment. Das konnte Rav später nicht mehr genau sagen.)
Der Mann und die Frau stellten sich dicht nebeneinander. Er nahm ihre Hand, wohl in dem tapferen Versuch, beschützend zu wirken. In der anderen Hand hielt er seine Ausweispapiere. Als er Rav die Papiere hinstreckte, zitterte und flatterte sie wie ein Vogelflügel, und der Mann betrachtete die Hand, als sei sie ein fremder Gegenstand, etwas das außerhalb des eigenen Körpers und Willens existierte. Seine Handgelenke sind schmal wie die eines Mädchens, dachte Rav.
»Bitte«, sagte der Mann. Auch die Stimme klang dünn, zu dünn für einen ausgewachsenen Mann. Rav nahm die zer-

knitterten Dokumente entgegen, setzte die Brille auf und las, er ließ sich Zeit. »August 1934«, die Gültigkeit war seit langem abgelaufen. Der Mann war achtundzwanzig, darin hatte Rav Recht gehabt. Er faltete die Papiere wieder zusammen, ohne etwas zu sagen und gab sie zurück. Der Mann hatte aufgehört zu zittern.
»Gut«, sagte Rav. Er zog das Wort in die Länge und vertraute darauf, dass der andere verstehen würde. Er machte den beiden ein Zeichen, dass sie sich ins Auto setzen sollten und versuchte zu lächeln, aber das schien sie nur zu verwirren. Er hörte, wie Madsen nach Luft schnappte. Flüchtlinge waren meist voller Nissen und schleppten alle erdenklichen Krankheiten mit sich herum, und Madsen war sicher nicht begeistert davon, den Rücksitz mit Karbol reinigen zu müssen. Das Paar zögerte, sie flüsterten sich leise etwas zu, stiegen dann aber folgsam ins Auto. Sie zuerst und er hinterher. Der Mann hinkte, das sah Rav erst jetzt. Aber es konnte nicht die Rede davon sein, ihn zum Arzt zu bringen, noch nicht. Rav schob seinen Hut zurecht und stieg ebenfalls ein. Madsen kam brummend hinterher, reichte aber dennoch das, was von den Broten übrig war, dem Paar auf dem Rücksitz. Rav schaute sich um. Der Nebel war im Begriff sich zu heben oder zumindest dünner zu werden und sich in kleine leichte Nebelstreifen zu verwandeln, die über die lehmigen Felder strichen und im Dickicht verschwanden. Man konnte den Wald jenseits der Gleise erkennen. Kein Mensch war zu sehen. Ein schwacher Wind brachte den Geruch von Erde und zartem Grün mit sich. Das feuchte Wetter hatte dafür gesorgt, dass es in den Hügeln gärte und keimte.
»Der Frühling kommt«, konstatierte Madsen und ließ den Motor an.

Rav verstummte, beugte sich auf dem Sofa vor und stützte das Kinn in die Hände. Gabriel wartete ungeduldig darauf, dass er weitersprach.

»Wir fuhren nicht zurück nach Graensebyen, sondern zu einem Häuschen ein paar Kilometer vor der Stadt, das ich geerbt habe. Ja, es liegt abseits, aber nicht sehr weit von der Landstraße entfernt. Ich bin manchmal dort, also würde sich niemand wundern, wenn Licht brannte. Madsen hat über die ganze Angelegenheit kein Wort verloren. Er wollte in der Osterwoche unbedingt ein paar Tage mit seiner Frau wegfahren, und ich habe ihm den Urlaub bewilligt unter der Bedingung, dass die Sache unter uns bleibt. Eine Woche später war das junge Paar weg.« Rav schwieg erneut. Es schien, als überlege er, wie viel er erzählen konnte.

»Wo sind sie denn hingegangen?«, fragte Gabriel.

»Oh, sie sind losgefahren ...« Rav spürte offensichtlich, dass er sich näher erklären musste. Er beugte sich noch weiter vor, und Gabriel konnte den Atem des Polizeichefs spüren, er roch leicht widerlich und war überraschend heiß.

»Sag er mir, mein junger Freund, hat er jemals den deutschen Autor Hugo von Hoffroder gelesen?«

Das Jagdschloss

Die erste Nacht in der Hütte war an Schlaf nicht zu denken. Mogensen und die Dogge pennten in ihren Zimmern, und ihr Schnarchen hätte ausgereicht, um das Haus vom Boden abheben und übers Meer treiben zu lassen wie eine Flaschenpost oder einen Stockfisch. Ich hatte die Tür zu meinem Zimmer geschlossen und las im Schein der Taschenlampe, neben mir eine Tasse heißen Tee, aus der ich ab und an einen Schluck nahm, damit die Aufmerksamkeit nicht nachließ. Manchmal konnte ich Terror draußen herumtapsen und vorsichtig an der Tür kratzen hören. Es war Gabriel Mayers

Wälzer, der an meinen Knien lehnte. Ich hatte das Buch auf Seite 42 aufgeschlagen, der Zwischentitel »Das Jagdschloss« klang interessant. Aber Mayer ließ sich zunächst über die Truppen aus, die bei Düppel gekämpft hatten:

(Aus Knudsen, H. Kopenhagen 1950) »Im Krieg von 1864 gehörten Pfeifen und Tabakbeutel zur Ausrüstung der regulären Truppe. Beutel und Pfeife wurden – sofern sie nicht in Gebrauch waren – an einer Schnur getragen, die an den Knöpfen der Uniform befestigt war. Die Uniform hatte die Farben Grün und Blau. Dazu benutzten die Soldaten als Schutz gegen die Kälte ihre eigenen zivilen Schals.« Es muss ein seltsamer Anblick gewesen sein: Die korrekten Uniformen und darauf handgestrickte Wollschals in allen Farben. Denkt man an spätere Kriege, scheint so etwas absolut unmöglich – ein solch deutlicher Ausdruck von Individualität. Diese Gewohnheit weist jedoch in die Geschichte zurück, auf die hastig zusammengescharten Soldatenhaufen des 17. und 18. Jahrhunderts. Eine gedungene Soldateska in Lumpen, die für denjenigen kämpft, der am meisten bezahlt – in Territorien unbestimmter Nationalität. Menschen, die für Sold töten und über Europas lehmige Felder ziehen, Äcker, die zu einer Art Allmende der Kriege und Feldschlachten werden. Der Krieg findet sozusagen jenseits des normalen Lebens statt. Er hat seine eigene Choreografie, mit Marschschritten, Uniformen, Appellen in geraden Reihen; Dinge, die möglicherweise der Natur des Menschen widersprechen. Geradewegs in den Tod zu gehen in rechtwinklig ausgerichteten Reihen. Sich niederschießen oder von Bajonetten aufschlitzen zu lassen. Sich über ein Feld von toten Menschen zu bewegen, auf sie zu treten, als wären sie aus Erde oder Holz. Dinge, von denen wir uns nicht vorzustellen vermögen, das wir sie je tun könnten, solange wir im Alltag leben. Ist es so?
Früher bestimmten Dörfer, Wasserstellen, Schlösser, Lehnsherren und Dialekte die Perspektive des kleinen Gemeinwe-

sens, dessen, was der einfache Mensch imstande war zu erfassen und zu verstehen: So und so viele Morgen Land, auf denen er auf verschlungenen Wegen gehen oder reiten konnte – bevor Eisenbahnen und Luftschiffe uns im 19. Jahrhundert die Natur in rascher Überschau darboten – und aus der Ferne. Heute ist es, als wäre die Perspektive zusammengeschoben wie in einem Himmelsfernrohr. Aber vielleicht ist es dennoch so, dass wir nach wie vor im Kleinen leben, wir glauben nur, dass es anders geworden ist. Wie wenn man sich einbildet, der Mensch wäre mit einem besseren Sehvermögen ausgestattet worden, nur weil uns scharf geschliffene Linsen gestatten, karge Berge und stille Täler auf dem Mond oder Mars zu erblicken. Unsere Menschenaugen sind noch immer dieselben. Und ihre Leistung ist nach wie vor begrenzt. Oft sind es Wolfsaugen, obwohl wir uns für zivilisiert halten. Wir fühlen uns wohl im Rudel, doch zögern wir nicht zuzuschnappen, wenn es erforderlich ist, manchmal beißen wir auch ohne Grund. Wir mögen es nicht, wenn sich jemand der Gemeinschaft entzieht. Vielleicht entspricht das unserer Natur. Ich weiß es nicht … Vielleicht sind es auch die Kriege, die einem anderen Denken den Weg geebnet haben, einem Denken, bei dem der kleine Mensch nicht zählt, wenn es um Gruppen, Armeen und Nationen geht. Die Technik macht vieles möglich, und sie befreit uns von der Verantwortung. Im nächsten Krieg waren die farbigen zerlumpten Schals verschwunden. Und die ins Auge fallenden Tabakbeutel. Geblieben war nur diese seltsame Lust zu töten. Das reichte ja auch.

Hier wechselte Mayer das Thema und machte sich daran, eine mystisch-romantische Geschichte zu erzählen. Bei den Hauptpersonen handelt es sich um zwei bekannte Persönlichkeiten: um die beiden Dichter Hans Christian Andersen und Hugo von Hoffroder.

Eines Frühlingsabends, es ist einer der letzten Maitage des Jahres 1864, begibt sich der Autor Hans Christian Andersen auf Reisen. Im geschlossenen Wagen bricht er von seiner Wohnung in Nyhavn auf. Die Kutter scheuern sich an den Kais, sie wirken wie eine Reihe dicker Matronen auf dem Weg zum Markt, die beschlagenen Segel gleichen gestärkten Röcken, Sonntagskleidern, die in einem Mottenbeutel im Schrank liegen. Die Equipage rollt am Kai entlang. Zwei flinke, blank gestriegelte Schimmel sind davor gespannt.

Andersen ist neunundfünfzig Jahre alt und tief deprimiert. Auf dem Dach des Wagens, ordentlich festgezurrt, damit es das Geholper draußen auf den Landstraßen übersteht, liegt das Gepäck des Dichters, zwei geräumige Koffer aus dickem Rindsleder. Er hat sie auf all seinen Reisen durch Europa bei sich gehabt, in Schweden, Deutschland, England, Italien, oh, die Campagna ... seines Herzens Vögelein. Auf dem Sitz im Inneren des Wagens schaukelt die Hutschachtel mit dem Zylinder für Stadtbesuche hin und her, daneben liegt die kleinere Reisetasche, in der er seine Notizbücher, ein Seil, eine gefährlich scharf geschliffene Schere, Zeichenkohle und den Skizzenblock aufbewahrt. An Deutschland mag er nicht einmal denken, obgleich das Ziel seiner Reise Südjütland ist.

Der Dichter hat einen Brief erhalten, den er in seinem Portemonnaie aufbewahrt. Ein Mädchen, das er gekannt hat, als es in jungen Jahren in Kopenhagen weilte, hat ihm geschrieben und ihn herzinniglichst um einen letzten Besuch gebeten. Eine geheime Liebste. Eine von vielen ... Hans Christian Andersen hat kurz gezögert und dann nach einem Wagen geschickt. Das Packen ging rasch, spielend leicht, und für ein Weilchen war die Schwermut vergessen. Es schien, als zöge ein wunderbarer Rosenduft durch die Zimmer von Nyhavn – eine Jugenderinnerung, die durch Kammern und Salons schwebte wie ein frischer lieblicher Atem und ihn an die Rosengärten erinnerte, durch die sie auf langen Kieswegen ge-

meinsam gewandelt waren. Es musste zwölf Jahre her sein, wenn nicht länger.
Jetzt im Wagen sind Dunkelheit und Düsternis zurückgekehrt, obgleich die Drosseln singen und im Botanischen Garten die Magnolien blühen. Andersen blutet das Herz um alles, was Dänisch ist. Wegen des verlorenen Schleswigs, wegen Holstein und Lauenburg. Außerdem wird der Dichter langsam alt, und seine Muse hat ihn verlassen.

Die Reise dauert vier Tage. Poststationen und Wirtshäuser lösen einander ab. Ständig schnuppert Andersen nach Bränden. Immer diese Furcht und Bangigkeit, die ihn plagen. Diese Dünnhäutigkeit. Er hat ein paar Briefe bei sich, die er wieder und wieder liest. Pläsanterien von allen Königshäusern Europas, rührende kleine Freundlichkeiten von Frauen und Kindern. Sie sind seine Wärmequelle, wenn er des Abends nicht wagt, den Ofen im Zimmer des Wirtshauses brennen zu lassen. Er liest sie oft, denn die Frühlingsabende sind kühl.
Die Seereisen über die Belts sind eine Prüfung – eine enge Kabine und eine laut zechende Reisegesellschaft, die er scheut. Die Kindheit rückt gefährlich nahe, doch Andersen verschließt sich ihr, kämmt sorgfältig und mit großer Konzentration sein lockiges Haar vor dem Reisespiegel und richtet die bereits tadellos sitzende Krawatte. Mr. Bulwer-Lytton hätte ihn einen Selfmademan genannt. Er persönlich betrachtet sich als einen *Sommervogel*, einen Schmetterling.
Die letzte Viertelmeile ist der Weg unerträglich, der Wagen holpert über alte Räderspuren. Vergebens hält der Dichter nach Frühlingsblumen in den Gräben Ausschau, alles ist verwüstet, zertrampelt, vernichtet. Sein Herz leidet mit all den Armeepferden und Ochsen, die am Weg zusammengebrochen sind und zurückgelassen wurden, um zu sterben. Einmal bemerkt er in der Ferne auf einem Feld ein blessiertes Pferd. Der Gaul humpelt erschrocken davon, als Ander-

sen dem Kutscher befiehlt anzuhalten und über Gräben und Äcker hastet, um zu helfen und zu lindern. Ein eiliges Springen über lehmige Furchen, das ihn an seine Jugend erinnert. Als der Wallach endlich eingefangen ist, muss der Kutscher das Tier mit der Pistole erschießen, da ihm nicht mehr zu helfen ist. Andersen weint.

Langsam nähert man sich dem Ziel der Reise, dem Bockmeister'schen Gut Viberød im früheren dänischen Herzogtum. (Henriette Honorine Bockmeister wohnt allein dort, nachdem ihr älterer Halbbruder Claus bei den Düppeler Schanzen gefallen ist.) In regelmäßigen Abständen wird der Wagen an Wegsperren durch Truppenposten gestoppt, dänischen und deutschen, und ein umfassendes Exerzitium der Papiere beginnt, bis der Autor aus dem Wagen steigt und den Hut lüftet. Da heißt es Branntwein trinken mit den Offizieren (was Andersen meist ablehnt), abgegriffene Exemplare der Märchen müssen signiert werden, und zum Abschied braust ein dreifaches Hipphipphurra durch die Luft. Alle haben sie seine unbedeutenden kleinen Geschichten gelesen! Sein Divertissement neben den großen Werken für die Bühne. Die einfache Sprache des Dichters ist universell, das ist ein Paradox, mit dem er zu leben gelernt hat. Der Wagen verfällt zunehmend ins staccato, da der Kutscher die Bewirtung ganz und gar nicht ablehnt. Aber Andersen sagt nichts dazu, weil die vielen Begegnungen seinen müden Sinn erwärmen gleich einem Frühlingsfeuer.

In der letzten Nacht vor der Ankunft, am 7. Mai, erhält er in seiner Nachtherberge ein versiegeltes Billett. In den Lack ist das Bockmeister'sche Wappen geprägt, ein blühender Zweig Glockenheide, *Erica tetralix*, in einem Medaillon. Henriette Honorine weilt in dem Annexbau an der Küste, da sie hofft, die Meeresluft werde den heftigen Verlauf der Krankheit bremsen. (Worin ihr Leiden exakt bestand, wird er nie erfahren.) Am Morgen des 8. Mai ist er am Ziel.

Das Jagdschloss liegt in einem dichten, gepflanzten Fichtenwald. Der Weg schlängelt sich zwischen den Baumstämmen dahin. Seit langem (sind es dreißig oder vierzig Jahre, er erinnert sich nicht mehr) ist nichts getan worden, um die Natur zurechtzustutzen, und lange schwere Äste streichen über die Seiten des Wagens und klopfen mit borkigen Knöcheln hart gegen die schalendünnen Wände. Als ein Windzug durch die Bäume streift, ist es, als würde man durch ein Dunkel fahren, in dem Tausende von Stimmen flüstern und heulen. Andersen lässt die Scheibe in der Tür der Equipage herunter und atmet in tiefen Zügen den aromatischen Duft des Waldes ein. Ab und an führen Pfade zwischen den Stämmen entlang, er bemerkt sie nur gelegentlich. Es sind Wege, die aus dem Nichts zu kommen und ins Nichts zu führen scheinen, da das Schloss keinen Waldhüter oder Knecht mehr besitzt, der sich in den Ländereien draußen ans Roden machen könnte. Andersen glaubt zu wissen, dass die Pfade zwischen den Fichten von der Waldfee und ihren jungen Hilfsmaiden angelegt worden sind, ein Wegenetz ganz nach ihrem von Säften trunkenen Sinn, geschaffen aus Gründen, die kein Sterblicher je erfahren wird. Aber dann biegt der Wagen um eine Kurve, die Räder rollen klingend über Pflastersteine, und plötzlich endet der Wald, und das Jagdschloss liegt vor ihnen.

Es ist sonderbar, ein Bild, das man in seiner Erinnerung bewahrt hat, mit der Realität zu vergleichen. Andersen betrachtet die spitzen grauen Holzschindeln, das Satteldach und die Wetterfahne in Form eines Greifs ganz oben auf dem First. Der Schnabel des Vogels weist nach Osten. Das Schloss ist vernachlässigt worden, das sieht er sofort. Zu seiner Verwunderung sind einige der Fensterläden geschlossen. Aber aus einem der Schornsteine steigt dünner Rauch auf, man ist also zu Hause. Auch wenn es als Schloss bezeichnet wird: Das Gebäude ist keineswegs beeindruckend.

Justus Theodor Bockmeister, der Urgroßvater von Henriette,

war Baumeister. 1814, kurz nachdem Napoleon nach Elba verschifft worden war und in Europa wieder Ordnung einzuziehen schien, ließ er Boden roden und den Wald anpflanzen. (Die Bockmeisters hatten es bei dem Konflikt vermieden, sich für eine Seite zu entscheiden – selbst dann, als die Engländer im Jahre 1807 draußen vor der Stadt vor Anker gingen und ihre erste Kanonade abfeuerten.) Damals stand hier nur ein einfaches Sommerhaus, eine Tagesreise von Viberød entfernt. Vater und Großvater von Henriette packte die Begeisterung über die romantische Vergangenheit der Nation, sie bauten höher und bauten an und schufen eine Hybride, eine Dronte, dachte Andersen, eine nordische Berghütte, die einem deutschen Ritter anstünde. (Die Familie hat Vorfahren beiderseits der Grenze. Sie besitzt ein Grundstück in Kopenhagen und ein Haus in Berlin. Ihr Vermögen hat sie mit dem Handel von Kolonialwaren gemacht. Mit Elfenbein oder Vogelkot, Andersen erinnert sich nicht, was es war, er weiß nur noch, dass es Geld einbrachte.)
Nun ist das Geschlecht bald ausgestorben. Benommen steigt Andersen aus der Kutsche. Während er auf die Haustür zugeht, beginnt der Kutscher umständlich mit dem Ausladen des Wagens. Andersen hat unterwegs in einem kleinen Marktflecken Halt gemacht und ein paar Leckereien sowie fünf Flaschen überraschend guten Rotweins erstanden. Obendrein hat er Konfekt und andere schmackhafte Sachen aus Kopenhagen mitgebracht. All das liegt in einem großen, mit einem Deckel verschlossenen Weidenkorb, den der blasse verschwitzte Kutscher nun ins Haus schleppen muss. In seiner Brusttasche, direkt über dem Herzen, trägt Hans Christian Andersen, eingefasst in einen hübschen ovalen Elfenbeinrahmen, einen Scherenschnitt, der das Profil von Henriette Honorine zeigt. Schnipp, schnapp, sein eigenes Werk. Er kennt die feinen Züge wie die Linien seines eigenen Handtellers. Gerade will er anklopfen, da wird der eine Türflügel weit geöffnet.

Sie hat sich sehr verändert. Beinahe erkennt er sie nicht wieder. Die Schönheit ist aus ihren Zügen verschwunden und hat einer ungesunden Wabbeligkeit Platz gemacht. Sie trägt Kleider, die einer längst vergangenen Mode folgen. Der Busen ist nur halb bedeckt und darauf sind kleine gräuliche Flecken zu sehen, Narben, die von einer Krankheit herrühren. Ein dünnes, mit Chenillestichen verziertes Stück Stoff hält die Brust in ihrem Pferch. Andersen bekommt ein Taschentuch zu fassen und drückt es gegen den Mund. Er gibt vor, sich zu schnäuzen. Die Augen der Frau sind klein und voller Misstrauen, doch als sie den Dichter betrachtet, leuchten sie auf. Andersen findet plötzlich, dass sie verschlagen aussieht. Ihr Mund ist von Natur aus schmal, im Moment spitzt sie ihn jedoch in zuckersüßer Affektiertheit. Sie ist nicht allein. An ihrer Seite, halb von ihren weiten Röcken verdeckt, steht ein schmächtiger Bube mit sandfarbenem Schopf und einfältiger Miene. Er trägt Lederhosen, deren Träger heruntergerutscht sind, darüber hängt ein schmuddeliges, viel zu großes weißes Hemd. Seine nackten Füße sind nicht eben sauber. Einen Augenblick scheint es Andersen, als seien sie von rauem struppigem Fell bedeckt, doch als er blinzelt, verschwindet die Erscheinung. Ein Kind des Waldes. Der Junge riecht stechend wie ein Fuchs. Über dem Eingang schlägt krachend ein Fenster auf, und ein zottiger Kopf wird sichtbar. Andersen erkennt das aufgequollene rote, versoffene Gesicht sofort wieder, genau wie die gelblichen, verfilzten Haare und die runden, grau schimmernden Augen – geschmolzenes Zinn in einer Schöpfkelle. Sie gehören dem Schriftsteller Hugo von Hoffroder. Der Mann lässt in Richtung Andersen ein Bellen ertönen, einen Laut, den der Dichter gütigst mit »Guten Morgen« übersetzt. Jedenfalls lüftet er höflich den Hut zu der Gestalt am Fenster. Die Frau in der Tür lässt ein Gurren hören.

»Henriette?«, fragt der Dichter und hofft beinahe, eine abschlägige Antwort zu erhalten. Das Lächeln der Frau wird breiter und entblößt ungepflegte Zähne. Auf der dünnen Oberlippe sitzt eine Wunde, wie er erst jetzt bemerkt. Sie reicht ihm die Hand. (In der Bewegung etwas von der alten Anmut.) Andersen unterdrückt den Impuls, das Medaillon hervorzuziehen, um die Ähnlichkeit zu überprüfen. Die Zeit hinterlässt an uns allen Spuren. Doch bei der Begrüßung behält er vorsichtshalber den Handschuh an.

Er bleibt ganze vier Tage. Eine Ewigkeit. (Der Kutscher hat ein Trinkgeld bekommen, damit er mit ihm ausharrt. Er schläft in einer Dachstube. Andersen selbst übernachtet im Erdgeschoss, von dort kann man leicht nach draußen klettern. Jede Nacht klemmt er einen Stuhl unter die Türklinke, dennoch schläft er unruhig und wacht oft auf. Vor allem fürchtet er, dass sich der Junge in sein Schlafzimmer schleichen könnte – eine Angst, die unbegreiflich ist.) Henriette Honorines Unpässlichkeit beginnt häufig schon beim Frühstück, zu dem sie eine Kanne Wein leert, von der sie später allmählich zu stärkeren Getränken übergeht. Zuweilen leistet ihr Hoffroder Gesellschaft. Wenn der Abend anbricht, schläft die Schlossherrin meist schwer in ihrem Stuhl vor dem Kamin, zu ihren Füßen das wilde Kind, während der Deutsche den Wein – er trinkt nichts anderes – bedeutend besser verträgt und sich wach hält. Dann, an den langen Frühlingsabenden, plaudern Hugo von Hoffroder und Hans Christian Andersen miteinander. Der Deutsche ist keineswegs ein uninteressanter Mensch. Vor einem Monat lag er noch mit der preußischen Armee im Feld. Er wurde bei Fredericia verwundet – nicht von einer dänischen Kugel, sondern bei einem Saufgelage in einem Wirtshaus an der Straße, bei dem ihm jemand mit der Säbelspitze ins Hinterteil stach. Während sie reden steht er an den Kaminsims gelehnt. (Die Wunde hat geeitert und heilt nur langsam.) Hoffroder zeigt wenig Interesse, über den Krieg zu reden, aber Andersen lockt dennoch das eine oder andere aus ihm heraus.

Am 20. April war der Deutsche zusammen mit einigen Offizierskameraden auf Erkundungsgang zwischen den Schanzen bei Düppel. Die Sonne schien, es war ein warmer angenehmer Frühlingstag. Die sieben Männer banden sich ihre mit Essig getränkten Schals vor Nase und Mund, um die Gerüche aus den Laufgräben zu ertragen. Man befürchtete Epidemien und dachte darüber nach, gelöschten Kalk über die schlimmsten Seuchenherde zu streuen. Hier und da liefen fette, glänzende Ratten umher, die keinerlei Furcht zeigten – doch weshalb sollten sie auch gerade die Wesen scheuen, die seit Monaten ihre tägliche Leibspeise ausmachten.
Hoffroder nimmt einen kräftigen Schluck aus seinem Weinglas und durchmisst mit langen Schritten das Zimmer. Er stellt sich an eines der großen Fenster und schaut in den hellen Frühlingsabend hinaus. Der Himmel ist fast weiß und schimmert wie Muschelfleisch. Ein Stück hinter dem Vorplatz steht wie eine Mauer der Fichtenwald. Am Waldrand ist der Junge zu sehen. Es scheint, als hätte er etwas gefangen und spiele jetzt mit dem Tier – ein Hasenjunges oder eine kleine Katze vielleicht. Freilassen und einfangen ... es ist ein einfaches Spiel. Hoffroder stellt sein Weinglas in der Fensternische ab. Der Fuß des Glases klingt, es ist ein Wunder, dass er nicht zerbricht.

Ja, also, die sieben machten ihre Beobachtungen, verfassten am Abend einen gemeinsamen Feldrapport und ließen sich danach gründlich voll laufen. Die Verluste der Preußen waren erträglich, vielleicht 200, 250 Mann. Die Namen der Gefallenen waren noch nicht in die Listen eingetragen, also konnte man behaupten, dass sie zumindest auf dem Papier noch lebten. Der Regimentsschreiber war der eigentliche Henker. Für die Dänen stand es schlechter. Das Lager der preußischen Armee befand sich etwa eine Meile vom Schlachtfeld entfernt, doch Hoffroder meinte, den ekelhaften süßlichen Leichengeruch den ganzen Abend in der Nase zu haben. Er brachte keinen Bissen hinunter. Kurz nach Mitternacht verließ er das Zelt und ging auf den Hang hinaus, um sich zu erleichtern. Hier und da brannten Feuer, an denen die Mannschaft zusammenkauerte, mehr um sich vor der Dunkelheit, als um sich vor der Kälte zu schützen, denn es war ein lauer Abend. Einer spielte auf einer Ziehharmonika eine einfache Weise, die Töne verloren sich in der feuchten Nachtluft, und es gelang ihm nicht, die Melodie zu erkennen. Ta-dam-ta-dam. Er versuchte zu singen, aber die Zunge gehorchte ihm nicht. Die Musik brachte ihn den Tränen nahe, obwohl er ganz und gar kein sentimentaler Mensch war. Ein Stück entfernt lag sein eigener Unterschlupf, ein Zelt, in dem er diese Nacht allein schlief, weil seine beiden Offizierskameraden auf Urlaub nach Hamburg gefahren waren. Die Zeltleinwand schlug wie ein nicht geschotetes Segel, obwohl es völlig windstill war. Das Geräusch hallte unnatürlich laut über den offenen Platz, aber niemand außer ihm schien es zu bemerken. Hoffroder knöpfte sich die Hose zu und schwankte los, um zu sehen, was es mit dieser absonderlichen Sache auf sich hatte. Was er damals sah, lässt ihm jetzt, als er davon erzählt, erneut die Haare zu Berge stehen. Auf der Pritsche in seinem Zelt saß ein junger Soldat, ein dänischer Gemeiner, so weit Hoffroder erkennen konnte. Das Merkwürdige war jedoch, dass er den Jungen zwar deutlich dort auf dem Bett sitzen sah, zugleich aber seinen eigenen Koffer, den offenen Tornister und die Lampe mit dem rußenden Docht, die er achtlos hatte brennen lassen, durch den schlanken Körper hindurch erkennen konnte – alles genauso klar wie durch ein Fenster. Der junge Soldat sagte nichts, er schien die Gegenwart des Deutschen nicht zu bemerken, und plötzlich erhob er sich, stand einen Moment stocksteif da wie eine Feuergabel, und spazierte dann quer durch die Zeltleinwand hinaus, ohne auch nur einen Riss zu verursachen, so als sei er plötzlich auf andere Gedanken gekommen. Der Soldat wirkte zugleich wirklich und unwirklich. Als er an ihm vorüberging, meinte

Hoffroder, die Atemzüge des Jungen zu vernehmen, als handele es sich um einen lebendigen Menschen. Sie waren kurz und klangen irgendwie flötend. Vielleicht war er nichts als ein Spektrum aus Licht, hervorgerufen von Hoffroders Rausch? Eine sonderbare optische Brechung, die zu gleichen Teilen aus Alkohol, Nebel, Feuchtigkeit und Licht bestand? Dennoch war sich Hoffroder sicher, den Jungen identifizieren zu können, wenn er ihn erneut zu Gesicht bekäme – obwohl ihm dessen Züge schon kurze Zeit danach nicht mehr in Erinnerung waren. (So wie es meist unmöglich ist, sich das Gesicht des geliebten Menschen in seiner Abwesenheit vorzustellen. Was dir am allernächsten ist, scheint oft am wenigsten erreichbar zu sein.) Was so bekannt wirkte im Fall des jungen Dänen, war ganz einfach das starke Gefühl, das er auslöste. Ein Gefühl des Wiedererkennens? Des Mitgefühls? Der Schuld? Hoffroder vermochte sich nicht zu entscheiden.
»Und die Uniform des Jungen? Haben Sie auch die deutlich gesehen?«
»Ganz deutlich, sie war blau, die Jacke ein Stück aufgeknöpft. Keine Tasche und kein Gehänge.« Hoffroder reibt sich die Augen.
»Und er war blond, glaube ich, und hatte das Haar aus dem Gesicht gestrichen … Er war sehr jung. Ich fand, es sah aus, als ob er weinte.«
Hoffroder hatte nie jemandem ein Wort davon erzählt, was er gesehen hatte – oder geglaubt hatte zu sehen. Doch das Ereignis, ob wahr oder nicht, hatte ihn auf die Idee zu einer Geschichte gebracht, mit der er gerade – er hebt mit einer dramatischen Geste die tintenfleckige Hand – befasst sei. (Hier verstummt Hoffroder plötzlich, aus Furcht, zu viel von seiner wertvollen Idee auszuplappern.)
»Und Sie haben ihn nie zuvor gesehen?«
»Niemals.«
Andersen hütet sich, Hoffroder zu hetzen. Die Geschichte fesselt ihn, aber das Leben hat ihn gelehrt zu warten. Er gießt

sich jetzt auch selbst einen Schluck Wein ein – nachdem er das Glas gründlich mit dem Taschentuch gereinigt hat – und nippt vorsichtig daran, während er den anderen im Auge behält. Es ist noch nicht dunkel, und das weiße Frühlingslicht fällt schräg auf das Gesicht des Deutschen und meißelt dessen Züge scharf heraus. Hoffroder gleicht, wie er so dasteht, einem Löwen, einem der gefangenen Tiere, die im Zoologischen Garten rastlos am Eisengitter entlangtrotten, einem alten stinkenden Löwen, ähnlich jenem, den Andersen vor nun bald zwanzig Jahren in der kuriosen Menagerie im Londoner Tower gesehen hat. In einem Käfig von dreißig Fuß, der in den Erdboden versenkt worden war, konnte er die Spuren großer Tatzen erkennen – hin und her. Die Klauen des Tieres waren verletzt und entzündet, die Augen von einer weißlichen Schicht überzogen. In dem Halbdunkel war der Löwe mit der Zeit blind geworden. Jemand erzählte, dass das Tier jede Nacht versuche, sich nach draußen zu graben, als glaube es, dass die vertraute Wildnis auf der anderen Seite der Gitterstäbe warte. Heimwärts. Und der Wächter lachte laut über die Dummheit des Tieres.

Hoffroder hat sich gekämmt und das gelbgraue Haar fällt ihm bis auf den Kragen. Andersen weiß, dass es eine entsetzliche Krankheit gibt, durch die sich die Gesichtsmuskeln langsam zusammenziehen und die Züge eines Menschen sich verwandeln, bis sie denen einer Bestie ähneln – eine starre Maske, die als Grimasse auf dem menschlichen Gesicht liegt. Doch Hoffroders Miene drückt so viel Gefühl aus, dass er den Gedanken gleich wieder verwirft. Wo verläuft überhaupt die Grenze zwischen Mensch und Tier? Jene Männer, die im Odenseer Viertel die armen Frauen aufsuchten, waren schlimmer als der alte Löwe in seinem Käfig. Ihr Gitter bestand aus den niedrigsten Trieben des Menschen. Ein Käfig, projiziert von Lust – und von Fantasie: derselben Fähigkeit, die es dem Theaterbesucher ermöglicht, die begrenzte Bühne als Wirklichkeit zu erleben. Als Welt oder Wildnis, die, wenn

es sich um ein gut geschriebenes Stück handelt, für ein paar Stunden alleinige Gültigkeit besitzt. Kultur oder Unnatur? Wer kann sagen, wo die Grenze verläuft.
Andersen bemerkt, dass Hoffroder den Jungen draußen auf dem Vorplatz betrachtet. Ist er der Vater des Kleinen? Ein Löwe, der einen Fuchswelpen gezeugt hat, es hat schon seltsamere Dinge gegeben. Und die Mutter des Jungen? Er findet den Gedanken widerlich, aber dennoch beschäftigt ihn die Sache. Die Fantasie gaukelt ihm unwillkommene und empörende Szenen vor. Bilder tauchen auf, die er vor langer Zeit weggeschlossen hat – gleich einem der alten rot karierten und abgegriffenen Kartenspiele aus der Kindheit, die vom Schummeln Eselsohren haben und die man in den erleuchteten Salons nicht benutzen kann. Andersen nimmt einen großen Schluck, und meint plötzlich den Wein dick und scharf auf der Zunge zu spüren. Es ist ein Geschmack von Eisen oder Blut, der an jenen bitteren, nach Essig riechenden Wein erinnert, den man in seiner Jugend in den einfachen Wirtshäusern in Tonkrügen servierte. Ein Becher kostete ein paar Kupfermünzen, das weiß er noch. Er sieht sich nach einem Napf oder einem Nachtgeschirr um, in den er die ekelhafte Flüssigkeit spucken kann, und sein Blick fällt auf einen Spiegel in der Ecke, uralt, die Oberfläche von schwarzen oxidierenden Flecken zerfressen – ähnlich dem Seewasser, wenn es im Frühling durch die löchrige Eisschicht dringt. Andersen fährt zusammen, als er seiner eigenen ergrauten und gebeugten Gestalt ansichtig wird, und unversehens weiß er die Antwort auf seine Frage: Was den Menschen vom Tier unterscheidet, ist, dass er sich seiner selbst bewusst ist. Und mit dieser Einsicht schluckt er den Wein hinunter.

Am nächsten Morgen erhebt sich Andersen frühzeitig, denn es ist Abreisetag. Die Luft ist frisch und der Trübsinn des vergangenen Abends wie weggeblasen. Unten in der Küche wirtschaftet der Kutscher und stellt Getränke, Brot und Butter für einen einfachen Reiseproviant zusammen. Henriette Honorine ist nicht zu sehen, und Andersen empfindet Erleichterung. Er ist ihr während des gesamten Aufenthalts aus dem Weg gegangen. In Nyhavn kann die Miniatur wieder an die Wand gehängt werden, die Erinnerung hat nur einen unbedeutenden Knacks erhalten, und der lässt sich beheben. Der »Fuchsbube«, wie Andersen ihn bei sich nennt, war dem Dichter die ganze Zeit über unablässig auf den Fersen. Er ist dem großen freundlichen Mann merkwürdig zugetan, obgleich sie kein Wort miteinander gewechselt haben. (Der Junge spricht nicht, und Andersen hat den Verdacht, dass er stumm ist. Vielleicht ein Idiot, das ist schwer zu sagen. Doch seine Augen sind die schönsten, die der Dichter je gesehen hat: blau wie der Himmel im Hochsommer.) An diesem Morgen hat der Junge schmierige dunkle Flecken um den Mund, und einen entsetzlichen Augenblick lang glaubt Andersen, es sei Blut von einem Beutetierchen, das der kleine Wilde im Wald gefangen hat, ehe er begreift, dass die Flecke von den Leckereien aus seinem eigenen Präsentkorb stammen. Der Junge scheint zu spüren, dass der Abschied näher rückt, er hängt an Andersens Rocktasche, als wollte er in sie hineinkriechen und sich vor der Welt verstecken. Der Dichter schiebt ihn behutsam zur Seite, doch der Junge ist sofort wieder zur Stelle – beharrlicher als zuvor. Am Ende bleibt Andersen nichts anderes übrig, als ihm eine Ohrfeige zu versetzen, eine der harten Sorte, die Mutter auszuteilen pflegte: die Fingergelenke steif und die Hand offen. Im selben Augenblick, als seine Hand das schmale Gesicht des Jungen trifft, spürt Andersen den Schlag auch an der eigenen Wange. Hart wird der Schlag, viel härter als beabsichtigt, und das Kind fällt zu Boden. Es gibt keinen Laut von sich, und das macht das Ganze noch abscheulicher. Andersen will raus aus diesem Haus! Sofort! Seine Hand brennt, und er steckt sie in die Rocktasche, ein sicheres Versteck trotz allem. In welche Richtung der Junge verschwunden ist, hat er nicht gesehen.

Der Kind lässt sich nicht mehr blicken. Der Wagen schaukelt den Weg hinaus, nach Norden hin. Herr von Hoffroder winkt vom Fenster aus, genau wie am ersten Morgen, ein Holzvogel in einer schmutzigen Kuckucksuhr. Andersen schwenkt sein Taschentuch ein paar Mal hin und her, dann aber zieht er das Rouleau herunter und schließt die Augen, bis der Wagen draußen im Wald ist. In einem seiner Koffer liegt Hoffroders halb fertiges Manuskript »Die Verwandlungen«. Ein Pfand für Schleswig, Holstein und Lauenburg.

Unterwegs

Ich erwachte von Terrors Kläffen. Der Köter war im Lauf der Nacht irgendwie ins Zimmer gelangt und pennte jetzt am Fußende meines Bettes, offenbar damit beschäftigt, die Zähne in irgendeine Traumbeute zu schlagen, denn sein Mund füllte sich mit Speichel. Er hatte den größten Teil der Decke zu sich gezerrt, um ein Liegekissen zu haben, und ich fror. Es war sechs Uhr. Vorsichtig schlüpfte ich aus dem Bett und durch die Tür. Die Füße folgten auf dem kalten Fußboden den alten, gewohnten Spuren und wanderten wie von selbst zum Fenster. Der Anblick des Chevis im Morgengrauen ließ mich zusammenzucken, alles war wie früher, als wäre keine Zeit verstrichen. Ich ging ins Schlafzimmer zurück, zog Pullover, Jeans und eine Jacke an, die ich in einem der Schränke gefunden hatte. Terror war aufgewacht und beobachtete mich mit zufriedener Miene. Raus und laufen war genau, was er wollte. Ich band ein Stück Strick durch die Öse seines Halsbandes, stieg an der Tür in die Schnürstiefel, und los ging es.

Der Weg zum Meer hinunter schlängelte sich im Zickzack durch vom Wind verkrüppelte Kiefern. Der Köter kostete die

Biegungen weidlich aus, und ich musste zusehen, dass ich hinterherkam. Ich warf einen Blick zurück aufs Haus, bevor es von den Bäumen verdeckt wurde. Die Hütte sah jetzt am frühen Morgen geradezu überrumpelt aus, als hätte die Sonne sie bei irgendetwas ertappt. In Mogensens Zimmer war noch das Rollo heruntergezogen. Das Haus verschwand hinter einer Wegbiegung und der Geruch des Meeres erreichte mich.

Das Meer riecht je nach Jahreszeit völlig verschieden. Im Sommer dünstet es den Geruch von Reife und Gärung aus, der Wellengang ist gesättigt von Organismen, was die Wogen ölig glatt und träge macht. Sie schlecken am Geröll und Sand der Strände, nachdenklich, als wären es Katzen mit ihren kleinen, runden Zungen, und lassen Büschel knastertrockenen Tangs zurück, der anmutet wie schwarze abgelegte Spitzenunterröcke. Wolken winziger Tangfliegen werden vom Wind weggefegt und auf die Lippen legt sich der Geschmack von fauligen Algen.

Im Frühling dagegen herrschen am Meer Klarheit und Kälte. Mit Ernst und Strenge wird vor dem Sommer gleichmäßig Süßes und Salziges in den rollenden Ösfässern der Strandboote abgemessen. Sanft klatscht Wasser an schwellende Bordwände. Die Gerüche sind schwach und man wird sich ihrer erst bewusst, wenn man das Meer bereits ein Stück hinter sich gelassen hat. An anderen Tagen wiederum fallen reißende Sturmwellen mit Eis in den Kämmen am Strand ein und Mund und Nase sind wie betäubt.

Das heutige Wetter lag dazwischen. Ein schwacher kühler Wind sorgte dafür, dass sich das Wasser zottig kräuselte, aber er legte sich nicht richtig ins Zeug. »Ich kann, wenn ich will«, schien er zu sagen, »aber mir ist nicht danach.« Die Wellen falteten sich umeinander und wirkten wie in einem Korb aufgereihte Servietten. Terror genoss mit allen Sinnen. Vielleicht war er noch nie zuvor am Meer gewesen. Ich machte den Strick los und ließ ihn das letzte Stück zum

Wasser hinunterstürmen. Die Dogge hatte die Zähne in den Wellen, bevor sie begriff, dass dieses Etwas nass und kalt war. Sie trippelte zu mir zurück und warf mir einen Blick zu von der Art »das habe ich mir schon die ganze Zeit gedacht«. Ich unterließ es zu widersprechen und wischte ihr die Schnauze mit einem Taschentuch ab, das ich in der Jackentasche gefunden hatte. Der Hund legte seinen Kopf auf meinen Schoß. Als ich das Taschentuch zusammenfaltete, sah ich an dem kindlichen Monogramm, das es meiner Mutter gehört hatte. Vermutlich war es ihre Jacke, obwohl ich mich nicht erinnern konnte, das Kleidungsstück schon einmal gesehen zu haben. Es war ein altmodischer blauer Anorak mit Kapuze, der den Wind überraschend gut abhielt. Ich fühlte mich warm und erstaunlicherweise ausgeruht. Gabriel Mayers sonderbare Geschichte ging mir nicht aus dem Kopf. Ich fragte mich, ob sie vielleicht stimmte. Ich wusste, von welchem Ort sein Bericht handelte. Viberøds »Jagdschloss«, wie es jetzt genannt wurde, lag nur wenige Kilometer entfernt. Der kürzeste Weg führte am Strand entlang. Ich überlegte einen Moment, ob ich zum Haus und zu Mogensen zurückkehren sollte, doch wenn ich es recht bedachte, brauchte der Wachmann seinen Schlaf. Der Köter warf mir aus seinen gelben Augen einen schiefen Blick zu und lief dann o-beinig weiter den Strand entlang, genau in die richtige Richtung. Ich brauchte ihm nur zu folgen.

Es war nicht schwer, den Weg zu finden. Allmählich erinnerte ich mich wieder – es ging mit einem mal sehr leicht, wie wenn sich Puzzleteil um Puzzleteil zusammenfügt und endlich ein Motiv erkennbar wird, ohne dass man sich eigentlich schon darüber im Klaren ist, was das Ganze darstellen soll. Es war sicher fünfzehn Jahre her, seit ich das letzte Mal hier entlanggegangen war. Ich kam an ein paar großen Segelbooten vorbei, die ein Stück weiter draußen vertäut lagen, sie rissen und zerrten an ihren Ketten und tauchten den Vordersteven ins Wasser, als würden sie sich vor den Wellen verneigen. Kein Mensch war zu sehen. Der Wind frischte auf, und Terror tanzte leichtfüßig vor mir her, manchmal ganz dicht am Wasserrand, aber nun passte er auf, dass er nicht nass wurde und wich geschickt den heranrollenden Wellen aus. Hin und wieder blitzte die Sonnenscheibe zwischen den Wolkenbänken auf und wurde rasch von neuem überdeckt – als sei das Licht ein Versehen. Am Ende erreichten wir einen Punkt, an dem meine Erinnerung mir sagte, dass wir den Strand verlassen und die Dünen hinaufgehen mussten. Ab und an war Gestrüpp über den Pfad gewachsen, er wurde anscheinend nur noch selten benutzt. Teilweise war er kaum noch zu erkennen und ich fand den Weg vermutlich nur, weil ich wusste, wo er sich befand. Wieder musste ich an ein Puzzle denken, aber jetzt war es wohl eher das fertige Bild, das ich vor mir sah, und nicht die ausgestanzten Teile: Ich erblickte das, was zu sehen ich erwartet hatte. Schließlich ließen wir das Meer hinter uns, und die Gerüche veränderten sich. Der Wald roch nach der Kälte, die er in sich bewahrt hatte. Der Wind strich durch das Geäst hoch über unseren Köpfen, und es schien, als käme das Geräusch aus weiter Ferne, gleichzeitig klang es sehr nah. Trockene Zweige rieben sich aneinander und verursachten einen wimmernden, ächzenden Laut. Die Fichten waren seit Jahren nicht ausgelichtet worden. Terror war nicht sonderlich erpicht darauf, sich zwischen die Bäume zu drängen, also befestigte ich den Strick wieder am Halsband und zog den Köter hinter mir her. Er schnupperte auf dem Boden entlang, als glaube er, auf diese Weise unangenehme Begegnungen voraussagen zu können, und vielleicht hatte er ja Recht. Ich musste damit vorlieb nehmen, mich gründlich umzuschauen.

Der Wald ist nicht besonders groß, aber sehr dicht, und lässt sich deshalb schlecht überblicken. Er ist nicht natürlich gewachsen, sondern das Resultat eines romantisch gefärbten

Bodenprojekts aus dem frühen 19. Jahrhundert, aber später sind natürlich neue Pflanzen hinzugekommen. (Die Nation war nicht bereit, noch mehr von ihrem Territorium an das Meer abzutreten. Nadelbäume wachsen rasch – und es war egal, ob sich ganze Wälder davon im ursprünglichen Baumbestand des Landes ungewöhnlich, ja sogar unnatürlich, ausnahmen.) Aber irgendwie hatte die jedem Wald innewohnende Wildheit, seine Urwüchsigkeit, auch in diesem Fall die Oberhand gewonnen, und wenn man heute versuchte, zwischen den dicht stehenden Stämmen voranzukommen, war es schwer zu begreifen, dass dieses Unternehmen jemals einem Plan gefolgt sein sollte. Das hier war Territorium des Waldes. Er sperrte das Licht aus, aber dennoch leuchteten die kräftigen Stämme eigentümlich. Kai hatte es damit erklärt, dass sie ein ungewöhnlich zähflüssiges gelbes Harz absonderten, in dem sich das spärliche Tageslicht, das trotz allem durch das Astwerk der Bäume drang, reflektierte. An der klebrigen Masse blieben Insekten hängen, und die Sekrete vieler kleiner in Auflösung befindlicher Körper erzeugten chemisch einen zusätzlichen Lichteffekt: den von Phosphor. Unter den Bäumen war der Boden mit seinem sterilen Nadelteppich weich und federnd. Anfangs waren hier fast alle Sorten von Nadelbäumen gewachsen, seltene Arten, die Bockmeisters von ihren Geschäftsreisen aus Russland und der nördlichen Türkei mitgebracht hatten. Vermutlich gab es sie irgendwo in dem grünen Fremdenverband des Waldes immer noch, zusammen mit der gemauerten Grotte, die mit den ersten Pflanzungen angelegt worden war. Doch Wege gab es hier schon lange nicht mehr, die dänische Landschaft hatte die exotischen Pflanzen assimiliert, und sie ließen sich nicht mehr auffinden.

Wenn ich mich recht entsinne, war es vom Strand zum Jagdschloss nicht weiter als ungefähr einen Kilometer. Der Wald hatte Ausläufer ausgeschickt, schwächliche Nadelbaumsprösslinge, die sich über die Grenzen des Besitztums gewagt hatten. Unten am Strand wirkten sie wie eine Schar blassgrüner, klein gewachsener Wachposten, die sich zu einer lockeren Reihe formiert hatten. Jetzt, wo ich mich dem Haus näherte, begannen sich runde Lichtungen zu öffnen, das Ergebnis rücksichtsloser Rodung. Der Kahlschlag musste mehrere Jahre her sein, denn auch hier war der Jungwald wieder im Kommen. Das Licht, das vom Himmel durch die Bäume sickerte, war blass. Das Jagdschloss war nicht dasselbe Haus, das Andersen möglicherweise besucht hatte, sondern jetzt stand dort eine kleinere Villa, die nach einer Feuersbrunst in den zwanziger Jahren im alten Stil errichtet worden war. Hier hatten Bockmeisters während der langen warmen Zwischenkriegssommer der dreißiger Jahre ihre deutschen Gäste unterhalten. Unmittelbar hinter dem Tennisplatz waren noch Reste des alten Fundaments zu sehen. Zumindest hatte ich es so in Erinnerung.

Beinahe überraschend tauchte hinter einem undurchdringlichen Gebüsch das Haus auf. Es war als Oktogon angelegt, ein achteckiger Kasten. Vor den gemauerten Terrassen wuchsen dichte Lebensbaumhecken, die sich frei hatten entfalten können und kaum noch Spuren der ihnen einmal angediehenen Pflege aufwiesen. Das zähe Grün war an dem roten Backstein emporgeklettert und näherte sich bereits den Terrassentüren. Es roch wie auf einem Friedhof: feuchter Kies, nasse Vegetation und Fäulnis. Die Fenster der Villa klafften gähnend leer. Terror blieb in regelmäßigen Abständen stehen, drückte sich an mein Bein und schielte zu meinem Gesicht hoch, – vielleicht um zu sehen, ob ich mich fürchtete.

Um das Haus verlief ein Kiesweg, genau wie ich es in Erinnerung hatte. Ich hörte die Steinchen unter meinen Füßen mehr, als dass ich sie sah. Der Köter und ich bogen auf den Weg ein, um zum Haupteingang zu gelangen. Schräg links waren die Überreste des Tennisplatzes zu sehen. Gras und weißliches Moos hatten den roten Belag fast vollständig zerfressen, er wirkte, als habe ihn eine seltsame Krankheit gepackt, ein indisches Fieber, das in einer der Holzkisten des Handelshauses heimwärts verschifft worden war. Hier und da, wo der Ort schon wieder in Wildnis überging, standen trockene Büsche und hohes vergilbtes Gras aus dem Vorjahr. Der Wind strich durch das Gestrüpp und ein trockenes Rascheln erklang, das Terror ängstlich zurückweichen ließ. Es war ein merkwürdiges Gefühl, sich wieder an diesem Ort zu befinden – als bewege ich mich durch meine Erinnerung. Alles um mich herum schien vertraut und gleichzeitig fremd. Ich meinte, den Geruch von Rauch wahrzunehmen, vielleicht verbrannte jemand irgendwo auf den Ländereien Äste und Laub. Bestimmt war der Besitz noch immer bewohnt, selbst wenn ich keine Anzeichen dafür bemerken konnte. Die Dogge roch den Rauch ebenfalls, sie witterte in der Luft, als würde der Dunststreifen gleich einer Wurstgirlande direkt über ihrem viereckigen Schädel hängen. Das kurzhaarige Fell legte sich in bekümmerte Falten.

Das letzte Mal war ich an einem brütend heißen Sommerabend hier gewesen. Die Erinnerung liegt bereit – dort, wo ich sie zu finden pflege. Kai hat ein blendend weißes Hemd an, das macht es mir leicht, ihm durch den Wald zu folgen. Er hat nicht gesehen, dass ich ihm nachgehe.

Lara hat den Grill hervorgeholt und ihn auf dem Altan hinter dem Haus aufgestellt. Auf einem karierten Plastiktablett hält sie rohes Fleisch bereit. In einer der Ecken hat sich Blut zu einer wässrigen Pfütze gesammelt. So etwas aß Vater sonst nie. Ich kann Laras Geruch bis zu mir herüber spüren. Widerlich, warm und stechend wie der eines Tieres. Ich liege versteckt hinter einer der Mauern, die von dem alten Haus übrig sind. Wenn ich die Nase an den bröckligen roten Backstein halte, ist Rauch zu riechen, und noch etwas anderes, Eisen oder Blut. Meine Haltung ist unbequem, Knie und Ellbogen schmerzen, aber ich habe meine Vorbilder: Polarforscher und Entdeckungsreisende, die nie gezögert haben. Sir John Franklin an einem Maimorgen auf dem Deck der *Erebus*, unterwegs durch das lehmige Deltaland der Themse, beunruhigt darüber, dass seine Frau die Nationalfahne einige Abende vor der Abfahrt als Bettdecke für sie beide benutzt hat. Das ist ein Zeichen des Todes, aber so etwas weiß eine Frau nicht. Ein Schatten fährt ihm übers Gesicht, zu rasch, als dass es eine vorüberziehende Wolke sein könnte. Sir John Franklin ist beruhigt, als sich eine blendend weiße Taube oben am Mast niederlässt. Sie zögert einen Augenblick, bevor sie auf einer der Rahen Platz nimmt. Das ist ein Glückszeichen, und die Besatzung bringt ein Hurra aus. Vom Pflaster bekomme ich Schürfwunden an den Ellbogen, doch das ist nichts gegen die Leiden, die Franklin bevorstehen. Im Kielwasser der *Erebus* segelt das Schwesterschiff *Terror*, der Lotse ist noch immer an Bord. (Franklin kennt den Fluss, jede Sandbank und jede Untiefe, kennt ihn wie seine eigene Westentasche, er steht beim Rudergänger und gibt flüsternd seine Anweisungen.) Fünf Faden Lottiefe. Die Leine verschwindet nach achtern, die Fahrgeschwindigkeit ist höher als das Tempo des Gezeitenstroms. Die Steven der Schiffe sind mit Stahlplatten verstärkt, die Balken des Rumpfs von extra gewaltigen Ausmaßen. Es knarrt in der Takelage, als sich die neuen Segel mit Wind füllen. Dreiunddreißig Vierecke, die darauf warten, sich gleich knittrigen Schmetterlingsflügeln zu entfalten. Der Fluss plätschert an den Bordwänden. Der Wind frischt weiter auf, und die schwer beladenen Schiffe gewinnen an Fahrt. Man segelt mit dem Tidewasser hinaus. Franklin erzählt niemandem, dass er die Taube später mit gebrochenem Genick am Kompasshaus gefunden hat. Die runden Perlenaugen stehen offen und sind von einem milchig weißen Häutchen überzogen. Hier unten an Deck ist die Taube nicht mehr weiß, sondern schmutzig grau, und als niemand es sieht, lässt er sie in die Flussmündung fallen.

Lara trägt ein helles Sommerkleid. Es ist kurz und sieht wie ein Viereck aus. An den großen Füßen hat sie Silbersandaletten mit klotzigen Absätzen, die sie plump wirken lassen, verkleidet. Ich selbst bin klein und flink wie ein Wiesel, still und unsichtbar. Mein Schweigen ist Stärke, nicht Schüchternheit. Meine Haare hat Papa mit seinem »Herrenfriseur«, einer schweren Trimmschere, die er in einem Karton im Schrank aufbewahrt, kurz geschnitten wie die eines Jungen. Mein Körper ist leicht und trocken. In meinen weißen dünnen Turnschuhen kann ich rennen, ohne das etwas zu hören ist. Vater steht so, dass er Lara verdeckt, er hat seinen Arm um sie gelegt, und sie lacht über etwas, was er sagt. Über alles, was er sagt. Ihr Lachen ist ein Gurren tief in der Kehle, wie bei einer Taube. Lara ist zu nichts nütze, und er muss für sie den Grill bedienen. Das Fleisch zischt und wird anbrennen. Lara ist überhaupt nicht wie Mama, ihr Körper ist schwer und unbeweglich. Anwesend. Ich habe mein Notizbuch bei mir, damit ich nichts vergesse. Das raue Pflaster lässt meine dünnen Beine schmerzen und gefühllos werden.

Am 19. Mai des Jahres 1845, im achten Regierungsjahr von Königin Victoria, als die Franklin-Expedition mit dem Ziel, die Nordwestpassage zu finden, die Themse hinuntersegelte, hatten die *Erebus* und ihr Schwesterschiff *Terror*, das unter dem Befehl von Francis Crozier stand, Lebensmittel und andere Gebrauchsgüter für ganze fünf Jahre an Bord – oder länger, wenn man mit den Rationen geizte. Man war mit den neuesten Erfindungen im Bereich der Navigation und der Zeit- und Entfernungsmessung ausgerüstet. Mit Kompassen mit Kardanaufhängung von *John Bruce & Son* aus Liverpool, Chronometer und anderen avancierten Messapparaturen. Die Schiffe, die beide über einen Hilfsmotor mit zwanzig Pferdestärken verfügten (hergestellt von der *London Railway Company,* derselben Gesellschaft, die sich mit Erfolg unter Londons Straßen hindurchbohrte), waren die ersten Polarforschungsschiffe, die man mit Propellern versehen hatte. Mit Flügelblättern aus Stahl. Sie hatten, kurz gesagt, einiges zu bieten, um sich mit den Mächten der Polargegend zu messen; mit Dunkelheit, Kälte, Eis – und Leere. Deshalb schickte die Admiralität auch erst im Mai 1848 eine britische Hilfsexpedition aus, obgleich man zu diesem Zeitpunkt von den Schiffen schon über zwei Jahre keine Nachricht mehr erhalten hatte. *Erebus* und *Terror* waren das letzte Mal von zwei Walfängern gesichtet worden – auf voller Fahrt unterwegs ins Packeis. Einer der Walfänger hatte davon berichtet, als er zwei Monate später in Julianehåb auf Grönland eingelaufen war. Kurz danach hatte man Franklins Schiffe aus den Augen verloren. *Erebus* – der Name erinnert an Homers kaltes düsteres Todesreich – fuhr zuerst in das Eis hinein und verschwand. Die Schwester des griechischen Erebos ist Nyx, die Nacht – und Sir John Franklin, Francis Crozier und ihre Besatzungen sollten eine endlos lange Polarnacht bei Lancaster Sound und Barrow Strait erleben.

Ich bog um die letzte Ecke und schaute hoch zur Eingangstür. Dort gab es nichts – nur ein Viereck Luft, keine Tür. Von dem Platz aus, an dem ich stand, konnte ich die Diele und einen Teil des Wohnzimmers einsehen. Trockene Blätter lagen zuhauf in den Ecken, als wäre der Wald direkt ins Haus spaziert und hätte unterwegs sein Laubwerk abgeschüttelt. Die Feuchtigkeit hatte auf der Tapete große dunkle Flecken hinterlassen. Weiter hinten gaffte der graue Himmel durch ein unregelmäßiges Loch im Dach. Das Licht sickerte durch einen sonderbar fein verteilten Staub, als befände sich das

Gebäude in Auflösung. Vielleicht waren es kleine, unbedeutende Schädlinge, die mit ihren nagenden Kiefern zum Angriff auf das Gebälk angesetzt hatten, ich hatte von so etwas keine Ahnung. Der Staub verlieh den Schäden jedenfalls eine physische Gestalt, so als würde jedes Staubkorn auf seinem Weg zum Boden einen spezifischen Zeitraum repräsentieren. Die Verwandlung von einer Form in eine andere. Es war kein freier Fall, da eine Unzahl verschiedener Faktoren - Gewicht, Luftwiderstand, Wind, Feuchtigkeit - die Partikel beeinflussten, und somit die Zeit gleichsam veranlassten, sich in Kreisen oder zumindest seitwärts zu bewegen. Einen kurzen Moment brach die Sonne durch die Wolkendecke und ließ die Luft im Gebäude golden schimmern, machte sie zu Goldstoff. Traumgewebe. Terror winselte ängstlich und setzte sich auf die Hinterbeine, fest entschlossen, das Haus nicht zu betreten. Es würde nicht möglich sein, mit ihm zusammen das Gebäude zu erforschen. Ich rang mit einem Erinnerungsbild, dass sich weigerte, an die Oberfläche zu kommen. Ich konnte mich nicht entsinnen, wie jener Abend damals geendet hatte.

Als wir zurückkehrten, war der Wachmann in der Küche in vollem Gange. Er hatte die Fenster geöffnet, denn es war dringend notwendig gewesen, zu lüften, und Kaffee aufgesetzt. Auf dem Tisch lag ein Stapel von Kais alten Militärzeitschriften, daneben die eine oder andere vergilbte Tageszeitung. Ich setzte mich und überflog zerstreut die erste Seite der Jyllands-Posten vom 23. August 1971 - praktisch eine Antiquität. Das Papier prasselte wie altes dünnes Fladenbrot. Vorsichtig blätterte ich die spröden Seiten um. Annoncen für Sonnencreme, Dubonnet mit Eis und Liegestühle. Die Dogge schlabberte geräuschvoll Futter aus einem Napf. Mogensen nahm angeschlagene Tassen und nicht zueinander passende Teller aus einem Schrank und deckte den Tisch für ein einfaches Frühstück. Er fragte nicht, wo ich gewesen war. Die Zeitung enthielt die üblichen Badebilder – »Indian summer« –, Kriegsbilder – damals von Vietnam – und dann eine Notiz über eine Frauenleiche, die in einer Badebucht an Land geschwemmt worden war. Ich wusste sofort, dass ich davon schon früher gelesen hatte.

Es war eine kleine, kurz gefasste Notiz etwas weiter unten auf der Seite, also konnte die Nachricht Ende August schon nicht mehr allzu neu gewesen sein. Berichtet wurde lediglich, dass es der Polizei noch nicht gelungen sei, die Tote zu identifizieren – die zu allem Überfluss kein Gesicht hatte –, aber »eine Vermisstenanzeige aus der Gegend mit dem Fund in Verbindung gebracht werde«. Man hatte die Leiche zur weiteren Untersuchung an die Gerichtsmedizin nach Kopenhagen übersandt. Ich grub in dem Stapel und fand eine Ausgabe, die drei Wochen früher erschienen war. Kai musste sie absichtlich aufgehoben haben. Hier war die Neuigkeit ganz oben auf Seite zwei platziert. Kinder aus Kopenhagen, die in der Gegend auf Urlaub waren, hatten den makabren Fund gemacht, und der Reporter hatte mit ihren Eltern geredet. Die Mutter, Frau Mette Rasmussen, war erbost, weil man die Strände so schlecht reinigte, und ihr Mann stimmte ihr zu. Die Leiche war in einer Bucht nicht weit von der Feriensiedlung »Sonnenstrahl« gefunden worden. Neben dem Bericht war ein graukörniges Foto abgebildet. Es zeigte einen unförmigen Sack, der gerade in einen Krankenwagen verladen wurde, und im Vordergrund zwei nachlässig gekleidete Kinder, die von der Aufmerksamkeit völlig unberührt schienen. Oder denen das Interesse gleichgültig war. Die Kamera des Pressefotografen hatte die Perspektive verkürzt und einen Zusammenhang zwischen den beiden Bildebenen hergestellt, in Wirklichkeit befanden sich die Kinder vermutlich ein gutes Stück vom Auto entfernt. Ein Mädchen und ein Junge, aber das ließ sich nur dem Text unter dem Bild entnehmen. Hans und Jytte Rasmussen – beide in den gleichen Shorts und geringelten Nickis. Das hätte auch ich

sein können. Ich erkannte die beiden nicht wieder, jedenfalls kamen sie nicht aus meinem Teil von Tårnby. Die Kinder starrten in die Linse, ohne zu lächeln oder zu blinzeln.
Ich erinnerte mich an den toten Fuchs, den ich mir in einem brütend heißen Sommermonat jeden Tag angesehen hatte. Das Ganze wurde zu einer Art Ritual oder Zwang. Der Körper befand sich ein Stück weit im Wald drinnen, in einer kleinen Höhlung, zu der sich das Tier vermutlich geschleppt hatte. Dort lag es grinsend mit halb offenem Rachen und spitzen Zähnen. Zunächst hatte ich daran gedacht, es zu begraben, doch dann hatte die Neugier überhand genommen. Tag für Tag beobachtete ich seine Verwesung. Der gierige Hunger der kleinen Aasfresser hatte dennoch eine Art disziplinierter Ordnung, die ich mit Interesse verfolgte. Sie schienen zu wissen, wie sie vorzugehen hatten, genau wie der Fleischer in unserer alten Straße in Kopenhagen, der immer so viel wie möglich aus den Schweinehälften herausholte. Seine Hand schien wie gemacht dafür, mit dem Messer umzugehen, und es war seine Spezialität, durch Knorpel, Sehnen und Knochen hindurchzuschneiden. Zu wissen, was verwertbar war. Am Ende wurde der Gestank des Fuchskörpers so stark, dass ich stets in einiger Entfernung verharrte. Aber ich sah die Spuren. Insekten marschierten herbei gleich Armeen, um die Leiche in wohl proportionierten kleinen Happen abzutransportieren. Lange Reihen von Trägern, die sich in unablässigem Gänsemarsch über Wurzeln, Kiefernnadeln und Steine bewegten und deren Lasten schaukelten wie Segel.
Auch Kinder sind eine Art Entdeckungsreisende. Sie beobachten kühl und sachlich. Erst die Zeit und die Erfahrung lassen uns verweichlichen. In uns wächst die Erkenntnis, dass wir eines Tages erneut schwach und wehrlos sein werden. Als Kind dagegen lebst du in der Gewissheit, dass du größer und stärker wirst – auch wenn sich die Stärke dann oft als Illusion erweist. Neue Dinge kommen hinzu und ge-

winnen an Einfluss, ändern die Möglichkeiten, die Wahl des Wegs, den Raum an Freiheit, der dem einzelnen Menschen zugemessen ist. Vielleicht ist Menschlichkeit sogar eine Eigenschaft, die man erst erwirbt, ein notwendiger sozialer Kniff wie das Tragen von Kleidern oder das Tabu, sich öffentlich in der Nase zu bohren. Ich trank Mogensens heißen Kaffee. Noch immer konnte ich mich nicht an jenen Abend erinnern.

Montag, den 12. Dezember 1938

»Sag er mir, mein junger Freund, hat er jemals den deutschen Autor Hugo von Hoffroder gelesen?«

Rav starrte Gabriel quer durch den düsteren Raum an, in dem mit Laken überdeckte Möbel still und reglos an den Wänden standen. Gabriel schüttelte den Kopf.

»Nun ja«, Rav beugte sich noch weiter vor, »Hoffroder war ein echter germanischer Romantiker. Ein studierter Mann, der zu viel in Goethes Jugendwerk *Götz von Berlichingen* und in Schillers *Räubern* gelesen hatte und deshalb nach dem wahren Deutschtum suchte, dem Urtümlichen, Bodenständigen, dem, was man die Volksseele zu nennen pflegt. Er fuhr übers Land und sammelte in den norddeutschen Dörfern Märchen und Sagen, die er später in seinen fantastischen Erzählungen verarbeitete. Er sog sie auf und fabulierte sie sich nach eigenem Gutdünken zurecht. Durch Zufall fiel mir in einem Feldschuppen eine seiner Geschichten in die Hände – ein unglaublicher Fundort. Sie trug den Titel *Verwandlungen,* und die Reinschrift ins Dänische war mit dem Datum 1871 versehen – da war Hoffroder schon einige Jahre tot.« Rav schlug die Hände zusammen, als hätte er einen Punkt eingeheimst. »Hoffroder starb 1865, ein Jahr nach dem letzten Schleswigschen Krieg.«

Gabriel nickte, auch wenn ihm unklar war, worauf der andere hinauswollte.

»Ja, es ist kein großes Werk, der Text umfasst nur zirka vierzig Seiten, aber sein Thema ist umso interessanter. Hugo von Hoffroder schreibt über das Schachern mit Seelen. Vor vielen Jahren, in einer Zeit, die er nicht näher bestimmen will, lag im nördlichen Teil des Herzogtums Holstein ein Dorf, eine einfache Siedlung mit vier, fünf Höfen und etwa dreißig Einwohnern, die sich irgendwann dort niedergelassen und in Ackerbau und Viehzucht ein einfaches Auskommen gefunden hatten. Man baute auch Äpfel an, kleine harte, bis zuletzt unreif wirkende Früchte, aus denen man einen lausig starken Obstwein presste, der in großen Eichenfässern gelagert wurde. Die Apfelplantagen erstreckten sich über mehrere Morgen Land, und sie waren es, oder eher der kräftige Obstwein, aus dem das Dorf hauptsächlich seine Einnahmen bezog. Der Ort selbst lag im düsteren, feuchten Schutz einer Hügelkette, von der man eine weite Sicht auf die Umgebung hatte, ganz in der Nähe der alten, aufgegebenen Grenzlinie, dem Danewerk. Hin und wieder sackte das magere und degenerierte Vieh der Bauern in Hohlräume ein, die sich noch unter der Erde befanden, Löcher, die entstanden, wenn altes Pfahlwerk und Lehmverschmierungen zerfielen. Dann wieder durchbrachen die Viecher im Herbst die Umzäunung der Apfelgärten und fraßen sich am Fallobst Trommelsucht und Tollheit an. Ja, ich kenne die Gegend, also interessierte mich die Geschichte vermutlich mehr als manch anderen. Keine großen Straßen, ja nicht einmal Wanderwege führten an dem Ort vorbei, und die Dorfleute wurden aus natürlichen Gründen ein wenig eigen, gleichsam nach innen verbogen, auf ihre eigene Mitte zu. Kam doch mal jemand des Wegs, was ganz selten geschah, versteckte man sich und löschte die Herdfeuer, um nicht die Aufmerksamkeit der Fremden auf sich zu lenken. Das Dorf war uralt, obwohl oder vielleicht gerade weil es von der Umwelt abgeschnitten war – geschützt wie eine weiche Schnecke in ihrem Haus. Vielleicht gibt es sogar Grund zu der Annahme, dass der Ort nicht ganz von dieser Welt war, da nur eine einzige Person des Dorfes jemals mit der Gesellschaft in Kontakt kam, die wir kennen. Dieses Verbindungsglied war der Fuhrmann, der jedes Jahr die Obstweintonnen auf den Markt karrte.

Unter den Dorfleuten wurde eine ganz besondere Tradition gepflegt. Alle waren Analphabeten. Mädchen, Buben, Männer, Frauen und Alte – sie allesamt waren unfähig, auch nur einen einzigen Buchstaben zu deuten, und deshalb erzählte man einander in allen Einzelheiten von den Überlieferungen und Bräuchen des Ortes. Dieses Textgewebe besaß große Härte und Festigkeit. Die Vergangenheit wurde zu einer endlosen Kette von Stimmen, Masche fügte sich zu Masche, zuweilen geraunt von schwacher Alteleutezunge, dann wieder aufgenommen von jungen Stimmen, die sich in dem glatten, verräterischen Labyrinth der Erinnerungen vorwärts tasteten. Man zählte die Dorfbevölkerung nicht nur nach den Lebenden, sondern auch nach all den Namen toter Anverwandter, die den Leuten noch im Gedächtnis waren. Je länger und komplizierter die Ahnenreihe, desto größer Ehre und Ansehen im Dorf. Dicht unter dem Hügelkamm lag der Friedhof des Ortes. Die grauen Steine waren lediglich mit den Zeichen der Familien markiert, dazu noch mit einem kleinen Steinsplitter für jede Leiche, die dort begraben lag. Auf diese Weise wurden die einfachen Dorfleute eine Art Meister der Erinnerung – während der ganze Haufen doch eigentlich aus Idioten bestand, wenn auch listigen und durchtriebenen.«

Rav räusperte sich und goss sich Wein nach, trank aber nicht.

»All das sollte sich am Beginn des vorigen Jahrhunderts ändern. Da nämlich kam ein Schullehrer ins Dorf gewandert.

Hoffroder nennt uns seinen Namen, aber der ist mir leider entfallen.«

Rav klopfte sich gegen die Stirn und lächelte leicht.

»Eigentlich war dieser Lehrer, ein magerer, lang aufgeschossener und kurzsichtiger Kerl, ganz woandershin unterwegs, aber der starke Wind und der eiskalte peitschende Regen hatten ihn diesmal von seinem gewohnten Weg abweichen lassen. Er schlug sich durch Dickichte, stapfte über schaukelnden Sumpfboden und stieß schließlich auf einen Pfad, der vor Wind und Wetter geschützt war und eher einem Tunnel oder dem Eingang zu einer Erdhöhle glich. Dann befand er sich plötzlich im Dorf. Das hässliche Wetter brachte es mit sich, dass die Dörfler den Eindringling erst bemerkten, als er mitten unter ihnen stand – sein Auftauchen war etwas so Unerwartetes wie ein Aal in einer Regentonne. (Jemand äußerte sogar den Gedanken, der Fremde sei aus einem Donnerknall entstanden.) Der Schullehrer war ein aufgeklärter, gebildeter Mann, der in Borchs Kollegium in Kopenhagen bei Grundtvig Pädagogik studiert hatte. Er war verblüfft und entzückt über die ›ursprünglichen Dänen‹, die er vor sich zu sehen glaubte. Hier gab es noch den freien dänischen Bauern, stark, ehrlich und unverfälscht, mit scharfer Sense, zahnlosem Mund und handgewebtem verschwitzten Hemdkittel, der säte, erntete, neue kleine graue Kinder in die Welt setzte und den Mist von Mensch und Vieh auf den mageren Ackerstreifen ausbrachte. Der ewige Kreislauf der Natur. Der Schullehrer war begeistert, ja schier vernarrt in diese vollendete Schlichtheit. Diese Selbstgenügsamkeit und Anpassungsfähigkeit. Dass die Dorfgemeinschaft in Wahrheit ein Matriarchat war, in dem die Frauen das Sagen hatten, merkte er nicht. Seine Herkunft und Bildung hatten ihn auf diese Möglichkeit nicht vorbereitet, und obendrein machte ihn die blaue Sonnenbrille, die er fast ständig trug, halb blind. In jenem Frühjahr brachte der Schullehrer den Dörflern das Lesen bei, gleich einem emsigen Hirten, der zufälligerweise eine neue bedürftige Schar auf seinem Weg gefunden hat. Bis in den Sommer hinein blieb er im Ort, hustete und nieste vom Schnupfen, der sich in den verräucherten, zugigen Häusern nie legen wollte, und als er zu Mittsommer sein Ränzel und seine Bücher packte, um wieder loszuziehen, schlugen ihn die Dörfler hinter Alt-Oles Schuppen mit einem gut gezielten Knüppelhieb tot. In aller Dankbarkeit, natürlich, denn jetzt war man wesentlich besser gerüstet, um sich gegen die Außenwelt zur Wehr zu setzen. Man begrub den Lehrer – nicht auf dem Friedhof des Dorfes, sondern am Waldrand, unter einem länglichen Steinhaufen –, und Jung-Jung-Ole kerbte umsichtig ein großes *A* in ein Brett und steckte es in den Haufen, denn schließlich war das ja das allererste Zeichen gewesen, das der Tote ihnen beigebracht hatte. Für das Dorf war es der Beginn einer neuen Zeit.« Rav lehnte sich auf dem Sofa zurück und nippte an seinem Wein. »Es brachte mich auch auf meine Idee«, sagte er, »aber jetzt eile ich den Ereignissen voraus.«

Der Polizeichef erhob sich und begann im Zimmer auf und ab zu wandern. Die Schatten bewegten sich ruckartig über die Wände und vergrößerten seine Bewegungen, so als stapfe in der niedrigen Kammer ein rastloser Riese umher.

»Die Dörfler begannen Ahnentafeln aufzustellen«, sagte er, als er sich wieder Gabriel gegenüber niedergelassen hatte. »Sie verstanden sich auf kein anderes Anwendungsgebiet für ihre neue Fertigkeit. Allerdings waren sie keineswegs romantisch veranlagt, sondern betrachteten das Leben von einem streng pragmatischen Gesichtspunkt aus, und auf eine weit verzweigte Familie verweisen zu können, verschaffte, wie gesagt, Ansehen im Dorf. Die Leute nannten ihre Schöpfung *Den Baum* – nach einer gewaltigen uralten Esche, die am Rande des Dorfes wuchs. Allmählich wurden Dinge, die sie genau wussten, mit solchen verflochten, die jemand ›gehört zu haben glaubte‹. Das Geschriebene war

also weniger exakt, aber dennoch von größerer Glaubwürdigkeit, da die Schriftzeichen den Angaben Bedeutsamkeit und Würde verliehen. (Die meisten der Dörfler hatten einfache Namen, die aus nicht mehr als drei Buchstaben bestanden, doch im Schriftlichen fügten sie einen weiteren oder auch zwei und drei Familiennamen hinzu.) Ein Mädchen, Ib vom Unterhof, erwies sich als auffallend gescheit und darüber hinaus besonders geschickt und fingerfertig mit dem Schreibstift, und es dauerte nicht lange, bis sie den Auftrag bekam, fortan das, was die anderen auf Bretterstücke und Stofffetzen gekritzelt hatten, ein für alle Mal auf sorgfältig gegerbte Lammhäute ins Reine zu schreiben. Damit erhielten die geschriebenen Worte Gewicht und Gestalt und konnten von niemandem mehr infrage gestellt werden, obgleich die Buchstaben – Initialen und Gemeine – durch Ibs kleine flinke Hände wie ein Schwarm Mauerschwalben über das Pergament zu schweben schienen. Und statt einen Fehler oder eine unsichere Angabe zu ändern, schlug man einen Bogen darum und assimilierte sie, man machte sie sich zu Eigen, genau wie es der Bauer mit einem Stück Allmende-Boden tut, das zwischen seinen Äckern liegt. Die Leute schrieben die Dinge in aller Einsamkeit auf, und die neu hinzukommenden Angaben mussten somit nicht erst vom kollektiven Gedächtnis gedreht und gewendet werden. Aufzeichnungen ›entstanden‹, und da man seine Zusätze nie mit Datum versah oder etwa signierte, ließ sich ihr Wahrheitsgehalt unmöglich feststellen. Am Ende besaß das kleine Dorf eine Ahnentafel, die einem deutschen Fürstenhaus angestanden hätte, so kompliziert war sie mit all ihren Verzweigungen und Geschlechterfolgen. Und all das nahm natürlich unermesslich viel Zeit in Anspruch. Dennoch aber waren die Dörfler nicht zufrieden. Der Grund dafür war das Ausbleiben der Apfelernte.«
Rav suchte in seiner Tasche und zauberte eine Blechschachtel hervor.

»Gabriel, erkennt er diesen kleinen Wicht hier wieder?«, fragte er. In der Schachtel lag auf dem Zipfel eines weißen Baumwolltuchs, zusammengerollt zu einer harten gräulichen Schnecke, die Larve aus dem Moor, der Ringelspinner. Alle Farbe war aus dem Tier verschwunden, und die Schachtel roch stark nach Äther.

»*Malacosoma neustria.* Dieses Tierchen lernten die Dorfbewohner kennen, weiß Gott. Während man zählte und rechnete, sich Generation für Generation zurückarbeitete und sich Namen ins Gedächtnis rief jenseits von allem Dänischen, Deutschen oder Schleswigschen, knabberte der Ringelspinner an den Bäumen des Dorfes. Die Borke blieb zurück und täuschte das Auge, aber darunter wurde das Herz des Baumes zu gelblichem Staub zernagt. Wo Früchte wachsen und reifen sollten, hingen stattdessen graufarbene Kokons – die Kinderstuben der Falter. So war es Obstgarten für Obstgarten. Nur wenige widerstandsfähige Stecklinge, die man mit einer anderen Art gekreuzt hatte, überlebten.«

Rav kippte sich die Larve auf die große Handfläche. Einen Augenblick lang glaubte Gabriel, sie bewege sich, es war, als ob sie sich strecke und gleich loskriechen würde.

»Ohne Äpfel kein Obstwein«, sagte Rav und schob den Ringelspinner zurück in die Schachtel. Er drückte den Deckel mit einem lauten Knacken zu und ließ sie in der Tasche verschwinden. »Nun geschah es zu jener Zeit, man schrieb das Jahr 1863, dass sich wieder ein Krieg ankündigte. Manche sagen, Fürst Bismarck habe die Dänen in eine Falle gelockt. Du kennst die Geschichte ja wohl? Die Herzogtümer Schleswig und Holstein weigerten sich, die neue liberale Verfassung zu akzeptieren, die das dänische Mutterreich angenommen hatte. Oder besser: Da die konservativen holsteinischen Gutsbesitzer ihre alte Vereinbarung mit dem dänischen König über eine unumschränkte Alleinherrschaft außer Kraft gesetzt sahen, zogen sie es vor, gemeinsame Sache mit Preußen und Bismarck zu machen. Der Krieg wurde vom Straßen-

pöbel in Kopenhagen angeheizt, der meinte, die Deutschen durch dreiste Schmähungen und patriotische Reden auf Märkten und in Bierstuben besiegen zu können. Manche ließen sich aus Patriotismus oder Abenteuerlust anwerben, andere wiederum wurden von dem Versprechen gelockt, dass man sie mit prächtigen Uniformen ausstatten werde. Im Dunst von Bier, Pferdeäpfeln und ungelüfteten Soldatenröcken zogen sie in den Krieg. Otto von Bismarck aber parierte, und bei dem blitzschnellen Florettspiel auf konstitutioneller Ebene täuschte er den neuen König Christian IX. so geschickt, dass dessen schlecht vorbereitetes dänisches Heer schließlich ›zur Ehre des Landes‹ am Danewerk stand, nur wenige Kilometer von jenem Dorf entfernt, um für eine Sache zu kämpfen, die nur wenige begriffen. An der betagten Verteidigungsmauer blieb man allerdings nicht sonderlich lange, da sie sich, was kaum verwunderlich war, als morsch und gänzlich unbrauchbar erwies.
Aber genau in dem Augenblick, als man die entsprechenden Depeschen nach Hause schicken wollte, erkannten die an Familien reichen, im Übrigen aber bettelarmen Dörfler ihre Chance, ein paar Groschen zu verdienen. Das Einzige, was man in jenem Herbst hatte ernten können, waren säckeweise toter Falter und schrumpeliger grauer Kokons. Nachdem die Bauern die ratlosen Truppen ein paar Tage unter Aufsicht gehalten hatten, wagten sie es schließlich, mit ihrem Vorschlag herauszurücken. Der Fuhrmann erhielt den Auftrag, die notwendigen Übereinkommen auszuhandeln, da er die Worte so schön zu setzen wusste, dass sie wie gezuckerte Sahne schmeckten, und es obendrein gewöhnt war, mit Leuten von auswärts zu reden. Er zog seinen Sonntagsanzug an, rieb mit Spucke den Staub von seinem schwarzen Zylinderhut und machte sich auf den Weg zu den dänischen Linien.
Die Idee der Dorfbewohner war einfach. Flugs stellte man eine ganze Kompanie Infanteriesoldaten aus toten Verwandten auf –, detaillierte Listen mit Namen und Jahreszahlen –,

die allein in Ibs zierlich gepinselter Schrift existierte, und verkaufte sie an die dänische Intendantur. Offiziell fand das Geschäft mit einem unteren Beamten statt, doch Hoffroder ist der Ansicht, dass auch der Oberbefehlshaber selbst, General Christian Julius de Meza, davon unterrichtet war. Nach und nach schrieb Ib sich warm und begann ihren Namenslisten Eigenheiten und individuelle Charakteristika beizufügen, und die einfachen Mannen aus Schleswig erhielten eine farbenprächtige Gestalt. Die Kompanie bestand aus jenen tapferen Männern, die am längsten am Danewerk ausgeharrt hatten: Sie waren es, die zuletzt über die Holzbrücke zwischen Schleswig und Holstein marschierten, wahren *esprit de corps* zeigten und damit den beschädigten Ruf der dänischen Armeeführung ein wenig aufbesserten. In diesen fiktiven Soldaten schlug das dänische Herz am stärksten, und Kopenhagener Dichter schrieben zu ihren Ehren sentimentale Lieder. Im Königlichen Theater brachten Sprechchöre des hauptstädtischen Packs vor und nach den Vorstellungen Hochrufe auf die schleswigsche Kompanie aus und Kopenhagens junge Damen schwärmten für die Männer. Die Namen einiger dieser Helden landeten am Ende auf den Grabsteinen des Garnisonsfriedhofs, bevor man 1886 die Gebeine zu einem einzigen anonymen Grab zusammentrug. Die Berichte über Truppenbewegungen, Verluste und verliehene Tapferkeitsmedaillen wurden im Eiltempo in einer eigens dazu abgestellten Karosse transportiert, begleitet von berittenen Wächtern, damit die Papiere nicht in die falschen Hände gerieten. Die toten Bauernsoldaten hatten natürlich keine Verwandten, die Fragen stellen konnten, und *wer* wollte außerdem schon solch tapfere und uneigennützige Taten bezweifeln? Die derangierte dänische Nation brauchte ihre Helden. Man wollte spüren, dass Schleswig und Holstein im Herzen noch dänisch waren. Ein paar Monate später indessen boten die Dörfler den Preußen und deren verkalktem Feldmarschall Wrangel dasselbe Geschäft an, der jedoch verplapperte sich, und auf diese Weise kam die Geschichte Hugo von Hoffroder zu Ohren. Das jedenfalls behauptet er.«

Rav nahm einen ordentlichen Schluck Wein und lehnte sich zurück, rot im Gesicht vor Zufriedenheit.

»Das ist es also, was Sie tun«, sagte Gabriel, »Sie geben den jüdischen Flüchtlingen neue Namen.«

»Dänische Namen, gute alte dänische Namen, mein Junge. Ich statte sie mit einer Ahnentafel aus. *Das* können nicht einmal die Deutschen in Zweifel ziehen.«

Düppel, den 20. April 1864

Draußen an der Küste klart das Wetter auf, und die Sonne zeigt sich. Käsemann stellt seinen Wagen an den Rand des preußischen Armeelagers, auf ein Wiesenstück, das die Truppen geräumt haben. Er müht sich in der sengenden Frühlingshitze ab, schiebt Bretterstücke unter die Räder, da der Boden uneben ist, und bald läuft der Schweiß in Strömen an ihm hinunter. Aufdringlich surren Fliegen um seinen Kopf. Die schweren Trosswagen haben die Grasnarbe aufgeschnitten und den fetten wurmreichen Boden entblößt, und wenn der Wind nicht aus Richtung Schlachtfeld weht, riecht es nach warmer Erde. Große Schwärme von Seevögeln sind vom Sund hereingekommen und fliegen unter gellendem Geschrei über den Düppeler Hügeln. Die Vögel steigen und fallen in immer engeren Kreisen um jene Truppenteile, deren Aufgabe es ist, die Gefallenen auf Karren zu laden, die feinen starken Flügel flattern dicht nebeneinander und scheinen zu einem einzigen gewaltigen Organismus zusammenzuwachsen. Der Boden um die Schanzen ist unwegsam und gleicht einem schlammigen Krater, einer offenen Wunde, als hätte

irgendwo im Erdinneren eine Explosion stattgefunden. Überall liegen zerfetzte Balken, Bretterstücke, aufgeworfener Lehm. Man spannt Zeltleinwand über die Toten, die noch auf dem Hügel liegen, um die gierigen Vögel zu hindern, ihnen allzu nahe zu kommen. Stiefel, Gehänge und Waffenröcke werden, wenn möglich, eingesammelt. Die Soldaten arbeiten mit essiggetränkten Stofffetzen vor dem Gesicht. In der Wärme klebt das Zeug an der Haut fest. Die grauen Baumwollmasken lassen die Männer unwirklich aussehen, eher wie Wesen aus Stoff als aus Fleisch und Blut. Die Toten werden zu großen Gräbern, eilig geschaufelten Löchern, transportiert, um zu verhindern, dass sich in der Frühlingshitze Epidemien ausbreiten. Käsemann ist auf seinem Weg die Hügel hinauf an einigen dieser Gruben vorbeigefahren. Die Toten werden in Reih und Glied gelegt und treten den Weg in die unteren Landschaften in einer Art Marschordnung an – eine Reise, die den Lebenden unmöglich ist. Hier und da hat man Feuer angezündet, und durch den Rauch und Sonnenschein wird das Sehen stark behindert.
Im Lager herrscht Ordnung. Scharfe Kommandorufe und das Klimpern von Zaumzeug und Geschirr sind zu hören, als könne durch Disziplin, Lederriemen und ein paar Kleckse Schmierfett der Tod gebannt werden. Auch hier hat man Feuer entfacht und danach scharfe Kräuter auf die Glut in den Kohlenbecken geworfen, um den Leichengestank zu mildern, da Prinz Friedrich Karl noch immer im Zelt von Feldmarschall Wrangel zu Gast ist. Der Prinz hat bekanntlich eine empfindliche Nase. Über der Zeltspitze schlägt die kaiserliche, mit Adlern geschmückte Standarte im Wind. Morgen wird Friedrich Karl die zerschossene Mühle besuchen, sobald Pioniere das Gebiet geräumt haben. Heinrich Käsemann hat Glück gehabt.

Er beginnt damit, um die Walstatt herumzugehen. Er versucht Gedanken und Strategie des Kriegs zu begreifen, doch

alles, was er sehen kann, ist Chaos und Unordnung. Und überall dieser Gestank, dicht und fast greifbar, als besäße er einen Körper, obgleich so gut wie alle Gefallenen bereits fortgebracht worden sind. Zuweilen muss Käsemann ein Taschentuch vor Mund und Nase drücken. Ein aufgequollener Pferdekadaver zwingt ihn, einen größeren Bogen zu schlagen. Der Boden ist glatt und tückisch, immer wieder zeigen Löcher und mit Brettern ausgekleidete Gänge an, wo sich einst die Laufgräben befunden haben, jetzt führen sie nirgendwo mehr hin. Dennoch versucht Käsemann methodisch vorzugehen, sich Skizzen über Truppenaufstellungen und Winkel zu machen, die Entfernungen abzuschreiten und die Maße zu notieren. Ab und an muss er ausweichen und Männer mit Bahren vorbeilassen. Sind sie weitergegangen, macht er flüchtige Kohleskizzen: von Gesichtern, Waffen, Uniformen – und der Leere. Alles wie in einem Augenblick. Es ist, als fange man einen Schmetterling mit dem Kescher und hefte ihn an der Leinwand fest.
Käsemann ist nicht der Einzige seines Gewerbes, der sich bei Düppel befindet. Auch Graf aus Berlin ist mit seiner großen amerikanischen Kamera vor Ort. Käsemann hat ihn aus der Ferne im Lager gesehen, wie immer geschäftig, mit einem Assistenten im Schlepptau. Aber Graf ist kein Künstler, er zeigt wenig Einfühlungsvermögen, sondern gibt nur trocken, platt und sachlich die Wirklichkeit wieder. Käsemann überlegt, wie er seine eigene Arbeit am besten gestalten soll. Vielleicht so, dass sie der Erzählung eines Romanschriftstellers ähnelt, eine sensible Wiedergabe des Kriegs. Er zählt zwanzig Schritte zwischen einem zerschossenen Wall und einem Laufgraben und wäre beinahe über eine zerstörte Lafette gestolpert. Schade, dass man die Toten schon weggebracht hatte.
Er hat sich ein Stück vom Kriegsschauplatz entfernt. Von hier aus kann er die Dächer der Lazarettzelte und dahinter die Straße nach Sønderborg sehen, die sich den Hang hin-

abschlängelt. An den Rändern der Verwüstung trieben sich ein paar schmutzige Kinder herum und Käsemann nimmt sich vor, auch sie zu fotografieren. Bilder von Bauernkindern werden in der Hauptstadt geschätzt. In der Art einfacher Leute werden sie direkt in die Kamera starren, und dann kann er mit seiner Linse vielleicht ein Stückchen ihrer Seele einfangen. Die Kinder schauen unerschrocken und neugierig zu dem Fotografen herüber, bevor sie weiter im Gerümpel stöbern, gleich mageren Ratten auf einem Hinterhof in Moabit. Käsemann denkt an die Aufnahmen aus Indien, die er einmal gesehen hat, Fotos von den Allerärmsten vor uralten Gebäuden, Häusern aus porösem Stein und mit tiefen widerwärtigen Löchern. Ein Spiel von Licht und Dunkel, bei dem man nicht mehr unterscheiden konnte, was der Mensch gebaut hatte und was durch die Laune der Natur entstanden war. Eines der Kinder, ein halbwüchsiger Junge, steht plötzlich auf, zieht den Hemdkittel hoch, beugt sich nach vorn und zeigt ihm sein dreckiges Arschloch. Magere weiße Beine und ein fester harter Po. Der Junge dreht sich zu ihm um und schaut ihm direkt in die Augen. Gegen seinen Willen wird Käsemann wütend, zugleich packt ihn jedoch Erregung, sein Glied bekommt Leben, erhebt sich hart und fordernd, das muss die Hitze sein. Abwehrend winkt er der Schar zu, um sie nicht merken zu lassen, dass er die Fassung verloren hat. Sie sind wie kleine, unbeschreiblich schmutzige Tiere. Dennoch verspürt er diese blutvolle Lust. Das ist der Mensch im Urzustand. Sorgfältig schiebt er den Hut auf dem Kopf zurecht und schlägt dann einen anderen Weg zurück zu den Schanzen ein. Er schwitzt und leckt sich das Salz von den Lippen. Sein Herz beruhigt sich allmählich. Idiotischerweise hat er nicht daran gedacht, die Feldflasche mitzunehmen. Und es ist wirklich unnatürlich heiß.

Wieder die Böschung hinauf, Käsemann müht sich ab, die Sonne brennt ihm auf dem Rücken. Es ist als sei der dünne Baumwollrock aus dickstem Kammgarn gewebt. Er muss

Halt machen, um sich den Lehm von den Stiefeln zu streichen, sonst kann er nicht weiter. Auch die Stiefelschäfte sind beschmiert. Ein Stück entfernt, vielleicht sind es zwanzig Meter, in dem Sonnendunst kann er nicht richtig sehen, hat sich eine Gruppe Soldaten um ein Feuer geschart. Sie sitzen sonderbar still, heben langsam ihre Blechbecher, sagen jedoch nichts. Zumindest vernimmt er keinen Laut. Er sieht sie in einem engen Kreis beieinander hocken, vielleicht sieben Mann, eine Schnalle blitzt in der Sonne auf. Das Bild wabert in der Hitze, und er blinzelt und versucht seinen Blick zu schärfen. Sind es Dänen oder Deutsche? Die Uniformen scheinen sich plötzlich merkwürdig ähnlich zu sein, matt schmutzfarben wie Erde, die Gesichter vermag er nicht zu erkennen. Käsemann überlegt, ob er zu ihnen hinübergehen soll. Er dreht noch eine kleine Runde, doch als er zu dem Ort zurückkehrt – er kann die Abdrücke seiner Stiefel im Lehm erkennen – sind die Soldaten spurlos verschwunden. Der Boden ist hart und festgetreten, hier hat in letzter Zeit niemand Feuer gemacht.

Über eine Stunde besichtigt er das Schlachtfeld. Zwischen den Schanzen gibt es einen schmalen Pfad, dem er vorsichtig folgt. Auch hier ist der Boden lehmig und ausgetreten, und zuweilen muss er über zersplitterte Stämme steigen, die hinter die Linien geworfen wurden wie von der Hand eines verspielten Riesen. Sie haben noch immer den harzigen Geruch von Fichtenholz, und Käsemann denkt, dass auch die Schlacht ihnen den Duft des Waldes nicht hat nehmen können. Hier und da liegen blutfleckige Fetzen, verbogenes Eisen, unbrauchbare Waffen. Er fragt sich, wie spät es sein mag, der Sonne nach zu urteilen, sicher schon nach drei. Unversehens fühlt er sich erschöpft und verspürt einen widerlichen Geschmack im Mund. Er ist ein breitschultriger Mann und recht wohlgenährt. Die Sonne beginnt langsam ihre Wärme zu verlieren, und das Hemd klebt ihm kalt am

Rücken. Er erinnert sich nicht mehr, was er hier eigentlich wollte. Das Gebiet ist nicht groß, aber dennoch scheint er sich verlaufen zu haben. Er kommt an einem Erdhügel vorbei und weicht vorsichtig den Löchern aus, die unter die Schanzen führen. Aus der Dunkelheit steigt ein abscheulicher fauliger Geruch, es ist ein Lagerraum mit Proviant, dessen Versiegelung aufgesprengt ist, er kann das Geräusch von Ratten hören, die dort unten herumlaufen. Die kleinen Pfoten kratzen auf dem Holz. Sein Hunger legt sich augenblicklich. Plötzlich meint er Stimmen zu hören, ein leises Gemurmel aus dem Inneren der Erde, und trotz des Gestanks tritt er näher. Zuweilen meint er deutsche Worte identifizieren zu können, dann wieder sind die Silben ohne Sinn. Dennoch locken ihn die Laute an. Eine halb eingefallene Holztreppe führt in die Erdhöhle hinab. Heinrich Käsemann presst das Taschentuch vor Mund und Nase und beginnt vorsichtig den Abstieg. Die Treppe schaukelt unter seinem Gewicht, aber sie hält. Er kann sich selbst atmen hören, kurz und keuchend. Ein furchtsamer Orpheus mit nur einer Schachtel Schwefelhölzer in der Westentasche – sonst nichts.

Zunächst kann er in der Dunkelheit kaum etwas erkennen. Die Treppe führt ihn in etwas hinunter, das ihm wie ein unendlicher Zeitraum erscheint. Kleine Steine rasseln an ihm vorüber und landen etwas später mit kurzen, knackenden Lauten auf dem Boden. Es ist stickig, und er begreift, dass dieses Unternehmen Wahnsinn ist. Niemand weiß, wo er sich befindet. Die Stimmen sind noch immer zu hören, er zählt die Stufen, eins, zwei, drei … und bleibt stehen, als er bei zwanzig angelangt ist. Er tastet mit den Händen über die rauen Wände und spürt, dass sie unter seinen Fingerspitzen zerkrümeln. Ein trockenes und zugleich fettiges Gefühl auf der Haut. Ein Stück weiter unten wird die Passage enger, und er muss den Brustkorb einziehen, um vorbeizukommen.

Dann weitet sich der Raum erneut, und ihm kommt der Gedanke, dass er sich in einem gewaltigen Stundenglas befindet, und die Zeit wie feiner Sand vorüberrieselt. Er spürt den Geschmack von Erde im Mund. Die Augen brennen und tränen. Die Wölbung der Wand hat das Licht ausgeschlossen. Der Gestank von Schwefel und Verwesung umschließt ihn, und Käsemann denkt, dass er bereits begraben ist. Genauso muss es sein, Modergeruch, die Dunkelheit wie ein dicht schließender Deckel auf den Augen, um einen das *Nichts*. Der Gedanke lässt ihn tief Luft holen, und im selben Augenblick erreicht er den Boden der Höhle. Zögernd setzt er beide Füße auf, eine Hand liegt noch immer auf der Treppe. Am Boden knirscht es wie von Muschelschalen und der Untergrund fühlt sich beim Gehen weich an. Es ist völlig still. Rasch lässt Käsemann ein Holz aufflammen und schaut sich um. Eine runde Höhle mit glatten Lehmwänden. Sie ist leer, als sei der Platz sauber gefegt worden. Dennoch meint er auf dem Boden Spuren zu entdecken, bevor das Holz erlischt. Die Luft ist überraschend frisch und in Bewegung, der Gestank fast völlig verschwunden. Die kleine Flamme scheint bei den Bewohnern der Höhle Unruhe ausgelöst zu haben. Hinter der Wand kann er wieder die Ratten hören, wütende Schreie und das Geräusch schweren Klatschens, als sie übereinander klettern. Das nächste Zündholz wird ihm kleine glänzende Knopfaugen zeigen, das weiß er.
Die Stimme erreicht ihn von oben, laut, die Wände verzerren den Ton. »Hallo«, ruft jemand, und das Geräusch herunterprasselnder Erde lässt das Wort fast untergehen. Im selben Moment packt ihn Panik, schreckerfüllt jagt er die Treppe hinauf, hätte auf dem Weg nach oben beinahe eine Stufe zertreten, ist im nächsten Augenblick wieder zurück im Licht und blickt sich um, blind nach den Minuten in der Dunkelheit. An der Oberfläche ist es später Nachmittag. Träge streift das Sonnenlicht über die Hügel. Auf der Anhöhe ist man dabei, ein weiteres Zelt für die Siegesfeierlich-

keiten zu errichten. Langsam gewinnt Käsemann die Fassung zurück. Ein schmutziges, in Lumpen gekleidetes Mädchen steht vor ihm. Ein mageres Gesicht, das Haar mit einer Schnur zusammengebunden, die Kleider grau, seltsam altertümlich. Eines der Kinder von vorhin? Sie schaut ihn an, ohne zu blinzeln. Sein Gesicht wird heiß bei dem Gedanken, dennoch greift er nach ihrer Hand, froh darüber, lebendige Wärme zu spüren, und sie antwortet, indem sie ihren Namen nennt.
»Ib«, sagt sie.

Quellenstudium I

Im Telefonbuch gab es keinen Mayer, auch keinen Rav. Wir hatten am Supermarkt angehalten, und Mogensen wütete in den Gängen drinnen auf der Jagd nach einem guten Angebot. Terror starrte mich vom Rücksitz des Chevi an, während ich in dem Telefonbuch – oder vielmehr den Resten desselben – blätterte. Ich hatte es mir in der Tippecke des Geschäfts ausgeliehen. An dem knallroten Ladentisch hingen die üblichen übergewichtigen, überalterten, sitzen gelassenen Typen, den wässrigen Blick starr auf die Bildschirme gerichtet, die athletische Männer oder Pferde beim Zieleinlauf zeigten. Der Ton war heruntergedreht, so dass die Gäule bei ihrem Lauf von Death-Ninjas begleitet wurden, das ein pickliger, spindeldürrer Jüngling hinter dem Tresen spielte. Plipp, plopp. Sonst war es still. Das Leben fand wie üblich woanders statt, und keiner dieser Jungs hier war eingeladen. Einer der Männer kratzte sich zerstreut im Schritt, während er nachdenklich einen Lottoschein ausfüllte. Wir alle haben unsere Glückszahlen – und Rituale, die damit verbunden sind. Ich hob die Telefonbuchseiten ab, als wären sie ein Haufen speckiger Spielkarten, und entschied mich diesmal für die obere Hälfte. Es gab fünf Madsens in Graensebyen, doch keiner von ihnen hieß Jens. Ich schrieb mir trotzdem die Adressen auf und schaufelte das Buch zurück über den Tisch, während Ninja zehn seiner Gegenspieler in die zeitweilige Ewigkeit kickte. Die Wesen verschwanden mit einem elektronischen Knall. Der Jüngling lächelte und ließ eine Reihe spitzer weißer Zähne sehen. Ich gab das Lächeln nicht zurück.

Mogensen wartete vor dem Eingang, vier Plastiktüten voll flüssigem Extraangebot auf den Armen. Er sah glücklich aus.

»Ich finde, wir sollten die Adresse im Polizeibericht testen«, sagte ich. »Die Polizeiwache lag 1938 in der Hauptstraße. Wir können jedenfalls nachsehen, ob das Haus noch steht. Nur um ein Gespür für den Ort zu bekommen.« Mogensen zuckte die Schultern, und das Bier gluckerte. Hinter uns drückte sich der Köter die Nase an der Scheibe platt, wild darauf, hier wegzukommen. Ich nahm an, dass ich für alle entschieden hatte.

Graensebyen besteht aus nicht viel mehr als einer einzigen Straße, die sich als Durchfahrtsstrecke nach Deutschland durch den Ort windet. Von Jens Madsens Stadt war wahrscheinlich nicht mehr viel übrig. Seinerzeit war das Jahr 1864 hingegen in den verputzten Fassaden, Wagenspuren und Pflastersteinen des Stadtbilds noch immer lebendig. Ich hatte den Bericht zusammengefaltet in der Tasche, wusste aber das meiste auswendig. *Meldung eines Leichenfunds …*

Madsen erhob sich von seinem Stuhl und reckte sich, die Hände über dem Kopf wie bei den Übungen der Freischärler. Die Hosen spannten überm Hintern, und er ließ die Arme rasch wieder sinken. Es waren die Wollunterhosen, die ihn dick machten. Die Unterhosen allerdings musste er anziehen, damit sein Bruch nicht schlimmer wurde. Er konnte sich im Moment keine neue Uniform leisten, da seine Frau guter Hoffnung war. Schlimm genug, dass sie zwei Treppen hoch in einer unmodernen Wohnung mit Außenklo und eiskaltem Wasser hausten, das im Winter in den Leitungen gefror. Bald würden sie zu dritt in den zwei Zimmern und der Küche leben. An diesem Morgen hatte die Handpumpe nur ein lang gezogenes Gurgeln von sich gegeben, und er hatte von der neugierigen Alten im Erdgeschoss einen Eimer voll Wasser geholt. Die Hälfte des Wassers war beim Hochtragen auf der schmalen Treppe übergeschwappt, und er hatte Unterhosen und Socken wechseln müssen. Madsen seufzte und ließ sich schwer auf den Stuhl zurückfallen. Vor dem Fenster erwachte die Straße allmählich zum Leben, und Madsen schlug das Dienstjournal auf, tauchte die Feder in die Tinte und schrieb das Datum des Tages fein säuberlich in die oberste Spalte, *Dienstag, den 14. Januar 1939.* Gestern hatte der Kirchenwärter Jup gemeldet, dass ein Handkarren verschwunden sei. Es war die einzige Notiz, und Rav hatte sie eingetragen. Der Wärter war fuchsteufelswild gewesen, Madsen hatte ihn auf dem Weg aus dem Haus getroffen. Ole Jup war natürlich auch ein aufbrausender Typ. Letzten Herbst hatte er etwas von einem Hängeschloss an einem Grabgewölbe gefaselt, das ausgetauscht worden sei, wie zum Teufel er auch immer einen Unterschied zwischen zwei rostigen Teilen erkennen wollte. »Am Schloss ist nichts auszusetzen«, hatte Jup gesagt, »denn das Äußere sagt nichts über den inneren Mechanismus.« Dass jemand ein altes Hängeschloss stehlen sollte, erschien doch ziemlich seltsam, aber der ängstliche Aronius hatte sich dennoch darauf eingelassen, die Krypta zu öffnen. Natürlich hatte Madsen die Drecksarbeit machen müssen, und er hatte es äußerst unwillig getan, weil ihm zu Ohren gekommen war, dass auch alte Leichen Krankheiten übertragen. Sie mussten das Schloss mit einer Bogenfeile aufsägen, da Jup darauf bestand, dass

der Schlüssel nicht passte. Madsen war nicht verwundert. So viel er sehen konnte, war kein Schlüsselloch zu erkennen. Unten in der Krypta war alles unberührt, eine dicke Staubschicht bedeckte den Boden und die Sarkophage des alten Grafengeschlechts, sechs Bleisärge, die ältesten vom Ende des 18. Jahrhunderts. Wenn hier jemand eingedrungen war, dann musste er sich durch die Luft bewegt haben, denn Abdrücke waren keine zu sehen. Madsen hatte auch die Wände abgeleuchtet, wo die sieben weißen Kindersärge in ihren Fächern standen, aber ach, nicht einmal Rattendreck hatte er entdecken können. Die Luft hatte völlig still gestanden, und er war hinterher total erkältet gewesen.
Nicht dass er sich beklagen wollte. Auch damals war Jup wütend geworden, das dunkle Lockenhaar zottig wie das eines alten Bocks, er glich dem Satan selbst. Er war hier in der Gegend aufgewachsen, seine Mutter war noch dunkelhäutiger gewesen als er. Jup hatte sich in den Kopf gesetzt, dass jemand im Geräteschuppen und im Leichenhaus heimlich Dinge umstellte. Und die Frau war ja tatsächlich verschwunden, was merkwürdig genug schien, auch wenn sie nicht aus Graensebyen stammte. Später hatte der Wärter dann entdeckt, dass am Brunnen das Schloss fehlte, aber darum hatten sich weder Madsen noch Aronius groß geschert. Es reichte. Jup hatte ein neues Schloss vorgekramt und es angehängt und danach einen großen Steinbrocken auf die Abdichtung gewuchtet. Letzten Herbst hatte sich der hässliche schwarze Köter des Kuchenbäckers ständig am Brunnendeckel zu schaffen gemacht, und der Bäcker hatte befürchtet, das Vieh könne hineinfallen und sich das Genick brechen. (Der Brunnen war seit einem halben Jahrhundert trockengelegt.) Er hatte mit Jup über die Angelegenheit diskutiert, und seitdem sprachen die beiden nicht mehr miteinander.
Madsen zog mit dem Lineal einen Strich unter das Datum des Tages und drückte Löschpapier auf den Text. Dann

lehnte er sich im Stuhl zurück und wartete, dass der Vormittag verging. Was irgendwelche Ereignisse anging, so herrschte in Graensebyen gerade Flaute, wie immer nach Neujahr. Die Festtage waren vorüber und den Leuten fiel es schwer, sich wieder im Alltag zurechtzufinden. Bei Madsens war es ebenso. Außerdem hatte seine Frau schlechte Laune, weil seine Mutter auf Besuch kommen sollte. Ihre Stimmung war unberechenbar geworden und wenn Jens Madsen heimkam, ließ das Essen öfter auf sich warten. Im Amt ging das Leben seinen gewohnten Gang. Der Fall des Doktor FA Nadler war ebenso wie jener der unbekannten Frauenleiche zu den Akten gelegt worden. Sie hatten ihn ganz unten im Schrank unter »Diverses« archiviert, wo sich alles wieder fand, was sich weder Nachbarschaftszwisten noch Tierkrankheiten oder Streitigkeiten um Weideland zuordnen ließ. Graensebyen war zu klein für solche Angelegenheiten. Man hatte ganz einfach keine Zeit, den Blick von seiner eigenen begrenzten Welt zu lösen. Auch in Kopenhagen hatte man die Fingerabdrücke der Frau nicht identifizieren können, die Dokumente waren zurückgekommen. Ein Flüchtling also höchstwahrscheinlich. Seltsamerweise hatten sich auf dem Papier keinerlei Linien abgezeichnet, obwohl Madsen und Rav bezeugen konnten, dass sie an der Leiche noch zu erkennen gewesen waren.

Madsen überlegte, ob er zum Bäcker gehen und ein paar frisch gebackene Hefestückchen holen sollte, aber die eisig glatte Straße schreckte ihn ab. Die Tür des Bäckerladens ging ununterbrochen, und das helle Klingeln der Türglocke ließ ihm das Wasser im Mund zusammenlaufen. Die Straße glänzte im Morgenlicht wie eine Schlitterbahn. Die Menschen drückten sich eng an den Häuserwänden entlang, um sich an den Treppengeländern und Markisenstangen festhalten zu können. An einer Stelle gleich neben der Bäckerei hatte Jup seine Leiter aufgestellt, um Eiszapfen vom Dach zu klopfen. Er spannte nie ein Warnseil, die Vorübergehenden hatten sich »verdammt noch mal selber vorzusehen«. Madsen argwöhnte, dass der Kirchendiener den geheimen Wunsch hegte, die guten Menschen von Graensebyen möchten sich auf den spitzen Eiszapfen aufspießen. Jup verabscheute sie alle. »Arschlöcher die ganze Bande.« Der Wachtmeister erhob sich, ging zum Fenster und stellte sich auf die Zehenspitzen, um über den zugefrorenen Teil der Scheibe hinwegzuschauen – gerade im rechten Moment, um den Friedhofswärter gleich einem dunkelhäutigen Herkules auf der Leiter seinen Hammer schwingen zu sehen, barhäuptig und ohne Handschuhe. Das schwarze Haar umgab seinen Kopf wie eine Gewitterwolke. Der Kerl schien die Kälte nicht zu spüren. Jetzt krachte ein Zapfen auf die Straße, ohne jemanden zu treffen. Die Stücke prasselten als ein Regen glasharter Splitter über das Pflaster. Jup blieb noch viel zu tun. Es hatte jetzt mehrmals abwechselnd gefroren und getaut und das Wetter schien nicht gewillt, sich für eine Jahreszeit zu entscheiden. Heute war es eisig kalt. Madsen konzentrierte sich auf das Zifferblatt der Uhr, die über der Tür der Amtsstube hing. Der große Zeiger bewegte sich mit trockenem lauten Ticken, bald war es neun. Polizeichef Rav war noch nicht erschienen, und die Zeit trödelte unwillig dahin, als hätten unsichtbare Gewichte den Mechanismus beschwert und behinderten seinen Gang. Madsen zog die oberste Schreibtischschublade auf und holte das Heft heraus, das er dort aufbewahrte, eine illustrierte Weihnachtszeitschrift über *Abenteuer aus aller Welt.* Passenderweise handelte die erste Erzählung von Polarexpeditionen, von Sir John Franklin im Griff des Polareises. Madsen starrte auf den Text, aber seine Gedanken weigerten sich beharrlich, dem, was er las, zu folgen. Stattdessen schienen die Geschichte und seine eigenen Grübeleien miteinander in Korrespondenz zu treten – wie zwei Männer, die sich über ein Feld hinweg etwas zurufen.

Grethe Mayer war tot. Sie war an einem der ersten Tage nach Neujahr gestorben, als würde man eine Kerzenflamme zwischen Daumen und Zeigefinger löschen – die Finger anfeuchten und kurz zudrücken: den einen Augenblick war sie noch da, den anderen schon fort. Den jungen Mayer hatte die Sache sehr mitgenommen. Madsen hatte ihn seit kurz nach Neujahr nicht mehr gesehen, es ging das Gerücht, dass er nach Kopenhagen gefahren war, um Papiere zu sichten, die das Familienerbe betrafen. Madsen konnte sich nicht vorstellen, woraus das Erbe bestehen sollte, Mayers waren schließlich völlig verarmt. Er las, wie *Terror* und *Erebus* für immer im Packeis verschwanden und dachte daran, dass Grethe Constanze Mayer jetzt im Totenhaus auf Eis lag. Man musste warten, bis die Erde auftaute. Wie die Leute erzählten, war sie zu ihrer Zeit eine große Schönheit gewesen. – Kaum mehr als vierzig Kilo, hatte Jup in einem seiner mitteilsameren Augenblicke gesagt. Nicht eben viel, was kalt zu halten war. Madsen feuchtete die Fingerspitze an und blätterte lustlos die Seite um. An Bord der *Terror* gab es einen Schiffshund, er gehörte den Franklins. Das Tier spielte in den Mythen, die sich um die Expedition rankten, eine Rolle. 1846 hatte Franklin auf dem King William Island sein Grab im Permafrost gefunden, und 1896, also fünfzig Jahre später, hatte ein Schiff, das von seinem Kurs abweichen musste, dort stundenlang einen Hund bellen hören. »In Franklins Tagebüchern wird er *Rattenpinscher* genannt, eine robuste deutsche Rasse mit einem ungewöhnlich kräftigen Gebiss, die ursprünglich in Hamburg gezüchtet worden war, um in den Kellern der Stadt und in dem unüberschaubaren Kloakensystem Ratten und Mäuse zu fangen. Die Hunde sind abgerichtet, sie bellen, um Hilfe herbeizurufen. Sie sind glatthaarig, geschmeidig und muskulös, damit sie sich durch die engen unterirdischen Passagen hindurchzwängen können.« Franklin hatte den Hund in Portsmouth von einem umherziehenden Tierhändler erstanden. Lady Franklin lehnte es ab, sich dem Köter auch nur zu nähern, und deshalb folgte er John Franklin an Bord. Das Tier war hässlich, aber treu, und Franklin rief es einfach nur »Dog«. Der Hund schlief in Franklins Kajüte, in einer speziell für ihn angefertigten Hängekoje. Madsen legte das Heft nieder und sah im Geist den Hund des Kuchenbäckers auf dem Friedhof herumschnüffeln – zum ohnmächtigen Zorn des Kirchendieners. Der Hund hatte erst damit aufgehört, als es extrem kalt geworden war. Vielleicht gab es im Brunnen Ratten?

Tomas Rav hatte das Auto zu Hause stehen lassen. Normalerweise ächzte und tuckerte der Ford durch jedes Wetter, doch heute Morgen war die Maschinerie mausetot gewesen. Er hatte eine Stunde geopfert, um an Muttern zu schrauben und an Kabeln zu ziehen, aber dem ölverschmierten Mistding von Motor war nicht der kleinste Funken zu entlocken gewesen. Am Ende hatte Rav die Türen der Garage zugezogen und sich zu Fuß auf den Weg durch die frostige weiße Landschaft begeben. Dohlen erhoben sich von den Äckern, als er vorbeiwanderte, Tuschestriche in einer weißen Welt. Hier und da stieg Rauch aus den Schornsteinen, in der Kälte saßen die Leute dicht am Ofen. Die Glätte war schuld daran, dass sich die Wanderung in die Länge zog – Ravs Häuschen befand sich ein Stück außerhalb von Graensebyen –, und es war bereits nach zehn, als er endlich die Hauptstraße des Ortes erreichte, dann brauchte er weitere fünf Minuten bis zur Polizeiwache. In der Tür begegnete ihm ein aufgeregter Madsen. Hinter dem Wachtmeister nahm er die sanfte Frau des Kuchenbäckers wahr. Sie reichte Madsen gerade bis zur Schulter, und alles, was Rav sehen konnte, war ihr vorzeitig ergrautes Haar. Die wassergewellte Frisur erzitterte bei jedem nervösen Schluchzer. (Der Kuchenbäcker besaß harte Fäuste, und Tomas Rav hatte schon immer geargwöhnt, dass die Frau sie öfter zu spüren bekam.)

»Der Hund ist in den Brunnen gefallen«, sagte Madsen. »Dieser Teufel Jup hat das Schloss abgemacht, und der Köter ist reingeplumpst. Vermutlich schon gestern Abend.« Hinter ihm wimmerte die Bäckersfrau. Das Paar hatte keine Kinder und der hässliche Köter war ihr Augenstern. »Ich werde mir Jups Leiter nehmen, und dann untersuchen wir den Brunnen. Wir können das arme Viech doch nicht dort unten liegen lassen. Vielleicht lebt es noch.« Hier quiekte die Frau des Bäckers auf.

Madsen wartete Ravs Antwort nicht ab, sondern dampfte durch die Tür nach draußen und dann quer über die Straße. Die angsterfüllte kleine Bäckersfrau blieb ihm auf den Fersen. Notsituationen verliehen ihm ungewöhnliche Energie. Die Sonne hatte das Eis schmelzen lassen, die Pflastersteine waren nass aber nicht mehr glatt, und die beiden erreichten glücklich die andere Straßenseite. Dort hockte der Kirchendiener auf dem Gesims des Apothekerhauses wie eine Krähe. Madsen pflanzte sich neben der Leiter auf und ruckelte und zuckelte daran, bis Jup heruntergeklettert kam. Rav konnte hören, wie die beiden sich eine Weile anschrien, bevor Madsen erneut losmarschierte, nun die Leiter fest unter den Arm geklemmt und den hochroten Jup und die Bäckersfrau im Schlepptau. Rav bemerkte, dass der übereifrige Reporter der *Avisen*, J. U. Johansen, Signatur *JuJ*, dem Trupp mit dem Blick folgte, wie er die Straße hinunter verschwand. Madsens Gesicht strahlte Zielstrebigkeit aus, das der Bäckersfrau Angst und jenes von Ole Jup unbestimmte Erwartung. Keiner sagte etwas, aber die drei schienen sich plötzlich einig zu sein. Und es gab nichts, was Rav dagegen tun konnte. Es war jetzt halb elf – und bald wäre alles vorbei.

Der Hund bellte noch. Die Bäckersfrau stieß einen kleinen Schrei aus und stürzte zum Brunnenloch. Der Hund winselte herzzerreißend, jetzt, wo Frauchen in der Nähe war. Der Brunnen war alt, manche meinten, er hätte zu einem großen

Königshof gehört, der sich zu heidnischer Zeit hier befunden habe. Die Umrandung war aus gleichmäßigen runden Steinen errichtet, die sich mit der Zeit gesetzt und leicht nach innen geneigt hatten, so dass man den Grund des Brunnens nicht vollständig einsehen konnte. Der Deckel lehnte am obersten Ring der Einfassung, Jups Steinbrocken lag ein Stück weiter weg. Madsen schob die Frau sanft zur Seite und ließ langsam die Leiter in das dunkle Loch hinunter. Aus der Öffnung drang ein erstickender Geruch, den er nicht identifizieren konnte. Der Hund hatte zu jaulen begonnen, als er Rettung witterte. Madsen wünschte, er hätte nicht so hartnäckig auf der Leiter bestanden, doch jetzt war es zu spät, um es sich anders zu überlegen. Ein kratzender Laut verriet, dass die Leiter den Boden erreicht hatte. Madsen holte tief Luft und kletterte über den Brunnenrand. Die Hose spannte, hielt aber auch diesmal stand. Der Kirchendiener packte mit festem Griff die oberste Sprosse, während der Wachtmeister mit den Füßen nach Halt suchte. Das Letzte, was er sah, war Jups hämisches Lächeln, an sich schon ein ungewöhnlicher Anblick.

Ein gewisses Maß an Tageslicht drang in das Loch hinab, und als er ein Stück weiter hinuntergestiegen war, konnte Madsen einen weißlichen Sandboden erkennen. Der Dorfköter war auf etwas hochgekrochen, das gegen die Wand gelehnt stand, und Madsen sah seine schmalen Augen im Halbdunkel glänzen. Der Hund und er verspürten beide denselben heftigen Wunsch – sie wollten hier raus. Der Geruch war jetzt ekelerregend, faulig und stechend. Madsen bekam sein Taschentuch zu fassen und drückte es vor die Nase. Sobald er nahe genug heran war, warf sich der Hund in seine Arme, und Madsen kehrte mühselig zur Oberfläche zurück, den wilden Dankesbezeugungen des zappelnden Tieres ausgesetzt.

»Ich brauche eine Lampe«, sagte er, als er den Köter auf den Armen der Bäckersfrau abgeladen hatte. Der Hund verbreitete dasselbe unbeschreibliche Odeur, aber die Frau schien nichts zu merken. Nach einer Weile kehrte Jup mit einer Karbidlampe zurück, die einen kalten weißen Schein abgab. Jens Madsen holte tief Luft und kletterte noch einmal nach unten.

Die Leiche stand geradezu stramm an der Brunnenwand. Sie war zwischen zwei Steinblöcken festgeklemmt und der Verwesungsprozess hatte den Körper aufquellen lassen und an seinem Platz gehalten. FA Nadler hatte die Augen geschlossen – wie aus Widerwillen gegen alles, was ihn umgab. Der Doktor glich einem Taucher, der auf dem Weg zur Oberfläche zielbewusst den Atem anhielt. Die Kälte im Brunnen hatte den Verfallsprozess nur langsam fortschreiten lassen, so dass man ihn ohne Probleme wiedererkennen konnte. Nadler war sorgfältig gekleidet, er trug ein kakifarbenes Jackett und passende Hosen. (Allan Quatermain unterwegs in die Höhle … Madsen murmelte vor sich hin und versuchte zu verhindern, dass ihm der Gestank in die Nase stieg.) Soweit er erkennen konnte, wies der Körper des Deutschen keine Verletzungen auf. Nadlers Gesichtshaut schien im Schein der Lampe kreideweiß vom Frost, sein Mund stand halb offen, als hätte er etwas sagen wollen, wäre dann jedoch wieder davon abgekommen. Madsen schaute rasch nach unten. Die Hände des Deutschen hingen unförmig und grotesk aufgequollen zu beiden Seiten des Körpers hinunter. Die Haut war nahe daran zu platzen, sie hatte sich ausgedehnt wie rosa Ballonseide. Die Stiefel des Deutschen wirkten noch immer sauber geputzt und poliert – ein merkwürdiges Detail, an dem die Gedanken des Wachtmeisters sich festklammerten wie an einer schaukelnden Boje. Er senkte die Lampe und ließ das scharfe Licht auf den Boden des Brunnens fallen. Dort lag noch etwas. Einzelne Strähnen von Nadlers strohblondem Haar hatten sich durch das verzweifelte Reißen und Kratzen des Hundes zusammen mit der

Kopfhaut im Lauf der Nacht vom Schädel gelöst. Die Leiter nagelte die steif gefrorenen Fetzen auf dem Grund des Brunnens fest. Jens Madsen erbrach sich über seine Uniform, bevor er es auch nur halbwegs bis zur Oberfläche geschafft hatte.

Quellenstudium II

Die Hauptstraße von Graensebyen war eine einzige Baustelle. Der Chevi rumpelte über Sandberge und nur weil ich so klein war, stieß ich nicht ständig mit dem Kopf an die Decke. Der Köter sauste auf dem Rücksitz hin und her wie ein Ball im Tor, und Mogensen fluchte leise und gefühlvoll vor sich hin, während seine behaarten Pranken das dünne Bakelitlenkrad umklammerten. Die Leute von Graensebyen schienen sich irgendwo anders aufzuhalten, ihre Stadt war von den Buddlern übernommen worden. Das örtliche Büro der *Avisen* sah verwahrlost aus und schien verrammelt, und von der alten Polizeiwache war nicht das Geringste mehr zu entdecken. Mein Mut sank. Endlich hatte Mogensen das Auto am letzten Krater vorbeigesteuert und hielt am Bordstein an. Ich öffnete die Tür, und der Köter schoss wie eine Rakete aus dem Wagen. Er trippelte ein Stück, ließ sich dann nieder und starrte uns von den Steinplatten mit ihrem festen Horizont aus vorwurfsvoll an. Die See war nicht seine Sache. Ich folgte ihm langsam mit steifen Bewegungen und hängte mir den Rucksack über die Schultern. Autofahrten machen mich ein wenig lethargisch. Die Straße war staubig, niemand ließ sich blicken und die Szenerie erinnerte mich an die Eröffnungssequenz aus dem Film *Stadt in Angst*. Hier und da hatte man alte Gebäude abgerissen, in der Häuserzeile gähnten Lücken. Der aufwirbelnde Sand brachte die

Augen zum Brennen. Entlang des Bürgersteigs lagen Haufen alter Pflastersteine, die von den Arbeitern ausgebuddelt worden waren, sie wirkten wie verlassene Maulwurfshügel. Eine Seite der Steine war glatt, die anderen sahen rau aus und erinnerten an grob zerkleinerten Zucker.

Das Zeitungshaus schien dennoch der beste Ausweg zu sein, also winkte ich Mogensen, er solle nachkommen, und griff nach der rissigen Tür, die sich tatsächlich bewegte. Mit einem lauten Bimmeln schlug sie auf. Im Inneren befand sich ein altertümlicher Holztresen, und dahinter saß eine blonde kurzhaarige Enddreißigerin mit gelangweilter Miene. Vermutlich setzte sie diese Miene jedes Mal auf, wenn die Glocke ging, um sich die Überraschung nicht anmerken zu lassen. Sie hatte scharfe Züge, ihr Haar wirkte stumpf und leblos. Um ihren Hals hing ein gewaltiges glänzendes Goldherz mit der einladenden Aufschrift *Goldi.*

Ich hatte meine Zweifel, dass die Glocke heute schon oft geläutet hatte. Als Mogensen eintrat, wurde sie etwas munterer, und schaffte es, den Blick auf uns zu richten. Auf dem Bildschirm ihres Computers war eine Patience zu sehen, Herzdame auf Pikkönig. Goldi konnte in Graensebyen jede Menge Geduld gebrauchen. Es war lange her, dass auf dieser Straße Könige vorbeigeritten waren. Die Tapete des Büros bestand aus zerfallenden Zeitungsseiten aus den dreißiger und vierziger Jahren. In der düsteren Umgebung machte das fast einen ausgelassenen Eindruck. Das Tageslicht drang nur sparsam durch die staubige Scheibe. Der Raum roch schwach nach Schimmel und irgendeinem ätzenden Reinigungsmittel. Jahrzehntelang hatte fettes Tabaköl die Wände durchtränkt. Jetzt nach der Mittagspause lärmte vor dem Fenster ein CAT-Bagger los. Ich hoffte, dass der Chevi nicht in Reichweite seiner Stahlzähne stand. Die Blondine hinter dem Tresen hatte uns endlich lange genug angestarrt.

»Ja?«, sagte sie, als hätten wir sie mitten aus der Arbeit gerissen.

»Wir möchten nur ein paar Fragen stellen«, sagte ich. »Besitzt die *Avisen* ein Archiv? Wir suchen nach Informationen, nach Artikeln über einen Leichenfund aus dem Jahr 1938.«
»Wer fragt?«, sagte die Blondine. Ihr Blick war jetzt, da sie die Möglichkeit witterte, etwas ablehnen zu können, hellwach. Ein Cerberus der alten Nachrichten. Die Redaktion war offenbar verzogen und hatte Goldi als Wächter über ihre Schätze zurückgelassen.
»Universität Kopenhagen, Historische Fakultät«, sagte ich und hinter mir reckte sich Mogensen in die Höhe. Ich knallte meinen Ausweis mit dem Logo der Universität auf den Tresen. Die Blondine schielte ein wenig im Raum umher, drehte und wendete sich auf dem Stuhl, schob einige Papiere zusammen, stutzte die Haare zurecht, erhob sich schließlich mit einem schweren Seufzer und klappte einen Teil des Tresens auf. Die Scharniere quietschten durchdringend. Der Kampf war verloren. Vermutlich waren wir keine würdigen Gegner. Eine Kopfbewegung, bei der die stumpfen Locken flogen, zeigte uns, dass wir hinter die Absperrung treten durften.
»Die Treppe runter«, sagte sie, »alle vorhandenen Journale stehen im Keller. Seit der Überschwemmung gibt es kein Ordnungssystem mehr. Es war der Abfluss. Da unten stehen über siebzig Jahre«, fügte sie mit einem unterkühlten Lächeln hinzu. Ich hatte mich geirrt. Die erste Runde hatte gerade erst begonnen.
Mogensen trottete nach draußen, um den Köter zu holen. Goldi hatte gnädig ihre Einwilligung erteilt. Sie mochte *Tiere*, sagte sie – offenbar im deutlichen Gegensatz zu allem anderen, auf dass sie traf. Ich verzichtete klugerweise darauf, etwas zu erwidern und stieg ohne jedes weitere Zögern die Treppe hinunter.
»Und ich brauche hinterher eine kleine Unterschrift.« Ich prägte mir ein, dass ich ESMÉ schreiben wollte, so groß und protzig, wie ich überhaupt nur konnte.

Der Keller war niedrig, ein länglicher Raum mit rauen Zementwänden, der sich vermutlich über die gesamte Fläche des Gebäudes zog. Der Fußboden federte leicht unter meinen Sohlen, und hier und da hatte sich der schmutzig graue Linoleumbelag zu Beulen gewölbt, an anderen Stellen lag er in Falten wie runzlige Haut. An den Wänden standen Metallregale, allesamt gefüllt mit alten Zeitungen, von denen einige zu großen Journalen gebunden waren, andere hatte man zusammengerollt und verschnürt. Irgendwo mittendrin hatte sich der Ordnungsdrang dann offenbar erschöpft. Durch die Feuchtigkeit hatten sich die Papiere verzogen. Es war, als sei die antike Bibliothek von Alexandria nicht verbrannt, sondern auf den Meeresgrund gesunken. Ich hoffte, ich würde nicht auch noch einen mumifizierten Archivar zwischen den Regalen finden. Mogensen kam mit Terror auf dem Arm keuchend die Treppe herunter.

»Was für 'ne Tussi, wa«, sagte er. Mogensen klang ein bisschen unschlüssig, Tussis kommen in allen möglichen Formen vor. Er schnupperte in der Luft. »Pfui Teufel, hier stinkts vielleicht.« Er setzte den Köter ab, und auch Terror schnüffelte misstrauisch. Wenn sogar er meinte, dass es infernalisch roch, waren wir wirklich übel dran.

Zunächst sahen wir uns ohne jegliche Systematik um. Mogensen nahm sich die linke Seite vor und ich die rechte. In der Mitte des Archivs stand ein langer Tisch, und dorthin trug ich die erste Ausbeute an moderndem Zeitungsrollen. Die Blätter gaben einen deftigen Geruch ab, der sich unmöglich beschreiben lässt: Schimmel, aufgelöste Druckerschwärze und gespeicherte Geschichte – genauso charakteristisch wie von einem Stück Stiltonkäse oder vielleicht einem Gruyère. Ich fühlte die Erwartung in mir vibrieren, als hätte man Strom eingeschaltet. Der Hund war ein Stück die Treppe hochgestiegen und beobachtete uns mit trägem, erhabenem Interesse. Goldi kam mit einem Wassernapf und einem Stück Sonnenscheinkuchen herunter, und das ließ ihn zufrieden aussehen.

Papier ist etwas Besonderes. All das Holz, das seinen Ursprung in einem kleinen Samenkorn oder einem Kern hat, der Anlagen und Möglichkeiten in sich trägt und in seiner weichen Masse das Bild eines großen Baumes umschließt – genauso deutlich und unabweisbar wie die Prägung auf einer Münze. Wenn der Baum in einen anderen Stoff, beispielsweise in Zeitungspapier, verwandelt wird – ein Prozess, den wir aus irgendeinem Grund Veredelung nennen –, werden Samenkorn oder Kern in gewisser Weise an ihren Ursprung zurückgeführt: Sie werden zu Trägern von Möglichkeiten, wenn auch nur zu deren materieller Grundlage. In den feuchten Rollen der alten Tageszeitungen lag eine Schicht Vergangenheit auf der anderen. Ein Teil der Blätter war brüchig und fest ineinander verschlungen ähnlich getrockneten Rosenknospen. Sie berichteten, was gewesen war und was hätte geschehen können, wenn die Geschichte eine andere Wendung genommen hätte. Wo eine Nachricht ihren Anfang nimmt, bleibt offen, und deshalb wird sie auch alt, sobald die Geschichte einen Schritt weitergegangen, um eine neue Ecke gebogen ist. Dann fällt alles, was auf die Wahl dieses Weges keinen Einfluss hatte, dem Vergessen anheim, doch in den alten Zeitungstexten ist es aufbewahrt: ein Rest von Leben, fixiert in unterschiedsloser Vielfalt, im Alltäglichen. Und ein Gedanke stellt sich stets aufs Neue ein: Unter gerade *diesen* Voraussetzungen hätte ebenso gut das genaue Gegenteil geschehen können, so dass die Geschichte einen anderen Verlauf genommen hätte. Vielleicht nicht immer einen besseren, aber jedenfalls einen anderen.

Die ältesten Zeitungsrollen stammten vom Anfang der fünfziger Jahre, und Mundwasser und Tuborg konkurrierten auf den Seiten um die Werbeflächen. Im Juni 1953 war ein Rummel durch Graensebyen gezogen. Eine Gitte Marcus aus Bov war im Juli 1955 zur Miss Grænseland gewählt worden. Ich schnürte die Bündel zusammen und wechselte zum nächsten Regal. Und so ging es weiter … Mogensen brummte etwas aus seiner Ecke. Ich überlegte, ob Goldi vielleicht einen Kaffee machen würde, gab den Gedanken aber wieder auf. Am Ende kam sie dann von selbst die Treppe herunter, vermutlich hatte sie genug von dem flüchtenden König und seiner roten Frau. Sie trug ein Tablett mit ein paar angeschlagenen Tassen und einer Thermoskanne. Ich fragte mich, ob sie den Kaffee mit dem Rohrleitungswasser gebrüht hatte. In dem Fall dürfte es ein gesättigtes Gebräu geworden sein.

»Derjenige, der zuletzt in diesen Bergen gewühlt hat, bekam Kinderlähmung«, sagte sie. »Wonach sucht ihr eigentlich?«

Ich überlegte, ob ich ihr meine Gedanken zu archäologischen Textschächten anvertrauen sollte, verzichtete jedoch darauf. Was ich zu finden hoffte, war eine Serie Artikel von 1938 und 1939, vielleicht auch noch aus den folgenden Jahren – abhängig davon, welchen Verlauf die Geschichte nehmen würde. Ich wollte *Namen, Unterschriften, Daten, Ortsangaben.* Ich wollte die Geschichte an Ort und Stelle beobachten, den Moment abpassen, in dem die Vergangenheit mit hoch geschlagenem Mantelkragen um die Ecke bog, den letzten, scheinbar unbedeutenden Rockzipfel gewahr werden, den Laut verschwindender Schritte hören und Stimmen lauschen, die niemand mehr zu vernehmen vermochte. Ich wollte Spuren.

»Ein paar Nummern vom Ende der dreißiger Jahre«, sagte ich. Die Blondine war auf ihren spitzen Absätzen gut und gern einen halben Meter größer als ich, und wirkte dadurch überlegen. (Alles eine Frage der Taktik, ich hätte auf der Treppe stehen bleiben sollen.)

»Klingt hoffnungslos«, sagte Goldi offenherzig und ließ den Kaffee aus der uralten TV-Kanne gluckern. Die Tasse mit

Henkel reservierte sie für sich selbst. Offenbar hatte sie vor, ein Weilchen zu bleiben.

»Wo ist denn der Rest der Redaktion?«, fragte ich.

»*Er* ist in die neue Fußgängerzone gezogen.« Sie starrte misstrauisch auf mich herunter, offenbar verwundert über eine derart einfältige Frage. Das wusste doch jeder. Wer dieser *er* war, erfuhr ich nicht. Ich nippte vorsichtig am Kaffee, der übrigens recht gut war, wenn auch nicht besonders warm. Mogensen kam herangetrottet und griff mit ungewöhnlicher Schüchternheit nach der dritten Tasse. Goldi lächelte gnädig und schien in Gedanken nach einer weiteren Krankheit zu suchen, die alle diejenigen traf, die es wagten, die Ruhe des Archivs zu stören – Ausschlag vielleicht oder trockener Brand. Lord Carnarvon und sein vergoldeter Pharao Tutanchamun waren sicher nichts dagegen. Mogensens Ankunft nahm ich als Startzeichen, mich wieder zu meinen Untersuchungen zurückzuziehen. Ich wählte ein Regal, das ein Stück entfernt stand und konnte hören, wie die Blondine hinter mir zu gurren begann.

Ich zog einen Stoß Journale hervor. Sie ließen sich leichter bewegen als die Zeitungsrollen. Hinter dem Stapel schien etwas Weiches, Filziges auf. Auf das Schlimmste gefasst, streckte ich vorsichtig die Hand aus und zog einen alten braunen Filzhut hervor – zerknüllt und weich und modrig durch die Feuchtigkeit, aber noch immer ein Hut, ein Herrenmodell. Die Krempe hing schlaff herunter, aber ein Besatzband aus Seide zeigte, dass er von erlesener Qualität gewesen war. Behutsam drehte ich ihn um. Im Inneren stand der Hersteller, *A. K. Smirnoff*, und daneben war mit dem korrekten Ordnungssinn alter Zeiten in verschnörkelter Schrift auch der Name des Besitzers vermerkt, *Tomas Rav*. Ich legte den Hut vorsichtig beiseite und schlug das oberste Journal auf. Der Einband knarrte. *Avisen vom 30. Juli 1938.*

»Verdammt, Esmé, das ist nicht dein Ernst. Du kannst das doch nicht einfach mitgehen lassen.« Peter Mogensen legte erneut eine erstaunlich kleinbürgerliche Moral an den Tag. Missmutig spitzte er unter seinem wild wachsenden Bart die roten Lippen. Seine braunen Augen wirkten bekümmert. Vielleicht verdarb ich ihm seine Chancen bei Goldi.
»Gelegenheit macht den Forscher«, sagte ich. »Es bringt doch nichts, wenn sie dort rumliegen und verschimmeln. Das hier sind Quellen aus erster Hand, unschätzbare Fakten für unseren Fall. Betrachte die Sache als Rettungsaktion, wie das Auseinandersägen von Abu Simbel.«
Das Erinnerungsbild stand mir sofort vor Augen. Gesichtsteile, die an dünnen Stahlseilen durch die Luft segeln – ein Ohr hier, eine Nase da, alles sorgfältig in Stücke geteilt wie nach einem Zerlegungsschema. Mogensen sah noch immer kleingläubig drein. Der Köter riss an seinem Strick, um zu einem Baum zu kommen, der vom Bagger verschont worden war. Wie immer kam es darauf an, Prioritäten zu setzen, ein Ziel zu haben, sogar der Hund begriff das. Ich gab ihm mehr Leine und ließ mich hinterherziehen, auf diese Weise entkam ich dem vorwurfsvollen Blick des Wachmanns. *Carpo diarium*, dachte ich. Das hier war mein Recht. Wer hatte ihn um seine Meinung gebeten? Terror wäre beinahe umgefallen, unvorbereitet darauf, dass sich der Widerstand plötzlich in Luft auflöste.
Im Auto holte ich erneut meine Ausbeute hervor. Den Hut legte ich vorsichtig in eine Plastiktüte, die ich sorgfältig mit Klebeband verschloss. In meinem Nacken schnaufte der Köter, er war schon wieder rasend hungrig. Als Notproviant kam selbst ein sechzig Jahre alter Herrenhut infrage. Die vier Journale ruhten angenehm schwer auf meinen Oberschenkeln. Das letzte Heft reichte bis Mitte Februar 1940. Das war kaum zwei Monate, bevor die Deutschen kamen.

Das Moor

Am nächsten Morgen schien die Sonne. Es wurde ein schöner Vormittag, der Duft eines zeitigen Frühlings lag in der Luft. Der Himmel war hoch und blau, ein wenig wie arktisches Schwelleis. Die Sonne wärmte meine nackten Hände. Ich beschloss, Mogensens Vorschlag zu folgen und ins Moor bei Frøslev hinauszufahren, dem Fundplatz der Moorleiche von 1938. Mogensen hatte was anderes vor, einen Abstecher über die Grenze, aber er würde mich und den Köter zu einer passenden Uhrzeit hinbringen und wieder abholen.

Wir erreichten das Moor über ein Netzwerk kleiner kurvenreicher Straßen, auf denen wir unansehnlichen Schildern folgen mussten, die letzte Strecke führte uns auf einem holprigen Waldweg durch die *Plantage*. Auf beiden Seiten wuchs dichter duftender Fichtenwald. Nur der Mensch ist in der Lage, ein derartiges Dickicht zu erschaffen. Nicht einmal der Blick drang zwischen den Stämmen hindurch. Es war elf Uhr vormittags, als Mogensen uns auf dem Parkplatz am Moor absetzte und losbrauste. Am Abend zuvor hatte ich Karten studiert, alte und neue. Auf den alten waren die Torffelder deutlich eingezeichnet, sie glichen mittelalterlichen Stadtvierteln: schmale Fachwerke, die aus der Luft vermutlich immer noch als Schatten im Sumpfboden zu erkennen waren. Ein jeder sollte sein Stück vom schlammfarbenen Gold abbekommen. Die Nutzungsrechte waren jahrhundertelang präzise verteilt gewesen. Irgendwo dort draußen im Sumpf verlief die Grenze nach Deutschland und das Moor von Frøslev wurde zum Jardelunder Moor. Gabriel Mayer schrieb:

> Die ersten gesicherten Aufzeichnungen über den Fund von Moorleichen stammen aus dem 17. Jahrhundert. Im Jahr 1640 wurde im Schalkholzer Moor in Holstein ein uralter Mensch gefunden. Mehr ist über diese Leiche nicht bekannt.

Aus den Feuchtgebieten um den Fluss Ems in Deutschland sind acht Moormenschen zu Tage gekommen. Am 8. Juni 1861 stachen ein Bauer und seine Familie – Vater, Mutter, Sohn und Schwiegervater – auf einem Feld Torf, das sie seit gut zwanzig Jahren nutzten. In dem historischen Bericht tragen sie keine Namen. An eben diesem Tag berührten ihre Spaten etwas im Boden, ein totes Schaf, wie der Bauer erst glaubte, doch der Fund erwies sich als Leiche eines Mannes, den man auf dem Bauch ins Moor gelegt hatte, und dessen Gesicht so gut erhalten war, dass der Bauer sich noch Jahre später an jeden einzelnen Gesichtszug erinnern konnte. Er sagte, wenn er dem Mann irgendwo begegnet wäre, hätte er ihn sofort wiedererkannt. Der Bauer war der Ansicht, die Züge des Toten hätten Frieden ausgestrahlt. Der Mann hatte die Beine angezogen, als würde er klettern, und war mit Pflöcken aus Birke und Fichte sorgsam in einer schwarzen kompakten Erdschicht verankert, den Resten eines alten Torffeldes. Die Menschen, die in der Vorzeit die Nutzungsrechte für den Sumpfboden besessen hatten, mussten den Toten dort niedergelegt haben. Vielleicht galt das Moor als Grenzland zu einer anderen Welt, als Land zwischen Licht und Dunkel, Trockengebiet und Ried, Gott und Mensch. Vielleicht war sich der Mann im Moor mit seinen Meuchlern über die Notwendigkeit der Tat einig gewesen. Auch der Torf ging schließlich in etwas anderes über, wenn das, was einst schlammiges, undurchsichtiges Wasser gewesen war, als Erde zum Hof geschafft wurde, wo die Menschen es in Feuer und Wärme und schließlich in Luft verwandelten, einen Rauch, der durch die Dachöffnung im dunklen Winterhimmel verschwand.

Die Leiche begann in der Sommerwärme rasch zu riechen. Sie gab einen scharfen, eigentümlichen Dunst ab, der die um sie Versammelten erschreckte, es war, als hätte man Krähenbeeren in einem Trog verfaulen lassen. Der tote Körper wurde auf einen Karren gelegt und später auf einem Kirchhof in der

Nähe begraben. Man konnte ja nicht ausschließen, dass der Mann aus der Gegend stammte.
Im Jahr 1903 wurde eine nackte Frau im Moor von Hingst, nahe Kreepen, Hannover gefunden. Auch sie war in der Erde fixiert, diesmal mit einem verwickelten System von Weidenruten, Seilen und einem gewundenen Eisenring. Die Seile waren über Arme, Brust und Beine gespannt, die Weidenruten banden die Arme der Frau an den Eisenring. Ihr Haar war gut erhalten, das Gesicht hingegen verschwunden – man konnte nicht erahnen, was sie als Letztes gehört oder gesehen hatte.

Sämtliche Moormenschen sind erschlagen, geköpft, gehängt oder mit einer Schlinge erdrosselt worden. Alle wurden auserwählt oder aus dem einen oder anderen Grund aus der Gemeinschaft ausgeschlossen. Die Vermutung des Bauern und seiner Familie, sie hätten in der Torfgrube den Körper eines Schafs gefunden, war gar nicht so abwegig, denn der Mann an der Ems oder die Frau von Hingst waren ebenso selbstverständlich geopfert worden, wie man einem Mutterschaf den Hals durchschneidet oder einem Hahn hinter der Schuppenwand das Genick bricht. Damals wie heute wollten vermutlich nicht alle dabei zusehen, obgleich sie gern an der Belohnung für die Arbeit teilhatten. Auf diese Weise war den Henkern eine Sonderstellung sicher, die auf Furcht basierte. Die Identität der Übrigen bestand darin, sich in nichts von allen anderen zu unterscheiden. Die menschlichen Bande wurden zu einem Spiel, in dem jeder eine dieser drei Rollen innehatte. Das Individuum verschwand hinter den Masken des Rituals. Das Unerhörte wurde zur Alltäglichkeit, da eine Gruppe von Menschen eine Übereinkunft getroffen hatte. Sie waren sich auch darüber einig, wie die Wirklichkeit auszusehen hatte – ein Bild, das ebenso an das Wissen seiner Zeit gebunden war wie die Bronzeaxt oder das Webstuhlgewicht.

In unserer Zeit herrscht allgemein die Ansicht, dass die Toten aus dem einen oder anderen schwerwiegenden Grund geopfert worden sind – zu bedeutenden Anlässen und nach einem längst vergessenen Kodex. Gesetz, Religion, Lust, Nutzen, Eitelkeit, Vorurteil. Wählt selbst.

Aber auch unser Bild von ihnen, *unser* Konsens, kann auf gänzlich falschen Annahmen beruhen. Die Überreste sind allzu fragmentarisch und uns fehlen schriftliche Quellen – deren Ausführlichkeit und eindeutige Vielseitigkeit. Vielleicht würden wir die Gründe der Henker jener vergangenen Zeit sogar verstehen, denn Derartiges hat der Mensch stets getan und wird es vermutlich auch immer tun. So ist seine Kultur. Was die Sache so besonders macht, ist lediglich, dass einige von denen, die geopfert wurden, physisch noch unter uns weilen – Reisende, die zu uns kommen aus einem Zeitraum, der unbegreiflich weit in der Vergangenheit liegt. Was uns von ihnen unterscheidet, ist allein, dass wir uns nicht mehr erinnern können, warum die Tat geschah.

Draußen auf dem Moor blies ein scharfer Westwind. Der Köter schien jetzt, wo wir die Zivilisation hinter uns gelassen hatten, voller Misstrauen zu sein. Über das weitläufige Moor erstreckte sich ein schnurgerader, etwas höher gelegener Weg, der von trockenem vergilbten Gras bedeckt war, so als hätte jemand eine Messlatte auf eine Karte gelegt und eine dicke Linie quer über den Sumpf gezogen. Vielleicht war der Pfad ja tatsächlich so entstanden. Längs des Weges wuchs Heidekraut und starres Vorjahresgras auf dem niedrigen Wall. Der Wind fingerte zerstreut an den trockenen Halmen und verursachte einen Laut, als würden sich nackte Füße einen Weg über sandigen Boden bahnen. Auf den kalten Luftschichten hoch über uns glitten Raubvögel dahin, die dem

Wind mit kurzen ruckartigen Bewegungen der fransigen Flügelspitzen begegneten. Sie hatten sehr feine Federn, wie es die ebenen Flächen des Marschlandes erforderten. Sie befanden sich auf der Jagd nach Beutetieren, einem Kaninchen oder einer Wühlmaus, die zu früh von der Frühjahrssonne geweckt worden waren. Der Boden war anfangs hart, wurde dann aber allmählich weicher und federte, als hätte sich das Moor unter den Wegwall vorgearbeitet und ihn sachte untergraben.

Ich ging mit leichten vorsichtigen Schritten, dankbar für mein geringes Gewicht und meine unbedeutende Größe. Der Wind kühlte, und die Sonne wärmte. Ein Vogel rief von Westen nach Osten, ich blinzelte direkt in die Sonne, schloss die Augen und sah hinter den Lidern schwarze Flecken tanzen. Vom Heidekraut stieg ein warmer, herber Geruch auf, es war wie ein Vorgeschmack des Sommers. Birken und dichtes Heidegagelgestrüpp kauerten auf den festeren Inseln des Moors, ein Archipel Zwergenwald, balancierend auf ineinander verflochtenen Wurzeln. Hier und da standen Gruppen von Rohrkolben bis zu den Knöcheln im schwarzen Sumpfwasser, wedelnde grauweiße, zottige Büschel, die vom vorigen Sommer übrig geblieben waren. Mir fielen Geschichten ein, die ich vor langer Zeit gelesen hatte: wie aus dem Flaum der Moorkolben Kleider für jene unglücklichen Burschen gewebt worden waren, die man in Vögel verwandelt hatte – junge Männer in Tiergestalt, gefangen in einem Zustand zwischen Mensch und Tier, die sich ihrer Nacktheit schämten. Ich hatte nie begriffen, worin ihr Problem bestand: Ich selbst hätte mich für das Fliegen entschieden.

Links vom Weg lag ein kleines braun gestrichenes Haus, vielleicht war es auch nur ein Windschutz. Der Köter zog mich in diese Richtung, und als ich nachgab, winselte er vor Erwartung. Vermutlich hoffte er auf Futter. Die Hütte war so etwas wie ein Rastplatz mit drei fest verankerten Tischen, die von oben bis unten mit Vogelkot bekleckst waren, und ein

paar vor Feuchtigkeit buckligen Tafeln, auf denen in knappen Worten über die Geschichte des Moors belehrt wurde. Ich ging um sie herum und las mal hier und mal da. Der Vogeldreck knisterte unter den Sohlen und es roch nach nassem Holz. Terror zerrte an der Leine und wollte wieder hinaus. Die Falter des Moors bei Frøslev waren 1933 umfassend katalogisiert worden, sowohl die Schmetterlinge als auch die Nachtfalter. Bei einer Bestandsaufnahme 1998 wurden 157 neue Arten entdeckt, dafür aber waren 72 aus dem Katalog von 1933 nicht mehr auffindbar, sie waren irgendwann in den reichlich sechzig Jahren, die zwischen den Untersuchungen lagen, verschwunden. Auf den Tafeln stand nichts vom Ringelspinner. Vier Fotos zeigten behaarte Wesen mit fetten Körpern, ausgeprägten Fühlern und leuchtend farbigen Flügeln. Blau und grün, gelb, grau und schwarz. Nur der *ockerbraune Spinner* hatte eine blassere Färbung im Ton gelblichen Staubs, die leuchtenden Flügel fast durchsichtig.
In dem alten Bericht hatte es keine genauen Ortsangaben gegeben, bei der Übertragung der Angaben in die Dokumente war geschludert worden. Nord, Süd, Ost, West. Ich wusste nicht, ich welche Richtung ich gehen sollte und ob ich es wagen konnte, den Weg zu verlassen. Bis in die dreißiger Jahre hatte man Torf aus dem Moor geholt, und eine Menge Pfade liefen kreuz und quer über den Sumpfboden, die, wie ich mir vorstellte, von dem jeweiligen *Besitzer* gründlich überwacht worden waren. Wie tief in die Erde hinunter reicht das Eigentumsrecht? Fünf Meter oder zehn, gar bis zum Erdkern? Ich fragte mich, ob sich die verschiedenen Reviere vielleicht an einem gemeinsamen Punkt trafen, einem Schnittpunkt, an dem alle Linien zusammenliefen, wie bei schrägen, senkrecht geschnittenen Tortenstückchen, da die Erde ja eine Kugel ist. Was würde einem auf dem Weg nach unten dann wohl begegnen? Die eiskalte Hel, der dunkle Hades oder die heiße Hölle. Der Gedanke ist natürlich verrückt, aber das ist der Anspruch des Menschen auf ein Besitzrecht an Erde, Luft

und Wasser ja wohl auch. Das luftige blaue Nichts haben wir in Räume und Korridore verwandelt. Auf diese Weise sperrt der Mensch seinen Gedanken in einen fasslichen Raum ein, der zwar unendlich ist, aber dennoch begrenzt durch die Einzäunungen um die Höfe der Sprache. Auch bei Jules Verne revoltiert die Natur manchmal gegen die freche, alles an sich raffende Entdeckerlust des Menschen, und zuweilen trägt sie den Sieg davon. In seiner Welt ist der Mittelpunkt der Erde zugleich dessen Urzeit, ein unendliches Meer, bevölkert von Sauriern und glänzenden Quastenflossern – ein warmes Urmeer, das am Ende den modernen Menschen mit seinen gelehrten Enzyklopädien, seinen Vergrößerungsgläsern und seiner maßlosen, nichts auslassenden Neugier ausspeit. Jules Vernes wirkliche Helden sind paradoxerweise die einfachen, praktisch handelnden Männer, der Islandfischer Hans, der Harpunier Ned oder vielleicht der schlaue Passpartout aus dem Volke, der sich als Virtuose entpuppt, wenn es gilt, rasch ans Ziel zu gelangen. Ich musste erneut an die Vorhut der alten Erbauer der Imperien denken, *die Entdeckungsreisenden.* Es fällt schwer, sich die ersten undeutlichen Worte Neil Armstrongs auf dem Mond ohne Entertainer und Wörterschmiede wie Henry Morton Stanley als Vorläufer vorzustellen. Wessen wir eigentlich Zeuge sind, ist ein Stück eines maßgeschneiderten Schöpfungsmythos – wie die westliche Kultur einen großen Schritt hinaus in ein jungfräuliches Territorium macht und es gleichzeitig *annektiert.* Wie sie Richtlinien für Vergangenes und Zukünftiges festlegt, mit Worten, einem Stück Film oder einem Kupferstich, genauso exakt und vorhersagbar, wie wenn man den Schlüssel in ein Uhrwerk steckt und es aufzieht. Livingstone und Stanley im Dorf Ujiji am östlichen Strand des Tanganjikasees im Jahr 1871. Gerahmt und unter Glas an unzähligen Wänden in unzähligen Geografischen Gesellschaften. Der Handschlag und die dankbaren Wilden im Hintergrund. Stanley ist in einem Kinderheim aufgewachsen, in äußerster Misere. Livingstone ist schotti-

scher Calvinist. Die beiden weißen Männer, ebenso korrekt gekleidet wie vor einem versierten Publikum in der Royal Society von London. Der Stich lässt das Ereignis Wirklichkeit werden.
Fast hundert Jahre später: Armstrong und Aldrin 1969 auf dem Meer der Stille. (Ich erlebte es mit wenigen Minuten Verzögerung in unserem Wohnzimmer in Tårnby. Das Bild körnig und die Übertragung so schlecht, dass man einen Augenblick versucht war zu glauben, der Mond bestünde tatsächlich aus Käse.) Im Territorium unseres Gehirns decken sich die Bilder. Diesmal gibt es keine unterzeichneten Abmachungen oder Verträge. Hier geht es um das Besitzrecht als Gemütszustand, eine Einbildung, die auf Frechheit und Wiederholung basiert. Man fragt sich, wie urban und mitmenschlich die beiden Raumfahrer wohl reagiert hätten, wenn sie dort auf dem Mond tatsächlich auf ein einheimisches Wesen – einen Wilden – gestoßen wären, einen der rechtmäßigen Besitzer von Mondsand, Dunkelheit und Schwerelosigkeit. Wo hat es angefangen? Dieses Suchen nach Grenzen und Trennlinien ... Im Paradies? Wir werden es wohl nie erfahren.
Das Zerren des Köters brachte mich wieder auf die Erde zurück. Ich holte den Kompass aus der Tasche und wartete, bis sich die wippende Nadel stabilisiert hatte. Das Licht warf Sonnenreflexe in mein Gesicht. Mayers *Illusionen* hatten mich ein wenig anmaßend werden lassen.

Der Grasweg schien auf Terror eine unwiderstehliche Anziehung auszuüben, er strebte unaufhaltsam vorwärts. Seine schmalen gelblichen Augen schimmerten im Sonnenlicht. Ich pfiff auf den Kompass und ließ den Köter bestimmen. Draußen im Moor gab es etwas, das ihn lockte.
Anfangs war es ein recht undramatischer Spaziergang. Der Köter flitzte von rechts nach links und wieder zurück, niesend und schnaufend, auf der Suche nach irgendetwas ganz

Außergewöhnlichem, das nur er sehen konnte. Ich kam an der Leine so leidlich hinterher. Der Arm schmerzte. Wir waren etwa einen Kilometer auf diese Weise vorwärts gestürmt, der Weg machte eine Biegung, der Boden wurde immer feuchter, Wasser schmatzte um die Schuhe, und ich überlegte, ob ich umkehren sollte, als Terror plötzlich zu bellen begann. Kurze nervöse, kläffende Laute. Gegen meinen Willen war auch mir allmählich unheimlich zumute. Mit Mogensen war in den nächsten Stunden nicht zu rechnen. Um uns herum gab es nichts als Moor, eine Heimstatt für Raubvögel, Kreuzottern im Winterschlaf und andere wilde Tiere. Ein Zuhause für die Sonderlinge der Grenzgebiete. Der Kopf tauchte nur wenige Meter vor uns aus der Erde auf. Ich glaube, ich habe aufgeschrien.

»Ja doch«, sagte die Gestalt, eine Frau um die fünfzig, die in weiten Kleidern steckte. Ihr Haar war kupferfarben, aber mit Grau durchsetzt, und ihre Gesichtsfarbe von jenem gesunden Rot, das für Menschen typisch ist, die sich viel im Freien aufhalten. »Ich hole mir nur ein bisschen Torf für den Hausgebrauch«, fuhr sie fort. »Kein Grund zur Beunruhigung.« Sie wischte sich eine Haarsträhne aus dem Gesicht. »Hier gibt's nichts Brauchbares.« Mühsam hievte sie sich aus der Grube. Das Moor gab lange schmatzende Laute von sich, es war nicht willens, irgendetwas wieder herzugeben. Terror hatte sich auf die Hinterbeine gesetzt und glotzte ungeniert und unmanierlich. Ich schaute verlegen weg. Die Moorfrau hatte uns rasch erreicht. Jetzt, wo sie mit ihren breiten, in Stiefeln steckenden Füßen auf festem Boden stand, war sie groß und kräftig. Robust. Ein dumpfer Geruch nach fauligem Moorwasser und Heidegagel umgab sie. Der tarnfleckige grüne Ölmantel schien geräumig genug zu sein, dass Kai und ich zusammen darin Platz gefunden hätten, am Saum war er so weit wie ein Zweimannzelt.

»Mein Name ist Jup«, sagte sie und streckte mir eine große kupferbraune Hand hin. »Brenne eigene Töpferwaren«, fuhr

sie fort, als erkläre diese Information alles. Ihre Augen waren grau gesprenkelt wie ein Vogelei, ihr Blick fest. Für meine Verhältnisse zögerte ich ungewöhnlich kurz, ehe ich ihr die Hand reichte. Jup flößte Vertrauen ein. Ihre Hand war warm und fest. Es war, als würde man ein Stück glattes sonnenwarmes Holz berühren. Die Moorfrau lächelte freundlich. Sie hatte große, völlig regelmäßige Zähne, die ein wenig unwirklich aussahen, als wären auch sie aus einem dicht gewachsenen Stoff geschnitzt. Esche oder Birke.
»Esmé«, sagte ich. Bei dieser Riesenfrau machte man die Sache am besten kurz und einfach.
»Ein ungewöhnlicher Name«, sagte Jup, »aber er gefällt mir.«
Ich lächelte glücklich. Terror trommelte mit dem Schwanz auf die Grasnarbe. So standen wir ein Weilchen und betrachteten einander. Jups Augen wurden schmal und nachdenklich. Die Sprenkelfarbe verdichtete sich zu Sumpfwasser.
»Du suchst etwas«, sagte sie schließlich. Ich nickte.
»Ich möchte wissen, wie es hier früher gewesen ist«, erwiderte ich. Es klang, als hätte mich ein biederer Heimatverein geschickt.
»Ich kann dir das zeigen, was ich weiß, es ist viel und zugleich wenig, kann man sagen. Diesen Ort hier kenne ich wie meinen eigenen Hinterhof.« Sie wedelte mit den Armen, und Terror kläffte nervös. »Meine Werkstatt liegt nicht weit weg, wir können hingehen, wenn ihr wollt.« Sie wandte sich sowohl an den Köter als auch an mich. Ihm gefiel das.
Jup patschte auf einen kleinen Pfad, der zu Beginn parallel zum Weg verlief. Sie schien das zu bevorzugen, was der Köter und ich vermieden, Nässe und Morast. So gingen wir ungefähr eine Stunde, ehe sie zu einem Gelände abbog, das ich vorher nicht bemerkt hatte. Hier gab es größere trockene Inseln, auf denen Gehölze und hohe schlanke Bäume standen, meist Birken. Der Wind zerrte an den oberen Ästen und brachte sie hoch über unseren Köpfen zum Wimmern und

Ächzen. Die Landschaft wurde hügeliger und nach einiger Zeit erreichten wir im Schutz eines Hangs festen Boden. Die Luft war kalt und feucht wie in einem Flusstal, obgleich kein Wasser zu sehen war. Trockenes Gras raschelte in unserem Rücken, und wir gingen, ohne Spuren zu hinterlassen. Jup drehte sich unentwegt um, sie wollte sehen, ob wir hinterherkamen. Für eine Frau, die so groß und plump war, bewegte sie sich mit einer erstaunlichen Geschwindigkeit. Der Mantel umwallte sie wie ein voluminöses Segel, das grau melierte Haar stand ihr in wilden struppigen Büscheln vom Kopf ab. Ich hätte darauf schwören können, dass ihre Kleider je nach der Landschaft, die wir passierten, die Farbe änderten. War der Ölmantel zunächst dunkelgrün mit schwarzen Flecken gewesen, wechselte er jetzt in ein zartes Hellgrün und dann ins Gelbliche, die Farbe der zeitig ausschlagenden Bäume, unter denen wir dahinwanderten. Das Spiel des Lichts auf dem Stoff ließ die Frau fast unsichtbar werden. Als sich der Weg in die Landschaft senkte, wurde auch der Mantel erneut dunkel, und ich musste meinen Blick schärfen, um das Kleidungsstück von seiner Umgebung unterscheiden zu können. Es roch stark nach Erde und Wurzeln. Der Pfad wurde holprig und beschwerlich, dicke, ins Graue spielende Baumwurzeln verliefen kreuz und quer über den Weg. Im Halbdunkel ähnelten sie Knäueln von Schlangen, die sich in kalter, starrer Umarmung umeinander wanden. Im Hochsommer musste es sein, als wandere man durch einen dicht umwachsenen Tunnel, eine Blätterpassage. Meine Schuhe rieben, ich schwitzte, und auch Terrors Enthusiasmus ließ allmählich nach. Schließlich aber standen wir vor Jups Haus.

Es war ein niedriges, lang gestrecktes Steingebäude mit einem hohen, gemauerten Schornstein, unter dessen Gewicht sich das graue Torfdach zu ducken schien. Kleine schwarz gebrannte Ziegelstückchen waren abgebröckelt und auf den modernden Torf hinuntergefallen. Neben dem einen Giebel

erhob sich eine gewaltige uralte Esche mit einem Geäst, das irgendwo oben im Himmel verschwand. Auf einem sandigen Platz vor dem Haus stand ein staubiger dunkelgrüner Landrover, ein älteres Modell. Auf seinem Dach saß ein Scheinwerfer, der durch einen unter der Halterung verkeilten Fichtenzweig in der Schräge gehalten wurde. Das Ganze erinnerte an einen österreichischen Jägerhut mit Feder. Jup blieb bei dem Auto stehen und fuhr mit der Hand sanft über das Metall, als streiche sie einem quengeligen Kind übers Haar.
»Die Deutschen mögen meine Arbeiten. Ich habe meine eigenen Wege über die Grenze.« Sie lächelte und zeigte erneut ihre gleichmäßigen Holzzähne. Terror winselte leise. »Ich kann euch später zurückfahren. Das geht schneller.«
Das Haus lag oben auf dem Hang. Von hier aus hatte man einen weiten Blick in alle Richtungen. Auf das Gebäude und den Kamm des Hügels schlängelte sich ein löchriger morastiger Sandweg zu, der aus einer anderen Himmelsrichtung kam, als jener, den wir zuvor benutzt hatten. Oben beim Haus war die Feuchtigkeit verschwunden, die Luft war klar und frisch. Nur von einem großen runden, mit Lehm verschmierten Brennofen wehte ein leicht unangenehmer Duft herüber. Er lag ein Stück vom Haus entfernt, in etwas, das wie ein alter Obstgarten aussah, hockte geradezu zwischen den Büschen und den uralten knorrigen Apfelbäumen, die niemand mehr beschnitt. Aus einem Kegel auf dem Dach des Ofens drang ein stechender säuerlicher Geruch. Weiter unten am Hang konnte ich ein paar halb eingefallene Hauswände aus dem Buschwerk ragen sehen. Jup bemerkte meinen Blick, sagte aber nichts. Sie ging zur Tür des Hauses, schloss auf und winkte uns herein.
Wir kamen in ein großes Zimmer mit niedriger Decke, das von altem fetten Herdrauch so verrußt war, dass ich zunächst überhaupt nichts erkennen konnte. Der Raum roch wie eine Brandstätte. An den Wänden standen Regale, die mit Ge-

fäßen und kleinen schwarz oder rot gebrannten Figuren gefüllt waren, fetten und mageren nackten Frauen in allen Größen. Exportware für Deutschland. Einige hatten gewaltige runde Hinterteile und ausladende pralle Schenkel, andere Brüste wie vollreife Kürbisse, während eine kleine Anzahl dünn wie Holzspäne war. Seit ich die Sauna im Kopenhagener Centrale Badehus besucht hatte, war mir nichts Ähnliches mehr vor Augen gekommen.

»Allesamt Abbildungen der Erdgöttin«, erklärte Jup, »der Mutter Nerthus, wie man hier in der Gegend sagt.« Sie griff sich eine kleinere Figur und hielt sie mir hin. Die Tonfrau hatte ein winziges schwarzes, böse grinsendes Gesicht, das zerknittert war wie das einer Meerkatze. Der Rest von ihr war unproportional groß und der Ton fett und glänzend poliert. Als Augen hatte sie einfach Löcher, vermutlich waren sie mit einem Zweig ausgestochen worden. Beim Nerthuskult wurde offenbar kein Wert auf Intellektualität gelegt. »Die chemische Zusammensetzung des Torfs, seine Säuren, Basen und die Ofenhitze bestimmen die Farbe. Und die Sauerstoffzufuhr. Je heißer und je besser abgedichtet der Ofen ist, desto dunkler die Keramik. Der Ton kommt hier oben vom Hügel. Manchmal versetze ich ihn mit Torf.«

Das Gesicht der Kleinen war also schwarz, weil man sie erstickt hatte. Jup stellte die Figur ab und tätschelte ihr den kleinen harten Rosinenkopf. Lieb Mütterchen hat viele Kinder.

»Tee?«, fragte sie.

Wir verließen die Heimstätte der Göttinnen und gingen in Jups Küche hinüber. Im Unterschied zum Zimmer war es hier hell und luftig und man hatte eine weite Aussicht über die grünen Hügel. Zwei breite Fenster über Eck, hohe Wandschränke, ein Büfett, ein Tisch, auf dem Boden ein blaugrauer Flickenteppich. Ich konnte gerade noch einen herben Geruch spüren, zugleich bitter aber auch aromatisch, bevor Jup rasch das Fenster aufhakte und weit öffnete. Neugierig schaute ich mich um. Ein großer weiß gekalkter Rauchfang dominierte den Raum. Im Zimmer stand einer der traditionellen alten Doppelöfen, der eine zweite Feuerstätte im langen schmalen Arbeitszimmer besaß. Unter dem Rauchfang befand sich ein Herd, der mit Holz gefeuert wurde, daneben stand eine Mikrowelle. Mein Blick fiel auf einen schwarzen gusseisernen Topf. Ich fragte mich, ob Jup uns etwas zu knabbern anbieten wollte. Froschschenkel oder frische Natterneier vielleicht? Oder den monatlichen Sud aus den Knollenfrüchten des Gärtchens? Der Köter schnüffelte misstrauisch, bevor er unter den großen Tisch kroch, um erst einmal abzuwarten. Jup verfrachtete zwei Becher in die Mikrowelle und nickte mir zu, ich solle mich setzen.

»Entschuldige, wenn ich erst einen Zug nehme«, sagte sie. Sie zog eine Wickelmaschine, Zigarettenpapier und ein Päckchen Tabak aus der Tasche und begann sich eine Kippe zu drehen. Die braunen Finger drückten den Tabak zu einer gleichmäßigen Linie, sie bewegten sich flink und geschwind wie die eines Zauberkünstlers, jedoch auch mit der Routine eines Bauern beim Pflanzen. *Coromandel Strong Mixture* stand auf dem Päckchen. Als Jup ihr Zigarettenpapier anleckte, fühlte ich den Rest meiner Vorurteile schwinden. Sie schraubte den Stengel in ein langes Mundstück aus Bernstein. Der Rauch hatte einen Geruch, der an die Tropen erinnerte.

»Wie es früher hier gewesen ist …«, sagte sie, als hätte ich meine Frage soeben erst gestellt. »Hast du die Reste des Dorfs gesehen?« Ich nickte. »Eigentlich bin ich in gewisser Weise eine Fremde hier … auch wenn die Jups seit über dreihundert Jahren an diesem Ort wohnen. Ungefähr genauso lange nutzen wir das Torffeld.« Sie schwieg erneut. Die Mikrowelle ließ ihr schrilles Pling ertönen, und die Teetassen landeten zusammen mit zwei Beuteln Tetley auf dem Tisch. Jup paffte Coromandel und nahm ab und an einen Schluck von ihrem Tee. »Der Familienname wird hier über

die weibliche Linie weitergegeben ... oder zumindest war das so in dem Dorf, das hier einmal existiert hat. Mein Urgroßvater kam überhaupt nicht aus der Gegend. Nicht mal aus Dänemark, obwohl er irgendwie dann doch wieder aus dem Land stammte.«
Sie stand auf, ging zum Büfett, öffnete die Tür und nahm aus dem obersten Fach ein kleines Holzetui. Darin lag eine silberne Taschenuhr.
»Diese Uhr hier gehörte Paul Natal«, sagte sie.

Jups Geschichte

Paul Natal wurde 1817 geboren, vielleicht auch 1820, ich bin mir bei der Jahreszahl nicht sicher, und zwar in der dänischen Kolonie Tranquebar in Madras, Indien. Sein Vater war ein dänischer Seeoffizier, dessen Namen er nie erfahren hat. Seine Mutter arbeitete als einfache Bedienstete beim Ingenieuroffizier und Kaufmann Mathias Jürgen Mühlendorf und dessen anämischer Ehefrau Mette. Das Paar war kinderlos und Paul wurde besser behandelt, als es für ein Halbblut üblich war, fast wie ein Sohn des Hauses. Paul hat meinem Großvater davon erzählt. Er hatte eine merkwürdige Eigenschaft: Er beschäftigte sich jeweils nur mit einem einzigen Gedanken, einem einzigen Wunsch, und solange der nicht befriedigt war, trat kein anderer an dessen Stelle. Seine Sehnsüchte füllten ihn aus wie Wasser die Muschel des Springbrunnens. Er machte nie viel Aufhebens um sich, sondern lebte ruhig in dem heißen Haus, dessen dunkle Zimmer hinter den geschlossenen Fensterläden auf irgendetwas zu warten schienen. Das rissige Holz war so heiß, dass du dir die Handflächen daran verbrennen konntest. Nur in den Abendstunden war die Temperatur erträglich, wenn der warme Wind vom Meer zu wehen begann. Er brachte einen leicht fauligen Duft mit sich als käme er aus dem Rachen irgendeines Meeresungeheuers.

Mühlendorf selbst war angeblich der Sohn eines dänischen Königs, ich glaube von Fredrik V. Er war reich und sein Haus mit seltsamen und exotischen Dingen angefüllt. Darunter befand sich auch eine kleine vortrefflich gestaltete Wachsfigur, die irgendwann um 1810 von einem chinesischen Meister aus Kanton hergestellt worden war, als dieser die Kolonie besucht hatte. Die Figur oder Puppe stellte einen dänischen Seeoffizier dar, dessen Züge minuziös wiedergegeben waren und der eine Uniform trug, die ebenfalls bis ins geringste Detail der Wirklichkeit entsprach, mit Knöpfen und Taschen, die man öffnen und schließen konnte. Das Gesicht der Puppe war von einer Art, dass man denjenigen, der dafür Modell gestanden hatte, überall auf der Welt wiedererkennen würde. Sie war mit echtem Menschenhaar ausgestattet, mit einer dunkelblonden Locke, die, wie man sich erzählte, vom Kopf des Seeoffiziers stammte. Die Figur wurde auf einem Mahagoniregal auf der Schattenseite des Hauses aufbewahrt, geschützt vor der brennenden Sonne und der schmelzenden Hitze der Tropen, Wand an Wand mit der Trinkwasserstelle in der Küche. Das Wasser schmeckte leicht brackig wie alles andere an der Küste. Paul hatte viel Zeit, die Figur zu studieren, und die Puppe starrte zurück, immer mit derselben Miene, die so ausdruckslos war, dass man sie mit dem Inhalt eigener Gedanken füllen konnte.

Im Haus des Kaufmanns in Tranquebar führte ein Gewölbegang zum Weinkeller hinunter, über dem eine unverständliche Inschrift angebracht war, eine Buchstabenreihe unbekannten Ursprungs, die, wie man sagte, das ganze Geheimnis über den königlichen Vater des Ingenieurs enthielt. D. E. M. E. P. stand dort. Die Buchstaben verliehen dem Kaufmann in der Kolonie einen gewissen Rang, sie gaben ihm den flüchtigen Nimbus, Ahnen zu besitzen. Was dort eingeritzt war, kann ebenso gut völliger Blödsinn gewesen sein, die Kritzelei eines einheimischen Baumeisters, doch die Zeichen und die kleine Puppe setzten dem jungen Paul Flausen in den Kopf. Er spiegelte sich in den glänzenden Kupferkasserollen und Platten der Köchin, um eine Ähnlichkeit zu der Figur festzustellen. Er begann sich auf der Straße unentwegt umzudrehen und studierte eingehend jedes Gesicht, das ihm in den engen Gassen der Stadt oder am Hafen begegnete. Er sog die Düfte des Meeres ein, das nach salziger Hitze und moderndcn Korallentieren roch, hörte die Brandung zischend gegen die Strände schlagen, sah, wie sich die Seevögel auf die Abfälle stürzten, die von den Fischern der Coromandelküste an die Kais geworfen wurden. Er durchsuchte die baufälligen Faktoreien und Lagerhäuser, die seit der Glanzzeit der Ostindischen Kompanie die Küste säumten und deren Fensteröffnungen in die Landschaft starrten wie die blinden Augen eines Bettlers. Er achtete auf jeden Schatten, jede unbekannte Stimme, jeden Anker, den man in die Mündung des Flusses Kaveri plumpsen ließ. Er durchwanderte die Randgebiete der Stadt und durchsuchte den Friedhof – den Gottesacker – nach Anhaltspunkten. Paul Natal suchte nach seinem Vater.

Im Jahr 1838 gab er die Suche in Tranquebar auf und heuerte auf der dänischen Fregatte *Vennerne* an, deren Heimathafen Kopenhagen war. Von den Mühlendorfs erhielt er ein viereckiges, in Wachstuch eingeschlagenes Paket, das verschnürt und mit Siegellack verschlossen war und das er einem Kopenhagener Bekannten des Kaufmanns übergeben sollte. Das Paket enthielt zehn gepresste Haschischstücke – ein Vermögen –, doch davon wusste Paul nichts. Es war trotz allem Wasser und nicht Blut, was den Kaufmann mit seinem jungen dunkelhäutigen Pflegesohn verband: das weite Handelsmeer des Indischen Ozeans. Im Jahr 1840 setzte Paul zum ersten Mal seinen Fuß auf die gepflasterten Kais in

Kongens By, der Stadt des Königs, er war zwanzig, vielleicht auch dreiundzwanzig Jahre alt.

Stell dir diesen Ort vor – ein Gemisch aus Bauerndorf und Weltstadt. Draußen im Sund lagen Schiffe vor Anker und warteten darauf, gelöscht zu werden. Takelagen, die zum Himmel wiesen wie eine Armee von Vogelscheuchen aus Stroh auf einem gewaltigen kabbeligen Acker. Der Hafen voller Boote und Leichter, die mit ihrer Last von Tran, Rum, fettem Grönlandhering oder was auch immer hin und her gerudert oder gewriggt wurden, in die Stadt hinein und nach draußen zu den dunklen Laderäumen der Schiffe. Nägel und Tauenden, Lieken und Taljen. Die Füße der Seeleute donnerten über die Deckplanken, verkrümmte Nägel, die schwarzen Fußsohlen hart wie Schweinsleder. Die Winden an den Packhäusern quietschten unter der Last von Stoffen, Wein, Mehl oder Saatgut. Vom Land kamen die Bauern mit ihren Waren und mischten sich unter die Bürger der Stadt. Hähne krähten, Schweine quiekten, Verkäufer riefen ihre Waren aus, und Straßenmusikanten ließen ihre schlecht gestimmten Instrumente ertönen. Bänkelsänger zogen mit ihren Bauchkästen umher und berichteten von höchst seltsamen Geschichten. Plakate machten Reklame für eine Neuinszenierung des Theaterstücks *Der Mulatte*, geschrieben vom Dichter Hans Christian Andersen. Auf den schmalen Straßen drängten sich Karren und herrschaftliche Wagen und klapperten mit ihren eisenbeschlagenen Rädern über das holprige Pflaster. Bierkrüge zerbrachen. Zu jeder vollen und halben Stunde läuteten die Kirchenglocken. In Nyhavn spazierten die leichten Mädchen der Stadt umher und fingen mit ihren grellbunten Röcken die Seeleute ein, die gerade abgemustert hatten. Ein Blitzen weißer Haut, blauer Male, rot geschminkter Münder, dazu der Geruch von faulenden Zähnen, Schweiß, Teer und säuerlicher Lüsternheit. Weit in den Nacken geschobene schwarze Lederhüte. Münzen, die ihre Besitzer wechselten, in Wirtshäusern, über deren Tür ein quietschendes Schild schaukelte, Schiffe in träger Dünung. Jetzt hole ich Luft. So ja.

Es zeigte sich, dass Mathias Mühlendorfs Geschäftsfreund in einem der älteren Viertel von Kopenhagen wohnte, in einem Stadtteil, der im 17. Jahrhundert auf Geheiß von Christian IV. errichtet worden war. Die feuchte Kellerwohnung lag gleich neben dem Rundetårn in der Købmagergade. Als Paul durch das verwinkelte Labyrinth der Stadt endlich dorthin gefunden hatte, war es später Nachmittag. Es hatte ihn viel Zeit gekostet, all die Menschen zu studieren, die ihm begegnet waren.
Ein krummer Greis öffnete die Tür. Er war einen Kopf kleiner als Paul, der beileibe nicht als hoch gewachsen gelten konnte. Die Körpergröße habe ich von meiner Mutter und Großmutter geerbt …
Der Alte trug einen schmuddeligen schwarzen Rock und eine kleine blaue Samtkappe. Er winkte Paul in eine dunkle Kammer, die voller Regale mit Kästen und Flaschen war, ja, der Raum glich der Innenseite eines Bienenstocks oder einem gut gepackten Laderaum. Ganz oben auf den Regalen befanden sich sorgfältig versiegelte Gläser mit gemahlenem Horn von Einhörnern und anderen seltenen Pulvern und Stoffen, von denen man annahm, dass sie ein Stündchen weltliches Glück oder zumindest ein langes Leben schenkten. Ein paar bauchige rosafarbene Muscheln, die auf einem Glasschrank balancierten, ließen Paul an die Düfte des Meeres denken – es waren Muscheln jener Art, die tief in ihren Windungen das Geräusch der Wogen des Indischen Ozeans bewahren.
Der Alte nannte sich Apotheker, aber er stümperte auch in anderen Metiers herum. In seiner Jugend war er Schiffsarzt bei der Dänischen Ostindischen Compagnie gewesen, und während dieser Zeit hatte sich sein Lebensweg mit dem von

Mühlendorf gekreuzt. Er handelte mit Drogen, die er in kleinen feinpulvrigen Dosen an einige der Varietés der Stadt verkaufte, an jene Zauberer und Magier, die ihr Publikum bei Künsten, die über das Gewöhnliche hinausgingen, mitreißen wollten. Ein paar mit parfümiertem Haschisch oder einer Winzigkeit Opium präparierte Räucherstäbchen, die auf dem Proszenium vor den Zuschauern brannten, ließen die Einwohner der Stadt glauben, dass sie wirklich auf verschlissenen türkischen Teppichen hoch über Kopenhagen dahinflogen, Bürgermadams mehrere Fuß hoch über dem Bühnenboden schwebten oder halb nackte üppige Varietéweiber auseinander gesägt wurden, ohne dass ein einziger Blutstropfen zu sehen war. Der Zustand, in dem sie sich befanden, glich dem Schlaf, einem Schlaf jedoch, der weder Ruhe noch Erquickung schenkte. Die Schlafenden konnten unter der Wirkung der Droge reden und sich ungehindert bewegen und meinten, sich mit außerordentlicher Schärfe an jedes Detail zu erinnern. Ein größeres Gran der Droge rief einen Schlaf hervor, der mehrere Stunden andauerte, eine tiefe Betäubung, die zuweilen wie ein todesähnlicher Zustand anmutete. Der Apotheker verfügte in der Stadt über ein weit verzweigtes Netzwerk, über das er seine Pulver, Drogen und Dekokte verkaufte, von denen ein jedes nur zu einem Zweck geschaffen war: zur Erzeugung von Illusionen. Der Apotheker mit der Schürze und dem schmuddeligen schwarzen Rock war ein Produzent von Träumen.

Paul Natal verbrachte Monat um Monat bei dem Alten in der Købmagergade. Als Gegenleistung für Kost und Logis in einer ungeheizten Bodenkammer trug er in der ganzen Stadt Bestellungen aus, lief straßauf, straßab oder nahm das Ruderboot hinaus zu Christianshavns Bastionen, wo die Soldaten warteten, die sich fern der Heimat das Rauchen von Haschisch angewöhnt hatten. Viele von ihnen fühlten sich nach der langen Dienstzeit im Ausland in Dänemark wie fremde Vögel. Paul lernte rasch die braun gebrannten Kerle kennen, die an den Bastionen des Panters, des Löwen, des Einhorns und des Elefanten Wache schoben. Der Apotheker erhielt regelmäßig neue Lieferungen. Daneben stellte der Alte Gifte für die Gärtner der großen Landgüter her, feine Pulver, die man über den Boden oder die Blätter streuen, in lauwarmem Wasser auflösen oder als Rauch ausbringen sollte. Am Morgen nach der Behandlung lagen Insekten, Spinnen und Fliegengetier tot auf dem Boden, die Flügel dicht an den Körper gezogen, als würden sie frieren. Die Gifte gaben dem Gefleuch eine gräuliche Farbe, die an Zinn oder Blech erinnerte, egal wie leuchtend bunt die Tierchen im Leben gewesen waren: Aus den winzigen Pigmentkörnern auf den Flügeln war auf sonderbare Weise die Farbe verschwunden.

Wenn die Bestellungen eintrafen, musste Paul mit Pferd und Kutschwagen zu den großen Gütern hinausfahren, die empfindlichen Waren verpackt in einem Zedernholzschrein, und dort im Treibhaus irgendeines Gärtners warten, im sonnenwarmen Duft des wachsartigen Grüns von Zitrusbäumen, Gardenien und Kamelien, die Paul an Madras erinnerten. Die Gifte wurden in blaue Papiertüten gefüllt, die Drogen in weiße, um Verwechslungen zu vermeiden. Mit der Zeit wusste Paul fast alles über die Zusammensetzung von Mixturen. Er lernte, wie viel eine Messerspitze voll ist und wie man Glasröhrchen über lodernder Flamme erhitzte, dass Stoffe sich bei hohen Temperaturen verändern und in etwas völlig anderes verwandeln konnten und sich mancherlei unter starkem Druck einschließen und bewahren ließ. Ferner wusste er über Arsen und die sorgfältige Beschneidung von Haschischpflanzen Bescheid. Alles war eine Frage von peinlichster Sorgfalt, von Gewicht und austarierten Waagen. Er erinnerte sich an die Köchin aus dem Haus in Tranquebar – wann sie eine reichliche Hand voll und wann nur eine vorsichtige Prise genommen hatte, und versuchte sich alles ins Gedächtnis zu rufen, was er über die schwarzen Töpfe wusste, die auf dem Herd gebrodelt und gesiedet hatten. Was ihm aber vor allem vor Augen stand, war der feierliche Ernst im dunklen Gesicht der Frau – dieses Bewusstsein, *Kenntnis* zu besitzen.

So verging Jahr um Jahr. Eines Tages bekam Paul einen Brief mit der Nachricht, dass das Ehepaar Mühlendorf am tropischen Fieber gestorben sei. Das Haus und aller Besitz – darunter auch seine Mutter – waren versteigert worden. Er fühlte weder Unruhe noch Trauer oder Neugier. Es war, als hätte er die einzige Reise seines Lebens für die Fahrt von Indien nach Dänemark verbraucht. Seinen Vater fand er nirgendwo wieder, obgleich er das Gesicht eines jeden, der ihm begegnete, studierte, nunmehr vor allem aus alter Gewohnheit. Er war noch immer von Sehnsucht erfüllt, aber das Gefühl war ihm mittlerweile so vertraut, dass er es kaum noch bemerkte. Es lebte als leichter Schmerz in Herz und Magen fort, ein kleines Tier, das sich zuweilen drehte, die Position wechselte.

Weihnachten 1847 brachte er eine Bestellung zu Hans Christian Andersen, der schwer an neuralgischen Schmerzen litt, die er sich bei einem Aufenthalt in London zugezogen hatte. Der Dichter empfing ihn in Pantoffeln, einem wattierten englischen Morgenrock und einer gelben Seidenmütze mit Quaste. Andersens Wohnung in Nyhavn war mit ebenso sonderbaren Dingen und Erinnerungsstücken angefüllt wie es das indische Haus von Pauls Pflegeeltern gewesen war. Die Zimmer rochen stark nach allerlei Hausmitteln, die Andersen unablässig ausprobierte – nach Kampfer und Essigumschlägen, Absuden verschiedener Kräuter für den Magen, Baldrian gegen die Unruhe in der Nacht, Fingerhut fürs Herz, Beladonna für …

An den Wänden war die Vergangenheit des Dichters zu besichtigen – Miniaturen, Silhouetten und gerahmte Briefe von Bewunderinnen. Über dem Schreibtisch hing an einem Faden ein dunkelrotes Papierherz, das Andersen mit der

Schere gezaubert hatte … oder war es vielleicht ein Schmetterling? Es ließ sich schwer sagen, da die Zimmer im Dunkeln lagen. Der Dichter hatte sorgsam alle Gardinen zugezogen, da er sich vor Zug fürchtete. Seine großen Hände erschufen die feinsten kleinen Dinge, eine Papierwelt. Er zeigte Paul, den Arm um dessen Schultern gelegt, die gesamte Wohnung, lächelnd, stolz und redselig wie ein kleiner Junge, die Nervenschmerzen waren für den Augenblick wie weggeblasen. Es gab gerahmte Fotografien von Paris und Rom und zwei stereoskopische Bilder vom Hafen der Isola di Capri. Auf einem Tischchen, das mit einem schwarzen Fransentuch bedeckt war, lag ein staubiger Wachsabdruck vom Gesicht eines ertrunkenen Mädchens. Andersen war zufällig vorbeigekommen, als man sie aus dem Hafenbecken gefischt hatte und mithilfe seiner wohl gefüllten Börse war es ihm gelungen, einen Mann von der Leichenhalle zu überreden, ihn einen Abdruck nehmen zu lassen. Es waren minus fünfzehn Grad gewesen und man hatte das Eis mit Staken zerschlagen müssen, um zu der Leiche, die an der Nyhavnsbron dicht unter der Oberfläche eingefroren war, hinausrudern zu können. Das Mädchen war nur mit einem Hemd bekleidet. Als das Boot sich genähert hatte, war der dünne Stoff mit den Wellen hin und her geglitten. Die Haut war kalt wie Glas gewesen. Andersen hatte rasch arbeiten müssen, da die Wächter der Leichenhalle nur ungern einen Fremden bei sich duldeten. Einen, der atmete. Das Gesicht war erlesen, rein und voller Unschuld. Eine Schneekönigin. Ein unbekanntes Straßenmädchen. Andersen legte den Wachsabguss vorsichtig auf das dunkle Tuch zurück.
In freien Stunden arbeitete Andersen auch an einem Wandschirm, einer Art Reisebericht – einer Collage aus Bildern von der englischen Hauptstadt. Sie zeigten die Dichterkollegen Scott und Dickens, Tennyson und Byron, aber auch hohe Fabrikschornsteine, Grubenstollen, erregte Volksmassen oder einen Mann mit Hund. Der Leimtopf mit dem Pin-

sel darin verbreitete einen stechenden Geruch. Das Bild war eine Fantasie, eine *Impression*, zusammengesetzt aus einer Menge kleiner Abschnitte, ähnlich den Körnchen oder Punkten in der Erinnerung des Menschen, die zusammengenommen die Vergangenheit ergeben – so wie dicke Farbkleckse auf einem Bild, wenn man es aus einer bestimmten Entfernung betrachtet, Küste, Meer und Himmel darzustellen scheinen. Gebrannte Umbra oder Sienaerde für den Lehm, Veroneser Grünerde für die Hänge der Lombardei. Hätte man die Fähigkeit, sich an *alles* zu erinnern, wäre das Bild überladen, verdorben.

All das war etwas, was verschwand, wenn ein Mensch starb. Ein verlorenes Universum, ein Zimmer, in dem das Licht für immer erloschen war. Andersen entnahm die Bilder Büchern und kolorierten Magazinen. Um seines Werkes willen ging er schonungslos vor: Für die Kunst wurde er zum *Plünderer*. Er ließ die Schere vor Pauls Nasenspitze klappern. Schnipp, schnapp. Was ihn zuweilen beunruhigte war, dass die Märchen und Geschichten, die er schrieb, auf irgendeine Weise Wirklichkeit zu werden schienen. Bereits mehrmals war es vorgekommen, dass sich seine Fantasien gleichsam bewahrheitet hatten … Andersen fand das schaurig.

Ganz unten in der rechten Ecke des Schirms segelte die *HMS Erebus* aus dem Londoner Hafen, um die Nordwestpassage zu finden, ein Ereignis, bei dem Andersen selbst nicht Zeuge gewesen war, von dem er sich jedoch oft hatte erzählen lassen. Er bot Paul in einer himmelblauen Tasse Pfefferminztee an und vergaß am Ende, sich zu verabschieden.

Dann, im Jahr 1848, kam es zum Krieg, dem ersten Schleswigschen Krieg. Im selben Jahr starb der alte Apotheker. Paul fand ihn zusammengesunken auf seinem Schemel in der innersten der dunklen Kammern, die Ärmel des schäbigen Rocks wie ein Flügelpaar um den welken Leib geschlagen. Neben dem Alten stand aus irgendeinem Grund ein zusammengerollter schwarzer Regenschirm. Gegenstand und Körper glichen sich auf sonderbare Weise, beide lösten ein Gefühl von *Verlassenheit* aus. Der Apotheker hatte einen letzten Kunden gehabt. Oder hatte er sich etwa selbst nach draußen begeben? Das war ungewöhnlich, aber nicht unmöglich. Das Gesicht des Alten hatte alle Farbe verloren, seine Haut war weiß wie eine Papiertüte. Das Leben hatte sich davongemacht, zurückgeblieben war nur die Schale – ein Haufen Lumpen. Der Geruch der Medikamente, Pulver und Kräuter wurde von einem süßlichen Fäulnisduft verdrängt.

Der Apotheker hatte ihm nichts hinterlassen und das Haus in der Købmagergade sollte bald abgerissen werden. Paul Natal wusste sich keinen anderen Rat, er ließ sich anwerben. Die einzigen Menschen, die er in Kopenhagen kannte, waren die Soldaten der Bastion, eine raue Schar, die meist nur untereinander verkehrte. Paul war damals dreißig Jahre alt, vielleicht auch dreiunddreißig, und sein dickes Haar bereits von grauen Strähnen durchzogen. In seinem Rucksack aus Robbenfell steckte der Holzschrein des Alten, angefüllt mit einer Auswahl blauer, roter und weißer Fläschchen, allesamt sorgfältig mit kleinen handgeschriebenen Etiketten beklebt.

Dieser Krieg war eine traurige Geschichte. Die Bevölkerung Holsteins erhob sich gegen die dänische Krone und der Deutsche Bund mit Preußen an der Spitze machte gemeinsame Sache mit den Aufständischen. Die Holsteiner zogen zunächst in dänischen Uniformen in den Kampf, was in beiden Lagern zu Verwirrung und zu Verlusten führte. Später erhielten sie von den Preußen spitze Pickelhauben, und Freund und Feind waren endlich zu unterscheiden.

Wie stets gab es Missverständnisse, unfähige Generale und blutige Schlachten. Isted und Bov, Schleswig und Fredericia. 1849 zogen sich die Preußen aus dem Krieg zurück, und überließen es den Holsteinern, allein mit der Sache klarzukommen – so gut es eben ging. Als 1850 alles vorüber war, gehörten Schleswig, Holstein und Lauenburg noch immer der dänischen Krone. Man hatte nichts erreicht – die Totengräber allerdings schufteten ohne Unterlass. Und Paul Natal blieb im Dienst der Krone.

Wie er hier gelandet ist, fragst du dich? Vierzehn Jahre später brach der Krieg erneut aus. Dieselbe Unzufriedenheit steckte dahinter, gärend wie eine vergessene Biertonne im Keller. Das Herzogtum Holstein versuchte aufs Neue, sich von Dänemark zu befreien und zog Schleswig und Lauenburg auf seine Seite. Du kennst die Geschichte? Gut. Paul Natal geriet beim Endkampf an die Düppeler Schanzen. In den letzten Stunden der Schlacht glaubte er in einem dänischen Offizier seinen Vater wiederzuerkennen, doch der Augenblick war vorüber, bevor er etwas tun konnte. Dieser kurze Moment einer Fastgewissheit war alles, was ihm nach lebenslangem Warten blieb. Während der letzten chaotischen Phase der Schlacht war ein neues Truppenkontingent gelandet, und mit diesem auch jener Offizier. Pulverdampf trieb umher und machte die Mannschaft blind. Der Geschmack von Schwefel auf der Zunge ließ die Männer würgen. Die Augen tränten und brannten, und manche tauchten ihre Schals in Wasser und banden sie vor Mund und Nase, um Linderung zu finden. Die Sonne war längst nicht mehr zu sehen, alles ging in einem dunstigen grauen Nebel unter – eine gespenstische Landschaft, die hin und her wogte und in der die Kanonenkugeln der Preußen die Erde aufwühlten und neue Gräben schufen. Der Hang hatte sich in einen Morast aus Blut, Erde und Lehm verwandelt, und die fetten Ratten waren seit langem in die Unterwelt verschwunden gleich einer erschöpften Kanonenmannschaft, die man abgelöst hatte.
Die letzten fünf Stunden waren gleichbedeutend mit dem Abstieg in die Hölle. Die jungen Burschen aus Kopenhagen weinten und riefen nach ihrer Mutter, als hätten diese Jungs

je eine solche gekannt. Mindestens die Hälfte von ihnen waren Waisenkinder oder versteckte Hurenbälger. Jetzt sehnten sie sich nach den verlausten Armeleutekasernen in Nørrebro und Østerport zurück, als seien diese das Paradies. Die Kugeln pfiffen direkt über ihre Köpfe hinweg, sonst wären sie wie die Hasen davongelaufen. Sie lagen in den Laufgräben, drückten sich gegen die Lehmwände und pissten sich in die Hosen, sobald eine Kugel allzu nahe einschlug – falls sie überhaupt so lange überlebten. Die älteren Männer erwiderten das Feuer, schluckten den Branntwein der Krone wie Wasser und starben so besoffen, dass sie ihren letzten Augenblick kaum mitbekamen. Eine der Palisaden aus Weidenholz zersprang in tausend Stücke, und ein Regen von weißen Holzsplittern fiel über die zertrümmerten Schanzen herab. Die nicht enden wollenden Schusssalven der Preußen durchbohrten die Erdwälle – es war, als wolle man sich hinter einer Mauer aus Reispapier verstecken. Ein Gespann dänischer Kavalleriepferde geriet mitten in die Feuerlinie der Preußen. Die Tiere stürmten in voller Panik hin und her, mit heraushängendem Gedärm und vom Schock und Schmerz verdrehten Augen. Sie rannten auf Beinstummeln und mit roten klaffenden Wunden in den Lenden. Dass Tiere derart schreien konnten. Dennoch hielt man mit dem Feuern nicht inne, sondern ballerte einfach weiter drauflos. Vielleicht nahm man die Pferde aufs Korn oder die Gefallenen, die langsam die Hänge hinunterrollten. Das verräterische Blitzen von Knöpfen und Gehängen. Die Kanonen waren schwer und ließen sich nur mühsam manövrieren. Einige der Tiere standen still und spitzten die Ohren, gleichsam paralysiert vor Angst. Im nächsten Augenblick waren sie wie weggeblasen. Am Ende luden die Preußen die Kanonen mit rostigem Schrot. So teuflisch kann nur der Mensch sein.

Der Seeoffizier war ein älterer grauhaariger Mann, sein Gesicht in den Zügen gröber als das der feingliedrigen Puppe und vor Müdigkeit starrer als Wachs. Dennoch erkannte

Paul ihn wieder. Er ging in weniger als einem Meter Abstand im Laufgraben vorbei, die Uniformjacke aufgeknöpft und lehmverschmiert. Paul dachte, dass also auch diese Knöpfe geöffnet und geschlossen werden konnten. Das Gesicht des Mannes war grau von all dem, was er gesehen hatte. Doch als Gemeiner spricht man einen Offizier nicht an – und deshalb bekam Paul keine Klarheit.

Er überlebte und kam zu uns ins Dorf, ein dunkler Zauberer mit einem Schrein voller Kräuter und Pulver. Unsere Obstbäume waren durch die ständigen Attacken der Schädlinge auf dem besten Wege einzugehen. Er war willkommen.

Die Uhr

In der Schale qualmte der Rest der fünften Zigarette. Die Küche stand voller Rauch. Jups Geschichte war zu Ende, ihre Stimme rau vor Anstrengung. Sie fischte die Kippe noch einmal heraus und nahm einen letzten hungrigen Zug, so dass der Tabak aufglühte. Genau so hatte Kai es immer gemacht. *Bis zum letzten Atemzug.* Ein paar ungebärdige brennende Tabakflocken schwebten auf den Tisch hinab. Jup schien nichts davon zu merken. Sie zerdrückte den Rest der Glut in dem Tongefäß. Es sah aus, als sei der Rand mit einem Perlenband runder knospender Frauenbrüste verziert, aber vielleicht irrte ich mich.

»Und die Taschenuhr blieb erhalten«, sagte ich.

»Natürlich«, erwiderte sie. »Ib hat sie sich gründlich angesehen. Sie hält das Stück für recht wertvoll.«

Ich hatte nicht bemerkt, dass jemand hereingekommen war, und der Hund schien unterm Tisch kollabiert zu sein, vermutlich war er am Coromandeltabak erstickt. Ib war kaum

größer als ich selbst, zart, feingliedrig und blass, der ganze Gegensatz von Jup. Um ihr spitzes kleines Gesicht lagen luftige weißgraue Strähnen. Sie musste in den Fünfzigern sein, vielleicht eher sechzig, sie trug eine starke, wenig kleidsame Brille, die es schwer machte, ihr Alter zu schätzen. Die Augen waren von blassem Grau, so viel konnte ich sehen.
»Ib ist Uhrmacherin. Sie restauriert alte Chronometer ... am anderen Ende des Hauses.« Jup lächelte der kleinen Blassen liebevoll zu. Ein ungleiches Paar. Ib streckte mir eine schmale kleine Hand entgegen, die sich überraschend kräftig und sehnig anfühlte, wenn auch kühl. Trotz der Hitze in der Küche behielt sie ihren dicken grauen Wollpullover an, und strich die Ärmelaufschläge über die Gelenke. Ich verspürte eine unbestimmte Sympathie.
Ib schien sich nicht bei dem Gedanken aufzuhalten, wie ich hierher gelangt war und verschwendete auch keine Zeit mit Floskeln.
»Die Uhr ist Anfang des 19. Jahrhunderts von den Uhrmachern *Brockbanks & Atkins* in London angefertigt worden«, erklärte sie, die Stimme genauso farblos und luftig wie ihr Äußeres. Sie verstummte, als wäre damit alles gesagt. Meine Sympathie erlosch. Verfroren, aber eine Klugscheißerin. Der Köter schob sich unter dem Tisch hervor und beschnupperte neugierig ihre kleinen grauen Wollpantoffeln. Auch er schien nicht sonderlich begeistert. Ich stellte mir vor, dass sie leicht säuerlich roch, wie Jogurt oder vielleicht wie einfache Dickmilch, die zu lange gestanden hatte. Die kleine Graue zog die Füße zurück. Jup hatte sich geräuschvoll erhoben und winkte uns, ihr zu folgen. Also zogen wir los. Ib trug das Holzetui mit der Uhr wie einen königlichen Orden vor sich her.

Wir liefen an Jups Werkstatt mit den ungleichen Tonbräuten vorbei und dann durch einen Gang mit blendend weißem Paneel, der wie eine Luftschleuse wirkte, die vor Ibs

Reich lag. Über der Täfelung hingen ein paar alte gerahmte Fotografien, die ich mir nicht näher ansehen konnte.
Ich hörte die Uhren bereits, bevor ich durch die Tür trat, ein ohrenbetäubendes Ticken, Surren und metallisches Klingen in allen Tonarten und Geschwindigkeiten, als würden Insekten aus Stahl und Messing durchs Zimmer fliegen und ab und an gegen die Wände prallen. Die Werkstatt war kühl und weiß gekalkt, vermutlich ging der Raum nach Norden hinaus. Eine Klosterzelle. Die Wand war bis auf den letzten Zentimeter mit glänzenden Uhren bedeckt.
Ib war auf dem Gang an uns vorbeigeeilt und nahm jetzt rasch am Arbeitstisch Platz. Die Lampe war eingeschaltet, und einen Augenblick lang fragte ich mich verwirrt, ob sie vielleicht die ganze Zeit dort gesessen hatte, im Begriff anzufangen. Der Köter war vor der Tür stehen geblieben und weigerte sich entschieden, uns über die Schwelle zu folgen. Er verdrehte die gelben Augen, und ich ersparte ihm das Zimmer. Uhren waren nicht sein Ding.
Ib hatte die Taschenuhr bereits geöffnet, die Frau schien nicht gewillt, irgendwelche Zeit zu verlieren. Sie senkte ein Vergrößerungsglas auf die kleine Zwiebel hinunter und ließ mich in deren Inneres sehen. Jetzt, wo ich die Uhr näher betrachtete, merkte ich, dass es ein recht unansehnliches Exemplar war, das Gehäuse wies mehrere Beulen auf. Ihr Inneres war indessen ein kleines Wunderwerk: hauchdünne Zahnräder verschiedener Größe, schmale Bügel und mikroskopische Schrauben, alles zusammengefügt zu einem eigenen Universum und dicht an dicht gesetzt wie in einem U-Boot. Die Teilchen glänzten und wippten mit einer vor langer Zeit ausgemessenen Präzision und bewältigten in ewiger Rotation Mikroschritt um Mikroschritt. Die Uhr ist die Konkretion der Zeit – sie ist ihr so nahe, wie wir ihr überhaupt kommen können. Ein sinnreiches menschliches Spielzeug, das es uns möglich macht, unser eigenes Altern zu erfassen. Ein schwacher Duft von Öl, Fett und altem Silber

hing über dem Mechanismus. Wie viele Besitzer hatte das kleine Ding überlebt? Drei, vier Generationen? Das Ticken war leicht wie der Atem eines Kindes.
»Schau dort, auf der Innenseite des Deckels.« Ib wies mit einer dünnen Ahle zu der Stelle. Durch die Vergrößerung war der Text gekrümmt. *Sorrows pass, hope abides* stand da, die Schrift schnörkelig wie eine Rokokovolute. Schöner Gedanke, wenn auch die Wirklichkeit oft anders aussah. Darunter waren sorgfältig ein Anker und eine fliegende Taube eingeätzt.

»Es steht kein Datum da, aber Atkins, der jüngere Atkins, war bis 1880 tätig. Allerdings bin ich der Meinung, dass die Uhr bedeutend älter ist und aus der Zeit zwischen 1820 und 1830 stammt. Schau hier, der Aufzugsmechanismus befindet sich an der Rückseite, er hat keine Schraube, sondern muss mit einem Schlüssel gespannt werden. Schrauben wurden erst seit 1842 verwendet. Wirklich fantastisch, dass der Originalschlüssel die ganze Zeit über bei der Uhr geblieben ist. Ich habe Ersatzschlüssel und Rohlinge für jede Zeit und Größe, aber hier brauchte ich sie nicht.« Ib schob das Vergrößerungsglas beiseite. Auf der Innenseite des hinteren Uhrdeckels lag in einer Halterung ein kleiner zierlicher Schlüssel. Ich streckte die Hand aus, um ihn zu berühren. Im selben Augenblick begann eine alte Wanduhr zu schlagen, und der tiefe schwere Basston ließ uns alle zusammenfahren. Ib schloss die Hand um die kleine Uhr, als hätte sie Angst, das kostbare Stück könne davonfliegen und für immer verschwinden. Ich selbst sinnierte über jene Zeit nach, die nur mithilfe eines Miniaturschlüssels und über eine kleine Hintertür zu erreichen war.

Am späten Nachmittag brachte Jup uns zum Moor zurück. Sie fuhr genauso wie sie ging und sprach – die ganze Zeit mit Vollgas und ohne jedes Zögern. Der Scheinwerfer auf dem Dach war eingeschaltet, obgleich es noch genügend Tageslicht gab und sie »die Moorwege wie ihr eigenes Handschuhfach kannte«. Als sie endlich auf den sandigen Platz eingeschwenkt war und die Handbremse mit heftigem Ratschen angezogen hatte, schoss Terror wie ein Pfeil aus dem Landrover. Der Köter umrundete den Platz mehrmals in rasendem Tempo und markierte das Revier, um sein Gleichgewicht wiederzuerlangen. Mogensen war bereits zur Stelle, er döste auf dem Vordersitz des Chevis, das Radio lief: *Schön wie eine Sternschnuppe* sang jemand in durchdringendem Altmännerfalsett. Als er Jup erblickte, drehte er rasch den Ton weg.

Es kam zu einer peinlichen Begegnung, wie immer, wenn man unvereinbare Gegensätze zusammenzwingt. Ich fing den Hund ein und hievte ihn auf den Rücksitz, von wo er mich anklagend durch die Scheibe anstarrte. In der Zwischenzeit begrüßten sich Jup und Mogensen gezwungenermaßen, plauderten über Autos, das Wetter und schlechte Straßen, und kurze Zeit darauf war sie wieder verschwunden, in einer erstickenden Wolke aus Sand, Staub und Öldunst. Männer waren nicht Jups Sache. Auf der Rückfahrt zu unserem Häuschen dachte ich über das nach, was ich erfahren hatte.
Das Dorf hatte bis in die fünfziger Jahre existiert. Zu dieser Zeit gab es dort nur noch drei klapperdürre Junggesellen, von denen jeder auf seinem baufälligen Hof lebte. Sie hießen Ask, Dag und Puk und vermieden es, miteinander zu reden, weil irgendwann in den dreißiger Jahren im Zusammenhang mit einem Stück Boden ein schweres Unrecht begangen worden war und ohne das ordnende Gedächtnis einer Frau die Angelegenheit nicht beigelegt werden konnte. Um die Alten herum fielen Haus und Schuppen zusammen, eine Wand hier, ein Dach da. Die Natur nahm sich sachte und unerbittlich das zurück, was sie als ihr Eigentum be-

trachtete. Birken und Erlen stießen durch verfaulte Fußböden und zerbröckelte Dächer. Schilf und Wassergras legten Inseln und Stege auf dem alten Viehteich an, der schließlich von einem weichen grünen Moosboden bedeckt war. Die Alten stritten über das Besitzrecht an sieben Torfparzellen, für die das große Gut seit alters das Servitut gehabt habe. (Puk war Tagelöhner auf dem Viberøder Hof gewesen.) Genau in diesen Moorfeldern war 1938 die Leiche gefunden worden. Die Feindschaft der drei hielt an, obgleich dieses Recht keinerlei ökonomischen Wert mehr besaß. Jup hatte mir die Stelle auf der Karte gezeigt, es war ein schmales Gebiet im Nordwesten, zu feucht, als dass man es im Frühjahr erreichen konnte, was bedeutete, dass der Soldat in einen See oder zumindest einen Sumpf versenkt worden sein musste. Am Ende war von den drei zänkischen Greisen nur noch Puk übrig. Er starb 1957 im Altersheim von Åbenrå, wohin ihn seine Tochter mit fester Hand verfrachtet hatte. Der Zwist um das Eigentum war nicht beigelegt.
Jup war Ende der siebziger Jahre in das Dorf zurückgekehrt, nachdem sie Ib in einem Sommerlager der Emanzipationsbewegung auf Sylt kennen gelernt hatte. Zusammen errichteten sie das Haus. Ib entwarf es, und Jup übernahm die Schwerarbeit, mauerte und tischlerte. Das neue Gebäude war auf dem Fundament des alten Familienhofs errichtet worden, dem Juphof. Auch Ib stammte aus der Gegend, aber *diese* Familie hatte die Verbindung zur Vergangenheit verloren, man beherrschte nicht mehr jedes Detail der eigenen Geschichte. Als die beiden Frauen Bäume und Buschwerk vom Grundstück räumten, stießen sie auf alte Gegenstände und rührende Spuren der Arbeit ihrer Vormütter. Pfade, die nach einem Regen plötzlich im Gras auftauchten, Treppenstufen, die nirgendwohin mehr führten, Schößlinge von Nutzpflanzen, die sich aus der gerodeten Erde drängten, Beerensträucher und andere exotische Gewächse mit dicken, wie mit Wachs überzogenen Blättern, Arten, deren Namen

weder Jup noch Ib kannten. Als die lauen Sommerabende anbrachen, dufteten die gemähten Wiesen um das neu errichtete Haus wie ein Kräutergarten. Der Geruch war so stark und erstickend, dass sie die Fenster geschlossen halten mussten, um nicht unter Schwindelanfällen zu leiden. Nachts schliefen sie wie tot.
Die Jup'schen Apfelbäume standen noch immer ums Haus, zu alt und verwahrlost, als dass sie essbare Früchte trügen, aber mit kleinen hellgrünen Mäuseohren von Blättern, die wie durch ein Wunder den grauen Zweigen entsprossen – als wäre keine Zeit ins Land gegangen. Die kleinen harten, gräulichen Früchte waren grässlich bitter und völlig ungenießbar. Es war, als fiele es den alten Bäumen schwer, sich zu erinnern, wie ein Apfel auszusehen hatte, aber dennoch taten sie ihr Bestes.

Bei der Verabschiedung hatte ich die Fotos in der Luftschleuse näher betrachtet. Es waren fünf Stück. Und alle stellten das Schlachtfeld bei Düppel dar.

Quellenstudium III

Jens Madsen hatte in den letzten Nächten schlecht geschlafen. Jedes Mal, wenn er die Augen schloss, sah er Doktor Nadlers starres Gesicht vor sich, den toten Mund, der sich vor Anstrengung verzog, um dieses oder jenes Wort hervorzubringen. Es klang wie Platsch oder vielleicht Quatsch. Die Zunge bewegte sich mühsam wie eine fette Schnecke. Was er sagte, war unmöglich zu verstehen. Im Traum drückte sich Nadler an die Brunnenwand, genau wie er es in Wirklichkeit getan hatte, doch die Gestalt hatte etwas Abwartendes, als konzentriere sie sich kurz vor einem Sprung. Am meisten fürchtete der Wachtmeister, dass der Doktor eines Nachts die gebrochenen Augen öffnen und ihn anschauen könne. Bisher war das nicht geschehen, aber Madsen fühlte, wie seine Fantasie diesem Moment mit jedem Grauen erregenden Traum näher kam. Vielleicht versuchte Nadler, ihm den Namen seines Mörders preiszugeben? Manchmal wachte Madsen auch mit dem bestimmten Gefühl auf, dass FA Nadler tatsächlich etwas Verständliches gesagt hatte, aber er konnte sich nicht erinnern, was es gewesen war ...

Die Bergung der Leiche dauerte Stunden. Als Madsen endlich wieder über den Brunnenrand geklettert war, hatte er zunächst kein Wort herausgebracht. Es bedurfte einer ganzen Flasche Kognak in Aronius' Salon, bevor sich sein Schlottern legte. Alles, was er anfasste, hatte denselben widerwärtigen Geruch. Faulig, aasig, unbeschreiblich. Er wusch sich im Waschraum des Pfarrers die Hände und den Oberkörper, schrubbte sich mit Wurzelbürste und Seifenschaum, bis die rote Haut brannte und zog, aber der Gestank wollte nicht weichen, er saß ihm in der Nase, als sei er ein Teil seiner selbst geworden, von dem er nicht mehr loskam. Leichengestank. Am Ende steckte Madsen den Kopf ins Waschbecken, doch noch immer sah er das bleiche Mondgesicht des Doktors vor sich, unergründlich und von einer Konsistenz, als bestünde es aus Weichporzellan.
Unterdessen hatte man einen Segeltuchsack nach unten gelassen, um die Leiche unter möglichst wenig Aufheben ans Tageslicht zu befördern. (Zu Johansen von der *Avisen* sagte man vorerst, es handele sich um ein totes Schaf, doch der schien nicht überzeugt und strich den ganzen Tag auf dem Friedhof herum. Der Kirchendiener brummte etwas von Hundeviechern auf zwei Beinen.) Ole Jup holte Block, Talje und Seil und befestigte die Anordnung an einem Baum. Anfangs dirigierte Tomas Rav die Arbeit, und der Kirchendiener

übernahm den Teil, der mit Muskelstärke zu tun hatte. Doch trotz allem war Rav gezwungen, in den Brunnen zu steigen, um das Seil an dem Toten anzubringen und zu versuchen, ihm den Sack überzuziehen. Doktor Nadler fügte sich geduldig in die Prozedur, rührte sich allerdings nicht vom Fleck. Er steckte ganz einfach fest, und wenn man ihn in einem Stück nach oben bringen wollte, war es das Beste, die Sache behutsam anzugehen. Jup, Rav und ein graugesichtiger Madsen holten Brechstange und Spaten, um die Brunnenwand freizuschaufeln und die gefrorene Erde zu zwingen, ihren Griff zu lockern. Als das Seil schließlich um den aufgedunsenen Körper lag und sie es anzogen, wurde mit einem hörbaren und morastig stinkenden Seufzer die Luft aus Nadlers Brust herausgepresst. Der Laut ließ die Männer fluchtartig nach oben klettern.

Um zwei Uhr nachmittags schwebte Nadler frei im Dunkel des Brunnens, eine Viertelstunde später lag er sorgfältig abgedeckt auf einer Bahre und zwanzig nach zwei schloss Ole Jup ihn im Totenhaus ein, Nadler lag direkt neben Grethe Mayers federleichtem Körper. Rav kletterte noch einmal in den Brunnen, um sorgfältig den Boden abzusuchen. Als er am späten Nachmittag wieder aus dem Loch auftauchte, schüttelte er resigniert den Kopf, die Lampe noch an einer Schnur um den Hals. Er hätte leider überhaupt nichts finden können. Sagte er.

Der Tod des Doktors war vom ersten Moment an ein Mysterium. Die Leiche wies keine körperlichen Verletzungen auf – nichts über das hinaus, was durch die Verwesung und die lange Verwahrung im Brunnen verursacht worden war, dazu kamen natürlich die Spuren von den Pfoten und Zähnen des Hundes. (Dem Köter war bis auf weiteres der Zutritt beim Kuchenbäcker verboten. Seine Frau war zu ihrer Schwester gezogen. Den Hund hatte sie mitgenommen.) Das Genick des Deutschen war intakt und er war auch nicht erdrosselt oder erstickt worden, selbst wenn eine bläuliche Hautverfärbung zunächst darauf hinzudeuten schien. Vielleicht war er erfroren? Gestolpert und selbst in den Brunnen gefallen? Aber wie ließ es sich dann erklären, dass Rav und Mayer ihn am letzten Augusttag zum Zug gebracht hatten? Rav weigerte sich, irgendwelche spekulativen Fragen zu beantworten. Aus dem einen oder anderen Grund war der redselige Doktor zurückgekehrt, und jetzt lag er im Totenhaus, stumm wie ein Fisch. Gerüchte schwirrten durch Graensebyen. Johansen, der Nadlers glänzende Stiefel entdeckt hatte, als dieser, unterwegs durch die Luft wie ein Sack verfaulter Kartoffeln, über den Brunnenrand schabte, war in die Redaktion der *Avisen* gestürmt, um einen Artikel zu verfassen. Bald würden die großen Zeitungen Wind von der Geschichte bekommen. Und man würde gezwungen sein, die Deutschen zu unterrichten.

Am Tag nach dem Fund war Madsen bis zum Abend im Bett geblieben. Das Wetter war umgeschlagen und milder geworden, aber das bedeutete auch, dass Nebel über der Landschaft lag, feucht, kalt und nahezu undurchdringlich. Er lauerte hinter den Scheiben von Madsens Schlafzimmer und glich einem grauen Körper, der hochgeklettert war und sich auf das Fensterbrett gelegt hatte. Madsens Blicke fuhren noch einmal über die Haken, um zu kontrollieren, ob die Fenster wirklich fest verschlossen waren. Trotz des Nebels war Wind aufgekommen, und die Scheiben klapperten und wimmerten in ihren Rahmen. Der Kitt war alt, und zuweilen schien es, als bliese der Wind direkt ins Zimmer. Madsen konnte den kalten Luftzug auf Wangen und Nase spüren. Er wickelte die Decke enger um sich. Seine Füße fühlten sich eiskalt an, und er zog sie an den Körper. Er weigerte sich, einem plötzlichen Impuls zu folgen und unterm Bett nachzusehen. Um Strom zu sparen, hatte er nur eine kleine Leselampe eingeschaltet, und das Licht ließ einen Großteil des Raums im Schatten. Die Ecken wirkten stockfinster, doch

Madsen wollte nicht extra das warme Bett verlassen, um den Schalter der Deckenlampe zu betätigen. Er dachte an Nadler dort drüben im dunklen Totenhaus. Er hatte kaum mit dem Mann gesprochen. Bei der Fahrt ins Moor hatte Rav am Steuer gesessen. Die Wände des Totenhauses waren aus Stein, doch trotz allem war es dort wärmer als im Brunnen, und sie konnten die Leiche nicht lange hier behalten ... Rav hatte bereits wegen eines Gerichtsarztes nach Åbenrå telefoniert. Vielleicht kam er schon morgen, falls die Wege befahrbar waren. (Doktor Munch lag mit einer Grippe danieder.)
Aus der Küche hörte der Wachtmeister alltägliche heimelige Laute. Seine Frau war sehr liebevoll zu ihm, seit er nach Hause gekommen war, und Jens Madsen fand, dass das grausige Erlebnis im Brunnen dennoch seine Vorteile hatte. Das Zimmer duftete süß nach Vanille, von den *Traumgebilden*, die seine Frau gerade buk. Sie klapperte mit Schüsseln und Blechen. Doch der Duft konnte die Erinnerung an den gestrigen Tag nicht vollends verdrängen. Das letzte Stück aus dem Brunnen heraus war schwierig gewesen, der aufgedunsene Körper begann wie ein Pendel gegen die Wände des Brunnens zu schlagen und das Seil verhedderte sich, so dass sich der grobe Sack um Nadlers Kopf zusammenzwirbelte. So hing der Deutsche eine Weile mit seinem ganzen Gewicht, bevor Jup die Beine zu fassen bekam und ihn zu Boden zog. Madsen hatte es selbst nicht gesehen, aber der Kirchendiener hatte ihm später erzählt, dass sich Nadlers Gesicht durch die Drehungen des Seils gelockert und die Haut sich wie eine steif gefrorene Maske vom Schädel gelöst habe. Der Gedanke veranlasste Jens Madsen, die Arme um die Knie zu schlingen und sich sachte hin und her zu wiegen.

Er las. Die Franklin-Expedition war nicht die erste Begegnung von *Erebus* und *Terror* mit dem Polareis. Bereits 1839 hatte sich James Clark Ross, der Neffe des bekannten Polarforschers Sir John Ross, der bereits 1818 zusammen mit Parry am nördlichen Pol nach der Nordwestpassage gesucht hatte, zu dem mächtigen Packeisgebiet auf den Weg gemacht, das den Südpol umgibt. Sein Ziel war zu erforschen, ob es am Südpol eine Landmasse gab oder ob man durch *das große Nichts* würde segeln müssen. Sein Schiff war die *Erebus,* der ihr *Schwesterschiff Terror* folgte, das unter dem Befehl von Francis Crozier stand. Im November 1840, zu Beginn des arktischen Sommers, trafen sie in Hobart, Tasmanien, ein. Von dort aus segelten die beiden Schiffe durch ein dunkelblaues sonnenbeschienenes Meer voller Pottwale, Buckelwale, Seelöwen, Robben und anderer Meereswesen nach Süden. Viele der Tiere waren so zahm, dass die Schiffe direkt durch die Schwärme hindurchfahren konnten. Die Wale bliesen ihre Fontänen in die Luft und tauchten unbeschwert, sie schienen in den beiden Schiffen schwimmende Inseln oder sogar Artgenossen zu sehen – mit einer Haut, die durch Parasiten und Napfschnecken genauso rau war wie ihre eigene. Als die ersten großen Eisberge angetrieben kamen, blau schimmernd gleich gewaltigen Schneelaternen, tauchten Scharen von Pinguinen auf und folgten den Schiffen, verspielt und neugierig. Sie schwammen von Berg zu Berg, hinein und hinaus durch Öffnungen, Gänge und zarte Gewölbe, die von den Wellen ausgeschliffen worden waren. Ab und an ließ das Meer die blauen Kathedralen des Salzwassers untertauchen und veranlasste die Pinguine, hintereinanderweg von den glatten Bergwänden zu springen. Als die Seeleute ihre Stimmen nachahmten, antworteten die Tiere mit hohen Tönen, als würden sie helle Frauenstimmen imitieren. Manchmal meinten die Seeleute, die Namen ihrer Lieben zu hören, die sie daheim gelassen hatten, einsame Stimmen, die über die Wellen hallten, als kämen sie aus dem Nichts.

Im Januar 1841 begab man sich endgültig ins Packeis hinein, und ein paar Tage später signalisierte der Ausguck an Bord der *Erebus* »Land«, einen schwarzen Felszahn, der aus dem Meer aufragte. Ross und Crozier ließen die Boote zu Wasser, und so ging man auf einer gottverlassenen kargen, bergigen Insel an Land. Sie war von riesigen brütenden Pinguinscharen bevölkert, die ob der Störung böse mit den Schnäbeln klapperten. Unter den Sohlen der Männer knirschte das Gebein toter Meerestiere. Am Strand lagen gelbliche Knochen, dick wie Eichen und noch fettig vom Waltran. Die Luft war erfüllt von schrillen Vogelschreien. Ross hatte den Union Jack mitgenommen, der noch immer fest um seine Stange gerollt war, und pflanzte die Fahne nun auf eine Erhebung, gut sichtbar für andere Seefahrer. Die Pinguine beobachteten sein Tun mit blanken runden Augen. (Die *Erebus* hatte ein Dutzend solcher Fahnen an Bord, sorgfältig verpackt in einer mit Mottenkugeln ausgelegten Kiste.) Die Insel wurde *Possession Island* getauft und zum britischen Territorium erklärt. Es war das fünfte Jahr nach Victorias Thronbesteigung. Auf dem Rückweg zum Strand wurde einer der jüngeren Seemänner von einem erschrockenen Robbenweibchen arg gebissen, und man tötete das verschlagene Tier mit Enterhaken und Büchsenkolben. Danach bestiegen die Männer rasch die Boote – doch nicht ohne Beute: Einige von ihnen hatten Nester mit gesprenkelten Vogeleiern gefunden. Die erwachsenen Vögel, der Menschen gänzlich ungewohnt, hatten sich leicht verjagen oder sogar fangen lassen.

Am 27. Januar wurde erneut Land gesichtet, eine Insel mit hoher zackiger Küste. Ross nennt sie in seinem Tagebuch *High Island.* Ein Sturm von Partikeln wirbelte durch die Luft. Die Männer hielten das Gestöber zunächst für Schnee, doch bald wurde offenbar, dass auf der Insel ein Vulkan brodelte, und es Wasserdampf, Feuer und Asche waren, die ringsum die Luft verdunkelten und das Atmen erschwerten. Die Asche färbte die gefrorenen Decks der Schiffe silbrig grau. Der

Staub knirschte zwischen den Zähnen und unter den Absätzen der Offiziere und ließ das Essen nach Feuer schmecken. Ross taufte den Vulkan *Mount Erebus*. Man kreuzte dicht an den scharfen Vorsprüngen der ungastlichen Insel vorbei und die Seeleute konnten im Wind den beißenden Geruch von Schwefel und glühend heißer Lava spüren.

James Ross besaß eine Taschenuhr, eine kleine Silberzwiebel, und er stellte fest, dass die beiden Schiffe fünf Stunden brauchten, um die Insel zu passieren, aufgrund der Abdrift und der starken Böen, die sie ständig vom Kurs abzubringen suchten – in Richtung der Felsen oder hinaus aufs Meer ins gefährliche Packeis. (1847 sollte er die verlässliche Uhr Lady Franklin schenken, da diese sich Tag und Nacht um ihren Mann sorgte. Schließlich war die Uhr an Bord der *Erebus* gewesen, und vielleicht brachte sie ja Glück. Sie solle sie als Talisman, als Glücksamulett betrachten, sagte Ross. Lady Franklin gab die Uhr erst im Jahr 1859 aus der Hand, als sie die Botschaft erhielt, dass John Franklins Grab sich all die Jahre auf King William Island befunden hatte. Nachdem ihr Kapitän Francis Leopold McClintock an Bord des Dampfschiffs *The Fox* die Nachricht überbracht hatte, schenkte sie die Silberzwiebel am Kai von Portsmouth einem einfachen Seemann. Er blieb verblüfft stehen und blickte der Droschke hinterher, ohne sein Glück wirklich fassen zu können, in der Hand das Metall mit seinem unbedeutenden Gewicht. Er verlor die Uhr seinerseits einige Jahre später bei einer Partie Bésigue in einer Schänke im Kopenhagener Nyhavn an einen dunkelhäutigen dänischen Soldaten. Was später mit der Taschenuhr geschah, ist nicht bekannt.)

Ein kalter Weg in die Hölle hinunter, dachte Madsen und schlug das Heft zu. Eine Passage oder ein Spalt, der sich für einen Augenblick öffnete. War FA Nadler einem solchen gefolgt?

Im Haus war es plötzlich still, und Madsen fragte sich, ob seine Frau vielleicht ausgegangen war. Sogar der Wind hatte sich zur Ruhe gelegt und das Flöten des Fensters war verstummt. Nur das harte Ticken des Weckers auf dem Nachttisch war zu vernehmen. Tick, tack. Bald. Sieben. Die Stille erfüllte Madsen mit Unruhe. Zögernd setzte er die Füße auf den eiskalten Boden und zog hastig den Morgenrock über das Nachthemd. Er fror bereits. Nach kurzem Zögern streifte er die Wollstrümpfe seiner Frau über. Dann rollte er die Zeitschrift fest zusammen, und ging mit der Rolle in der Hand nach draußen. Die ausgekühlte gute Stube war leer. Das Licht einer Straßenlaterne fiel auf den Boden und legte eine einfache Patience aus vier bleichen Vierecken durch die Dunkelheit. Er ging ihnen vorsichtshalber aus dem Weg. Die Eltern seiner Frau, Gott habe sie selig, starrten ihn aus ihren Rahmen über der Anrichte verwundert und zugleich vorwurfsvoll an. Welcher Ausdruck vorherrschte, war in der Finsternis nicht zu entscheiden. Schon zu ihren Lebzeiten war er sich in dieser Angelegenheit nie sicher gewesen. Ein Dielenbrett knarrte, und Madsen zuckte zusammen, als sei er ein Dieb in seinem eigenen Haus. Er umklammerte die Papierrolle, schlich auf Zehenspitzen über die kalten Dielen zu dem rettenden Lichtspalt der Küchentür und erhöhte zuletzt das Tempo, genau wie damals, als er noch ein Junge und zum sicheren Bett der Mutter unterwegs gewesen war, auf der Flucht vor dem *Alb*, der sich unter seinem eigenen Bett befand, und dem Zimmer voller knochiger suchender Finger. Madsen schob die Tür zur Küche einen Spaltbreit auf und blieb verblüfft stehen. Drinnen saßen seine Frau, der bleiche erschöpfte Polizeichef Rav und die ängstliche Frau des Kuchenbäckers, tranken Kaffee und knabberten *Traumgebilde*. Ein ganzer Teller leckeres Gebäck zierte den Küchentisch. Hinter der Tür standen zwei große verschlissene Koffer und unter dem Tisch saß der Köter des Bäckers, frisch gebadet und voller Missmut. Madsen konnte gerade noch

die schmalen gelben Augen unter dem Tischtuchzipfel erkennen.
»Schatz …«, sagte Frau Madsen, »du bist wach?«

Die letzten Tage in der Hütte hatte ich für das gründliche Studium des Materials aus dem Archiv der *Avisen* reserviert. Mogensen war noch immer sauer und nicht ansprechbar. Er wirkte, als brüte er etwas aus. Er war ein paar Mal nach Graensebyen hinübergefahren, aber ich wusste nicht, ob er Goldi besucht hatte. Jetzt verbrachte er die Zeit damit, am Motor des Chevis herumzubasteln, und verbreitete wo er ging und stand einen widerlichen Schmierölgeruch. Der Wachmann war ein Rätsel, ein irritierend unlogisches Gefühlswesen, doch im Moment hatte ich an anderes zu denken. Der Köter schien nach der Fahrt mit Jup unter Gleichgewichtsstörungen zu leiden und lag meist zu meinen Füßen und pennte. Nur ab und zu winselte er über irgendeine kleinere Komplikation in der Welt seines Traums. Er war wirklich das Beste, was man sich an Gesellschaft wünschen konnte.

Die Moorleiche kam in den Zeitungsjournalen nicht besonders häufig vor. Der erste Artikel stammte vom 31. August 1938, offenbar handelte es sich um eine hastig verfasste Notiz. Ich zählte vier Druckfehler in sechs Zeilen. Wer immer *JuJ* gewesen war – er hatte es sehr eilig gehabt. Draußen im Moor von Frøslev war ein Toter unbekannten Alters und von unbestimmter Herkunft gefunden worden. Bislang hatte nicht geklärt werden können, wie die Leiche dorthin gelangt war. »Ein deutscher Archäologe, der hier in der Gegend Urlaub macht, hilft der Polizei bei der Arbeit, da man vermutet, dass die Leiche sehr alt ist.«
Am 2. September war der Notiz ein längerer Artikel gefolgt. *JuJ* war draußen im Moor gewesen und hatte mit dem Mann gesprochen, der auf den Toten gestoßen war. Puk Sørensen hatte nicht viel Worte gemacht. Ihm lag vor allem daran,

weiterschaufeln zu dürfen, aber die Polizei hatte das Gebiet mit einem Seil abgesperrt. »›Verfl-xte Horn-chsen‹, sagte Sørensen und feuerte eine Ladung Rotz in ein Sumpfloch ab.« *JuJ* gab die Äußerungen des Mannes im Detail und mit Wohlgefallen wieder. »›Die hatten auch so'n Deutschen-rsch, 'nen Doktor, hergeholt.‹« Aber der war wohl rasch wieder nach Hause gefahren, »›den Schwanz eingezogen zwischen seinen krummen Beinen‹. Über den Toten konnte Sørensen nicht viel sagen. ›T-felszeug, das man sofort verbrennen sollte. Die ihn da hingelegt hab'n, hatten bestimmt Grund dazu.‹ Und Sørensen spuckte noch einmal.«

Ich blätterte weiter. Die Moorleiche wurde ins Totenhaus gebracht. Die ersten Nachfragen nach Nadler trafen ein. Der Chor übte für die Weihnachtskonzerte im Dezember. Man stellte Spekulationen über die Frau an, die auf so rätselhafte Weise verschwunden war. Wie sie *geradewegs durch* eine verriegelte Tür hatte gehen können. Manche meinten, sie sei nur scheintot gewesen und wieder losgezogen, sobald sie sich erholt hatte, andere flüsterten etwas von Erdgöttinnen und Geschichten, die ihnen Eltern und Großeltern in der Kindheit im Winter vor dem prasselnden Kaminfeuer erzählt hätten. Dass die Wunden an den Füßen der Frau daher rührten, dass sie aus der Unterwelt bis hier herauf gewandert war. Dass die Alten Derartiges schon seit Urzeiten erlebt hätten, man jedoch früher darauf geachtet habe, die *Wanderer* sorgfältig an die Unterwelt zu binden, damit sie ganz sicher dort blieben … Gestalten, die sonst auf die Idee kommen konnten, sich zwischen den Welten zu bewegen. So sagten die Alten. Doch es gab auch jede Menge anderer Theorien. Manch einer flüsterte sogar, die Frau sei nichts weiter als ein Produkt der erhitzten Fantasie des Pastors. Gespenstergeschichten gehörten jedenfalls zum alten Aberglauben, dem »kein vernünftiger Mensch auch nur den geringsten Wert« beimesse. Die Stimmen auf den Seiten der *Avisen* von 1938 übertönten sich.

Ich blätterte um. Pastor Aronius schrieb die beliebte Monatsspalte aus seinem Gärtchen: *Sonnenblinken auf dem Vogelbad*. Ein Spaten und ein Rechen in der gezeichneten Vignette. Doktor Munch sägte an der Soldatenleiche herum wie an einem Wacholderstumpf und bewahrte Teile des zähen Holzfleisches in Gläsern auf. Nach einiger Zeit begann der Inhalt zu schimmeln, und die Haushälterin des Pastors vergrub die Stückchen im Gartenkompost, ohne es Munch zu erzählen. (Aber der anonyme Schreiber des Leserbriefes hatte es gesehen ... Die Überschrift lautete *Gottlos!*) Weder Spaten noch Rechen bei diesem Text. Der Herbst und seine feuchte Dunkelheit senkten sich sachte über Graensebyen, es gab peitschende Stürme und überschwemmte Gräben. Himmel und Erde begegneten sich auf den lehmigen Äckern, ohne dass sich eine Grenzlinie ausmachen ließ – oben und unten dieselbe verwaschene graubraune Grundierung. Zwei Kühe gerieten in einen Bewässerungskanal und ertranken. Merkwürdige Gerüchte kursierten über das Nachbarland im Süden. Dass Leute versuchten, über die Grenze zu entkommen und zurückgeschickt wurden, manche von ihnen wieder und wieder. Dass ganze Wagenladungen voller Menschen verschwänden. Ein Gerede, genauso irrsinnig wie die Ammenmärchen über die Erdgöttin. »Wohl kein vernünftiger moderner Mensch kann so etwas glauben«, schrieb *JuJ*.
Man bereitete die Beisetzung des Soldaten vor – »Ein unbekannter junger Held, der sein Blut für die *Heimaterde* vergossen hat.« Ein anonymer Dichter hatte ein langes Gedicht zum Thema »Da brach ein junges edles Herz« verfasst, aber das übersprang ich. Von der Beerdigung gab es ein Bild, ein körniges Foto, das die Honoratioren des Ortes zeigte, der Pastor und der Vorsitzende der *Altertumsgesellschaft Südjütlands* standen in der ersten Reihe. Die Männer sahen aus, als frören sie, aber vielleicht war auch nur die Druckerschwärze verlaufen und ließ die Leute rotznäsig wirken. Einige trugen Orden und einzelne Uniformteile – Dinge, die sie

von ihren toten Anverwandten, sowohl deutschen als auch dänischen, geerbt hatten. Ich nahm die Lupe zur Hand und studierte das Bild. Sämtliche neugierigen Patrioten von Graensebyen schienen sich eingefunden zu haben. Sie bildeten am oberen Bildrand ein grauschwarzes Durcheinander. Das eine oder andere Gesicht ließ sich unterscheiden, bleiche gräuliche runde Flecken, die aussahen, wie Setzkartoffeln mit Keimlöchern. Die Bildunterschrift berichtete, was ich bereits wusste: »Pastor Aronius legte einen Kranz für das Dänische Vaterland nieder« – genau wie er es in seinem Brief geschrieben hatte.

Den ruhelosen Geist des Soldaten dürfte das mit Verwirrung erfüllt haben, für den Fall, dass er gar kein Däne war. Aus Jups Geschichte hatte ich gelernt, dass Uniformen kein sicheres Kennzeichen für Nationalität darstellten. Auch Sprache nicht, Hautfarbe, Frisur oder etwas anderes, auf das wir Menschen gekommen sind zur Unterscheidung von Bill und Bull … Zuweilen schien das Bestimmen von Trennlinien mindestens ebenso wichtig zu sein wie, dass man zu Gemeinschaft und einem Zusammenhalt fand. Ich wandte mich erneut dem Foto zu. Im Vordergrund war ein dunkler Köter zu erkennen, der stark an Terror erinnerte, aber vermutlich war das nur Zufall – oder beide hatten tatsächlich einen gemeinsamen gelbäugigen Ahnen, der damals hier herumgestreunt war.

Ich legte die Lupe beiseite, um das Bild im Ganzen zu betrachten. Verwandtschaft war wohl etwas, das wirklich verband. Die Familie. Ich dachte an Kai und wurde wieder unsicher. Gemeinsame Interessen – das war alles, was übrig blieb: dass man einen Gewinn oder Vorteil erzielte, wenn man zusammenhielt. Eine Belohnung oder Lebensrente. Viele bekamen verdrossene Gesichter, während sie darauf warteten, als erhofften sie sich einen Eimer voll Gold nach einem ganzen Leben mit nicht enden wollendem Regen. Tatsächlich ist ein retroaktives Erbe wohl alles, was wir zu erwarten haben – Eigenschaften, die in uns liegen und von Jahr zu Jahr deutlicher werden wie ein System fortlaufender Obligationen. Kleine schwappende Pütze voller Gefühle. Mut, Furcht oder Kleinlichkeit. Liebe, Eifersucht oder Gleichgültigkeit. Ich würde es nicht Belohnung nennen. Vielleicht ist das der Grund, warum Leute so eifrig nach ihren Wurzeln suchen – um Überraschungen zu vermeiden. Ich betrachtete Terrors verwahrlosten Verwandten durch das Vergrößerungsglas. Peter Mogensen würde mich vermutlich zynisch nennen, falls so etwas zu seinem Wortschatz gehörte, ich kannte ihn zu wenig, um da sicher zu gehen. Zwei Stunden später schlug ich das letzte Journal zu, ohne sehr viel klüger geworden zu sein. Über Doktor FA Nadlers Schicksal hatte ich noch immer nichts erfahren.

Heimwärts

Eine Sache blieb noch zu tun, bevor wir zurück nach Norden fuhren. Den Namem »Madsen« gab es in fünf Auflagen im Telefonbuch, jeweils unter einer anderen Adresse. Graensebyen ist klein, also beschloss ich, bei den Leuten vorbeizuschauen. Wir luden das Auto voll, verrammelten die Hütte und brausten über den Sandweg. Der Chevi roch nach Schmieröl, Hund und feuchten Kippen. Ich atmete durch den Mund.

Die beiden ersten Adressen erwiesen sich als Nieten, dort lebten »Neuankömmlinge«, Familien, die vor etwa zehn, zwölf Jahren in die Stadt gezogen waren. Das dritte Domizil war ein eingeschossiges Haus aus weißen Mexiziegeln mit weißen Erkern, die wirkten, als hätte man sie an der Außenwand festgeklebt, und geschweiften Sprossen an den

Fenstern, das Ganze sah aus wie eine billige Hochzeitstorte. Das Grundstück grenzte an eine ungastliche, wild bewachsene Heide, über der ein Schwarm Bussarde kreiste. Sie verharrten zielstrebig über ein und derselben Stelle, wahrscheinlich hatten sie Aas gefunden. Ein schöner Kontrast. Zwei Schaukeln quietschten laut im scharfen Wind. Noch ein Bauprojekt, das in den Kinderschuhen stecken geblieben war. Der Köter quetschte sich an mir vorbei aus dem Wagen und setzte sich in gebührendem Abstand auf den gepflasterten Weg, während ich an der Tür läutete. Mogensen zog eine Zeitung heraus und begann mit gerunzelten Brauen eine Tippreihe auszufüllen.

»T. Madsen« erwies sich als ein hellhäutiger, klein gewachsener, überall gleichmäßig dicker Mann um die dreißig. Er öffnete die Tür gerade so weit, dass er sich hinausschieben konnte. Hinter ihm war gellendes Kindergeschrei zu hören und ein rhythmisches Knallen, als würde ein hyperaktives Kind in Vorbereitung auf das Erwachsenenleben planlos auf die Einrichtung losgehen. T. Madsen wirkte gehetzt.

»Jaa?«, sagte er, als das Kind sein Gebrüll kurz unterbrach.

»Esmé Olsen vom Historischen Institut Kopenhagen. Ich suche Informationen über einen Jens Madsen …, der in den dreißiger Jahren in Graensebyen gewohnt hat.« Ich machte den Versuch, freundlich zu lächeln, steckte aber zugleich die Hände in die Taschen, um ihn nicht berühren zu müssen.

»Mein Onkel«, sagte T. Madsen. Er zog die Tür hinter sich zu, um das Höllengeschrei im Haus einzuschließen. Das Balg war offenbar dazu übergegangen, Glas und Porzellan zu zerdeppern. T. Madsen rieb sich die kurze stumpfe Nase. »Jens Madsen war hier Polizist. Worum geht es? Sie sind übrigens nicht die Erste, die sich nach ihm erkundigt.«

»Ein Forschungsprojekt. Ich bin dabei, die Lebensverhältnisse in einem kleinen dänischen Grenzort in den Jahren 1936–1946 zu rekonstruieren. Ihr Onkel ist eins meiner Untersuchungsobjekte.« Das entsprach beinahe der Wahr-

heit. Ich lächelte erneut. Das zweite Mal gelang es weitaus besser.
»Genau wie der andere, was?« T. hatte keine Kraft mehr, neugierig zu sein. Das Kind verursachte erneut ein Bombengetöse. »Meine zweijährige Tochter«, sagte T. entschuldigend und öffnete die Tür wieder. »Sie mag es nicht, wenn man sie allein lässt.« »Ich komme, Kri!«, rief er durch einen Spalt nach drinnen. Das Balg reagierte mit Kriegsgeschrei. T. Madsen überlegte kurz. Die Sorge um die Einrichtung gewann die Oberhand. »Kommen Sie rein.« Er riss die Tür auf und der Köter und ich traten zögernd über die Schwelle.
Kri war ein kleines robustes Mädchen mit gesunder Gesichtsfarbe und rötlichen Haaren. Sie war dabei, mit einem Kochlöffel auf verschiedene Gefäße zu trommeln und erwies sich als äußerst erfindungsreich, was die Suche nach neuen Lärmgeräten anging. Auf dem Couchtisch war ihr eine richtig schöne, tiefe Kerbe gelungen. Klein-Kri erholte sich gerade auf ihrem Decken-Camp mitten auf dem Fußboden, als wir ins Zimmer kamen. Sie sah uns aus runden blauen Augen neugierig an, eine Musterung, die ohne ein einziges Blinzeln verlief. Der Köter weckte sofort ihr Interesse, und merkwürdigerweise schien sie ihm zu gefallen. Er trippelte an mir vorbei und ließ sich neben dem Kind auf dem Boden nieder. Die beiden gingen zu leisen, murmelnden Lauten über, eine weiche Winsel- und Streichelsprache, die weder T. noch ich zu deuten wussten. Ich habe irgendwo gelesen, dass die erste Sprache des Menschen bemerkenswerterweise eine große Nähe zu jener der Tiere aufweist. Der genervte Vater wirkte erleichtert über die Atempause. Die Sonne blickte durch die Sprossenfenster herein und das Haus atmete plötzlich Frieden.
»Mein Onkel ist 1975 gestorben, und es ist nicht sehr viel, was ich Ihnen über ihn erzählen kann. Das habe ich auch dem anderen gesagt … Er versprach, mich in seinem Bericht zu erwähnen …, wenn er gedruckt würde.«

»Ja, das machen wir in der Regel. Wie hieß er?«, fragte ich. T. Madsen war offenbar nicht ohne Eitelkeit, und das galt es zu nutzen.
»Kann mich nicht erinnern … Ein dunkelhaariger junger Bursche mit Pferdeschwanz. Er sagte, er sei Doktorand aus Kopenhagen. Arbeite für Rosens historisches Irgendwas … Ein Eremit? Kann das stimmen? Er hat mir eine Telefonnummer gegeben. Ich glaube, ich habe sie noch irgendwo.« Madsen blickte suchend zur Decke hoch, als wären dort vergessene Mitteilungen oder irgendwelche Lebensfetzen zum Trocknen aufgehängt, wie man es in früherer Zeit mit den runden Brotfladen gemacht hatte. Ich verbarg meine Verwunderung und zog einen Notizblock hervor.
»Wie alt war ihr Onkel, als er starb?«
»Jens war 1903 geboren … das ergibt zweiundsiebzig Jahre. Er war ein gutes Stück älter als mein Vater. Sie waren übrigens Halbbrüder.«
Madsen nutzte die gesegnete Stille, um auf die Couch zu sinken. Er winkte mir, ich solle mich neben ihn setzen. Es war jene Art Sofa, die einen sofort in ihrer gepolsterten Umarmung versacken ließ, und ich kämpfte, um nicht die Balance zu verlieren. Meine Beine hingen in der Luft. Erst nach einer Weile bekam ich die Füße auf den Boden und konnte weiterreden.
»Hat er die ganze Zeit als Polizist gearbeitet?«
»Bis zur Rente. Über die Kriegsjahre allerdings hat er nicht gern geredet. Meines Erachtens hat er kaum etwas davon erzählt. Eigentlich merkwürdig.«
»Überhaupt nichts?«
»Fast nichts. Ja, nur Dinge, die seine Frau betrafen und das Haus, in dem sie gewohnt haben, oder was die Frau immer gebacken hat. Bestimmte Leckereien, nach denen er sich sehnte. Im Heim gab es wohl nur vegetarische Kost. Sein Haus ist mittlerweile abgerissen worden … Aber eins war äußerst seltsam.«

»Und was?«
»Er wollte nie zum Friedhof gehen. Seine Frau lag dort, aber er hat das Grab nie besucht. Kein einziges Mal ... Ein *schrecklich* starrköpfiger Alter. Er wollte auch nie erzählen, weshalb er nicht hinging.«
»Und wann ist Frau Madsen gestorben?«
»Weitaus früher. 1952. Jens ist nie richtig darüber hinweggekommen. Er vermisste sie sehr. Da war nur das mit dem Grab ... Mein Vater kümmerte sich darum. Bepflanzte es, goss die Blumen und so ...«
»Reden wir über den Friedhof in Graensebyen?«
»Ja, den älteren Teil, südlich der Kirche. Das Grab existiert noch. Wir geben uns Mühe, ab und zu danach zu schauen.« Er zuckte entschuldigend die Schultern. »Es ist nicht leicht, für alles Zeit zu finden, mit der Kleinen und so ... Jens selbst liegt in einem anonymen Grab im neueren Teil. Aber ich habe ein paar Fotos von ihm, wenn Sie die sehen wollen? Eins davon ist, glaube ich, aus den dreißiger Jahren.«

Kri war mit dem Köter verschwunden, entweder um ihn im Haus herumzuführen oder um *Stein, Schere, Papier* mit ihm zu spielen. Die Dogge kam immer klar. T. sauste los, um die Fotos und die Telefonnummer des Pferdeschwanzmenschen hervorzukramen. In der Stille schien er wie neugeboren. Ich fragte mich, ob er mich bitten würde, neben dem Hund auch das Balg mitzunehmen, wenn ich ging.
Das Foto aus den Dreißigern war ein Gruppenbild, es war auf einem Hof aufgenommen, vermutlich dem der alten Polizeiwache. T. zeigte auf Jens, aber ich hätte ihn auch so wiedererkannt. Dieselbe mollige Blondheit wie bei seinem Neffen. Neben Wachtmeister Madsen stand Polizeichef Rav mit dem Filzhut auf dem Kopf, durch die Krempe lag sein Gesicht im Schatten. Er war lang und dünn und trug einen zerknitterten Anzug. Seine Kiefer waren fest um eine gradstielige Pfeife geschlossen. Gabriel Mayer saß auf der Treppe

zur Veranda, ein schlanker junger Mann mit einem dunklen aufmerksamen Gesicht in einem hellen, gut geschnittenen Anzug. Nicht ganz so, wie ich ihn mir vorgestellt hatte. Alle drei lächelten selbstbewusst in die Kamera. Die Sonne zwang sie, die Augen zusammenzukneifen, auf der sandigen Fläche vor ihnen jedoch glänzten noch tiefe Pfützen wie nach einem heftigen Regen. Die anderen Bilder waren wesentlich später entstanden, es waren Momentaufnahmen aus den sechziger Jahren, deren Farbe ins Gelbliche spielte, und alle zeigten einen kleinen zusammengesunkenen Greis.
»Die letzten Jahre hat er fast nur noch Papiere geordnet«, sagte T., als hätte er meine Gedanken gelesen. Jens mit dem kleinen T. auf dem Schoß in einem Garten, wild wachsende Rosenbüsche und ein Apfelbaum im Hintergrund.
»Das ist vor dem alten Haus aufgenommen«, sagte T. »Ich kann mich noch gut daran erinnern.«
Ganz unten in dem Haufen lag das Hochzeitsbild der Madsens – zwei mollige, sanfte Menschen, die sich schüchtern untergehakt hatten. Eine andere Zeit. *Am 23. Mai des Jahres 1925* war in krakeliger Bleistiftschrift auf die Rückseite geschrieben.
Ich fragte noch ein bisschen nach dem Umfeld, um den Nimbus der Historiker nicht verblassen zu lassen. Versprach, ein Exemplar des Berichts zu schicken. Vermied es, mich schuldig zu fühlen. Schließlich kam Kri mit Terror zurück, beide wirkten ruhig und konzentriert und der Köter war auch noch immer im Besitz seines rattenartigen Schwanzes. Die Stunde des Abschieds war gekommen. Bevor wir gingen, reichte mir T. einen Zettel mit einer schludrig hingekritzelten Telefonnummer. Wie üblich konnten Rosens Doktoranden nicht leserlich schreiben. Es war eine achtstellige Kopenhagener Nummer. Keine, die ins Institut führte.

Auf dem Weg zur Autobahn fuhren wir noch einmal durch das Zentrum von Graensebyen. Bei der Kirche hielten wir an.

Es war das Beste, die Sache gründlich zu erledigen, wenn wir nun schon einmal hier waren. Die Kirche, ein weiß gekalktes Gebäude, war in verschiedenen Epochen zusammengebastelt worden. Der Turm stammte aus dem späten 19. Jahrhundert, ein länglicher geteerter Holzschrein, der den Wasserkästen glich, die man früher bei der Kühlung von Dampfloks eingesetzt hatte. Das Kirchenschiff war der älteste Teil. In den dicken Steinwänden, die immer und ewig Kälte ausstrahlten, saßen schmale mittelalterliche Fenster. Dicht an den Mauern lagen die Kinder, Säuglinge, die nur wenige Wochen alt geworden waren, aber auch mehrjährige Kinder. Die Trauer auf den Inschriften der Steine schien genauso groß wie am ersten Tag zu sein. Die Marmorplatten waren dünn und brüchig wie die Seiten eines alten Buches und ein Duft nach Moos und Feuchtigkeit stieg von ihnen auf.
Wir irrten ein Weilchen umher, bevor wir das Grab der Madsens fanden. Ein einfacher viereckiger Stein stand darauf, flankiert von unempfindlichen Wacholderpflanzen und einem einsamen verholzten Rosenbusch, der sich stark verzweigt hatte. Madsens Eltern und seine Frau lagen hier und ein Kind, von dem die Dokumente nichts berichtet hatten, ein Mädchen, das 1927 gestorben war, im Alter von einem Jahr. Mehr gab es nicht zu sehen. Madsen hatte das Grab vielleicht gemieden, weil er mit dem Verlust nicht zurechtkam. Man kann schlechtere Gründe haben.
Ich drehte mit dem Köter auf dem Friedhof eine Runde und kam an einem alten steinernen Geräteschuppen vorbei, der zum Parkplatz vor der Kirche wies. Ich fragte mich, ob es dasselbe Gebäude war, das früher als Totenhaus gedient hatte. Ein Stück entfernt lag im Schatten hoher Linden das Bockmeister'sche Grabgewölbe. An den grünen Kupfertüren hing kein Schloss mehr, sie waren zugeschweißt. Das Geschlecht war ausgestorben, es gab keinen Grund mehr, da hinunter zu gehen. In der Nachbarschaft des Gewölbes lag das Grab des unbekannten Soldaten, die Buchstaben im

strengen Stil der dreißiger Jahre, ›Gefallen für das Vaterland‹. Der Köter hatte irgendwas entdeckt und versuchte mich mitzuziehen, bevor ich mir den Stein gründlich hatte ansehen können, doch diesmal blieb ich hart. Ich hockte mich hin und kratzte ein bisschen Vogeldreck von der Fläche. Die Mitglieder des Ortsvereins der *Altertumsgesellschaft Südjütlands* waren namentlich in den Porphyr eingehauen, späte Teilnehmer des üblen Streits zwischen Deutschem und Dänischem, als wäre der Kanonendonner von Düppel nie richtig verklungen. Da jede verräterische Schnalle und jeder Knopf seit langem weggerostet waren, hatte man den Soldaten zu dem machen können, *was man haben wollte*. Schließlich ist es eine vergleichsweise sichere Sache, den Krieg mit zurückgelassenen Dokumenten und Urkunden fortzuführen. Der Soldat hatte keinen Namen erhalten. Gabriel Mayer war es also nicht gelungen, die Geschichte des Unbekannten ausfindig zu machen. Ich schaute mich um. Kein Mensch war zu sehen. Ein paar Gräber weiter lagen Kränze von einer jüngeren Beisetzung, ein Haufen modernden Plunders in grellen Farben. Es gelang mir, den störrischen Köter mit dorthin zu zerren, und sorgfältig wählte ich eine zierliche weiße Blume aus, deren Namen ich nicht kannte, ein Treibhausgewächs, das noch immer von großer Schönheit war, obwohl es bereits zu welken begonnen hatte. Der Duft der Knospe war schwer und süß. Der Wassermangel hatte sie am Aufblühen gehindert und die Kronenblätter waren behutsam nach innen gebogen, als hüteten sie ein Geheimnis. Ich fand an einer anderen Stelle ein leeres Glas, füllte es mit Wasser und ließ die weiße Blume am Grab des Soldaten zurück. Ich hoffte, sie würde ihm gefallen.

Düppel, den 23. April 1864

Am dritten Morgen wacht er mit einem erdigen Geschmack auf der Zunge auf. Wie kann er wissen, wie Erde schmeckt? Er holt hastig Luft, als würde er mit ausgestreckten Armen auf einem stillen Waldsee treiben und sei kurz davor zu versinken. Das Wasser um ihn herum ist dunkel und undurchsichtig. Bodenlos? Sah sein Traum so aus? Er erinnert sich nicht. Er atmet heftig und fühlt das Bewusstsein wiederkehren. Beim Aufwachen hat er des Öfteren solch ein Gefühl. Das Gefühl, geboren zu werden. Er hebt die Hand und spürt, dass sein Gesicht mit stachligen Stoppeln bedeckt ist. Die Haut ist rau und trocken. Vorsichtig betastet er seine Gesichtszüge, als gehörten sie einem Fremden, als hätte man sie in den Stunden seines Schlafes ausgetauscht. Er versucht zu schlucken, doch das Ergebnis ist nur ein trockener Reflex. Die Zunge ist steif und wund, er muss mit offenem Mund geschlafen haben. Es dauert ein paar Sekunden, bevor er begreift, wo er sich befindet. Mühsam setzt das Gehirn die einzelnen Teile der Erinnerung zusammen, sortiert sie und legt sie nebeneinander aus. Licht, Geschmack, Geruch, Gefühl. Nicht anders geht er vor, wenn er sorgfältig einen Platz aussucht, das Arbeitszelt aufbaut, dann den Klapptisch mit Schalen, Pinzetten und Entwickler auf ebenem Boden aufstellt, die Zeltleinwand zurückschlägt und die umgebende Landschaft betrachtet. Die weiche Rundung der Hügel, ein dunkleres Waldstück, das helle Blau des Himmels. Irgendwo fließt ein Bach. Er kann das Wasser hören, genau wie im Traum. Sein Mund ist trocken. Gott gebe, dass man den Wagen in Frieden gelassen hat. Die Erinnerung ist da. Er liegt in der Kleinkammer des Hofes. Irgendwo schüttet jemand Wasser aus, gießt es von einem Gefäß in ein anderes. Sein Leib riecht süßlich nach Schweiß und tief sitzender Angst und nach etwas anderem, Bitterem, dem Kräutersud, mit dem das Mädchen seine Brust eingerieben hat. Das Hemd klebt am Körper. Die Weste und den Rock hat jemand über einen Stuhl gehängt, der Bisonhut thront auf dem Sitz. Er vermisst die Hose. Die Stiefel lehnen an den Stuhlbeinen, zwei schwarze mit Staub bedeckte Lederknechte ohne ihren Herrn. Die Hose musste offenbar gewaschen werden. Diese verdammte Kraftlosigkeit. Die Hand zittert, als er sie vor die Augen hält. Die Kammer besitzt ein kleines Fenster, aber die davor gespannte Tierhaut lässt nur schwaches, gelbliches Licht herein. Ein Licht, das zum Fotografieren niemals taugen würde. Das Zimmer liegt in einer ständigen Dämmerung, in der sich diese Menschen ebenso sicher bewegen wie im klarsten Sonnenschein. Gleich Maulwürfen kennen sie jeden Zoll, jeden Winkel, jede Öffnung in den kleinen erbärmlichen Räumen, einfache Unterkünfte mit gestampftem Lehmboden und winzigen Fensteröffnungen, um Wärme und Kälte draußen zu halten. Am ersten Nachmittag hatte er sich ein wenig umsehen können. Die Selbstverständlichkeit, mit der diese Menschen hier zu Hause sind, flößt ihm Angst ein, er fühlt sich wie ein Fremder. Dennoch wird er keineswegs schlecht behandelt. Er ist Gast des Dorfes, frei, seiner Wege zu gehen, sobald er wiederhergestellt ist. Das Fieber hat ihn überrascht wie eine plötzliche Invasion fremder Truppen, ist mit Bränden und Schlägen eingerückt und hat seinen Leib in Besitz genommen. Aber er bekämpft es mit List und Tücke. Überlegt genau. Die Glieder schmerzen noch immer, aber es wird besser, das fühlt er. Gestern hat er *gefordert*, dass man sämtliches Wasser, dass er trinkt, vorher abkochen soll. Das Mädchen Ib, mit dem er meistens spricht, hatte ernsthaft genickt, als würde sie verstehen. Jetzt steht ein Tonbecher an seinem Bett. Mit Mühe hebt er den schweren Arm, um danach zu greifen. Erst beim dritten Versuch gelingt es ihm. Das Wasser schmeckt nicht anders als früher, sumpfig, mit einem scharfen metallischen Beigeschmack. Gibt es Gifte, die so schmecken? Er schluckt die Flüssigkeit dennoch. Hat, verdammt noch mal, keine Wahl. Mit Befriedigung stellt er fest, dass seine Gedanken allmählich leichter laufen. Ganz bestimmt ist er auf dem Weg der Besserung, wird bald wieder auf den Beinen sein. Er ist seit zwei Tagen hier im Dorf. Das hat ihm das Mädchen Ib erzählt. Heute wird er aufstehen, sich waschen, rasieren und die Gegend erkunden. Um sich zurechtzufinden. Mit diesen Überlegungen schlummert er ein.

Als er das nächste Mal aufwacht, ist es Abend, das kleine Viereck gelblichen Lichts ist verschwunden. Wie ein Raubtierauge, das sich schließt, er hat die Bestien hinter den Gittern im Berliner Zoologischen Garten beobachtet. Für einen Augenblick ergreift ihn Panik, er kann in dieser Dunkelheit nicht atmen, sie legt sich auf Nase und Mund wie ein dichtes, übel riechendes Fell, ein Tier, das er nicht sehen kann. Dann beruhigt er sich, zwingt sich dazu, an seine kleine Wohnung in der K-straße zu denken, an die Dinge, die er nach seiner Rückkehr als Erstes erledigen muss. In Gedanken durchquert er die beiden Räume, den Salon mit dem Walnusstisch und den vier geschwungenen Stühlen, sieht die kleine Schreibecke vor sich, wo er seine Papiere, die Tinte und die Stahlfedern in ihrem Ständer aufbewahrt, das Bücherregal, dann das Schlafzimmer mit der schönen grünen Tapete und dem prächtigen Bett, das er sich aus Paris hat kommen lassen. In diesem Moment hört er Schritte. Jemand kommt herein, diesmal eine ältere Frau, sie trägt ein zischendes Talglicht und eine Schale mit Suppe. Sie geht langsam und leicht schwankend über den Fußboden, ihr unzuverlässiger flatternder Schatten wandert neben ihr über die Wand. Die Frau füttert Käsemann geduldig mit einem Löffel, jede der bedächtigen Bewegungen ist sinnvoll und präzise. Der Lichtschein fällt auf das runzlige Gesicht der Frau und lässt es einem alten Gemälde ähneln, einer Leinwand, die von hunderten winziger Risse und Knicke durchzogen ist. Danach holt sie einen Eimer mit lauwarmem Wasser herein und wäscht ihn wie ein Kind, befreit ihn von dem verschwitzten Hemd und fährt ihm mit einem feuchten weichen Lappen über den Leib. Formt ihn aufs Neue unter ihren abgearbeiteten Händen. Was auf den Boden tropft, wird sofort von der Erde aufgesogen. Käsemann ist völlig nackt, fühlt jedoch keine Scham, nicht einmal, als sie sein Glied wäscht. Er kann ihren Geruch spüren, süß mit einem Unterton von Rauch. In dem Moment liebt er sie wie seine Mutter. Mehr als seine Mutter. Sie zieht ihm ein frisches Hemd aus grobem handgewebten Stoff über. Als sie ihn verlassen hat, sinkt er erneut in unruhigen Schlaf. Es ist, als würde er seinen Griff lösen.

Er träumt, dass er auf einem der Wege im Tiergarten spazieren geht. Der Sand knirscht unter seinen Füßen, und er versucht, vorsichtig aufzutreten, damit man ihn nicht hören kann, das ist sehr wichtig, er weiß nicht, warum. Der Park liegt in einem sonderbaren bläulichen Licht. Ist es Nacht? Auf den Rasenflächen flanieren Menschen und sein Blick fällt auf eine gut gekleidete Frau ganz in Weiß, die sich auf die silbrige Wiese hockt, raschelnd die Röcke hochzieht und vor seinen Augen ihre Blase entleert. Die Schenkel schimmern bleich in dem seltsamen Licht. Das Haar um ihr Geschlecht ist schwarz und leicht gekraust. Der Urin bildet eine dunkle Pfütze. Sie schaut ihm die ganze Zeit direkt in die Augen und lächelt mit halb geöffnetem Mund, er kann ihre Zunge über die glänzenden Lippen fahren sehen wie die einer Schlange. Und er hört sie atmen, kurz und schnell, als sei sie gerannt. Ihre Zähne sind weiß und spitz wie bei einem Hund oder Fuchs. Er möchte sie berühren, hat jedoch Angst, dass sie ihm in die Hand beißen könnte. Befangen wendet er den Blick ab. Niemals zuvor hat er so etwas gesehen – außer vielleicht im Tross der Armee. Bei den letzten voll beladenen Wagen, denen Huren und Kinder folgten. Die Frauen dort, wie … Er hat beobachtet wie sie sich hinter Scheunen oder im Straßengraben mit jedem Beliebigen einließen, die schmutzigen Röcke bis zur Taille geschürzt, die Kerle über ihnen, die Hosen um die Knöchel, der weiße Hintern wippte in der Luft bei dem heftigen lieblosen Ritt. Die Gesichter beider leer von allem anderen, bis auf die Gier des Augenblicks. Bleiche Masken, die Münder wie Löcher. Er konnte nicht anders, er musste hinschauen, selbst wenn der Anblick in ihm Ekel erzeugte, zugleich fühlte er sich aber auch ... lebendiger. Später hatte er dasselbe getan. Doch nie mit einer Frau dieser Gesellschaftsschicht. Im Traum ist alles auf den Kopf gestellt, hohes niedrig geworden.

Er geht weiter, seine Füße fühlen sich an, als liefe er durch Wasser, schwerelos, und als der Pfad eine Biegung macht, begegnet ihm ein dunkelhäutiger Mann mit glänzendem zeitlosen Gesicht. Der Fremde kommt wortlos auf ihn zu, seine Schritte sind nicht zu hören. Es ist unmöglich, das Alter des Mannes zu bestimmen. Käsemann quält diese Sache im Traum, eine weitere Ungewissheit, doch der Fremde berührt ihn nur leicht an der Stirn und reicht ihm einen kleinen weißen Stofffetzen. Darauf sind unverständliche Zeichen gekritzelt, er weiß, dass sie wichtig sind, doch er kann sie nicht lesen.

Der Traum nimmt Züge der Wirklichkeit an, und Käsemann erinnert sich plötzlich an ein Treffen, an dem er vor über einem Jahr teilgenommen hat. Ist er jetzt wach? Er ist sich nicht sicher. Die Veranstaltung fand in einem schäbigen Vorlesungssaal in Kreuzberg statt. Er hatte von dem Interesse der kaiserlichen Familie an exotischen und okkulten Dingen gehört, an Geistern und fantastischen Geschichten. Wilhelm selbst befragte angeblich Magier, um auf diese Weise das Schicksal der Nation und *den Ursprung des deutschen Volkes* zu ergründen und Käsemann wollte in diese neue Welt Einblick erhalten.

Der Vortrag ist für acht Uhr abends anberaumt, Käsemann ist zeitig losgegangen und trifft als einer der Ersten ein. Es ist eine gemischte Gesellschaft von Leuten, die sich einen Platz auf den einfachen Holzstühlen des Saales sucht. Es riecht nach Kohlenrauch, Schweiß und zu lange gekochtem Kohl. Vielleicht kommt der Geruch aus den Kleidern, den schmutzig grauen Kopftüchern und dicken Wollwesten. Viele sind einfach gekleidet oder tragen ihre Arbeitssachen, als hätten sie gerade ihre Schicht beendet oder seien unterwegs zum Nachtdienst. Aber auch eine Reihe besser situierter Leute ist anwesend, Käsemann selbst trägt einen warmen Überzieher mit Pelzkragen. Als die Uhr acht schlägt, sind alle Plätze im Saal belegt. Käsemann schaut sich neugierig um. Neben ihm sitzt eine Frau in einem verschlissenen Mantel. Sie kann ebenso gut zwanzig wie vierzig Jahre alt sein – das lässt sich unmöglich bestimmen. Magere gelbliche Handgelenke ragen aus den zu kurzen Ärmeln, und ihre Knöchel sind rot und geschwollen. Die Finger zupfen an losen Fäden im Stoff herum, als nestele ein fleißiger Fischer an seinem Netz. Auf dem Ringfinger rutscht ein einfacher abgewetzter Goldring hin und her. Sie leckt sich unentwegt die dünnen Lippen, als hätte sie Durst. Das Haar trägt sie bloß, es glänzt vor Fett und ist straff nach hinten gekämmt. Ihr Gesicht erinnert an das einer schludrig gegossenen Puppe, es ist grob und unvollendet. Käsemann zieht den Mantel dichter um sich und schlägt den Kragen hoch. Es ist feuchtkalt im Raum, und an den Füßen spürt er eiskalten Zug. Der winzige Ofen schräg hinterm Podium vermag den Saal nicht zu erwärmen. Übrigens brennt das Feuer hinter der schiefen Tür nur schwach, Käsemann kann es sehen.

Dann taucht der Referent des Abends auf. Käsemann hat seinen Namen vergessen. Es ist ein kleiner glatzköpfiger Mann, den er an einem anderen Ort für einen Buchhalter oder Kontoristen gehalten hätte. Das Gesicht ist blass und ungesund, als würde der Mann sich ständig im Haus aufhalten, in düsteren Räumen vor staubigen Journalen mit endlosen Kolumnen. Er trägt einen schlecht sitzenden schwarzen Anzug und bewegt sich nur zögernd. Vorsichtig steigt er auf das Rednerpodium und schaut zunächst kaum auf. Doch dann ist Käsemann erstaunt, wie dunkel, kraftvoll, ja fast guttural die Stimme des Mannes klingt. Er spricht einen breiten süddeutschen Dialekt, und dem Fotografen fällt es anfangs schwer, seinen Überlegungen zu folgen. Der Redner spricht von der Urheimat des deutschen Volkes, so viel ist klar. Erwähnt etwas von einem vergessenen Reich. Berichtet davon, wie wir den Weg dorthin finden können. Der Gedankengang ist sehr verworren, aber die Puppenfrau neben Käsemann atmet rascher und lauscht gierig. Ihr Mund ist halb geöffnet und ihr Gesicht hat etwas Farbe bekommen, auf den Wangenknochen leuchten rote Flecken. Offenbar verschlingt sie jedes Wort. Genau so sieht sie aus, denkt Käsemann: hungrig.

Dieses Mal überschreitet er die Grenze zwischen Traum und Wachsein unbemerkt. Das Erste, was er vor sich sieht, ist das Gesicht des Mädchens Ib, blass und gräulich und schmal wie ein Schilfblatt. Ihr langes zottiges Haar ist fast weiß. Sie lächelt ihm zu, und zeigt dabei eine Reihe schlechter Zähne. Sie kann nicht älter als dreizehn sein. Die Nase wirkt in dem kleinen Gesicht wie ein nachlässig geformter Tonklumpen. Sie hat einen breiten Mund, der nur selten stillzustehen scheint, und ihre Augen sind von einem leuchtenden Grün. Trotz der stickigen Wärme im Zimmer ist Ib mit etwas bekleidet, das einem Sack gleicht und aus grobem Wollstoff besteht. Ihre nackten Füße sind unbeschreiblich schmutzig. Eine kleine Hexe, nein, ein Waldwesen. Er versucht sich aufzusetzen, aber das Mädchen schüttelt abwehrend den Kopf. Nein, sagt sie bestimmt, er sei noch zu schwach. Wie üblich hat sie eine Tonschale mit scharf riechendem Inhalt mitgebracht, eine graue, talgartige Paste, die ihn gesund machen soll.

»Wie spät ist es?«, fragt er, und zu seiner Verwunderung zieht das Mädchen eine Taschenuhr hervor und hält sie ihm vors Gesicht. In dem unruhigen Flackern des Lichts scheinen die römischen Ziffern hin und her zu wandern. Das Ticken klingt trocken. Merkwürdigerweise hat Ib es verstanden, die Uhr aufzuziehen. Es ist acht Uhr abends. Er fühlt sich nicht mehr schläfrig, aber das Fieber hat ihn matt und hilflos werden lassen wie einen Säugling. Als Ib damit fertig ist, ihm die Paste auf Brust und Rücken aufzutragen – der Geruch ist Ekel erregend, jetzt, wo er ihm so nahe ist –, setzt sie sich erwartungsvoll neben sein Bett. Wie aus dem Nichts zaubert sie Käsemanns Skizzenblock hervor, befeuchtet den Zeigefinger und blättert ernsthaft die Seiten um, bis sie eine Zeichnung der Landschaft bei Düppel findet.
»Bring es mir bei«, sagt sie.

Am nächsten Tag fühlt er sich stark genug, sich aufzusetzen. Er bringt dem Mädchen die Grundlagen des Perspektivzeichnens bei. Sie ist ungemein gelehrig, eine wunderbare Schülerin. Ib ihrerseits erklärt dem Fotografen, wie man der Natur einfache Farben abgewinnt, Schwarz vom Ruß und dazu Fett aus dem Kochtopf, Ochsenblutrot aus dem Blut des Tieres, auch wenn die Farbe nicht von Dauer ist, für Rotbraun braucht es ein Schöpfgefäß voll kupferhaltiger Erde, für Cerise ein bestimmtes, safthaltiges Gewächs. Eine ganz besondere gelbe Farbe erhält man von den fetten Schmetterlingslarven, die sie in den Obstgärten sammelt. Sie zeigt ihm den Inhalt ihrer Kleidertasche, eine schmierige Masse zerquetschten Getiers, das zur Anwendung kommen wird.
So sitzen sie bis zum Nachmittag. Käsemann genießt ihre wache erfinderische Art. Sie benutzen Zeichensprache und einfache Worte, das Gemisch aus Deutsch und Dänisch, das an der Grenze gesprochen wird. Ib füllt seinen Block mit Zeichnungen, entzückt über die Möglichkeiten des feinen

Kohlestifts. Am Ende zeichnet sie einen Burschen oder jungen Mann, die Züge sind sehr detailliert. Käsemann begreift, dass es sich um ein Porträt handelt.
»Dein Liebster?«, fragt er.
»Der Junge im Moor«, sagt Ib.
Er versteht nicht im Geringsten, was sie meint.

An jenem späten Frühlingsnachmittag begeben sie sich auf eine Wanderung, Käsemann und Ib. Er ist noch immer schwach, aber das Bild des Mädchens hat seine Neugier geweckt. Sie gehen einen schmalen Pfad hinunter, der voller knorriger Wurzeln ist. Mühsam steigt Käsemann darüber hinweg. Ib schaut nicht einmal nach unten, so gut bekannt ist ihr diese Landschaft und der sich dahinschlängelnde Weg. Unter den Bäumen ist es feucht und dunkel, obgleich noch keine Blätter an den Zweigen hängen. Bald sind sie draußen im Ödland des Moors, und kleine Gehölze aus Birken und andere feuchtigkeitsliebende Bäume übernehmen das Terrain. An ihren Zweigen zeigt sich bereits ein schwacher grüner Schimmer. Käsemann kann keinen Pfad mehr erkennen, allein würde er niemals den Rückweg finden. Ib läuft eilig vor ihm her, gibt hier einem Stamm einen Klaps, streicht dort mit ihren kleinen kräftigen Händen über einen Busch. Die Sonne steht niedrig, doch ein paar Stunden wird es noch hell sein. Im Frühlingslicht wirkt die Luft klar wie Glas.
Bald müssen sie über Bodenhöcker balancieren, kleine Inseln auf schwankendem Grund. Jeder Schritt lässt den wassersüchtigen Boden japsen. Es ist, als würde er atmen. Käsemann schwitzt und ihm ist schwindlig, aber er will nicht aufgeben. Es sei jetzt nicht mehr weit, meint Ib. Als er stolpert und beinahe fällt, fasst sie ihn beim Hemdsärmel.
Ein Stück im Moor draußen liegt ein Holzkahn vertäut, ausgeblichen und uralt, ein einfaches Schwimmgerät, das aus einem ausgehöhlten Stamm entstanden ist. Die alten Axt-

schläge sind noch sichtbar, doch unter den Fingerspitzen wirken die Kerben glatt und sanft. Das Moor hat sich zu einem schlammigen See verwandelt. So sei es jedes Frühjahr, meint Ib, im Spätsommer trockne der Boden dagegen aus. Sie finden beide Platz in dem schmalen Boot, aber Käsemann muss absolut still sitzen, damit sie nicht kentern. Ibs Gesicht ist rot vor Anstrengung, und sie lächelt ihrem Begleiter glücklich zu. Das Haar bauscht sich um ihren Kopf wie eine weiße Wolke. Geübt stakt sie den Kahn zwischen Inseln aus Gagel und Sumpfbinsen hindurch. Das Wasser schlägt gluckernd gegen die glatten Holzwände. Ab und an hören der Mann und das Mädchen Laute von Vögeln, die aufgeschreckt werden, schrille Warnrufe, die Käsemann zusammenzucken lassen. Schließlich macht Ib das Boot fest, indem sie die Ruderstake in den Schlick rammt und eine Schlinge darum knüpft. Das Boot zerrt an der Leine, als sei es in eine Strömung geraten, aber das ist ja kaum möglich.
»Hier«, sagt Ib. Sie reibt die Hände an dem sackleinenen Kleid trocken. Käsemann findet, dass der Ort exakt jedem anderen Gagelhöcker und Riedbüschel im See gleicht, an dem sie vorbeigekommen sind. Doch hier schwimmt ein Seilende auf der Oberfläche, das sich wie eine Wassernatter durch den breiigen Belag schlängelt. Der Rest des Seils verschwindet unten in der Dunkelheit. Mit derselben Selbstverständlichkeit, als hole sie einen Wassereimer herauf, beginnt Ib die Last an die Oberfläche zu ziehen. Das Seil dehnt sich. Die Arbeit wird zum Kampf. Sie schwitzt. Ein Schwarm Luftblasen durchbricht als Erstes den stehenden Wasserspiegel. Der Brodem von Verwesung füllt Käsemanns Nasenlöcher. Er sitzt wie gelähmt im Boot, den Blick auf das Wasser geheftet, den Geschmack von Erde und Eisen auf der Zunge. Er verspürt plötzlich einen unbegreiflichen Schrecken. Seine Fantasie hat ihm bereits eingegeben, was er sehen wird. Am Ende der Leine hängt ein Körper, ein junger Bursche, dessen Gesicht und Kleider von Schlamm bedeckt sind.

»Hier ist er«, sagt Ib. Im selben Moment schwimmt der Tote an die Oberfläche.

Er fragt sie wieder und wieder, wie es zugegangen ist. Sie sind auf dem Rückweg, der Junge erneut sorgsam im Bodenschlamm verankert. Diesmal hat Ib ein Gewicht an die Leine gehängt, einen runden Feldstein von der Küste, es war das letzte Mal, dass der Tote an die Oberfläche durfte. Die anderen im Dorf haben Ib zurechtgewiesen. Sie mögen ihre Wissbegier nicht immer.

»Wer ist er«, beharrt Käsemann.

»Irgendjemand. Ein Soldat. Die Jungen im Dorf haben gesehen, wie es geschah. Wir haben ihm nichts getan, wir haben ihn nur an den rechten Ort gebracht.« Ihre Augen sind schmale grüne Schlitze. Käsemanns fehlende Dankbarkeit lässt Ib langsam missmutig werden. Schließlich hat sie ihm doch gezeigt …

»Ich habe Kreidestifte, Wasserfarben …«, sagt er, »in meinem Wagen. Die kannst du haben … wenn du erzählst.« Die Wanderung den Hang hinauf nimmt ihm den Atem.

Ib beschleunigt den Schritt. Sie sind jetzt auf dem Weg durch den schattigen Wald. Es ist so dunkel, dass keiner sehen kann, was sie denkt, nicht einmal sie selbst. Niemand muss es erfahren. Außerdem mag sie den kräftigen Mann. Er lehrt sie Dinge. Sie kann hinter sich sein Keuchen hören.

»Hier müssen wir anhalten«, sagt sie, nimmt ihn bei der Hand und zieht ihn in das Dickicht neben dem Weg. Auch an dieser Stelle beginnt ein schmaler Pfad, den er zuvor nicht bemerkt hat, er verläuft in zahlreichen Windungen wie ein Wurmloch durch altes Holz. Zuweilen ist er so schmal, dass man einen Fuß hinter den anderen setzen muss. Zu beiden Seiten wachsen stachlige Brombeerranken, denen Käsemann nicht zu nahe kommen will. Schließlich gelangen sie zu einem runden Platz, einer kleinen Öffnung zwischen dem dichten Gestrüpp. Die Luft steht völlig still, und er kann den

frischen säuerlichen Geruch jungen Grüns spüren. Durch schlankes Astwerk sickert Licht zu ihnen herab. Hier drinnen sind sie vor allem verborgen, sogar vor Gottes Auge, denkt Käsemann.
»Das hier gehört mir«, sagt Ib.

Ib spielt mit kleinen runden Steinen, während sie erzählt. Der Boden des Verstecks liegt voll von ihnen, das Mädchen hat sie hergetragen, und später wird Käsemann ihre Geschichte immer mit dem trockenen Klappern der Steine verbinden. Klick, klack, ein junger Soldat kommt durch den Wald gewandert, klick, klack, oder … nicht gewandert, sondern gerannt, er stürmt durch die Büsche am Rand des Moors, stolpert und fällt, steht wieder auf und rennt, als wäre der Teufel selbst hinter ihm her. Die Kinder im Dorf sehen den Burschen zunächst aus einiger Entfernung. Er weint, glauben sie, und ruft nach seiner Mutter. Ein junger Soldat in Uniform ähnlich den bunten Zinnsoldaten, die der Apfelweinhändler irgendwann in seiner Kiste mitgebracht hat. Dass er weint, finden die Kinder sehr sonderbar. Nach einem Weilchen sehen sie auch die Männer, die ihm folgen. Es ist der Abend nach der großen Schlacht bei Düppel, und die Gegend wimmelt von Truppen, verwundeten oder betrunkenen Männern, voll von Leben, Branntwein oder Kummer, Offiziere und Gemeine. Pferde, die sich unter den endlosen Kanonaden losgerissen haben, laufen hin und her, an Rist und Lende weißen Schaum, die Augen noch immer wild vor Angst. Es ist unmöglich sie einzufangen oder auch nur zu berühren. Der Dunst von Pulver und Schwefel hängt in der Luft, auch im Dorf ist er zu spüren, ein stechender, leicht modriger Geruch. Der Himmel im Osten ist grau vom Rauch der vielen Feuer, die in den Lagern der Armeen angezündet worden sind.
Die Männer, die hinter dem Jungen herlaufen, grölen und lachen, sie sind betrunken, und ab und an fällt einer von ih-

nen hin und flucht lauthals und seine Kameraden müssen ihm aufhelfen. Deutsche oder Dänen, die Kinder im Dorf sehen keinen Unterschied. Am Ende stolpert der Soldatenjunge ein letztes Mal, und seine Verfolger holen ihn ein. Fünf erwachsene Männer sind es, groß und kräftig. Sie strecken ihn mit einem Schlag ins Gesicht zu Boden und drehen ihn dann auf den Bauch. Die Kinder können nicht entscheiden, ob sie wütend sind oder fröhlich, die Gesichter sind starr wie Masken. Dann machen sie sich bereit, in Reih und Glied, wie es erfahrenen Soldaten ansteht. Einer nach dem Anderen vergewaltigen sie den Jungen, brutal und gründlich. Die anderen halten ihn fest und feuern ihren Kameraden durch Gesten an, pressen den Kopf des Jungen in den weichen Boden. Die Szene ist geräuschlos, bis auf das Stöhnen der Männer und das Klirren von Flaschen. Einer geht beiseite und zündet sich eine Pfeife an, betrachtet die stille friedvolle Landschaft, den weißen schimmernden Mond, der an diesem Frühlingsabend aufgestiegen ist und jetzt wie eine reife Frucht am Himmelsgewölbe hängt. Fantastisch, dass er noch immer lebt und atmet. Er holt tief Luft.
Der Junge hat aufgehört zu weinen, er gibt keinen Ton mehr von sich. Die Kinder beobachten alles, versteckt im Dickicht.
Als die fünf Männer endlich fertig sind, knöpfen sie schweigend die Uniformhosen zu, schauen sich rasch an und blicken dann schnell wieder zur Seite. Es ist wie eine stille Übereinkunft. Einer von ihnen bleibt zurück und beugt sich über den Jungen, zieht ein Stück Seil aus der Tasche, formt geübt eine Schlinge und erdrosselt den Jungen genauso rasch und still, wie man ein Kaninchen stranguliert. Dann verschwindet auch er. Klack. Das ist die ganze Geschichte.

»Hinterher gingen Bue und ein kleinerer Junge hin und schauten nach.« Ib hält einen Stein zwischen ihren kurzen Fingern, es ist jetzt fast dunkel, aber etwas in dem Stein

zieht das Licht an und lässt ihn schwach glitzern. Sie betrachtet Käsemanns Gesicht, ein undeutliches bleiches Oval in der Dämmerung.
»Er war tot, sie haben es sofort gesehen.« Ib legt den Stein weg. »Sie schnitten Heidekraut ab und legten es über den Jungen, so dass niemand ihn entdecken konnte, und dann gingen sie heim und erzählten, was sie beobachtet hatten.«
»Wie ist er im Moor gelandet?«
»Wir haben ihn dorthin gebracht, er soll den Weg nach unten finden, nicht den nach oben. Zuerst haben wir ihm die Beine genommen, damit er mit den *Gedanken* geht und nicht mit dem Körper. Es kommt vor, dass sie sich verirren.«
Ib verstummt, als sei das, was sie soeben gesagt hat, selbstverständlich. Das grundlegende Wissen eines Kindes. Sie greift nach einem neuen Stein, diesmal ist es ein schwarzer, und behält ihn auf der schmutzigen Handfläche.
»Und das Seil?«
»Ich gucke nach, um festzustellen, ob er noch immer da ist … Ich habe es bisher nur zweimal gemacht. Mutter sagt allerdings, so gehe es nicht zu.« Sie wirft den kleinen Stein hoch in die Luft und fängt ihn mit vollendeter Sicherheit wieder auf, obgleich sie ihn im Finstern vermutlich nicht sehen kann.
»Bloß ein Soldat. Aber sein Freund weiß bestimmt, *wer* er ist.«
In der Stimme liegt Trotz. Sie wirft den Stein ein weiteres Mal hoch, doch nun lässt sie ihn in der Dunkelheit verschwinden. Käsemann hört ihn nicht fallen.

Kopenhagen, April 2000

Ich drehte den Schlüssel um und schob die Tür zum Korridor auf. Die Wohnung erschien mir fremd, sogar der Geruch war anders, leblos. Der alte, gründlich eingespielte Tagesablauf war vonnöten, damit sie wieder werden konnte, was sie gewesen war. Das ist häufig so. Ich muss erst durch die wenigen Räume gehen, mich hinsetzen und die Zimmer aus verschiedenen Blickwinkeln betrachten, damit sie wieder ihre alte Gestalt annehmen, wieder mir gehören, wie Kleider, die man lange nicht getragen hat. Das hat mit der Passform zu tun ... Wahrscheinlich hatte ich im Flur das Licht angelassen, denn die Glühbirne war durchgebrannt. Ich tastete mich bis zu dem Schalter in der Küche vor. Der Abfluss roch genauso – nach Abfluss. Die Küche strahlte einen Dunst nach Verlassenheit aus, Verlassenheit und vergessenen Lebensmitteln. Unten auf dem Hof konnte ich die Silhouette des dürren russischen Baums erkennen. Noch immer hier. Das wirkte tröstlich.

Peter Mogensen und ich hatten uns an der Garage getrennt, er hatte die Schlüssel für den Chevi und für das Garagentor bekommen. Der Wachmann blieb in dem öligen Dunkel zurück, um seine neuen Schätze zu bewundern, die lange Fahrt und die Müdigkeit waren plötzlich vergessen. Mogensens roter Bart sah aus, als glühe er. Den Köter nahm ich mit heim. Anfangs war er misstrauisch und schlich vorsichtig an den Häuserwänden entlang, er war das Geklapper und den Radau der Stadt nicht gewöhnt, doch ein Napf voll Fressen in der Wohnung verbesserte seine Stimmung. Jetzt schlummerte er friedlich auf dem Teppich im Schlafzimmer.

Ich hatte alle notwendigen Bücher und Dokumente mit nach Hause gebracht. Was noch zu tun blieb, war, das Material zusammenzustellen und sorgfältig die Hypothesen abzuwägen. Ich hatte nicht vor, über die Angelegenheit eine Arbeit oder einen Aufsatz zu schreiben, das tue ich nie. Es genügt mir zu *wissen*. Und dann war da noch die unbekannte Telefonnummer, die ich kontrollieren wollte. Irgendwo in Kopenhagens unübersichtlichem Häuserlabyrinth wartete Rosens Doktorand. Ich packte meine Sachen aus, Mamas Windjacke, ein paar übrig gebliebene Konserven und zuletzt das Bild von Salinger. Ich befestigte es über meinem Schreibtisch. Esmé, getauft nach einem Mädchen aus einer Novelle und nicht nach einer Romanfigur, ich hatte Vater nie danach gefragt. Was er sich dabei vorgestellt hatte. Welche Größe oder welchen Umfang ich einmal einnehmen sollte. Esmé spielt in Salingers Erzählung eine Nebenrolle, sie ist ein Kind von vielleicht elf Jahren. Sie wird nicht älter, als es die Novelle erlaubt ... Ich hatte jedenfalls nicht die Absicht, zu der Strandhütte zurückzukehren. Es war an der Zeit, ein paar Türen zu schließen.

Ich setzte mich in meinen Sessel im Schlafzimmer. Unter dem Sitz fehlt eine Stahlfeder, so dass man sofort nach hinten kippt, in Denkerposition. Der Möbelstoff roch muffig und sehr vertraut. Der Raum lag in behaglichem Dämmerlicht, nur die Lampe im Fenster brannte. Über ihr drehte sich Fräulein Jessens Prisma an seiner Seidenschnur gleich einem Radar, das auf Körperwärme reagiert, der Glasklöppel spiegelte sich in der dunklen Scheibe. Ich hatte die Wanduhr aufgezogen, und das Uhrwerk tickte in dem bekannten Rhythmus, das Pendel eine flinke Silberzunge hinter dem geschliffenen Glas. Ich holte mir einen Topf Kaffee aus der Küche und fühlte allmählich eine gewisse Ruhe einkehren. Doch war da etwas, was nicht hierher gehörte – das Foto von Salinger störte in meinem Gesichtsfeld gleich einer schwarzen Schmeißfliege auf einer weiß gestrichenen Wand. Es blieb im Augenwinkel, selbst wenn ich den Blick abwandte. Schließlich bekam ich genug, riss das Foto herunter und stopfte es in die Schreibtischschublade. Ich konnte hören, wie es zerknüllte, als ich die Lade zuschmiss. Es war an der Zeit, ein paar Schlüssel wegzuwerfen. Als ich zum Stuhl zurückkehrte, fühlte ich plötzlich, dass mein Haar an der Leselampe entlangstriff, die sich früher ein Stück über meinem Kopf befunden hatte. Vielleicht waren auch einfach nur meine Haare gewachsen – jedenfalls schien ich auf dem richtigen Weg zu sein.

Am nächsten Morgen wachte ich bereits gegen sieben auf und drehte mit dem Köter eine Runde um den Häuserblock. Auf dem Treppenabsatz stieß ich mit der Nachbarin zusammen, die sich rasch zurückzog, als sie Terror erblickte. Sie schaffte es nicht einmal, irgendwelche Fragen zu stellen, obwohl sie ihren Mund bereits geöffnet hatte, als der Köter angetrippelt kam, um sie zu begrüßen. Sie krachte die Tür zu. Die Mattglasscheibe klirrte und das Geräusch und das plötzliche Verschwinden der Frau ließen das Hundevieh verwundert aussehen. Er hatte noch viel über Kopenhagen zu lernen. Und über Leute, die Hunde leichtfertig nach dem Äußeren beurteilten. Eine Stunde später war ich so weit. Ich probierte T.s Nummer aus. Nach dem siebenten Klingelzeichen hob jemand ab.

»Mayer.« Die Stimme war dünn und zerbrechlich wie ein altes Schnapsglas. Ich hätte es mir denken müssen.

Gabriel Mayer hatte sein Arbeitszimmer in der Gothesgade, gegenüber dem Botanischen Museum. Es ist eine geräuschvolle belebte Straße, die ich oft auf meinem Weg zum Park überquerte. Man muss auf federleichten Füßen hinüberlaufen, um eine Chance zu haben, die andere Seite zu erreichen. Die Häuser stammen aus dem ausgehenden 19. Jahrhundert, aber alter Kachelofenruß und die Abgase späterer Zeiten haben für eine schmutzig graue Schicht auf den ursprünglich hellen Kalksteinfassaden gesorgt und mittlerweile sahen sie aus wie eine Zuckerlandschaft in einem staubigen Osterei. Ich hätte nicht weiter als bis hierher fahren müssen, nur einige wenige Straßen. Jetzt blieb mir nicht mehr viel Zeit.

Der Tag gehörte noch mir, aber schon am Abend musste ich zu meiner Arbeit im Institut zurückkehren. Ich fragte mich, ob Rosen entdeckt hatte, dass etwas fehlte. Von selbst vermutlich nicht. Bestimmt glaubte er, das Archivmaterial habe sich aufgrund der alten Oststaatenbürokratie verzögert, die nicht so schnell aus den Amtsstuben zu vertreiben gewesen war. Ich hatte vor, alles zurückzugeben …
Gabriel Mayer sprach sehr bedächtig und machte lange Pausen, als ringe er mühsam nach Atem. Zuweilen wurde es gänzlich still. Die Leitung schien von einem eigentümlichen Rauschen okkupiert, einem knisternden Laut, der im Hintergrund in unregelmäßigen Kadenzen stieg und fiel – jener Art Störung, die man mit alten Radiosendungen verbindet: Man meint ihnen anzuhören, dass sie über weite Entfernungen und öde unzugängliche Landschaften zu einem herüberwehen. Es war, als würde der Ton von Mayers Stimme von Wellenkämmen oder Sanddünen zurückgeworfen – und das Schweigen trat ein, wenn das Gesendete im Schatten eines kargen Bergmassivs oder auf dem Grund einer Schlucht oder eines *Wadi* landete. Ich beherrschte mich, ich wollte nicht ungeduldig klingen. Die Störungen kamen und gingen, zuweilen war die Leitung völlig klar. Ich sprach von dem Bericht. Erinnerte er sich an ihn? Ich erwähnte Nadler. Wusste er etwas über den Mann? Und davon, was mit ihm geschehen war? Gabriel Mayer erwiderte nur, ich könne gern vorbeikommen, er sei ganz oben im Haus zu finden, Eingang Nr. 7B. Er sei tagsüber stets anzutreffen, bis sechs Uhr abends, dann hole ihn ein Auto ab. Es war, als spreche man mit der Geschichte selbst.

Nummer 7B hat einen Eingang, der von faustgroßen Steinrosen umrahmt ist, die in einer Epoche entstanden sind, als man sich Zeit für solche Dinge nahm. Die einen Zoll starke Eichentür trägt als Schmuck ein geschnitztes Frauengesicht mit mürrischen Zügen und schweren Korkenzieherlocken, und im Haus wartet ein Fahrstuhl aus dem frühen zwanzigsten Jahrhundert, ein gusseisernes Gefährt mit verschnörkelten schwarzen Gittertüren. Ein glänzendes Messingschild informiert darüber, dass man nicht auf den Boden spucken darf. Ich trat in das kühle Dunkel und fragte mich, wie einen hier die Lust dazu überkommen konnte. Das Haus duftete schwach nach Alter, Bohnerwachs und Geldwäsche. Auf dem Schild neben dem Fahrstuhl stand ganz oben tatsächlich der Name *Gabriel Mayer*, darunter in kleineren Buchstaben *Professor emeritus* und in der nächsten Zeile *Cerberus Verlag*. Sonst schienen sich vor allem Juristen, Experten für das eine oder andere Großartige und irgendwelche Berater hier eingenistet zu haben. Die blutdürstigen Parasiten der Neuzeit. Mit einigem Zögern stieg ich in den Fahrstuhl, zog das quietschende Eisenkorsett zu und gestattete dem altertümlichen Motor der *Graham Brothers*, mich langsam und ruckartig bis in den obersten Stock zu expedieren. In der sechsten Etage hielt der Mechanismus mit einem letzten Fallschirmruck an. Ich beschloss, auf dem Rückweg die Treppe zu nehmen. Mayers Tür war nur angelehnt, er hatte mich offenbar kommen gehört. Die andere Öffnung auf dem Treppenabsatz, eine weitere Gittertür, schien auf den Dachboden zu führen. Nachdem ich leicht an die Tür geklopft hatte, trat ich in Mayers Büro ein.

Wenn ich Mayers Hintergrund nicht gekannt und normale Büroräume erwartet hätte, wäre ich sicher verwundert gewesen. Im Korridor thronte ein riesiges kohlschwarzes Ungetüm von deutschem Schrank, das praktisch die gesamte Fußbodenfläche einnahm. Neben dem Holzklotz stand ein kleiner Greis. Das graue Haar war noch immer voll und nach hinten gestrichen, die Gesichtshaut eine Nuance dunkler als es im Norden üblich ist. Wir waren ungefähr gleich groß. Ich hätte ihn nach dem alten Foto niemals wiedererkannt, aber sein Anzug war auch heute noch von gutem Schnitt und elegant.

»Willkommen«, sagte Mayer einladend. Er lächelte und ein kleiner Schlitz öffnete sich in dem runzligen Gesicht. Seine Augen waren freundlich und überhaupt nicht alt.
»Esmé Olsen«, sagte ich und streckte ihm die Hand hin.
»Esmé. Ein ungewöhnlicher Name ... aber schön.«
Es war, als ergreife man einen Vogelflügel.

Wir setzten uns auf eine Couch in dem Raum, der einmal der Salon der Wohnung gewesen sein musste, ein Zimmer, das vom Fußboden bis zur Decke mit Büchern und Dokumenten angefüllt war. Der kräftige Geruch von Papier, das sich in stillem Zerfall befand, brachte mich sofort in gute Stimmung. Irgendwo ließ eine Standuhr einen spröden Silberton erklingen. Der Alte roch angenehm nach einem teuren Rasierwasser. Mir fiel auf einmal ein, dass an Ravs Hut immer noch Pomadendunst gehaftet hatte, ein starker süßlicher Blumenduft, der eher an das Parfüm einer Dame erinnerte. Der Geruch hatte sich in der Plastiktüte konzentriert und war mir entgegengewallt, als ich sie wieder geöffnet hatte. Auf dem Bild hatte Rav maskulin ausgesehen – das war also wirklich nicht zu erwarten gewesen.
Mayers Sofa war eins von diesen altmodischen, gut gepolsterten Stücken. Die Sitzfläche war hart, so dass ich mich ohne jedes Risiko zurücklehnen konnte. Ich hatte Gabriel Mayer vieles schon am Telefon erzählt, also übersprangen wir das hochtrabende einleitende Gelaber. Ich hoffte nur, dass er alt genug war und sich traute, zu erzählen.
»Ich kenne Professor Torkel Rosen sehr gut«, sagte Mayer mit derselben trockenen angestrengten Stimme wie am Telefon. »Er war übrigens früher einmal einer meiner Doktoranden ... Ziemlich medioker, soweit ich mich erinnere, doch sehr tüchtig beim Zusammenfassen von Dingen. Er entnahm dem, was andere sagten, den *geistigen Funken* und machte ihn zu seinem eigenen – in gewisser Weise gab er also wohl einen guten Forscher ab. Ehrgeizig, neidisch und

ziemlich dumm. Und mit gutem Gedächtnis. An der Universität nicht die schlechteste Kombination.« Mayer lachte so laut, dass ihm fast die Luft wegblieb. Er brauchte ein paar Minuten, um sich zu erholen. »Ich habe einen jungen Burschen, der ein wenig für mich arbeitet, und der erzählt mir so einiges. Klatsch. Er ist einer von Rosens Doktoranden. Genau wie Sie, wenn ich recht verstehe?« Mayer beobachtete mich mit kleinen scharfen Vogelaugen. Ich nickte leicht. In gewisser Weise war ich das wohl, immerhin betrieb ich meine Forschung am Institut. After hours.

»Ich bin nicht mehr dort gewesen, seit ich aufgehört habe …«, fuhr Mayer fort, »die Arbeit am Institut hat mich eigentl lich nie interessiert. Zu viele Formulare zur Bewilligung von Geldern und zu viele Konferenzen.« Er lächelte wieder. Das ließ sein Gesicht jünger wirken, lebendiger.

»Sie haben mich nach Doktor Nadler gefragt … ein seltsames Zusammentreffen, da ich mich in den letzten Jahren für dieselbe Sache interessiert habe.« Und Gabriel Mayer begann zu erzählen.

Als wir von Berlin abfuhren, hatte ich das meiste meines bisherigen Lebens bereits hinter mir gelassen. Meine Mutter wollte unbedingt in ihren dänischen Geburtsort zurück. Sie glaubte, dort würde alles besser werden, aber es sollte sich bald zeigen, dass sie sich geirrt hatte. Mein Vater starb im Herbst 1935 unter ungeklärten Umständen, und wir blieben in dem kleinen und ziemlich spießigen Ort allein zurück. Man war nicht offen antisemitisch, aber sehr misstrauisch gegenüber allem Fremden. Paradoxerweise war es die Nähe zur Grenze, die in Graensebyen dazu führte, dass die Leute ihre Türen verschlossen. So viel Schlimmes war in dieser Gegend geschehen. Ja, aber das wissen Sie ja wohl … Meine Mutter erkrankte, und ich wurde Gehilfe bei Pastor Aronius und bei Tomas Rav. Ich tat also an zwei Stellen Dienst: am Vormittag im Kirchenbüro und nachmittags auf der Polizeiwache. Aber ich war jung, und die Arbeit war nicht sonderlich schwierig. Durch Pastor Aronius war für unser Unterkommen gesorgt und dank der Kontakte, die meine Mutter noch aus ihrer Jugendzeit besaß, hatte ich die zwei Aushilfsarbeiten erhalten.

Ich weiß nicht genau, was FA Nadler passiert ist ... das Wenige, was mir Tomas Rav anvertraut hat, ist alles, was ich von der Sache weiß. Er hat mir die Geschichte nicht hintereinanderweg erzählt, sondern in kurzen Abschnitten, es war fast wie bei den Filmserien, die damals so populär waren – jede Woche eine Fortsetzung. Ich musste die Teile selbst zusammenfügen. Tatsache ist, dass wir Nadler an jenem Augustnachmittag 1938 wirklich zum Zug begleitet haben. Er stieg in den Wagen und verschwand. Seine Koffer hatte er bei sich. Eine beleibte, unangenehme Gestalt in Reithosen mit Lederriemen, die lächerliche Karikatur eines Deutschen. Aber ich kann nicht sagen, dass ich ihn verabscheute. Er war mir einfach gleichgültig. Wenn ich mich an ihn erinnere, dann denke ich an eine stiernackige Gestalt, die durch die Tür des Zugs nach Hamburg-Altona verschwindet. Der Nachmittag ist warm, erneut liegt ein Gewitter in der Luft. Die staubigen Wagen riechen nach heißem Metall und Schmieröl. Durch die Fensterscheiben lässt sich kaum noch ins Innere blicken. Auf dem Bahnsteig ist außer uns kein Mensch, Fårhus ist ein kleiner Bahnhof, nicht mehr als eine Haltestelle an den Gleisen. Ein Stück weiter weg auf dem Sandweg steht Ravs Ford. So habe ich den Augenblick im Gedächtnis.

Wir warteten nicht, bis der Zug abfuhr, dazu gab es keinen Grund. Das nächste Mal wurde Nadler im Januar 1939 gesehen, als man seine Leiche aus dem Brunnen hinter der Kirche fischte. Wie er dort gelandet ist? Rav war wohl der Einzige, der die Antwort darauf wusste. Ihnen ist sicher bekannt, dass er Emigranten zur Flucht über die Grenze verhalf?

Am späten Abend des 31. August 1938, also am selben Tag, an dem wir ihn in den Zug nach Berlin gesetzt hatten, klopfte es laut an Ravs Tür. FA Nadler mit offenem Hemdkragen, das Gesicht rot vor Erregung. Es muss nach elf gewesen sein. Die nächtliche Feuchtigkeit hatte sich bereits wie ein grauer Schleier auf Äcker und Wiesen gelegt und Eulen und anderes Nachtgetier waren in der Dunkelheit auf der Jagd nach Beute. Rav wohnte in einem Häuschen ein Stück außerhalb des Ortes. Nadler behauptete, er hätte ein Auto von einem Mitglied der Altertumsgesellschaft geliehen. (Später erfuhr Rav, dass Nadler es sich vor dem Bahnhof einfach genommen hatte, was sich als glücklicher Umstand erwies.) Nadler bestand darauf, dass Rav ihn zurück nach Graensebyen begleite. Da sei etwas, was er an der Leiche untersuchen wolle, sagte er. Etwas, das er vergessen habe zu überprüfen. Es würde nicht lange dauern und der Polizeichef könne schon bald in sein warmes Bett zurückkehren und sich die Decke über die Ohren ziehen. Am Ende gab Rav nach, und die beiden Männer machten sich in der Finsternis auf den Weg. Laut Rav hatte Nadler getrunken und war mehr als einmal nahe daran, das Auto, ein schweres grünes Hubmobil, von dem kurvenreichen Sandweg in den Graben zu steuern, aber schließlich hatten sie die Kirche erreicht. Die hohen Bäume, die den Friedhof beschatten, waren voller schlafender Stare, die sich erschrocken in die Luft erhoben, als das Auto auf den Vorplatz einbog. Der Laut der vielen hundert flatternden, prasselnden Flügelpaare überrumpelte die beiden Männer, und die kühle Nachtluft ließ Nadler nüchtern werden. Rav hatte Lampen mitgenommen, und die beiden Männer begaben sich ins Totenhaus. Rav schloss die innere Kammer auf, und Nadler ging hinein, um erneut die Leiche zu untersuchen. Die Stille des Ortes ließ beide erschaudern. Der Deutsche fluchte und pfiff abwechselnd. Rav wartete draußen vor der Tür, müde und verärgert, dass er überhaupt hatte mitgehen müssen. Die Stare kehrten

in Scharen zurück und wurden wieder eins mit dem Laubschatten und der Herbstdunkelheit. Lautlosigkeit breitete sich über den Friedhof, mit Ausnahme der raschelnden Laute, die das Nachtgetier verursachte.
Was der Deutsche gesucht hat, werden wir nie erfahren. Vielleicht hatte er geglaubt, doch noch Beweise dafür vorlegen zu können, dass die Moorleiche ein *alter* Fund war, um sich einen Platz in der Geschichte der nordischen Altertumsforschung zu sichern. Zumindest wäre dem einfältigen und ehrgeizigen Nadler so etwas zuzutrauen gewesen. Vielleicht hatte er vor, das Beweismaterial zu fälschen und entsprechend bestimmte Dinge zu beseitigen oder zu zerstören. Die Geschichte zu verändern. Vielleicht war er ein Jäger, der seine Beute nach Hause zu schaffen gedachte. Ein anonymer toter Körper wird das, wozu man ihn macht.

In Berlin war FA Nadler berüchtigt für seine Theorien, dass sich das Römerreich bedeutend weiter nordwärts erstreckt habe, als die Forschung zur damaligen Zeit mit Fundstücken belegen konnte. Er meinte, Korrespondenzen zwischen den Mythen gefunden zu haben: Die griechisch-römische Sage über *Demeter-Ceres* schien Gemeinsamkeiten mit dem nordischen Mythos der *Nerthus* aufzuweisen. Darüber hinaus entwickelte er fragwürdige Theorien über Übergänge zwischen den Welten. Er erklärte, dass es in den klassischen Mythen stets Tiere oder Wesen gebe, die sich zwischen jenem hin und her bewegten, was wir fälschlich als Leben und Tod begreifen, ähnlich dem ungebärdigen Eichhörnchen *Ratatosk*, das am grauborkigen Stamm des nordischen Weltenbaums entlangflitzt. Er nannte sie *go-betweens.*
1827 publizierte Nadler einen Aufsatz, in dem er die Theorie lancierte, dass eine der Rheinlegionen des Varius im Jahre 9 das Massaker im *Teutoburgiensis saltus* überlebt habe und nach Norden geflohen sei. Vielleicht seien ihre Nachkommen noch immer in der Gegend zu finden ... Rei-

ner Wahnwitz natürlich, aber die Theorie hat seinerzeit gewisse Aufmerksamkeit erregt und wurde in mehreren etablierten Fachzeitschriften zitiert, obgleich man sie nur in bestimmten Kreisen diskutierte. Das Ganze wurde zu einer Frage des legitimen Anspruchs auf bestimmte Gebiete. Mithilfe von Nadlers Theorie wurden die Römer zu Vorreitern für eine neue westgermanische Weltherrschaft und damit zu wichtigen Vorgängern. Zu Vorbildern. Das Bemerkenswerte war, dass Nadler sich nicht die alten Germanen und ihren wilden, barbarischen Anführer *Arminius* als Verwandten ausgesucht hatte, sondern den kultivierten Römer *Publius Quinctilius Varus*. Die Geschichte kann zu allem Erdenklichen benutzt werden, nicht wahr? Und manchmal entbehrt sie jeder Logik.

Der Vorplatz war schwarz wie ein Kohlensack. Nadler wirtschaftete in der inneren Kammer, und von dort drang kein Licht heraus. Es war jetzt fast eins und Tomas Rav wartete noch immer auf den Deutschen. Er holte seine Pfeife hervor, stopfte sie so gut es ging und ließ ein Streichholz aufflammen. In dem flatternden Schein sah er ein seltsames Bild vor sich. Kaum zwei Schritte von ihm entfernt stand eine Frau. Und er erkannte sie wieder. Es war die Eiswanderin, die Frau, die man letzten Winter in einem Schuppen gefunden hatte. Ihr Gesicht, ein bleiches Oval, schien in der Dunkelheit zu schweben. Sie sah aus wie damals, mit dem weißen hemdartigen Kleid, der blassen Haut, dem dicken feuerroten Haar –, mehr konnte Rav nicht erkennen, denn das Streichholz erlosch. Oder wurde es ausgeblasen? Rav meinte, sie hätte ihn angelächelt. Ihm fiel die Pfeife aus den Händen. Dann stand er einfach reglos in der Finsternis und atmete.

Was in der Folge geschah, ist unklar … Jedenfalls kam Rav zur Besinnung, lief in das Gebäude hinein und fand Nadler in der inneren Kammer tot vor. Hatte er sich zu Tode erschreckt? Im Raum war alles unverändert. Die Petroleum-

lampe brannte mit klarer Flamme, die Geräte des Doktors lagen auf dem Arbeitstisch verstreut und seine Koffer standen an der Tür, nur Nadler selbst lag ausgestreckt auf dem Erdboden, bleich und tot wie ein angelandeter Fisch. Sein Körper wies keinerlei Verletzung auf, die blauen Augen waren weit aufgerissen. Rav konnte das eigensinnige Starren des Doktors nicht ertragen und drückte sie zu.
Die Szene brachte den Polizeichef zum Nachdenken. Wer würde ihm glauben, dass Nadler um Mitternacht von einer *Nerthus*-Jungfrau geholt worden war? (In dem Augenblick war Rav wirklich davon überzeugt, dass es sich so abgespielt hatte. Er stammte schließlich trotz allem aus der Gegend.) Obendrein kursierten im Dorf Gerüchte über Rav und die Hilfe, die er Flüchtlingen angedeihen ließ. Damit hatte er ein Motiv, Nadler zu töten. Und *außerdem* war der Doktor ja bereits abgefahren. Niemand in Graensebyen würde nach ihm fragen. Von der Kirchenuhr ertönte ein Schlag, und der Polizeichef überlegte. Dann verließ er das Totenhaus, schloss sorgsam die Tür hinter sich ab, überquerte den Vorplatz und rollte Ole Jups Schubkarre heran, die an der Friedhofsmauer lehnte. Zunächst wollte er Nadler im Bockmeister'schen Grabgewölbe verstecken. Er holte Jups Hammer, schlug das rostige Hängeschloss ab und prägte sich ein, dass er gleich am nächsten Morgen ein neues hinhängen müsse. (Was er vergaß.) Die Uhr schlug halb zwei, als er den Karren mit seinem schweren Inhalt über den Hof und die verschlungenen Kieswege des Friedhofs schob. Irgendwo in der Dunkelheit schrie eine Eule. Der Wind ließ die Zweige trocken rascheln. Rav hatte einen benutzten Kartoffelsack über den Doktor gelegt, und alles, was man in der Nacht erkennen konnte, war ein beuliger grauer Klumpen – und Nadlers Stiefel, die unter dem groben Stoff hervorragten. Rav wagte es nicht, die Lampe anzuzünden. Ab und an, wenn das Rad im Dunkeln über eine Baumwurzel rumpelte, rutschte der Doktor zur Seite, und Rav musste ihn wieder zurückbalancieren.

Nadler war korpulent, seine Leiche schwer wie eine Ladung Bleischrot, und trotz der nächtlichen Kühle schwitzte Rav. Wenn ihn jetzt jemand zu Gesicht bekam ... Drei viertel zwei war er am Grabgewölbe angelangt, und dort fiel ihm ein, dass Aronius und die *Südjütländische Altertumsgesellschaft* jedes Jahr die Kupfertüren öffneten, wenn sie Anfang September den Lorbeerkranz zum Gedenken an Justus Bockmeister niederlegten. Und allein würde er es niemals schaffen, einen der Sargdeckel anzuheben, obgleich Henriette Honorine Bockmeister im Gegensatz zur übrigen Familie, die in schweren Bleisarkophagen ruhte, einen ärmlicheren Sarg besaß (dick bestrichene Holzplanken). Das einzige sichere Versteck, das blieb, war der Brunnen. Und dorthin brachte er Nadler.

Gabriel Mayer lehnte sich zurück. Es sah aus, als lächle er. Kein Wunder nach einer solchen Räuberpistole.
»Und Sie, Herr Professor, Sie haben in jener Nacht überhaupt nichts gehört?«
»Keinen Mucks. Damals schlief ich mit der heilsamen Kraft der Jugend.« Er erhob sich mühsam. »Es war nett, mit Ihnen zu plaudern, meine Liebe. Ich wünsche Ihnen viel Glück bei Ihrer Forschungsarbeit.«
»Herr Professor, wann sind Sie nach Kopenhagen gekommen?«
Mit einem Seufzer sank der Alte auf das Sofa zurück. Ich begann zur Plage zu werden.
»Das war wohl ein paar Monate später, glaube ich. Im Januar 1939. Es ist so lange her. Ich hatte Pastor Aronius versprochen, dass ich versuchen würde, das Regiment des gefallenen Soldaten zu ermitteln und vielleicht einen passenden Namen auszusuchen. Ich konsultierte *Cohens* Standardwerk von 1865, aber dort fand ich nichts. Cohen listet ansonsten alle Gefallenen der beiden Schleswigschen Kriege auf und gibt an, wo sie begraben sind. Der Krieg 1864 endete im

Chaos und mit Massengräbern. Vor der Niederlage bei Düppel gab es gewaltige Rekrutierungsaktionen, man nahm Leute in die Armee auf, die normalerweise niemals hätten Soldat werden dürfen. Aber um als Kanonenfutter zu dienen, war schließlich jeder gut genug – so wie in allen Kriegen. Ich ging die Listen des Landesarchivs durch, fand aber nichts. Der Bursche war unbekannt oder vielleicht einfach nur absolut unbedeutend gewesen. Nicht alle bleiben im Raster schriftlicher Quellen hängen. Der Gedenkstein trägt, soviel mir bekannt ist, keinen Namen, oder? Nur als Unbekannter konnte der Bursche zum Helden werden. Ich habe Aronius übrigens meine Aufzeichnungen geschickt, und er hat die Altertumsgesellschaft informiert. Haben Sie die Sachen gefunden? Ein Notizbuch und noch einiges anderes …
1940 haben verschiedene Umstände es mir ermöglicht, nach Schweden zu gehen. Man kann sagen, dass ich Informationen ausgetauscht habe, und dass ich endlich Klarheit über die Ereignisse im Zusammenhang mit dem Tod meines Vaters erhielt. Ich tauschte mein Wissen gegen deren Wissen. Ich bekam sogar einen kleinen Teil meines Erbes zurück. Über die Zeit danach gibt es nicht mehr viel zu erzählen. Während des Krieges habe ich in Malmö gewohnt. Für Tomas Rav verlief die Sache nicht so glücklich. Er wurde zusammen mit Johansen von der *Avisen* gefasst, und die Deutschen haben die beiden am 12. April 1940 erschossen, auf dem Friedhof, glaube ich.«

Dann senkt sich Stille über die Geschichte. Das passiert häufig. Die Vergangenheit zu suchen, ist, als würde man sich mit einem Boot aufs Meer hinausbegeben, würde über bodenlosen Tiefen und Gräben liegen und die schlingernden Bewegungen des Kahns im stehenden Wasser spüren, die unsichtbaren Strömungen der See, würde das Netz auswerfen oder das Lot und darauf vertrauen, das etwas an die Oberfläche kommt – etwas, das man noch immer identifizieren kann. Genauso muss es die Besatzung um Kapitän McClintock empfunden haben, als sie 1859 auf der Suche nach den Spuren John Franklins langsam dem King William Island entgegenrudert, das sich als Insel des Todes erweisen sollte. Der Schraubendampfer *The Fox* liegt irgendwo draußen im feinen Schneefall verankert, unsichtbar für die Augen der Männer. Sie bewegen sich durch eine Welt ohne Himmel oder Horizont, um sie herum schwappt das Meer, ein träger Eisbrei.
Nach Franklins Tod hatte sich der Rest der beiden Besatzungen unter dem Befehl von Crozier zu der Insel durchgekämpft. 129 Männer waren noch am Leben. Auf ihrem Weg in den Tod fanden sie tatsächlich die Nordwestpassage, das Ziel der Expedition, doch die Seeleute starben einer nach dem anderen an den Entbehrungen, ohne eine Möglichkeit, ihre Entdeckung bekannt zu machen. Vielleicht wussten sie nicht einmal davon. Alles, was zurückblieb, waren Gebeine, Knöpfe, Kämme und Konterfeis ihrer Liebsten.
Die Schiffsboote nähern sich dem Steinstrand, bald müssen die Männer in die Grütze springen und durch die eiskalten Wellen an Land waten, zu hören ist nur …

Terror kläfft auf seinem Platz auf der Wohnzimmercouch leise im Schlaf. Hin und wieder grummelt es in seinem Bauch. Pilsnerwürste in allen Formen. Der Köter hat die bei-

den Kellner der *Traube* kennen gelernt, und sie haben Verständnis für seinen Appetit.
Fünf Monate sind vergangen, seit ich die Dokumente aus Rosens Karton in die Hände bekam. Natürlich habe ich sie zurückgegeben, was denkt ihr denn von mir? Fast immer folge ich dem Kurs, den ich eingeschlagen habe: Ich habe mein Leben der Wahrheit verschrieben, *Vitam impendere vero.* Mittlerweile ist Sommer, und im Rosenborg Have fliegen die Schmetterlinge über dem schweren Grün des Hochsommers, federleichte Schwärme mit eckigen Flügeln in Blassgelb oder gesprenkeltem Schwarzdunkelrot in einer flattrigen Ordnung der Natur. Die Feldforschung ist zu Ende, die Zeit der Auswertung gekommen. Ich habe nicht vor, meine Gedanken zu notieren, jedenfalls vorläufig noch nicht. Dieser Tage habe ich eine detaillierte Karte studiert, um Jups Keramikwerkstatt aufzuspüren und den Ort, an dem das alte Dorf einmal lag, doch seltsamerweise ließ sich weder das eine noch das andere finden. Auf der Karte waren an jener Stelle Feuchtgebiete, Hügel und Senken vermerkt, aber keine Häuser. Über eine Stunde lang habe ich mit der Lupe unter der hellen Leselampe gesucht, doch am Ende habe ich resigniert.
In den vergangenen Wochen habe ich darüber nachgegrübelt, ob ich meine Nachtarbeit aufgeben und stattdessen bei Tageslicht in die Welt des Wissens treten sollte. Um »richtig« zu studieren. Mogensen drängelt mich dazu. Er kam an dem Tag bei mir vorbei, an dem ich im Botanischen Garten gewesen war. Ich hatte über eine Stunde dort gesessen und über Mayers Behauptungen nachgedacht. Ich betrachtete die verschlungenen Sandwege, die Rasenflächen und die kleinen Treibhäuser, in denen sich fremde Gewächse an ihr Leben mitten in Kopenhagen gewöhnen. Die Sonne schien, es war warm, und die Luft voll vom süßen aromatischen Duft ausschlagender Bäume und Büsche. Nur der Gedanke an den Köter trieb mich wieder nach Hause in die Lille Novicegade.

Mogensen und ich führten ihn gemeinsam aus, und ich empfand das nicht einmal als unangenehm. Man kann sich vielleicht zumindest daran gewöhnen. Peter Mogensen versteht es, den Mund zu halten, wenn man es wünscht. Er macht sich Sorgen wegen seiner Unterkunft. Das Paar, von dem er die Wohnung mietet, und für das er »sich um das eine oder andere kümmert, verstehste«, hat die Absicht, nach Kopenhagen zurückzukehren. Die beiden, ein Reeder und seine Frau, leben seit mehreren Jahren in Spanien. Dann wird Mogensen heimatlos. Ich habe ihm gesagt, dass er *eine Zeit lang* bei mir wohnen kann, wenn er sich nicht allzu bemerkbar macht.

Am selben Abend war ich auf dem Hof unten und habe in einer Mülltonne der *Traube* die Briefe verbrannt, die Kai an J. D. Salinger geschrieben hatte. »Für Esmé, die damit machen kann, was sie will.« Die Briefe entflammten rasch und brannten mit klarer, heißer Flamme, als enthielten sie etwas Feuergefährliches. Ich habe sie nicht geöffnet, sie waren nicht für mich bestimmt. Es war eine andere Person, an die mein Vater sie geschrieben hatte. In dem Stapel lagen auch ein paar Briefe an Lara P. (und an ein knappes Dutzend anderer Frauen, deren Namen ich nicht kannte). In den späten Siebzigerjahren hatte Lara in Århus gewohnt und sich offenbar bester Gesundheit erfreut … Da hatte die kurzhaarige Bitte vom Jugendamt mich schon bei den zweiten Pflegeeltern untergebracht, bei Jeppsens in Roskilde. Bitte sagte, ich »hätte Dinge gesehen, die Kinder nicht sehen sollten« (solchem Scheiß sind Kinder immer ausgesetzt). Bitte sagte auch, mir fehle »das soziale Anpassungsvermögen, und ich wolle ständig wahrgenommen und bestätigt werden« – aber das sagte sie nur, weil sie selbst mich nie wahrnahm. Sie hatte sich den Spruch angelesen und er klang gut. In Wirklichkeit war ich stärker als je zuvor, widerstandsfähig gegenüber ganz außergewöhnlichen Bedingungen. Ich setzte mich auf die Steinkante um die Anpflanzung, während das Feuer langsam verglomm. Die Lärche sah aus der Nähe frischer aus. Sie hatte kleine feine Borstenbüschel an den trockenen Ästen, die Nadeln weich wie der Bart des Wachmanns. Vielleicht spürte sie sogar hier auf dem engen Hof die Frühlingsluft. Bitte hatte Unrecht gehabt. Man kann nie in einen Menschen hineinsehen, oder? So vermessen sollte niemand sein.

Gabriel Mayer war ganz anders, als ich ihn mir vorgestellt hatte. Bevor wir uns trennten, zeigte er mir ein düsteres Bild, es zeigte einen Weg und einen Wald. Die Farben reichten von wässerigem Grau bis zu einem ungesunden Erbsengrün. Ein mittelmäßiges Werk von ungeübter Hand, aber dennoch hatte jemand für die Leinwand einen breiten Goldrahmen spendiert. »Ich habe es mein Leben lang besessen«, sagte Mayer, »und dennoch wirkt es noch immer fremd auf mich. Deshalb behalte ich es. Vielleicht werde ich diesen Weg erblicken, wenn ich sterbe. Dann werde ich wissen, wohin er führt.« Darauf gab es nichts zu erwidern. Der Kummer stirbt, die Hoffnung lebt.

Natürlich hat er gelogen, was Rav angeht. Vermutlich hat Rav den Deutschen erschlagen, wenn sie es nicht zu zweit getan haben. Dass Nadlers Leiche keine Verletzungen aufwies, weiß ich nur, weil Mayer es behauptet hat. Das Merkwürdige ist das Schweigen der Geschichte, die Art und Weise, wie sich der kleine Grenzort um das Geschehene schloss, störrisch und entschieden wie eine Faust um ein Stück Papier. In der *Avisen* hatte kein einziges Wort über Nadlers Schicksal gestanden. Ich weiß nicht, wohin seine Leiche verschwunden ist, ob sie zusammen mit Grethe Constance Mayer bestattet oder vielleicht in Madsens Familiengrab gelegt wurde. Das könnte Madsens späteren Unwillen erklären, den Friedhof zu besuchen. Vielleicht sind eines Abends alle Beteiligten übereingekommen, den Mund zu halten und den Doktor verschwinden zu lassen, diesmal

endgültig. Ein paar Monate später überschritten die Deutschen die Grenze, und man hatte an Wichtigeres zu denken. Vielleicht war es ja Mayer gewesen, der den Polizeichef bei den Deutschen angezeigt hatte, immerhin hatte Rav beim Tod des alten Mayer die Untersuchung geleitet.
Gabriel Mayer berichtete, dass der Körper des Soldaten am Ende in einem kleinen Holzkasten Platz fand. Die eifrigen Amateurforscher hatten die Moorleiche so gründlich untersucht und so viele Proben genommen, dass zuletzt nur ein paar Stücke übrig waren. Ole Jup besaß einen alten Holzschrein, der sich für diesen Zweck zu eignen schien, eine kleine Apothekerkiste aus Zedernholz, alt genug, dass sie um 1860 dabei gewesen sein konnte. Wenn man den Deckel aufschlug, entströmten ihr noch immer fremde Düfte, eine bittere Essenz vermischt mit einem Zusatz von Zitrus und dem Geruch von brackigem Meerwasser. Darin liegt er jetzt also.

Auch ich ging ins Landesarchiv, ins Militärarchiv und in Det Kongelige Bibliothek, um einen Namen zu finden. Ich saß mehrere Nachmittage dort, schlug in Journalen nach und leierte Mikrofilme durch; Regimenter, Jahreszahlen, Namen – es konnte jeder X-Beliebige sein. Kristian oder Paul, Moritz, Gad oder Frederik. Blank geschliffene Münzen in einer alten Börse. Einige der Dokumente lagen in Mappen, die mit einem Bleistift-F für *fiducia* gekennzeichnet waren, da irgendein Archivar im Laufe der Zeit Tricks und Fälschungen vermutet hatte. Wenn dem so war, gehörte auch das nunmehr zur Geschichte.
Schließlich fand ich Paul Natal in einem Regiment, das ein paar Monate vor der Schlacht nach Düppel versetzt worden war. Ein Regiment aus jungen Burschen und alten Männern, das besonders schwere Verluste erlitt. Als Begräbnisstätte ist angegeben: »Massengrab beim Schlachtfeld. Dänisch und deutsch.« Vielleicht sind sie alle zum selben Ort marschiert,

zum *Erebos*, wo die Seelen wohnen, und wo sie Vertraulichkeiten austauschen können, die sich im Leben niemals sagen ließen. Wo sie gemeinsam dafür sorgen, dass die Geschichte wieder ein Ganzes wird.
Als ich die papiertrockene Ruhe der Lesesäle verließ, saß draußen der alte Istedlöwe auf seinem Sockel und starrte genauso achtsam und hochmütig, als würde er noch immer die Gräber der Gefallenen auf dem Friedhof von Flensburg bewachen. Auf den Stufen unter ihm saß ein blonder Junge und las in einem Buch. Er lehnte sich einen Moment an den Sockel der Statue und schloss die Augen. Die Nachmittagssonne ließ ihre Strahlen auf die kupfergrüne Mähne des Löwen und das derbe blaue Hemd des Burschen fallen und sie schien auf die Buchseiten, die in dem leichten Wind, der vom Hafenbecken herüberwehte, hin und her blätterten. Ein Schwarm Tauben erhob sich mit lautem Flügelklatschen und flog in weitem Bogen über das Wasser hinaus. Irgendwo schlug es fünf Uhr. Der Bursche rührte sich nicht, vielleicht schlief er. Das Licht ließ jedes Detail klar hervortreten.
Der Søren Kierkegaard Plads ist eine glatte Fläche aus Feldsteinen und stahlblankem Wasser, und dennoch verspürte ich einen schwachen süßlichen Blumenduft, als ich an dem Jungen vorbeilief.

In der Bibliothek, *dem schwarzen Diamanten,* wird eine unschätzbare Sammlung von Fotografien des Düppeler Schlachtfeldes verwahrt, die wenige Tage nach dem Kampf von jemanden aufgenommen wurden, der mit K-mann gezeichnet hat. Die Fotos sind auf Karton des Berliner *Imago Studios* aufgezogen. Die Bilder und ihr kunstfertiger Fotograf erhielten 1867 vom Nadar-Komitee in Paris eine lobende Erwähnung.
Die Königliche Bibliothek hat zudem eine Notiz über ein Manuskript archiviert, das im Nachlass von Hans Christian Andersen gefunden wurde. Es befand sich zusammen mit

einem Seil, einem der großen schwarzen Schirme des Dichters, einem Skizzenblock, einem in Saffianleder gebundenen Album mit Scherenschnitten, einer scharfen Taschenschere sowie einer kleinen getrockneten Heidekrautpflanze, deren Blüten seit langem ihren Honigduft verloren hatten, in einer Reisekiste. Hugo von Hoffroders Manuskript *Verwandlungen* kann jedenfalls von demjenigen, der an schwülstiger deutscher Romantik und an Geschichten zum Thema Übernatürliches interessiert ist, im Lesesaal bestellt werden.
Ein Gerücht besagt, dass auf dem Boden der Kiste auch ein klebriger Batzen ostindischen Haschischs lag, doch das ist eine Behauptung, die von der Forschung noch nicht belegt werden konnte. Nur leeres Geschwätz. Klatsch. Einer jener Fakten, die bis morgen warten müssen, um wahr zu werden.

Nachwort

Die vorliegende Geschichte ist erfunden, basiert jedoch auf Fragmenten der Wirklichkeit. Den beiden Schleswigschen Kriegen (1848–1850 und 1864) ging ein kompliziertes Vorspiel mit vielen diplomatischen und nationalistischen Volten voraus. Erik Kjersgaard schreibt in seiner *Geschichte Dänemarks*: »Der englische Politiker Lord Palmerston behauptete, dass nur drei Menschen die Schleswigsche Frage verstanden hätten – ein deutscher Professor, der geisteskrank geworden sei, Königin Victorias Prinzgemahl Albert, der verstorben sei, sowie Palmerston selbst, und der habe die Sache vergessen.« Ich besitze nicht den Ehrgeiz, diese Herren übertreffen zu wollen.

Imago ist ein Werk der Fantasie, und die Geschichte und ihre Menschen sind Bausteine, die ich – zuweilen ein wenig eigenmächtig – benutze. Auch der Bericht über Sir John Franklin und seine verhängnisvolle Polarexpedition 1845 ist hier und da etwas ausgeweitet worden, um meinen Zwecken dienlich zu sein. Im Großen und Ganzen entspricht er jedoch den Tatsachen.

Eva-Marie Liffner
Camera

Roman

256 Seiten. € 19,90
Gebunden, mit Schutzumschlag.
ISBN 3-379-00798-6

Die Fotografin Johanna Hall erbt die Wohnung ihres Onkels Jakob. Dort findet sie alte Fotos von Kindern sowie Notizen, die auf grausige Geschehnisse schließen lassen. Daraufhin reist sie nach London, um Aufschluss über Jakobs Leben vor dem Ersten Weltkrieg zu gewinnen. Während seiner Fotografenlehre lernte er führende Persönlichkeiten der theosophischen Gesellschaft kennen, die bei ihren spiritistischen Sitzungen versuchten, auftauchende Geister zu fotografieren. Ihre Nachforschungen ergeben, dass Jahre später zahlreiche Kinderleichen am Ufer der Themse entdeckt wurden …

»Ein brillanter Krimi, in dem Fakten und Fiktion gekonnt gemischt werden.«
Brigitte

»Wer geschickt ineinander verwobene Geschichten liebt, der wird Vergnügen haben an diesem Krimi, der gleichermaßen in der Gegenwart und der Vergangenheit spielt. Das richtige Buch für den Chill-Out an einem heißen Sommerabend.«
Gert Scobel, *WDR 2*